CE QU'UN HOMME VEUT

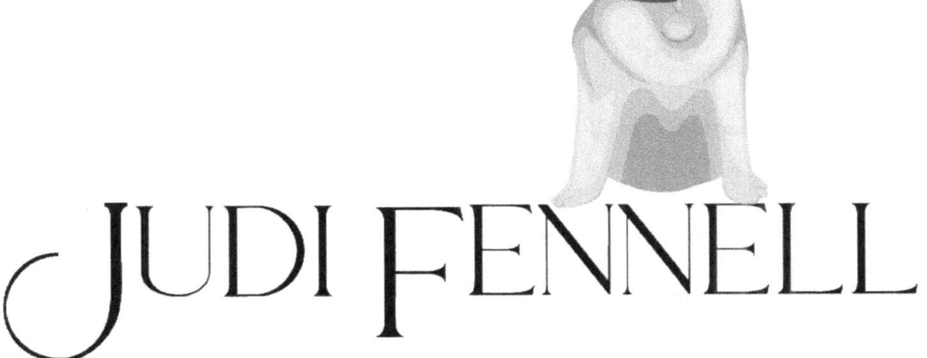

JUDI FENNELL

MERJINN PRESS

Ce Qu'un Homme Veut

Tout ce que le prodige financier Beckett Fields touche se transforme en or —
enfin, depuis qu'il a changé de nom et donné un nouveau tournant à sa vie.
Mais lorsqu'il mise sur la partie de poker mensuelle, il semble que sa chance
vient de tourner.

Ou peut-être pas?

Le Dr Jennifer Bingham a toujours fait ce qu'il fallait dans sa vie, à
commencer par le lycée quand elle a essayé d'aider un garçon mignon que tout
le monde considérait comme un raté. Et maintenant, à cause du gâchis que sa
sœur jumelle a fait de sa vie, Jennifer élève sa nièce, Sami.

Quand le mauvais garçon Beckett se présente pour nettoyer sa maison,
utilisant désormais un nom différent, elle essaie d'oublier comment il l'a
snobée des années auparavant. Mais à cause des mensonges de son ex-mari, des
conséquences des erreurs de sa sœur et du mystère entourant l'identité du père
de sa nièce, Jennifer ne laisse rien au hasard.

Jusqu'à ce que Sami s'enfuie pour retrouver son père, et que Beckett mette
sur la table son soutien, sa vérité et son amour.

C'est un pari que Jennifer est prête à prendre.

Soirée entre mecs

Troisième vendredi du mois

— Regardez et pleurez, les filles.

Liam Manley abattit sa main sous un concert de gémissements du reste de la table.

Beckett Fields retint son propre *fils de pute*. Il perdait rarement au poker, principalement parce que les chiffres et les probabilités étaient son truc. Si le comptage des cartes n'était pas illégal, il pourrait gagner très bien sa vie à Vegas, et bien que ce qu'il faisait n'était pas *techniquement* du comptage de cartes, il doutait que les patrons du casino y voient une différence.

Liam s'en fichait visiblement puisque sa quinte flush royale battait la full house de Beck.

Tout comme la quinte flush de Sean, jusqu'au six.

Et le carré de huit de Kerry.

Le carré de neuf de Kirk.

Tous les yeux se tournèrent vers Cooper. Surtout ceux de Beck. Le gars ne *pouvait pas* avoir une main qui battrait un full. Il ne *pouvait pas*. Les chances que cela arrive, avec toutes ces autres mains gagnantes, étaient astronomiques.

Cooper abattit sa main.

Full aux rois par les six.

Beck n'avait pas besoin de regarder sa main à nouveau, mais le fit quand même. Brelan de trois et paire de deux.

Il avait perdu.

— Beck? Liam tapa sur la table. Tu vas les fixer toute la nuit ou tu vas nous dire lequel de ces perdants va devoir enfiler une tenue de femme de ménage?

Oh, merde. C'est vrai, *ça* faisait partie de l'enjeu. La partie de poker mensuelle des frères Manley et de leurs amis augmentait les enjeux le troisième vendredi : le perdant perdait plus que de l'argent. Bon sang. C'était déjà assez pénible de perdre, mais fallait-il qu'il perde *ce soir*? Et dire qu'il pensait que sa chance avait tourné quand il avait changé de nom.

Apparemment pas.

Il expira et posa les cartes sur la table, comptant jusqu'à trois avant que les célébrations ne commencent.

Les gars n'attendirent que jusqu'à deux.

— Mieux vaut toi que moi dans ce pantalon vert cette fois, mec, dit Cooper.

Liam ramassa ses jetons. — Et tu me dois pour le pari annexe.

— Je croyais que les probabilités étaient ton truc, Beck, le salua Kerry en levant sa bière.

— Ouais, les probabilités de *perdre*, ricana Kirk.

— Hey, ce n'est pas si terrible, dit Sean. Je veux dire, j'ai tiré quelque chose de bien en travaillant pour Mac. Lee et Bry aussi.

— Ouais. Liam hocha la tête en faisant des piles parfaitement agaçantes et parfaitement alignées, se réjouissant à la fois de la victoire *et* d'avoir gagné la fille. L'enfoiré. Mais Beck ne cherche pas une femme. Beck-Baise-et-Dégage. Entré et sorti en une heure.

Kerry inclina sa bière vers Liam. — Ta sœur devrait peut-être utiliser ça comme nouveau slogan. Ça donnerait une tournure intéressante à la liste des services proposés par Manley Maids.

Beck les laissa parler. Ils avaient gagné ce droit. Après tout, il connaissait les règles quand il avait misé. Le perdant travaille pour le service de femmes de ménage de Mary-Alice Catherine Manley pendant un mois. Ça avait commencé comme un pari perdu au début quand Sean avait dû enfiler l'uniforme pour la première fois, mais le gimmick était devenu une excellente tactique marketing. Quant aux autres, eh bien, c'était hilarant de voir le perdant devoir bosser pendant un mois.

Sauf quand *lui* était le perdant.

Bon sang, il n'avait pas perdu depuis une quinzaine d'années. Pas depuis qu'il avait repoussé la seule fille sympa qui lui avait parlé au lycée, mais c'était parce qu'il n'était pas digne d'elle à l'époque. Il n'avait aucune perspective d'avenir. Il était sur le point de sortir du système de placement familial sans nulle part où aller, sans argent, sans plans, et sans la moindre idée de comment il allait survivre.

On pourrait penser qu'avec tout ce qu'il avait accompli entre-temps, cette unique instance ne reviendrait pas le hanter juste parce qu'il avait perdu un pari au poker, mais si, c'était le cas. Parce que perdre, ça craignait.

Et apparemment, l'aspirateur qu'il allait maintenant devoir utiliser craignait tout autant.

Chapitre Un

Une femme de ménage.

Il était une putain de *femme de ménage*.

Ici pour nettoyer la saleté, la poussière, la moisissure et les toilettes.

Comment diable cela était-il arrivé?

Beck regarda autour de lui avant de sortir de sa Mercedes. Que Dieu lui vienne en aide si l'un de ses clients le voyait dans cet accoutrement ridicule. Chemise verte, pantalon vert ; il ressemblait au bâtonnet mélangeur du dernier cocktail au rhum que le barman lui avait servi à Aruba deux mois auparavant.

Que ne donnerait-il pas pour être de retour sur cette plage.

Il ajusta la casquette de baseball que Liam, son soi-disant pote, avait jetée avec l'uniforme du service de nettoyage de Mac. C'était le même vert dégueulasse — bien que Lee ait insisté que c'était *menthe* — mais quelle que soit la couleur, au moins ça lui ombrageait le visage. Les lunettes de soleil aidaient aussi. Dieu merci, Mac n'avait pas mis son nom sur la chemise comme si c'était le maillot d'une équipe. Équipe Manley, allez l'équipe.

Plutôt, *Rentrez à la maison*, l'équipe.

Il ouvrit son coffre et déplia la demi-douzaine de sacs poubelle qu'il avait enroulés autour de la boîte à outils de produits de nettoyage — également vert dégueulasse. Il ne manquerait plus que l'un d'eux fuie.

5

Il saisit l'aspirateur, le balai/serpillière et un seau. Il aurait dû amener son assistante. Fiona était un as pour jongler avec les choses.

Sauf qu'il ne voulait pas que quelqu'un le voie comme ça. C'était déjà assez pénible d'avoir dû essayer ce foutu uniforme avant que Mac ne le laisse quitter son bureau — et il avait sérieusement envisagé de rester là jusqu'à ce qu'elle le libère de ce pari stupide — mais il n'allait pas laisser quelqu'un d'autre qu'il connaissait le voir. Il n'en finirait jamais d'en entendre parler au prochain dîner professionnel.

Portant les objets dans ses bras, Beck essaya d'aller du trottoir à la cour avant aussi vite que possible, contournant l'allée pour emprunter le chemin en briques. Couper à travers la pelouse lui faisait gagner environ trente secondes sur son trajet.

La crotte de chien dans laquelle il marcha allait les lui faire perdre — triplées.

Putain de merde.

Il traîna les bottes à embout renforcé en acier, aussi confortables qu'une paire de talons hauts pour femmes — en fait, des stilettos seraient probablement plus confortables — dans l'herbe pour se débarrasser de la saleté.

Ça n'aida pas beaucoup.

Soupirant, il sautilla sur un pied jusqu'à la maison et s'assit sur la marche entre le chemin en briques et le porche. Tirant un chiffon du tas de produits à l'intérieur de sa boîte de Pandore de fournitures, il le vaporisa avec un nettoyant organique quelconque, puis faillit s'étrangler en nettoyant les rainures complexes et antidérapantes de la semelle.

Il n'aurait jamais dû jouer cette dernière main. Mais les gars avaient commencé à le traiter de poule mouillée, et, eh bien, que pouvait-il dire? Il n'avait jamais été du genre à reculer devant un défi.

Son assistante sociale, à l'époque où il était dans le système, lui avait toujours dit que ça lui attirerait des ennuis. Il aurait dû l'écouter.

Il finit par vaporiser le produit nettoyant directement sur sa semelle jusqu'à ce que le, euh, *détritus* se soit suffisamment liquéfié pour s'écouler des rainures. Puis il utilisa le chiffon pour sécher la chaussure, espérant attraper les derniers restes pour ne pas les traîner dans la maison.

Celle qu'il était venu nettoyer.

Putain de merde.

Beck rangea les fournitures, puis chercha un endroit où se débarrasser du chiffon. Pas question de le remettre dans la boîte, et sa poche était exclue. Le pantalon était si moulant qu'il y aurait une bosse. Ça ferait une *deuxième* bosse s'il pensait à quelque chose de sexy vu que le pantalon était si serré.

Dieu merci, il pouvait honnêtement dire qu'il ne s'était jamais senti moins sexy de sa vie.

Jennifer Bingham entrouvrit un peu plus deux lattes de ses stores en bois. Elle n'avait jamais vu quelqu'un de plus sexy que le gars penché devant elle, portant le pantalon le plus moulant en dehors d'un stade de sport. Et vu que la star de baseball sexy, Jared Nolan, ainsi que Bryan Manley, le dernier sex-symbol à orner les écrans de cinéma, étaient tous deux ses clients, *c'était* dire quelque chose.

Mais si ce gars voulait être un client, il devait apprendre qu'elle ne faisait pas de visites à domicile et ne voulait certainement pas que quelqu'un se présente chez elle non plus, peu importe à quel point son animal était malade.

Seulement... il ne portait pas d'animal. Il portait... un aspirateur?

Oh merde. Le service de nettoyage. C'était le jour qu'elle avait prévu il y a des semaines et qu'elle avait oublié.

Jennifer laissa retomber les lattes et regarda autour de son salon. Elle gémit. L'animal errant qu'elle avait recueilli — pour toujours — de sa clinique vétérinaire avait eu une réaction de mue à son antibiotique, et Sami avait décidé de sortir ses vêtements d'hiver plus tôt cette année. Peu importe le nombre de fois où Jennifer lui disait que le salon n'était pas un immense dressing, la gamine n'écoutait pas, ce qui était juste une des raisons pour lesquelles elle avait finalement cédé et engagé un service de nettoyage. Sami avait sept ans mais se comportait comme si elle en avait vingt-sept et voulait la garde-robe pour le prouver.

Jennifer ramassa un tas de — oh merde. Sami était encore allée dans *son* placard. Les strings n'étaient pas appropriés pour les fillettes de sept ans, et vu le manque de rendez-vous galants qu'*elle* avait eu récemment, c'était probable-ment quelque chose qu'elle devrait ranger jusqu'au jour où sa vie sociale reprendrait.

Surtout si la gamine les avait éparpillés partout pour que ce gars les ramasse.

La sonnette retentit. Merde.

Jennifer ramassa autant de vêtements que possible, les laissant tomber en un tas géant près des escaliers. Elle lui dirait que c'était du linge qu'elle allait trier dans sa chambre. Et puis elle le ferait.

— Maman, je devrais répondre à la porte? appela Sami depuis l'entrée du coin petit-déjeuner. En talons. Les nouveaux escarpins de Jennifer, pour être précis. Ceux que Jennifer n'avait pas encore eu l'occasion de porter.

Sami portait aussi sa petite robe noire et elle tombait en dessous des talons. Génial, un faux mouvement et ces stilettos déchireraient la robe comme un perforateur.

— Ne bouge pas, Sami. Je vais ouvrir la porte.

Elle attrapa un autre string sur un coussin du canapé et le lança vers le tas. Raté. Évidemment.

La sonnette retentit à nouveau.

— J'arrive! Elle enjamba ses nouvelles bottes, à moitié sorties de leur boîte, bondit les deux marches menant au palier de l'entrée, saisit la poignée et ouvrit la porte en grand.

L'homme de l'autre côté lui tomba dessus.

Bon sang, le parquet était vraiment *dur* quand il rencontrait son dos. Et ses fesses.

— Putain, je suis désolé, dit-il en se dépêtrant d'elle.

Son pantalon ne laissait *rien* à l'imagination. Elle pouvait deviner la religion du gars rien qu'en le regardant.

Pas qu'elle devrait regarder.

Mais comment s'en empêcher? Elle était à la hauteur parfaite—

Oh mon Dieu. Jennifer s'éloigna de l'homme en rampant comme un crabe, essayant de se concentrer sur autre chose que ce qui avait attiré son attention.

Qui avait conçu cet uniforme? Avaient-ils travaillé pour les Chippendales? S'il y avait du Velcro sur les coutures, Jennifer le mettrait dehors sans hésiter.

— Laissez-moi vous aider à vous relever. Il lui tendit la main. Vous allez bien?

Elle regarda sa main. Puis elle le regarda, lui.

Non, elle n'allait pas bien. C'était déjà assez gênant d'avoir maté son entrejambe ; son visage était tout aussi impressionnant. Ses épaules n'étaient pas mal non plus, et ses avant-bras étaient juste assez musclés pour lui donner envie de s'y accrocher et de ne jamais les lâcher.

— Mlle Bingham?

— Docteur. Merde. Ce n'était pas ce qu'elle voulait dire. Ça sonnait prétentieux quand elle n'était pas au bureau, mais c'était sa réponse par défaut quand quelqu'un l'appelait comme ça.

— Vous avez besoin d'un médecin? Bon sang. Je suis désolé de vous être tombé dessus. Ne bougez pas. Je vais appeler les secours.

Elle secoua la tête. — Non. Ce n'est pas ce que je voulais dire. Elle posa ses pieds sur la première marche menant à son grand salon en contrebas et se releva toute seule, un peu chancelante. — Ça va. Mais *je* suis docteur. Vétérinaire, en fait.

Le gars la regarda de haut en bas. Et pas d'une bonne façon. Plutôt du genre : « Un docteur en pantalon de yoga et T-shirt trop grand? »

— J'ai laissé ma blouse au bureau. Malgré tout, elle tira un peu sur son T-shirt. Les pantalons de yoga moulaient des parties qu'elle ne voulait pas vraiment exhiber devant des inconnus. Évidemment, elle ne s'attendait pas à ce que le service de nettoyage envoie un homme — et certainement pas un qui aurait sa place en couverture d'un roman à l'eau de rose.

— Bon, vous êtes sûre que ça va? Je ne m'attendais évidemment pas à ce que la porte s'ouvre quand j'ai frappé.

— Désolée pour ça. J'essayais d'arriver vite et je n'ai pas regardé par le judas, sinon je vous aurais vu et je n'aurais pas ouvert la porte pour que vous tombiez. Doux Jésus, elle babillait. Elle ne babillait jamais. La seule chose dont Jennifer était fière, c'était de *ne pas* babiller. Elle était la jumelle studieuse. Celle qui avait tout pour elle. Celle qui réfléchissait toujours, analysait et repensait les choses avant d'agir. Le babillage ne faisait pas partie de son répertoire.

Apparemment, c'était le cas maintenant.

— Vous êtes sûre de ne pas vous être cogné la tête? Il arqua un sourcil et le sol vacilla sous ses pieds.

Elle le connaissait. John Becker. Le mauvais garçon du lycée dont elle avait eu le béguin en terminale. Celui qui restait dans son coin quand elle était dans les parages. Celui qui avait repoussé la seule et unique avance qu'elle ait jamais faite à un garçon. — Je crois que j'ai besoin de m'asseoir.

Il attrapa son biceps — bon sang, elle ne l'avait pas vu venir — et la conduisit jusqu'au canapé.

Elle aurait dû lui dire de la lâcher. Elle aurait dû. Elle retrouverait son équilibre s'il arrêtait juste de la toucher.

Bien sûr, il la lâcha dès qu'elle s'assit et elle eut envie de maudire l'univers pour l'avoir écoutée cette fois-ci.

Mais ensuite, il écarta quelques mèches de cheveux de son visage.

— Ça va mieux?

Oh, elle se sentait *beaucoup* mieux. Une grande partie d'elle-même se sentait beaucoup mieux. Des endroits qui ne s'étaient pas sentis comme ça depuis un moment—

— Merci. Ça va. Vraiment. J'ai juste sauté le petit-déjeuner aujourd'hui.

Elle mentait complètement. Elle avait fait du pain perdu pour Sami et avait fini ce que sa nièce n'avait pas mangé. Mais comme excuse, ça marchait.

— Ce n'est pas bon. Pas sain.

En tant que médecin, elle était d'accord. En tant que femme qui ne serait pas contre perdre quelques kilos, elle aurait pu débattre. Mais elle n'allait pas se disputer avec lui. Elle était juste surprise de pouvoir lui *parler*. — Eh bien, merci pour votre aide. Et désolée d'avoir ouvert la porte si vite.

— Hey, c'est votre porte. Vous pouvez l'ouvrir comme vous voulez.

Parlaient-ils vraiment de sa porte? Pas étonnant qu'elle n'ait pas eu de rendez-vous récemment si c'était comme ça qu'elle parlait aux hommes. Et pas étonnant qu'il n'ait pas été intéressé à l'époque.

— Alors, par où voulez-vous que je commence?

Ses lèvres seraient un bon endroit. Elle n'avait pas été embrassée depuis—

Oh. *Commencer*. Comme dans, nettoyer.

Oh, mon Dieu. Sa maison. L'homme de ses rêves d'adolescente était là pour nettoyer sa maison. Si elle avait su qu'ils l'enverraient *lui*, elle aurait rangé. Enfin, si elle s'était souvenue que c'était aujourd'hui qu'il venait—

Oh, bon sang. Pas un mot qu'elle devrait utiliser.

— Euh, la cuisine, je suppose? Ça lui donnerait une chance de remettre sa chambre en ordre.

— D'accord, alors.

Il poussa sur ses cuisses pour se lever et, que Dieu lui vienne en aide, Jennifer ne put *pas* s'empêcher de regarder le jeu des muscles sous ce pantalon alors qu'il se dirigeait vers la cuisine. John Becker s'était développé d'une manière dont elle n'avait fait que rêver.

Malheureusement, elle *avait* rêvé de lui. Beaucoup.

Mais elle avait appris sa leçon à propos des mauvais garçons, alors c'était peut-être une bonne chose qu'il n'ait fait aucun geste vers elle. Surtout qu'il ne semblait visiblement pas la reconnaître.

Son ego adorait ça.

Il s'arrêta près de la plante à côté de la cheminée. — Ça devait être une sacrée fête. Il fit un signe de tête vers la plante. Vous gardez toujours vos dessous dans le cactus de Noël?

Jennifer voulut se recroqueviller de honte, mais elle redressa les épaules, retira le string des feuilles épineuses, puis le fourra dans sa poche arrière. — Désolée. La lessive a un peu explosé ce matin.

— J'ai entendu dire que le linge pouvait être dangereux.

La lueur dans ses yeux la faisait sourire.

— Maman? Flopsy a besoin de sortir.

Sami déambula dans la pièce depuis la cuisine — où elle s'était déplacée bien que Jennifer lui ait dit de ne pas le faire — les talons *claquant* sur le sol et la robe noire traînant derrière elle.

— J'arrive tout de suite, ma chérie.

Flopsy se débrouillait bien tout seul malgré sa patte manquante, mais Sami insistait pour que Jennifer sorte avec lui. Sa nièce avait des problèmes à rester seule. Notamment parce que sa mère l'avait laissée seule la nuit où elle s'était fait arrêter — et pendant les deux jours qu'il lui avait fallu pour redescendre de son trip et se souvenir qu'elle *avait* une fille. C'était il y a deux ans et Sami vivait avec Jennifer depuis. Étant donné qu'Andrea ne sortirait pas avant dix ans, cela faisait effectivement de Jennifer la mère de Sami.

— T'es qui, toi? demanda Sami en posant une main sur sa hanche et en regardant le gars de ménage.

— Je suis Beck. Et toi, comment tu t'appelles?

— Je m'appelle Sami.

— Enchanté de te rencontrer, Sami. C'est une jolie robe que tu as là.

— C'est la sienne, dit-elle en pointant Jennifer du pouce. Je l'essaie juste.

— Ah. Eh bien, elle te va très bien.

Le visage de Sami s'illumina. — Merci. Tu es beau, toi aussi.

La vérité sort de la bouche des enfants.

Beck — c'est ainsi que les gars l'appelaient à l'école — se frotta les mains et regarda Jennifer. — Alors. La cuisine?

— Oh. Oui. Par ici. Elle tendit la main vers la pièce d'où Sami venait de sortir, passant mentalement en revue le désordre qu'il allait trouver.

Heureusement, elle avait nettoyé après le petit-déjeuner, mais si Nero s'était attaqué à la nourriture de Flopsy, il y aurait du désordre. Le chat adorait terroriser le chien, et Flopsy était tellement reconnaissant d'avoir simplement un foyer qu'il le laissait faire.

Fort heureusement, Nero n'avait pas encore semé le chaos, alors Jennifer n'était pas trop gênée. Mais il y avait une raison pour laquelle elle avait engagé un service de ménage.

Flopsy les accueillit avec son sautillement maladroit à trois pattes.

John — non, *Beck* — haussa un sourcil. — J'imagine que c'est Flopsy?

Jennifer grimaça, mais ce n'était pas elle qui avait nommé le cabot. C'était écrit sur sa médaille quand elle l'avait trouvé dans une glacière en polystyrène vide sur les marches de la clinique. Ça semblait cruel, mais il répondait à ce nom, et elle s'était dit qu'être abandonné était déjà assez cauchemardesque pour le pauvre animal, alors elle n'allait pas en plus changer son nom.

— Allez, viens mon grand. Maman va te sortir. Sami contourna Jennifer pour courir vers la porte, trébucha sur la robe et fit un plongeon vers le carrelage, mais heureusement, Beck avait de bons réflexes et la rattrapa dans ses bras avant qu'elle ne heurte le sol.

— Doucement, ma belle. Ça va?

Sami allait définitivement bien. *Plus* que bien si l'adoration qu'elle affichait était un indice.

Elle hocha la tête en regardant Beck et tapota son bras. — Merci de m'avoir sauvée.

Jennifer avait envie de lever les yeux au ciel. Sami était un peu jeune pour exercer ses charmes féminins sur les hommes, mais visiblement, la gamine ne s'en rendait pas compte. Malheureusement, c'était quelque chose qu'elle avait hérité de sa mère. Jennifer ne pouvait qu'imaginer les choses que Sami avait vues — et essayait vraiment fort de *ne pas* les imaginer. Andrea avait pris de nombreuses mauvaises décisions dans sa vie et la plupart d'entre elles concernaient des hommes.

— Pas de problème, Princesse. Je ne voulais pas que tu te cognes le nez par terre. Tu es trop jolie pour ça.

D'accord, Beck en faisait un peu trop pour une fillette de sept ans dont le film préféré était *Cendrillon*. Jennifer n'avait pas besoin de remplir la tête de Sami avec des idées de Princes Charmants sauvant des demoiselles en détresse. Ce n'était ni sain, ni réel.

Comme Jennifer le savait par expérience.

Elle prit Sami des bras très capables de Beck et la posa par terre. — Allez, Sami. Tu dois enlever cette robe et ranger ta chambre pour que Beck puisse la nettoyer.

Sami ne quittait pas Beck des yeux. — Il va la nettoyer? Pourquoi?

— Parce que c'est mon travail. Il pointa le logo sur sa chemise — qui était tendue sur un torse très impressionnant.

Merde. Jennifer ne voulait pas remarquer ça.

— Tu vois? C'est écrit Manley Maids.

— T'es une femme de ménage? Je croyais que seules les filles étaient des femmes de ménage.

Jennifer aurait juré l'avoir entendu marmonner "Moi aussi", mais il secoua la tête.

— N'importe qui peut être femme de ménage. C'est un bon boulot.

— Moi, je veux être une princesse.

— Mais tu en es déjà une.

Cette fois, Jennifer leva les yeux au ciel. Ça suffisait.

Elle tourna la tête de Sami pour que sa nièce la regarde. — D'accord, ma puce. À l'étage. Beck n'a pas toute la journée, et je pense que ta chambre va lui prendre au moins une bonne partie.

Sami fit la moue. — J'ai pas envie.

— Lui non plus. Ranger n'est pas la raison pour laquelle il est là. Tu dois le faire avant qu'il puisse nettoyer.

— Alors tu dois ranger ta chambre aussi. Elle est tout aussi en désordre.

— Et à qui la faute?

Sami détourna le regard et tordit sa bouche avant de répondre. — La mienne.

— Exactement. Donc si tu ne veux pas avoir à faire *les deux* chambres, je te suggère de te bouger. Je monterai après avoir sorti Flopsy.

— D'accord, grommela Sami en se dirigeant vers la porte.

— Et enlève mes chaussures, s'il te plaît. Beck ne sera pas là pour te rattraper si tu tombes dans les escaliers.

Jennifer s'en assurerait. Sami n'avait pas besoin de plus de raisons de regarder Beck comme s'il était la réponse à toutes ses prières. Si la vie d'Andrea n'était pas un parfait exemple des raisons pour lesquelles il ne fallait pas le faire,

Sami n'avait qu'à regarder le mariage raté de Jennifer. Trent avait porté la trahison et la dépendance à un tout autre niveau.

Les épaules de Sami s'affaissèrent dans un grand soupir. La gamine devrait faire du théâtre. — D'accord.

Elle enleva les chaussures et sortit de la pièce en courant.

— Et ne cours pas. Tu vas trébucher sur la robe.

— Vous avez du pain sur la planche, dit Beck quand Jennifer secoua la tête en se tournant à nouveau vers lui.

— Ce n'est vraiment jamais ennuyeux ici, comme tu peux le voir avec tout ce désordre.

Flopsy se retourna sur le dos à ses pieds et agita ses trois pattes — son signal pour demander de l'attention.

— Excuse-moi, je vais sortir le chien.

Beck regarda la charmante *Docteur* Bingham sortir, le pauvre chien sautillant derrière elle. Il devait admettre que la méthode du cabot pour attirer son attention avait fonctionné. Imagine si les humains commençaient à faire ça —

Le truc, c'est qu'il pouvait très bien imaginer la jolie docteur sur le dos, les jambes en l'air.

Au boulot, Fields.

Beck secoua la tête. Ouais, plus vite il commencerait, plus vite il pourrait sortir d'ici. Bien que l'idée ne soit plus aussi pressante qu'avant. Il ne s'était jamais attendu à ce que sa cliente soit aussi canon. Le legging qu'elle portait ne cachait pas grand-chose. Les femmes ne devaient pas réaliser à quoi elles ressemblaient dedans — surtout celles qui faisaient visiblement du yoga. Maintenant, si quelqu'un les concevait en résille, tous les hommes de la planète s'inscriraient dans une salle de sport.

Hmm, peut-être que *lui* devrait les concevoir. Dans l'intérêt d'améliorer la race humaine et tout ça.

Il ricana. Il avait déjà assez à faire avec les affaires de ses clients sans essayer d'en démarrer une lui-même. De cette façon, il obtenait une partie des bénéfices sans les maux de tête.

Il prit la pile de courrier sur le comptoir pour la déplacer sur la table de la cuisine et ressentit un tout autre type de douleur quand il vit le nom sur l'enveloppe.

Jennifer Langston Bingham.

Wow. C'était *bien* elle. Il pensait qu'elle lui était familière quand il l'avait aidée à se relever.

Jennifer Langston et sa sœur jumelle Andrea avaient été les filles les plus canons de sa promotion. Il avait eu la chance de s'envoyer en l'air avec Andrea dans un bar il y a des années. En fait, c'était Andrea qui l'avait *dragué*. Pas qu'il s'en soit plaint. Il venait de conclure la plus grosse affaire de sa carrière à ce jour et célébrait. Que l'une des filles les plus sexy du lycée lui fasse des avances avait été la cerise sur le gâteau.

Jusqu'à ce qu'il la surprenne en train de sniffer des lignes dans sa salle de bain le lendemain matin. Il l'avait jetée dehors et avait oublié l'incident.

Mais il n'avait jamais oublié Jennifer. Là où Andrea était sexy de manière provocante, Jennifer était plus subtile. Plus la fille d'à côté.

Et il semblait que M. Bingham s'était installé, décrochant la fille de rêve de tout le monde. Sacré veinard.

Beck chercha une photo du type. Il jeta même un coup d'œil dans le salon. Des photos de Sami ornaient les murs, mais aucun cliché de famille.

Étrange.

Encore plus étrange était l'absence d'alliance à la main gauche de Jennifer quand elle revint dans la cuisine, le chien sautillant derrière elle.

Hmm... M. Bingham n'avait peut-être pas eu tant de chance que ça après tout?

Eh bien, on ne dirait jamais que Beckett Fields était du genre à gaspiller une opportunité, surtout quand le destin venait d'en déposer une directement sur ses genoux.

Et ouais, sur ses genoux était exactement là où il voulait que Jennifer Langston Bingham se trouve.

Chapitre Deux

Jennifer parcourut sa chambre du regard, cherchant une raison de ne pas la quitter. Elle ne voulait pas affronter John-Beck. Ça avait été difficile de l'appeler ainsi, mais ça aurait paru vraiment étrange de l'appeler John alors qu'il ne se souvenait manifestement pas d'elle, et l'humiliation d'avoir à expliquer qui elle était n'en vaudrait pas la peine.

Elle soupira et jeta un autre oreiller sur son lit. Le mauvais garçon de la classe, il n'avait été que dans un seul de ses cours, et c'était en terminale, où il s'était, *bien sûr*, assis au fond, l'air boudeur et sexy, et son imagination s'était emballée.

Elle avait tendu la main une fois — offert de l'aider pour un projet — mais il s'était dérobé comme si elle avait la peste.

Dommage que *Trent* ne se soit pas dérobé. Ça lui aurait épargné beaucoup de douleur, d'argent et de honte quand un des techniciens l'avait surpris en train d'essayer de forcer l'armoire à médicaments dans sa clinique.

Elle savait vraiment les choisir, ça c'est sûr.

Jennifer ramassa sa robe de chambre en soie rose sur le banc au pied de son lit et l'accrocha derrière sa porte. C'était de l'histoire ancienne, et Trent était censé se faire aider pour ses problèmes d'addiction. Elle espérait qu'il vaincrait ses démons, mais elle ne pouvait pas mener ce combat avec lui car il l'avait repoussée. Il avait dit toutes sortes de choses méchantes sur elle, et, au final, elle n'avait pas voulu sauver le mariage pour quelqu'un qui ne faisait que l'utiliser.

Oui, elle avait définitivement retenu cette leçon. Les mauvais garçons n'avaient pas leur place dans sa vie.

Quelque chose se brisa en bas, suivi d'un « miaouuuuuuuu », du *jappement* aigu de Flopsy, et d'un juron très masculin.

Apparemment, un mauvais garçon avait une place dans sa maison, cependant.

Jennifer prit une grande inspiration et se prépara à redescendre — ce qui lui fit penser à *se ceindre les reins* et elle préférait vraiment garder ses reins hors de cette conversation.

En fait, ce n'était pas vrai. Ses reins étaient plus qu'un peu solitaires et ceux de John — *Beck* — semblaient être exactement ce qu'il fallait pour tenir la solitude à distance.

C'était pourquoi elle évitait ces reins. Les reins chauds des mauvais garçons ne lui apportaient que des ennuis.

Nero hurla à nouveau. C'était un problème. D'habitude, c'était Flopsy qui tirait la courte paille, alors si Nero hurlait, quelqu'un faisait quelque chose qu'il ne devrait pas.

C'était une autre image dont Jennifer n'avait pas besoin alors qu'elle quittait la sécurité de sa chambre pour affronter John — *Beck!* — une fois de plus.

Ce satané chat l'avait regardé une fois et avait décidé de lui rendre la vie infernale.

Beck fixait la grosse boule de poils emmerdante. Noir et blanc, la chose ressemblait à un pingouin qui aurait mangé trop d'Oréos. Mais les apparences étaient trompeuses car ce petit malin pouvait bouger.

Pauvre Flopsy. Il était occupé à courir après sa queue — une métaphore de la vie dont Beck se souvenait que trop bien de son adolescence. Puis le chat était arrivé, traversant furtivement la table de la cuisine et se frayant un chemin jusqu'à la chaise, puis s'abaissant lentement sur son ventre, laissant pendre une patte par-dessus le bord, et frappant le chien sur la tête, griffes sorties.

Les trois pattes de Flopsy avaient cédé, il avait atterri maladroitement sur sa queue, et Beck aurait pu jurer que le chat était né dans le Cheshire.

Puis le chien s'était précipité sur ses pattes, surprenant le chat satisfait, et la course était lancée.

Pour un gros chat, il pouvait bouger. Malheureusement, il bougeait aussi les *objets*. La chaise était tombée, attrapant une partie du courrier sur la table qui s'était éparpillé au sol, ce qui avait fait perdre sa traction à Flopsy, envoyant le chien percuter la porte du garde-manger, qui s'était mystérieusement ouverte, faisant tomber un balai qui avait frappé Beck sur les fesses alors qu'il essayait d'attraper le chien, et... qui sait comment, mais d'une manière ou d'une autre le cactus de Noël était par terre, Flopsy gémissait en essayant de s'échapper des feuilles épineuses, et le chat était perché sur la bibliothèque, hurlant à pleins poumons comme si *lui* était la victime et que rien de tout cela n'était de sa faute.

En premier lieu, Beck ramassa le pauvre chien du cactus. Le petit gars avait déjà assez de problèmes de mobilité sans ajouter des épines dans ses pattes.

Beck s'assit sur le canapé et pressa son pouce dans une des pattes de Flopsy, séparant les coussinets. Le petit bâtard tacheté le regarda avec inquiétude dans les yeux.

— Ne t'inquiète pas, mon pote. On va les enlever.

Le chat se retourna sur le ventre au sommet du meuble et soupira bruyamment. Ça ressemblait à un reniflement.

— Ne te mets pas trop à l'aise, toi. Beck lança un regard noir au chat. Il y a une cage dans ton avenir.

Il aurait juré que ce fichu félin lui avait fait un clin d'œil.

— Que s'est-il passé? Tout va bien?

La bonne docteure — et l'extrêmement charmante Jennifer Langston Bingham — s'arrêta net à quelques centimètres du dos du canapé, ses chaussettes rendant sa course dans la pièce plus que périlleuse.

— Tu devrais faire attention où tu marches. La plante est dangereuse. Beck leva une des feuilles qui s'était coincée dans la patte de Flopsy.

— Oh, non. Comment est-ce arrivé? Elle fit le tour du canapé et s'assit à côté de lui et du chien.

— Demande au chat. Il semble être aux commandes ici.

— Nero?

Beck ricana. — Ne me dis pas que tu as nommé ton chat d'après un empereur.

— Tu as raison, ce n'est pas moi. Il est arrivé avec ce nom.

— Tu sais, l'avantage d'adopter des animaux errants, c'est que tu peux changer leurs noms. Ça avait marché pour lui. John Becker avait été un gamin sans avenir. Une statistique oubliée dans le marasme de l'humanité. Beckett

Fields, en revanche, commandait les fortunes des gens et en avait amassé une lui-même, lui permettant d'avoir la maison dont il avait toujours rêvé, la voiture dernier modèle, et un style de vie que les gens enviaient.

Ça l'amenait aussi à nettoyer une maison, mais, heureusement, ce n'était que pour un mois.

— Je ne change pas leurs noms, dit la bonne docteure. Les noms sont importants. C'est ainsi que chacun s'identifie.

Beck n'allait pas argumenter avec elle. Elle ne le reconnaissait visiblement pas, et pour cela, il en était reconnaissant. John Becker avait été un bon à rien sans avenir. Certainement pas pour quelqu'un comme Jennifer Langston. Cette fois où il avait vu la pitié dans ses yeux quand elle lui avait proposé de l'aider pour un projet le lui avait bien montré. Beck ne supportait pas la pitié et il ne voulait certainement pas qu'elle se souvienne de lui comme de ce type-là.

Parce que, en tant que Beckett Fields, il pourrait vraiment avoir une chance avec elle si l'histoire de l'absence d'alliance était vraie. Certes, il n'était pas emballé par le fait qu'elle ait une fille, mais ce n'était pas comme s'il allait épouser cette femme. Une petite aventure sans attache pour satisfaire ce vieux béguin du lycée ferait l'affaire.

— Tiens. Laisse-moi le prendre, dit Jennifer en se rapprochant. Je suis à peu près sûre que les premiers soins pour pattes de chien ne font pas partie de ta fiche de poste.

Elle souleva Flopsy de ses genoux et, putain de merde, sa queue se dressa au garde-à-vous quand le dos de sa main effleura sa cuisse.

Beck bondit sur ses pieds et se détourna d'elle, essayant de penser à n'importe quoi pour se calmer. Bon sang. Il avait déjà eu le béguin pour elle au lycée, mais jamais rien de tel.

Le chat lui donna un coup de patte quand il s'approcha trop près.

Ah, eh bien. Ça calma un peu son érection.

Puis le chat lui siffla dessus.

Beck grogna en retour. Au milieu de son grognement, il réalisa à quel point il devait avoir l'air d'un crétin et *cela* fit complètement retomber son excitation. Apparemment, il y avait du bon à être un idiot. Et mieux valait être un idiot qui grogne sur le chat qu'un idiot qui grogne sur elle.

Il devait savoir si elle était célibataire.

— Alors, euh... Il saisit un coussin du fauteuil à côté de la bibliothèque et fit semblant de le tapoter contre son ventre en se tournant vers elle. Quel est ton emploi du temps ici? Mac a dit que tu voulais trois jours par semaine?

Jennifer secoua la tête, puis souffla pour dégager une mèche de cheveux de son visage.

Elle avait de jolies lèvres.

— Pour les deux premières semaines, ensuite on passera à une fois par semaine. J'ai, euh, laissé filer quelques trucs et je n'ai tout simplement pas le temps de tout remettre en ordre. Elle t'a bien dit qu'il y aurait aussi de l'organisation en plus du ménage, n'est-ce pas?

— Ouais. Non. Il ne faisait pas d'organisation ; c'était le boulot de son assistante, Fiona. Peut-être qu'il engagerait Fi pour s'en occuper à sa place.

Bien que cela signifierait qu'il perdrait du temps avec Jennifer, et si elle était célibataire, il n'allait pas rater cette opportunité.

— Alors quels horaires te conviennent? Journée complète? À quelle heure ton mari et toi rentrez-vous? J'aimerais être parti avant. Le temps en famille, c'est important.

Du moins, c'est ce qu'on lui avait dit. Toutes les familles chez qui il avait séjourné n'avaient pas vraiment voulu de lui à table. Pour être honnête, il ne pouvait pas leur en vouloir. Il avait eu la dent dure et s'était montré désagréable envers tous ceux qui avaient essayé de l'aider, y compris la personne présente.

Ce n'est qu'après une demi-douzaine de nuits dans la rue une fois sorti du système et quelques mois dans des refuges pour sans-abri qu'il avait réalisé à quel point il avait été stupide. Il aurait pu avoir la belle vie, peut-être même se faire adopter par une famille pour qu'elle le garde, mais il avait été trop rebelle pour avoir besoin de qui que ce soit. Il l'avait appris à la dure.

— Pour les horaires, j'emmène Sami au camp vers huit heures, puis je vais à la clinique. Je rentre à seize heures trente avec elle.

Pas de mention d'un mari. Ça ne voulait pas dire qu'elle n'en avait pas, cependant. Et comment était-il censé le découvrir sans lui demander directement?

Qu'est-ce qui n'allait pas avec une question directe? Il n'avait jamais été timide auparavant quand il voulait quelque chose.

Sauf que c'était professionnel et que ce n'était pas son affaire. Mac Manley était une gamine-femme travailleuse. Il connaissait la petite depuis l'époque où elle portait des couettes et les vêtements trop grands de ses frères, alors c'était

difficile de se rappeler qu'elle avait grandi. Il ne voulait pas entacher la réputation de son entreprise en draguant une cliente. D'une manière ou d'une autre,
il allait devoir trouver ce qu'il voulait savoir autrement.

Sami. Les enfants étaient connus pour lâcher des infos. Il allait travailler là-
dessus.

— Tu te rends compte qu'il est presque neuf heures trente, hein? Il lui
donna un petit coup. Ça ne faisait jamais de mal de développer une relation de
"potes".

— La clinique est fermée le lundi. Les samedis ont tendance à être très
chargés, alors j'aime avoir un semblant de week-end.

Donc il ferait le ménage pour elle le lundi. Ça lui donnerait du temps pour
être près d'elle.

Ou alors, il pourrait toujours acheter un chat et lui rendre visite au travail.

Nero et ses délires de grandeur miaulèrent depuis le haut de la
bibliothèque.

Laisse tomber. Beck avait soudainement une énorme aversion pour les
chats. Et un chien était exclu aussi. Ils demandaient trop d'attention. Peut-être
qu'il achèterait un poisson. Est-ce qu'elle soignait les poissons?

— J'aimerais aussi que le cabanon soit nettoyé et organisé. Depuis que
mon... enfin, les outils n'ont pas été utilisés depuis un moment et ils ont juste
été jetés là-dedans.

L'ouverture dont il avait besoin. — Mauvais jardinier?

Elle grimaça et détourna le regard. — Mon ex. Il n'était pas vraiment le
plus fiable quand il s'agissait de jardinage.

Jackpot. La femme était célibataire. Et Beck avait le sentiment que le jardinage n'était pas la seule chose pour laquelle le gars n'était pas fiable.

Quel connard. Qui décrochait Jennifer et la laissait filer?

— Bien sûr. Le cabanon n'est pas un problème. Je m'en occuperai après
avoir fait la maison. En parlant de ça, laisse-moi commencer par ce bazar. Bien
que je pense que tu vas devoir t'occuper du chat. Il n'a pas l'air de m'aimer.

— Nero n'aime personne. Sauf Sami. Il torture suffisamment le pauvre
Flopsy pour que j'aie pensé à trouver une autre maison pour le chien, mais
ensuite il a commencé à suivre Sami partout et ses cauchemars se sont arrêtés,
alors il a gagné sa place dans la maison.

— Des cauchemars?

Elle grimaça à nouveau. — Euh. Ouais. Sami faisait de vilains cauchemars.

Beck se demandait *dans quoi d'autre* M. Bingham n'avait pas été fiable.

Il avait envie de lui faire mal. Ce connard donnait des cauchemars à sa propre fille? Sami ne le savait pas, mais ne pas avoir de père était mieux que d'en avoir un mauvais.

Il en allait de même pour les maris, et Beck allait s'assurer personnellement que Jennifer comprenne à quel point elle était mieux sans ce type.

Personnellement.

Chapitre Trois

— Qu'est-ce que tu fais? demanda Sami, les lèvres outrageusement maquillées et le T-shirt tombant d'une épaule, en appuyant sa hanche gauche contre la colonne au bas de l'escalier, la main droite posée sur l'autre hanche dans une pose de femme fatale qu'une enfant de son âge n'aurait jamais dû connaître.

Mais qu'est-ce que son père lui avait fait, *bordel*?

Une rage fulgurante traversa Beck si rapidement qu'il faillit ne pas pouvoir contrôler sa réaction. Il y avait quelque chose de profondément anormal dans le fait qu'une fillette de sept ans soit provocante. Le problème, c'est qu'il ne pensait pas qu'elle savait ce qu'elle faisait, même si elle savait *comment* le faire. Dieu merci pour ces petites grâces au moins, mais, bon sang, Jennifer devait mettre un terme à cela rapidement car la gamine ne ferait que s'enhardir avec l'âge.

Il montra le pot de fleurs que le chat avait renversé. — Je nettoie ce désordre. Tu veux m'aider?

— Pas vraiment. Son regard le balaya. Je préfère te regarder faire.

Beck serra le pot un peu plus fort, prenant une longue et lente inspiration. Où diable avait-elle appris ces conneries? — Désolé, gamine, mais je ne suis pas payé pour être ton divertissement. D'accord, peut-être n'avait-il pas autant contrôlé sa réaction qu'il l'aurait dû, mais il n'allait pas s'excuser pour l'air déçu sur son visage. Elle devait apprendre tôt ou tard que les charmes féminins n'étaient pas la meilleure pratique pour se faire des amis — du moins, pas le genre d'amis qu'elle devrait avoir. — Pourquoi ne prendrais-tu pas ce balai là-bas pour m'aider à nettoyer le désordre de Nero? J'ai entendu dire qu'il n'aime que toi.

L'allure de Lolita disparut quand elle se redressa. — Nero est mon meilleur ami dans le monde entier.

La moitié d'une légion de Romains avait dit la même chose et regardez ce qui leur était arrivé. — Euh, c'est bien. C'est toujours bon d'avoir des amis.

— Tu as des amis, toi? Elle remonta le col de son T-shirt sur son épaule. Parce que t'es un peu grognon. Les gens n'aiment pas les amis grognons. Enfin, sauf le chat. Tu sais, Grumpy Cat? Il avait plein d'amis, mais c'est parce qu'il était célèbre. Mais Nero n'est pas grognon. Il est juste lunatique.

C'est du pareil au même... Beck était juste content qu'elle ait arrêté son cinéma d'*amie*. En réalité, il n'avait pas beaucoup d'amis. Liam, ses frères et les Porter, c'était à peu près tout. Il n'avait pas vraiment cherché à nouer des relations amicales à l'époque, et une fois qu'il avait décidé de faire des études et de réussir dans la vie, il avait été trop déterminé et concentré pour en former. Les femmes avec qui il couchait ne comptaient pas, d'où le surnom de « Bang 'Em and Bag 'Em » que les gars lui avaient donné. Pas son meilleur moment, mais, après tout, c'était exact.

Il tendit le balai à la gamine. — Bien sûr que j'ai des amis.

— Vous jouez au ballon et tout ça? Elle commença à balayer un peu de terre, se concentrant tellement qu'elle ne le regardait pas.

Pourquoi avait-il l'impression qu'il y avait une raison pour laquelle elle ne le regardait pas?

— On jouait au ballon avant. Les hommes adultes ne font plus ça.

— M. Nolan le fait.

Jared Nolan. Un gars du coin devenu athlète professionnel. Ce type menait une vie foutrement charmée. Beck traînait avec lui de temps en temps parce que Liam était ami avec lui, mais ils n'étaient pas le genre d'amis à se lancer la balle de baseball.

— Comment connais-tu M. Nolan?

— Il vient à la clinique de ma maman. Il a des chats.

Bien sûr qu'il en avait. Pourquoi Nolan n'aurait-il pas de chats? Ils l'aimaient probablement aussi.

Nero, comme sur un signal, sauta de la bibliothèque sur le dossier du fauteuil où Flopsy s'était réfugié pour récupérer, délogeant le coussin derrière le chien, s'assurant ainsi que le pauvre animal tomberait dans le soudain espace entre ce coussin et celui du bas, faisant gémir la pauvre bête.

Nero, Beck en était sûr, sourit à nouveau et s'éloigna nonchalamment pour poser son gros derrière sur la table basse.

— Tu veux aller chercher ton chat? demanda-t-il à Sami, se dirigeant vers Flopsy dont les pattes s'agitaient en l'air alors que le pauvre essayait de se redresser. C'était déjà assez pénible qu'il n'ait que trois pattes, fallait-il que le chat le mette hors d'état de nuire?

Nero était diabolique.

Pourtant, il ressemblait à la plus grosse et la plus pelucheuse peluche du monde quand Sami le prit dans ses bras et le berça.

— Il a une cage où tu peux le mettre? Beck observa le chat. Une boîte vide d'un pack de bière pourrait le contenir, mais il faudrait que ce soit des bouteilles, pas des canettes. C'était un sacré gros chat.

— Nero n'aime pas les cages. Il ne s'arrête pas de miauler si on le met dedans.

Évidemment. — Eh bien, on doit le tenir éloigné de Flopsy. Le pauvre chien peut à peine faire deux pas avant que le chat ne s'en prenne à lui.

Elle caressa le ventre du chat et un gros ronronnement sortit du démon. Il avait été bien nommé.

— Flopsy aime que Nero joue avec lui. Il s'ennuyait avant que Nero ne commence à jouer avec lui.

— Plutôt content, marmonna Beck, en soulevant Flopsy et en remettant les coussins en place.

Le chien lui lécha la main quand il le reposa.

Bête, stupide, dévoué imbécile. Les chiens n'avaient pas le bon sens que Dieu avait donné aux... chats. Ouais, les chats savaient où était leur intérêt. Peut-être que c'était pour ça que Nero n'aimait pas Beck — il reconnaissait un esprit semblable quand il en voyait un parce que, Dieu savait, Beck était retombé sur ses pattes plus souvent qu'à son tour et s'était réincarné dans le processus.

— Tu veux le caresser? Elle tendit ses bras vers lui. Il aime qu'on lui gratte le ventre.

— Non, ça va. Beck retourna vers le pot de fleurs cassé et remonta le pantalon ridiculement serré sur ses cuisses pour se baisser et ramasser le reste des débris. Garde-le jusqu'à ce que j'aie fini de nettoyer ça. Ensuite, on s'occupera de la cuisine.

— Pourquoi? Qu'est-ce qui ne va pas dans la cuisine?

— Nero a éparpillé le courrier partout quand il a sauté de la table.

Elle frotta son nez contre le cou du chat. — Oh, le pauvre petit chaton a eu peur?

— *Petit* chaton? Ce truc est presque aussi gros que toi. Et il n'avait pas peur ; il poursuivait le chien.

Sami roula ses grands yeux bruns. — Il *jouait* avec Flopsy. Il aime Flopsy. Et Flopsy l'aime. Ils sont les meilleurs amis. Elle frotta son nez contre celui de Nero. Et ce sont mes meilleurs amis aussi.

Quelque chose sonnait faux dans cette déclaration presque défiante. Comme si elle voulait qu'il la conteste sur le fait d'avoir des animaux comme meilleurs amis.

Il y avait quelque chose que Sami ne disait pas. Et il semblait qu'elle essayait de le lui dire, mais quoi que ce soit, Beck n'arrivait pas à le comprendre.

Bon sang, il n'avait pas besoin d'être le psy de la gamine. Il avait assez de problèmes dans sa propre vie sans essayer de résoudre les siens. Bien que, comme il l'avait appris, il n'y avait pas grand-chose qu'une bonne éducation et un paquet de fric ne puissent résoudre.

— Sami? appela Jennifer d'en haut. Où es-tu?

— Je suis en bas, maman. Nero a besoin d'un câlin.

— Ta chambre a besoin d'être nettoyée, alors pose le chat et viens ici, s'il te plaît.

— Et si tu prenais le chat avec toi? suggéra rapidement Beck. Comme ça, tu pourras lui parler pendant que tu ranges.

— Tu n'aimes pas Nero, n'est-ce pas?

— C'est Nero qui ne m'aime pas.

— C'est ridicule. Nero aime tout le monde. Mais bon, d'accord, je vais le prendre. J'aurai quelqu'un à qui parler.

Beck la regarda s'éloigner. Il n'arrivait pas à mettre le doigt dessus, mais il y avait quelque chose avec cette gamine...

Il se secoua. Les enfants ne faisaient pas partie de ses préoccupations. Sa mère n'aurait pas dû le mettre au monde, alors, même s'il était content d'être là maintenant, il ne voyait aucune raison de perpétuer cette bienfaisance. Il fallait être quelqu'un de spécial pour être parent, et bien qu'il ait rencontré quelques bons parents au cours de son adolescence, dans l'ensemble, il n'avait pas de base pour savoir ce qui ferait de *lui* un bon parent. Il valait donc mieux qu'il ne prévoie pas de soumettre un enfant à son ignorance. C'était une bonne chose que Sami ait pris son chat et soit partie. Il était à court de perles de sagesse.

Il balaya le reste de la terre et des tessons d'argile dans la pelle, puis ramassa ce qui restait du pot de fleurs et se dirigea vers la cuisine.

Il mit la plante dans l'évier et vida le contenu de la pelle dans la poubelle, puis commença à fouiller dans les placards pour voir si Jennifer avait quelque chose d'autre pour mettre la plante.

— Oh, j'aurais pu nettoyer ça.

Quand on parle du loup... En fait, de l'ange. Ses cheveux blonds étaient comme une auréole, et elle avait des yeux bleu cristal et un grand sourire lumineux qui...

Bon sang, il devenait ridicule. Quand avait-il jamais trouvé une femme angélique? Et puis, il les aimait un peu diaboliques. Ça faisait une nuit amusante au lit. Jennifer était probablement du genre missionnaire-avec-les-lumières-éteintes.

Mec, ce qu'il ne donnerait pas pour le découvrir.

— Hé, c'est pour ça que je suis là. Pour nettoyer. Il s'appuya contre l'évier et croisa les bras, principalement parce qu'il savait à quoi ressemblait son torse quand il faisait ça. Il faisait de l'exercice exactement pour cette raison. Bon, pas par pure vanité, même si c'était un bel avantage. Il faisait de l'exercice pour rester en forme et se sentir bien. Dans son métier, le stress était un facteur énorme. L'exercice aidait à le tenir à distance. Et si les femmes appréciaient le résultat final... eh bien, hé. Il n'allait certainement pas s'en plaindre.

Cependant, son corps ne semblait avoir aucun effet sur Jennifer. Elle lui jeta à peine un coup d'œil quand il prit la pose, choisissant plutôt de s'agenouiller et d'ouvrir un des placards doubles.

Pas ce qu'il voulait qu'une femme fasse quand elle était à genoux.

Il faillit faire un pas vers elle, mais se retint. À quoi pensait-il? Certes, c'était Jennifer, mais c'était une cliente. Et il n'était pas un chien au point de devenir grossier avec elle juste pour nourrir son ego. Bon, il n'avait pas eu de rendez-vous depuis un mois ou deux — bon sang, ça faisait *cinq* mois — mais ça ne voulait pas dire qu'il devait draguer tout ce qui avait des chromosomes X. Il avait un minimum de contrôle.

Puis elle se leva, fit tomber quelque chose, et se pencha juste devant lui pour le ramasser.

Sérieusement, un minimum, c'était à peu près *tout* ce qui lui restait.

Elle ramassa ce qu'elle avait fait tomber, puis se redressa et se retourna.

Et le surprit en train de la regarder fixement.

Merde.

Beck saisit la pelle et la tendit. — J'allais te demander si tu en avais besoin.

— Mais tu ne l'as pas fait.

Il y eut un ou deux battements de cœur de silence après sa déclaration.

Ce n'était pas une question.

Alors pourquoi Beck ressentait-il le besoin de répondre? — Non. Désolé. Je, euh... Pour la première fois de sa vie, Beck ne trouvait pas de réplique habile.

Alors il opta pour la vérité.

— Je ne pouvais pas bouger quand tu t'es penchée devant moi. Du moins, pas d'une manière que tu trouverais appropriée.

C'était mettre cartes sur table. Soit elle allait saisir la balle au bond, soit elle allait tout simplement fuir.

Jennifer n'avait aucune idée de comment répondre à sa déclaration ouvertement flirteuse.

Il n'y avait pas de doute sur ce qu'il avait voulu dire. Et il n'y avait pas de doute non plus sur ce que ses parties féminines en pensaient.

Pour la première fois depuis des années — *des années* — elle eut les jambes qui flageolaient, et des papillons qui devaient être en hibernation se mirent à virevolter dans son ventre.

Mais c'était John Becker. Le mauvais garçon.

Il se passa une main sur le visage. — Écoute, je suis désolé. C'était déplacé.

Un mauvais garçon qui s'excusait. C'était nouveau. Trent avait l'habitude de rejeter la faute. Il n'avait jamais assumé la responsabilité de ses actes.

— Ça ne se reproduira plus.

— Dommage. Oh merde. Avait-elle dit ça à voix haute?

La façon dont ses lèvres s'incurvèrent vers le haut indiquait que oui.

— Dommage, hein? John — *Beck* — posa la pelle sur le comptoir, puis marcha — *se dandina* — vers elle.

Maintenant, c'était elle qui ne pouvait plus bouger.

Tu devrais bouger. Genre, maintenant.

Elle ne pouvait pas.

Il s'arrêta juste devant elle.

Juste. Devant. Elle.

Elle pensait que leurs orteils se touchaient peut-être.

Elle déglutit. Elle aurait dû bouger. Ne pas rester là avec le comptoir dans son dos, la cuisinière à sa droite, et le coin qui tournait vers un autre mur de placards l'enfermant. Elle aurait pu se faufiler sur le côté, ou elle pouvait rester ici et lui tenir tête.

Puis il lui caressa la joue et elle n'eut plus le choix. Oh, pas parce qu'il ne la laisserait pas partir, mais parce qu'elle ne voulait pas partir.

— Je viens de réaliser que je ne me suis pas correctement présenté. Sa voix avait un petit côté mauvais-garçon-sexy-rauque. Cela dit, elle avait toujours aimé sa voix. Il n'y avait pas grand-chose chez lui qu'elle n'aimait pas à l'époque.

On dirait que c'était toujours le cas aujourd'hui.

— Je m'appelle Beckett Fields.

Ses yeux s'écarquillèrent. Beckett *Fields*? Il *n'était pas* John Becker?

Jennifer le dévisagea. Il ressemblait pourtant à John Becker. Les mêmes magnifiques yeux verts. Le même nez parfait bien qu'elle était sûre d'avoir entendu des rumeurs selon lesquelles il avait été cassé au moins deux fois. Les mêmes épais cheveux noirs bouclés dans lesquels elle avait voulu passer ses doigts quand elle était adolescente et dans lesquels elle voulait maintenant s'agripper pour l'attirer à elle.

Non, c'était bien lui, mais pour une raison quelconque, il avait un nouveau nom.

Quoi qu'il en soit, il ne se souvenait manifestement pas d'elle, alors elle n'allait pas l'éclairer. Elle ne voulait pas revivre le moment où il n'avait pas pu s'éloigner d'elle assez vite.

Sauf que maintenant... il fit un pas de plus vers elle.

— Et j'espère que tu ne me gifleras pas pour ce que je vais faire, mais si tu le fais, attends au moins que j'aie fini.

Les mots s'enregistraient, mais pas leur signification...

Jusqu'à ce que Beckett Peu-Importe-Comment-Il-Voulait-S'appeler se penche et l'embrasse.

Elle devrait probablement arrêter ça.

Peut-être même le gifler comme il l'avait suggéré.

Au moins, opposer *une sorte* de résistance.

Ouais, c'était ça. Résister.

Juste un peu.

Et elle le ferait.

Dans un instant.

Pour l'instant, elle allait en profiter. Qui sait quand elle en aurait à nouveau l'occasion parce que, quel que soit son nom aujourd'hui, il savait vraiment comment embrasser. De la façon parfaite dont il tenait sa mâchoire, à la pression idéale de ses lèvres, en passant par le glissement de sa langue contre sa lèvre inférieure...

C'était tellement inapproprié.

Mais tellement bon.

— Maman?

Jennifer s'arracha brusquement de l'étreinte de Beckett, souhaitant pour la première fois depuis que Sami était venue vivre avec elle de ne pas l'avoir accueillie.

Ce qui la fit se sentir encore plus mal d'avoir permis ce baiser.

Parce qu'elle l'*avait* permis. Elle était restée là et l'avait laissé l'embrasser sans rien faire pour l'arrêter. N'avait-elle donc rien appris?

— Maman? Où es-tu?

— Euh, en bas, ma chérie. Qu'est-ce que tu veux?

Beckett Quel-que-soit-son-nom haussa un sourcil.

Il n'y avait pas de malentendu *là-dessus*. Et même s'il y en avait eu un, la bosse qu'elle avait sentie contre son abdomen lui faisait savoir exactement ce dont *il* avait besoin.

Et la douleur entre ses cuisses disait qu'elle aussi avait des besoins.

— Nero est coincé dans mon placard et je n'arrive pas à le faire sortir.

Jennifer soupira. Ce chat était l'animal errant le plus exigeant qu'elle ait jamais ramené à la maison. Et ça incluait Sami. — J'arrive tout de suite.

— Contrecarré par un empereur. Il leva la main pour se gratter la mâchoire. Je suis sûr que ça arrivait souvent.

— Nero a été un défi. Je pense qu'il a été maltraité par ses anciens propriétaires.

— Pour une bonne raison.

— Tu n'as pas dit ça. Il n'y a absolument aucune raison de maltraiter un animal. Ils ne font que réagir à ce qu'on leur a montré.

Beckett leva les mains. — Désolé. Tu as raison. Les animaux, les enfants... c'est pareil. Ce sont les produits de leur environnement.

Jennifer pencha la tête. C'était quelque chose que John Becker aurait pu dire... Mais Beckett Fields, avec sa Mercedes — elle avait vérifié par la fenêtre — et son attitude? Il venait juste de prouver que les gens pouvaient s'élever au-dessus de leur environnement, donc son commentaire ne tenait pas la route.

Probablement pas quelque chose dont elle voulait discuter avec lui, cependant, puisqu'il ne se souvenait pas qu'il la connaissait —

Oh, mon Dieu. Il n'avait aucune idée de qui il embrassait. S'il s'en rendait compte un jour, elle mourrait de honte.

— Ma-man!

— J'arrive. Personne ne pouvait transformer un mot d'une syllabe en deux comme une jeune fille. Et l'exaspération qui l'accompagnait... Jennifer pouvait sentir le dédain d'ici. Mais elle était plus que reconnaissante d'avoir une excuse pour sortir d'ici, alors elle fit quelques pas de côté puisque Beckett ne bougeait pas.

— Reviens vite, dit-il alors qu'elle contournait le bord des placards.

Elle fit encore deux pas, puis se retourna vers lui. — Ça ne peut pas se reproduire.

— Bien sûr que si.

— Non, c'est impossible. Nous avons eu de la chance que Sami soit à l'étage, mais je ne veux pas risquer qu'elle voie ça. Et risquer d'avoir l'air idiote, mais elle garda ça pour elle.

— Sami ne sait pas que les adultes s'embrassent?

— Elle ne m'a jamais vue le faire et je préfère que ça reste ainsi.

— Pourquoi pas? Tu le fais si bien.

Cet homme était trop charmant pour son propre bien. Jennifer sentit le rouge lui monter aux joues. Et elle détestait ça. Elle avait plus de trente ans, bon sang. Elle devrait avoir dépassé le stade de rougir pour un simple baiser.

Ce baiser n'avait rien de simple, ma chérie.

Jennifer secoua la tête. — Écoute, on s'est débarrassé de ça. Ça ne peut pas se reproduire. Elle se retourna et se dirigea vers les escaliers. — Je ne le permettrai pas.

On verrait bien.

Beck la regarda sortir de la pièce à grands pas. Dieu, qu'il aimait les pantalons de yoga sur les femmes qui devraient en porter. Et s'il ne se trompait pas — et il se trompait rarement quand il s'agissait de sous-vêtements féminins — elle portait aussi un string.

Merci, Victoria's Secret.

Son entrejambe s'agita. D'accord, peut-être qu'il ne devrait pas remercier Mme Victoria tout de suite. Avoir une érection au travail n'était définitivement pas une situation enviable. Il préférerait de loin que ça arrive *après* le travail. De préférence quand Jennifer Langston Bingham aurait engagé une baby-sitter pour sa fille et passerait la soirée avec lui.

Est-ce que les baby-sitters faisaient des gardes de nuit de nos jours? Ça ne le dérangerait pas d'avoir Jennifer pour lui tout seul pendant une bonne douzaine d'heures.

Mais, en attendant, il devait la partager avec son enfant, un chien à trois pattes, et un chat dictatorial. Et des produits de nettoyage.

Roulant des yeux tout en retroussant métaphoriquement ses manches, Beck saisit à nouveau le balai. Des poils d'animaux. Voilà à quoi sa journée était réduite. Toutes ses études nocturnes des marchés financiers, ses innombrables équations mathématiques et algorithmes, ses trop nombreux appels à froid pour réunir son premier million, et il en était réduit à balayer les poils de créatures à quatre pattes. Ou, dans le cas du pauvre Flopsy, à trois pattes.

Il n'aurait jamais dû aller à cette soirée poker.

Mais Liam l'avait mis au défi de venir, l'attirant avec un pari annexe sur qui serait le perdant de la soirée — alors il avait perdu deux fois.

Ouais, Liam savait comment l'atteindre. Il savait qu'il ne pouvait pas résister à un défi — sauf celui où il aurait dû inviter cette même Jennifer au bal de promo. Liam avait pensé que ce serait hilarant ; Beck avait pensé que ce serait pathétique. Même s'il avait voulu trouver le courage de lui demander, elle faisait partie des gens populaires. Pas question qu'elle daigne y aller avec lui. Et il ne l'aurait pas blâmée. Comme s'il avait eu deux sous à mettre bout à bout, sans parler des cent dollars pour louer un smoking. Quant aux billets, au dîner, à la limousine et au bouquet... Il aurait tout aussi bien pu essayer de lui offrir une bague de fiançailles vu l'argent qu'il avait.

Mais maintenant... Maintenant, il pouvait offrir à Jennifer tout ce que son cœur désirait. Maintenant, il était quelqu'un qu'elle regarderait deux fois — et il l'avait surprise en train de le faire.

Pour la première fois en plus de quinze ans, il se sentait digne.

Il secoua la tête. Il avait le visage et le corps que Dieu lui avait donnés, mais il avait fallu de l'*argent* pour qu'il en arrive à ce stade où il était à l'aise avec qui il était et où sa vie allait. C'était triste, mais c'était ainsi. Il avait travaillé dur pour cela et s'était prouvé quelque chose *à* lui-même. Il avait *vraiment* quelque chose à offrir à quelqu'un s'il choisissait de le faire un jour.

Et avec Jennifer, il pourrait bien choisir de le faire.

Mais à ce moment-là, sa fille l'a suivie en bas des escaliers.

Chapitre Cinq

Beck décida que Sami était la plus grande sangsue du monde. La gamine ne quittait jamais sa mère des yeux.

— On peut aller manger une glace, maman? Elle passa sa main sur le dossier du canapé en cuir où Jennifer était assise.

— Pas maintenant, Sami.

— Et si on allait au cinéma?

— Il fait trop beau pour s'enfermer dans une salle de cinéma.

— La salle d'arcade?

Jennifer expira. Bruyamment. — Cet endroit me donne mal à la tête.

Sami se laissa tomber en arrière par-dessus le dossier du canapé, se retrouvant dans une sorte de poirier modifié sur le coussin. — Alors on devrait aller t'acheter des écouteurs. Il y en a des vraiment bons au magasin d'électronique.

— On ne va pas faire du shopping d'appareils électroniques.

— Alors que dirais-tu des magasins d'usine? On n'y est pas allées depuis un moment.

— On ne va pas aller dans les magasins d'usine à l'heure du déjeuner. Ce sera la folie.

— Eh bien alors, Sami fit une culbute arrière et atterrit à genoux devant le canapé, on peut aller au zoo? Peut-être que ce sera comme un magasin.

— Ce n'est pas au programme aujourd'hui, Sami. La voix de Jennifer était aussi posée que lorsqu'il était arrivé.

Beck secoua la tête en essuyant les traces de doigts de la taille d'une enfant de sept ans sur le réfrigérateur en acier inoxydable. Il ne savait pas comment elle gardait son calme, car si la gamine demandait encore une fois à Jennifer de l'emmener quelque part, Beck allait appeler son chauffeur pour la faire faire un tour du quartier, juste pour avoir un peu de paix et de tranquillité. Ça suffisait. La gamine devait comprendre que l'argent ne tombait pas du ciel.

Il passa le chiffon sur la cuisinière haut de gamme intégrée dans le plan de travail en granit. Celle avec le tiroir chauffe-plat tout aussi haut de gamme intégré en dessous.

Cela dit, étant donné les autres appareils haut de gamme et les bords à plusieurs niveaux du granit, sans parler des améliorations des armoires sur mesure rien que dans cette pièce, on pouvait peut-être s'attendre à ce que la gamine pense que l'argent poussait sur les arbres. Cette maison n'était pas bon marché. Carrelage en calcaire bouchardé dans la cuisine, parquet en bois vieilli à larges lames dans le reste de la maison, fenêtres extra-longues, plafonds voûtés, et une magnifique cheminée encadrée d'onyx... Jennifer et son ex ne s'en étaient pas trop mal sortis. Et si elle gardait la maison toute seule, *elle* ne s'en sortait pas trop mal non plus. La gamine était probablement pourrie gâtée.

Il la regarda essayer de faire le poirier sur le sol, le dos contre l'accoudoir du canapé. C'était en fait une jolie gamine. Elle ressemblait un peu à sa mère, mais ses cheveux noirs et bouclés devaient venir du côté de son père, car sa tante Andrea était blonde aussi. Les yeux de Sami étaient verts, alors que ceux de Jennifer étaient d'un bleu cristallin. En cela, elle et Andrea étaient différentes, car ceux d'Andrea étaient plus d'un bleu foncé. Comme une mer orageuse. Il pensait autrefois que c'était parce qu'elle était la plus sauvage des jumelles — comme l'avait prouvé la nuit où ils s'étaient rencontrés dans un bar et qu'elle l'avait laissé la ramener chez lui.

Cette femme n'avait pas eu une once d'inhibition et cela l'avait fait se demander si Jennifer était pareille.

Ouais, il avait été *ce* type. Celui qui faisait l'amour à une sœur en pensant à l'autre. Il n'en était pas fier, mais lui seul le savait.

Il jeta un coup d'œil à travers la fenêtre de service entre la cuisine et le salon où elle pliait les vêtements qui avaient été éparpillés sur les meubles. La plupart étaient à la taille de Sami, donc soit le sèche-linge avait vraiment explosé des vêtements dans toute la pièce, soit c'était Sami, et Beck savait sur quoi il aurait parié.

Il grimaça. Il devrait probablement éviter tout type de pari. C'est ce qui l'avait mis dans ce pétrin.

Puis Jennifer leva les yeux et leurs regards se croisèrent.

Hmm, perdre n'avait pas été aussi terrible qu'il le pensait.

Sami essaya un autre poirier, mais son pied s'écrasa sur le pouf qui servait de table basse.

— Sami, ça suffit. Jennifer se précipita vers la pile de vêtements qui avait été soigneusement empilée là, puis plaça le vêtement qu'elle était en train de plier sur le dessus et les tendit. — Tiens. Tu peux aller ranger ça. Ça te donnera quelque chose à faire puisque tu sembles t'ennuyer.

— Beurk. Sami s'avança en traînant des pieds avec toute l'angoisse dont une enfant de sept ans était capable et arracha les vêtements dans ses bras, défaisant la plupart du travail que sa mère venait de faire. — Pourquoi tu ne peux pas être plus amusante?

— Je suis très amusante... *après* que tu as fini tes corvées.

— Les corvées ne sont pas amusantes.

— C'est pour ça qu'on les appelle des corvées. Jennifer lui donna une tape sur les fesses. — Allez, file. Plus vite tu le feras, plus vite...

— Ce sera fini. Je sais. Sami se retourna et le vit.

Son visage bougon disparut en un instant. — Oh, salut. J'avais oublié que tu étais là.

Sans blague. Il reconnaissait une tentative de manipulation quand il en voyait une. — Ouais, je suis là.

— Tu peux m'aider à ranger ça?

Bon sang, elle savait y faire avec le charme. Les petits garçons de sept ans feraient mieux de faire attention ou ils se retrouveraient à faire ses quatre volontés en un clin d'œil.

— Désolé, ma grande, mais ta maman t'a demandé de le faire. J'ai mon propre travail. Tu vois? Il brandit le chiffon et le secoua.

Ce qui eut pour effet de faire retomber sur le plan de travail les particules qu'il venait d'essuyer. Génial. Plus de travail.

Bah, ça le garderait ici un peu plus longtemps.

Sami plissa la bouche en une moue. — S'il te plaît? Je ferai en sorte que Nero reste hors de ma chambre pour toi.

— Sami! Jennifer semblait scandalisée, mais Beck se contenta de rire. Il fallait reconnaître que la gamine avait du cran d'essayer.

— Quoi? Sami regarda sa mère. — Je n'arrive pas à atteindre le haut de mon placard pour tout ranger.

— C'est pour ça que tu as une commode. Les vêtements pliés vont dedans, tu te souviens?

— J'avais oublié. Sami le regarda à nouveau — et lui fit un clin d'œil — avant de sortir de la pièce en sautillant.

— Quelle petite comédienne vous avez là.

— Ne m'en parlez pas. Jennifer appuya ses mains sur ses genoux et se leva, puis écarta quelques mèches de cheveux de son visage. — J'appréhende son adolescence.

— J'ai entendu dire que ça pouvait être assez difficile.

— Si elle est comme ma sœur, je ne suis pas sûre de survivre.

— Qu'est-ce que votre sœur a fait?

Jennifer afficha une expression étrange, puis s'affaira à arranger les magazines sur la table basse. Beck eut l'impression qu'elle faisait tout son possible pour éviter de le regarder. — Oh, tu sais. Des trucs normaux. Je n'écoutais pas mes parents, je traînais avec une bande différente... Elle leur en a fait voir de toutes les couleurs.

— Et toi, tu étais la bonne fille.

Ce n'était pas une question — parce qu'il connaissait déjà la réponse — mais elle répondit quand même. — Ouais.

Elle se redressa et pressa ses mains contre le bas de son dos, essayant de le faire craquer — ce qui fit de très *bonnes* choses à son buste.

Merde. Il n'avait pas besoin de remarquer ça avec sa fille dans la maison. Bien que cela n'ait pas empêché d'autres pensées inappropriées de surgir.

Ou un baiser.

— Alors, tu trouves tout ce qu'il te faut?

Il dut réfléchir quelques secondes pour comprendre sa question.

Ah. Oui. Les produits de nettoyage. — Oui. Bien sûr. Pas de problème. Je les ai apportés avec moi.

Sérieusement? C'était comme ça qu'il lui répondait? Il n'était plus un adolescent impressionné ; il devrait être capable de formuler une phrase cohérente et complète à une belle femme. Bon sang, il avait eu plus de conversations avec de jolies femmes qu'il ne pouvait s'en souvenir, alors pourquoi celle-ci lui était difficile, il ne le savait pas.

— La maison n'est généralement pas dans un tel désordre, mais le travail a été chargé dernièrement et faire sortir Sami le matin est toute une corvée. Elle me rappelle tellement ma sœur, c'en est effrayant.

Il ne voulait pas penser à sa sœur. Cette nuit unique qu'il avait passée avec Andrea... Il le regrettait presque maintenant parce que s'il pouvait avoir une chance avec Jennifer, il ne voulait pas qu'elle sache qu'il avait aussi été avec sa sœur. Ça pourrait rendre les choses un peu, eh bien, compliquées.

— Tu devrais peut-être engager Sami pour nettoyer la maison. Les enfants peuvent toujours apprendre une leçon de responsabilité. Il essuya le comptoir pour la deuxième fois. Il l'essuierait une demi-douzaine de fois si cela signifiait qu'il pouvait rester ici à lui parler.

— Tu as des enfants?

— Non.

— Ah. Du coaching depuis le fauteuil. Les théories marchent bien ; c'est cette fichue pratique qui les jette par la fenêtre. Elle saisit les magazines. — Je vais jeter ça. Ce n'est pas comme si j'avais le temps de les lire de toute façon. Elle les plaqua contre sa poitrine — dommage. — Voilà. Tout a été rangé, donc ça ne devrait pas être trop difficile pour toi de nettoyer pendant qu'on est dehors.

— Vous sortez? Mince. Sa présence rendait ça supportable, mais sans elle... Combien de temps devait-il encore faire ça? — Tu cèdes à la pression?

— Pas du tout. Je fais mes courses pendant mon jour de congé, bien que ce ne soit pas le genre que Sami aime. Et comme aujourd'hui c'est mon jour de congé...

— Tu vas me laisser seul à la merci pas si tendre du chat empereur?

— Nero ne te dérangera pas. Il fait sa course-poursuite matinale avec le chien, puis il est hors-jeu dans la fenêtre en baie de mon bureau. Tu peux passer l'aspirateur juste autour de lui sur le coussin et il ne bougera pas.

— Ça ressemble vraiment à un empereur romain. Tu lui donnes des raisins à la main?

Il obtint le sourire qu'il espérait d'elle.

— Chut. Elle mit son doigt sur ses lèvres, attirant son attention.

À qui voulait-il faire croire? Il n'avait pas besoin d'aide pour examiner ses lèvres.

— Ne laisse pas Nero t'entendre, dit-elle. Jusqu'à présent, j'ai réussi à garder cette idée hors de sa tête.

— Hé, il n'y a rien de mal à se faire dorloter de temps en temps. Il pouvait très bien s'imaginer la dorloter.

Parmi d'autres choses.

— Je te rappellerai que tu as dit ça quand Nero voudra que tu lui donnes son dîner à la cuillère.

Adieu les fantasmes. — Tu plaisantes.

— Pas du tout. Et c'est entièrement la faute de Sami.

— Je ne me souviens pas que nourrir le chat faisait partie de ma description de poste.

Elle rit et cela rendit son visage déjà beau absolument magnifique. C'était drôle comme des jumelles pouvaient être si semblables et pourtant si différentes. Le visage d'Andrea ne s'était jamais illuminé comme celui de Jennifer.

— D'accord. Je suppose que ça devra rester le domaine de Sami. Elle se dirigea vers les escaliers. — Je vais aller vérifier les progrès dans sa chambre et ensuite on te laissera tranquille.

Ça ne le dérangerait pas qu'elle soit dans ses cheveux — de préférence en les agrippant fort pendant qu'il la pénétrerait —

Dieu merci, il était adossé au comptoir sinon le Dr Jennifer aurait eu une vue frontale de l'effet exact que lui parler lui faisait. Bien qu'elle avait dû le sentir quand il l'avait embrassée.

Elle devait savoir qu'elle l'affectait.

Beckett Fields l'affectait d'une manière dont personne ne l'avait fait depuis longtemps.

Jennifer dut s'éventer avec les magazines dès qu'elle monta les escaliers vers la chambre de Sami. Ce prochain mois allait être tout un défi.

— Je ne veux pas sortir.

Peut-être même plus qu'affronter Sami dans une de ses humeurs.

— Sami, tu sais qu'on fait des courses aujourd'hui.

— Je veux pas. Sami se laissa tomber sur la couette rose qu'elle avait choisie, et croisa les bras. — Je veux rester ici et jouer avec Nero.

— Chérie, Nero va dormir. Tu sais qu'il fait la sieste tout l'après-midi. Allez, tu pourras jouer avec lui quand on reviendra.

— Non.

Jennifer limita son soupir au minimum. La thérapeute qu'elle consultait pour l'aider à faire passer Sami à une vie dite "normale" lui avait dit d'essayer de ne pas montrer trop d'émotion, surtout de la colère, quand Sami faisait des caprices. L'entêtement de Sami était sa tentative de contrôler son univers parce que les actions d'Andrea l'avaient fait sortir de son orbite.

Jennifer essayait d'être patiente, vraiment, mais Sami ne pouvait pas avoir tout ce qu'elle voulait. — Tu veux me dire pourquoi?

— Parce que je veux rester à la maison.

— Pourquoi?

— Parce que j'aime bien ici.

D'accord, c'était une bonne chose. La thérapeute avait dit qu'une fois que Sami se serait attachée à l'endroit, elle se sentirait suffisamment en sécurité pour avoir l'impression d'y appartenir. Qu'elle aurait enfin un endroit à elle. C'était la raison pour laquelle Jennifer l'avait emmenée faire du shopping pour décorer la chambre comme Sami le voulait. Alors, le fait qu'elle soit plus rose qu'une barbe à papa et couverte de suffisamment de paillettes pour rivaliser avec les Joyaux de la Couronne... Jennifer était simplement heureuse que Sami ne se batte pas avec elle pour aller au lit le soir.

— Je sais que tu le fais, ma chérie, mais nous devons aller faire les courses, sinon nous ne pourrons pas nourrir Nero et Flopsy.

— Tu ne peux pas y aller toute seule?

— Je ne peux pas te laisser ici toute seule.

— Je ne serai pas seule. Beck est là.

Beck. Comme s'ils étaient meilleurs amis — ou qu'un premier béguin en bonne et due forme, digne d'un héros vénéré, avait débarqué comme un train de marchandises sur Sami. Ça allait demander beaucoup de travail pour la ramener à la gare.

— Je suis désolée, Sami, mais Beckett est ici pour nettoyer la maison, pas pour faire du baby-sitting.

Jennifer ne pouvait pas blâmer Sami pour ce béguin. Beckett *était* plutôt canon. Et il embrassait comme, eh bien, comme Jennifer ne l'avait pas expérimenté depuis longtemps. Il lui avait fallu un moment pour même penser à sortir avec quelqu'un après avoir surpris Trent avec les mains dans le sac, pour ainsi dire, et elle n'était sortie qu'une poignée de fois avant qu'Andrea ne bouleverse sa vie et celle de Sami.

Alors, oui, elle avait une excuse pour ne pas l'avoir arrêté quand il l'avait embrassée.

Mais quelle était la sienne pour l'avoir fait en premier lieu?

— Pourquoi pas, maman? J'aime bien Beck.

Que devait-elle faire dans cette situation? Mon Dieu, donnez-lui un Yorkshire avec une ovariohystérectomie herniée et elle s'en sortirait très bien. Mais mettez-lui une fillette de sept ans avec des problèmes d'identité entre les mains et Jennifer avait l'impression d'être encore à l'école primaire. Non, rayez ça. Elle avait eu que des A à l'école primaire ; elle savait ce qu'elle faisait à l'époque. Elle n'avait qu'à s'occuper d'elle-même. Maintenant, tout ce qu'elle faisait était évalué en fonction de ce qui serait bon pour la pauvre Sami qui avait tant traversé. Jennifer avait peur de la marquer à vie, bien qu'en réalité, elle ne puisse pas faire pire que sa sœur. Mais cela n'aidait pas la situation.

Alors elle décida de se concentrer sur le problème en question. — Parce que te surveiller n'est pas la raison pour laquelle Beckett est ici.

— Mais il n'a pas besoin de me surveiller. Je ne suis pas un bébé. Je peux même l'aider.

Jennifer réussit à cacher le frisson qui la parcourut à cette idée. Sami et les produits de nettoyage... Pas un mélange sûr. La débâcle du détergent pour lave-vaisselle de la semaine dernière en était la preuve parfaite. Jennifer avait mis jusqu'à une heure du matin pour enlever tout le savon du sol de la cuisine et baigner le pauvre Flopsy qui, Dieu l'aime, n'avait pas le sens d'une puce et avait dû inspecter les « dessins de savon » de Sami. Heureusement, Jennifer l'avait attrapé avant qu'il ne laisse ses petites traces de pattes savonneuses dans toute la maison, mais la cuisine avait été un assez grand désordre.

— Mais j'ai besoin que tu m'aides. Tu dois choisir les céréales que tu veux et les biscuits pour ton déjeuner. En plus, tu choisis toujours les meilleures pêches. Elle avait vite appris que les compliments faisaient des merveilles pour l'estime de soi de Sami.

— Je veux des Oreos et des Apple Jacks comme d'habitude. Ce sont mes préférés.

Jennifer n'était pas dupe de cette nonchalance. Choisir sa propre nourriture était le point culminant de la semaine de Sami, et, tant qu'elle n'exagérait pas, Jennifer lui achetait généralement ce qu'elle voulait puisque les capacités d'Andrea en matière de courses alimentaires étaient inversement proportionnelles à son penchant pour les activités illégales. La pauvre gamine avait vécu plus longtemps que n'importe quel étudiant avec ces paquets de nouilles bon marché. Jennifer travaillait encore à apprendre à Sami à équilibrer son apport nutritionnel, alors ce refus de faire quelque chose que Sami appréciait auparavant... L'attrait de Beckett était trop fort. Quelque chose que Jennifer comprenait. Ce qui pouvait être un problème. Pour toutes les deux. Elle devait couper court à cela.

Encore une fois, pour toutes les deux.

Jennifer se leva. Que le recadrage commence — oh, zut. Cela ne faisait que lui donner l'idée de lui mordiller le cou.

Jennifer soupira et attrapa les derniers t-shirts sur le lit avant de se diriger vers la commode. — Allez, Sami. Nous devons y aller. Je suis sûre que Beckett sera encore là quand nous reviendrons.

Elle l'espérait.

Elle plongea les vêtements dans le tiroir du bas. Bon sang, qu'est-ce qui n'allait pas chez elle? Alors elle n'avait pas eu de rendez-vous depuis un moment — deux ans — et elle n'avait pas été embrassée depuis encore plus longtemps... Ce n'était pas comme si elle était une femme seule et en manque de sexe. Elle avait une vie bien remplie avec des amis, sa carrière, et maintenant Sami. Elle ne devrait pas être toute frémissante pour un type, même si elle avait eu un béguin pour lui autrefois.

Autrefois?

Elle ferma le tiroir. D'accord, elle le trouvait toujours canon. Il y avait plein de types canons dans les parages.

Mais t'ont-ils embrassée?

Bonne question. Une meilleure serait *pourquoi* il l'avait embrassée. Ce n'était pas la chose la plus professionnelle qu'il aurait pu faire ; elle devrait le signaler.

Bien sûr. Parce qu'elle s'était tellement débattue...

— Allez, ma chérie. Nous devons y aller. Jennifer se retourna.

Sami s'était glissée sous les couvertures. — Non.

— Sami, je ne plaisante pas. De plus, plus vite nous partirons, plus vite nous pourrons revenir.

— Beck sera là?

— Si nous nous dépêchons. Elle tapota les orteils de Sami sous la couette. — Allez. Ça va être amusant.

— Ce serait plus amusant avec lui.

Ça le serait. — Mais il travaille maintenant.

— Non, il ne travaille pas. Il fait le ménage.

— C'est son travail. Il est payé pour le faire. Nous ne pouvons pas l'interrompre.

— Pourquoi pas? Tu es interrompue tout le temps au travail. Il y a toujours des gens qui entrent dans les salles quand tu es occupée.

— Oui, mais c'est parce que ce sont des situations d'urgence où je dois prendre des décisions.

— Alors Beck prend des décisions?

Jennifer plissa les yeux. Andrea était tout aussi intelligente qu'elle et les gènes s'étaient définitivement transmis à sa fille, alors Jennifer était un peu méfiante quant à la direction que prenait cette ligne de questions de la gamine. — Oui.

Sami rejeta les couvertures avec un grand sourire sur le visage alors qu'elle bondissait du lit et passait en courant devant Jennifer. — Alors il peut décider si je peux rester.

— Sami! Jennifer tendit la main pour l'attraper, mais la petite fille était plus rapide.

Les pas de Sami résonnèrent dans l'escalier en bois. — Beeeeeeeeck! Son cri fit écho dans le hall d'entrée à deux étages.

— Quoi? Ça va? Où est ta mère?

Beckett avait la même panique dans la voix que Jennifer dans son cœur, mais pour des raisons différentes. Elle ne voulait vraiment pas que Sami fasse ça, mais c'était comme si le temps s'était ralenti et que tout allait au quart de sa vitesse normale. Tout sauf Sami.

— Maman veut que j'aille faire les courses avec elle et d'autres trucs mais j'veux pas. J'veux rester ici et traîner avec toi ça te dérange pas hein je peux t'aider et tout je peux même m'assurer que Nero ne t'embête pas comme ça t'auras pas un gros bazar à nettoyer et je t'aiderai en t'apportant des trucs comme ça t'auras pas autant de travail à faire alors s'il te plaît dis que je peux rester ici avec toi au lieu d'aller avec ma mère s'il te plaît s'il te plaît s'il te plaît.

Jennifer s'arrêta net dans le salon juste au moment où Sami prenait une grande inspiration.

Beckett la regardait comme si elle avait parlé une autre langue.

— Sami.

Deux têtes se tournèrent vers elle. L'une avec soulagement et l'autre... défi.

Elle reconnut ce regard. C'était le même qu'Andrea avait eu chaque fois que quelqu'un lui disait qu'elle ne pouvait pas faire quelque chose.

— Allez, ma chérie. Laissons Beckett retourner à son travail.

— Je veux pas y aller. Je veux rester ici et aider Beck. Sami tapa du pied et croisa les bras.

— Sami, on en a déjà parlé. Beckett travaille, et te surveiller ne fait pas partie de son boulot.

— Il n'a pas besoin de me surveiller. Je vais le surveiller. Je peux lui passer des trucs. Sa voix était un peu moins assurée, ses yeux allant et venant vers lui, méfiante. Pour une raison quelconque, Sami s'était accrochée à lui et ne le lâchait pas.

Et bien que Jennifer *comprenne parfaitement,* elle ne pouvait pas imposer Sami à Beckett. Le pauvre avait l'air d'un lapin pris dans les phares d'une voiture.

— Sami, allez. On y va. On sera bientôt de retour. Tu fais durer ça plus longtemps que nécessaire et Beckett doit retourner au travail.

— Non. Sami fit la moue. — S'il te plaît, Beck? Dis à Maman que c'est pas grave si je reste ici avec toi.

— Eh bien, je-

— Samantha Renee, arrête ça tout de suite. Tu mets Beckett dans une position inconfortable. J'ai dit non, et je le pense. Viens avec moi maintenant. Jennifer tendit la main.

Sami courut vers le fauteuil à côté de la télévision et s'y jeta, se tortilla, puis croisa à nouveau les bras. — Non.

— Euh, peut-être-

Jennifer leva la main. Elle savait ce qu'il allait dire et c'était la *dernière* chose que Sami avait besoin d'entendre. — Sami, j'ai dit non. On y va.

Sami ramena ses jambes contre sa poitrine et les entoura de ses bras, secouant la tête jusqu'à ce que ses boucles soient en désordre sur son visage.

Jennifer connaissait cette pose. Et la redoutait. C'était aussi proche de la position fœtale que Sami pouvait l'être sans s'allonger par terre. C'était sa pose de "protection du noyau". Instinctive. Celle que le thérapeute disait qu'il faudrait le plus de patience pour surmonter.

Jennifer cherchait cette patience maintenant. Elle passa une main dans ses cheveux, détestant que cela se passe devant Beckett. Bon sang, que cela se passe tout court. Elle pensait qu'elles avaient surmonté ça, ou, du moins, que Sami n'y aurait pas recours si rapidement. Jennifer ne savait pas comment y mettre fin sans céder. Chose qu'elle ne voulait pas faire car cela donnerait à Sami la permission implicite d'y avoir recours chaque fois qu'elle n'obtiendrait pas ce qu'elle voulait.

— Euh, si je peux me permettre? Beckett le chuchota fort et fit un signe de tête vers la cuisine, mais Sami l'entendit.

Elle souffla pour dégager quelques mèches de ses yeux.

Au moins ce mouvement était quelque chose, et Jennifer s'en fichait même que ce soit parce que Beckett avait parlé. Le thérapeute appelait cette phase presque catatonique le mécanisme de défense de Sami - se dissocier suffisamment pour ne pas avoir l'impression que les émotions tourbillonnant autour d'elle pouvaient la toucher.

C'était tellement triste. Si Andrea n'était pas déjà enfermée, Jennifer la dénoncerait elle-même pour ce qu'elle avait fait à Sami.

Avec un dernier regard à sa nièce, elle hocha la tête, puis suivit Beckett dans la cuisine.

Il la conduisit vers les portes-fenêtres menant à la terrasse, aussi loin de Sami qu'ils pouvaient l'être tout en restant dans la maison. — Écoutez, chuchota-t-il. Si c'est si important, elle peut rester avec moi. Ça ne me dérange pas. Même si vous arrivez à la faire partir avec vous, ce ne sera pas une sortie réussie après ça. Et vous pourrez probablement finir plus vite si elle reste avec moi. Je peux lui donner du travail. La responsabilité, n'est-ce pas? Elle apprendra sans même s'en rendre compte. Et Mac peut se porter garant pour moi ; je ne suis pas un type louche dont vous devez vous méfier.

Elle le savait. Mac Manley aurait fait une vérification approfondie des antécédents avant d'envoyer quelqu'un chez un client. — Je suis sûre que non, mais je ne peux pas vous demander-

— Vous ne demandez rien. C'est elle qui l'a fait. Et puisque c'est moi qui dis d'accord, ça ne sapera pas votre autorité. On fera comme si j'avais besoin d'aide pour qu'elle ne voie pas ça comme si elle obtenait ce qu'elle voulait. Qu'en dites-vous?

Elle voulait dire qu'il était le Prince Charmant, mais elle avait appris sa leçon avec les Princes Charmants grâce à son ex.

Elle opta pour un simple *merci*. — C'est très généreux de votre part. Je ne sais pas pourquoi elle s'est mis en tête qu'elle voulait traîner avec vous, mais je n'ai pas pu la déloger en haut, et vous voyez à quel point l'idée est fermement ancrée maintenant. Jennifer fit un signe de tête vers le salon. — J'apprécie vraiment. Et je vous paierai.

— Vous avez vu ma voiture? Je n'ai pas besoin d'argent.

— Alors pourquoi travaillez-vous comme femme de ménage?

— Longue histoire. Mieux vaut la garder pour un autre jour. Alors, qu'en dites-vous? Elle peut rester?

— Si vous êtes sûr.

Beckett hocha la tête puis retourna vers Sami. — Je le suis.

Pas du tout.

Il n'était vraiment pas sûr de ça. Que diable savait-il des filles de sept ans qui piquaient des crises?

Beaucoup moins qu'il n'en savait sur les femmes sexy de trente-qu- euh, *vingt-neuf* ans qui avaient l'air exaspérées par l'entêtement d'une fillette de sept ans. Il voulait juste aider Jennifer.

Il retourna à grands pas dans le salon. Il devait bien choisir ses mots pour que Jennifer ne perde pas la face et que la gamine ne pense pas qu'elle avait obtenu ce qu'elle voulait parce qu'elle l'avait désiré.

Mais la vue de Sami assise là, pratiquement recroquevillée en boule, a failli ébranler sa résolution. Il se passait quelque chose avec elle qu'il ne comprenait pas, mais il avait remarqué la façon dont Jennifer avait évalué ses réactions et ses réponses envers l'enfant. Des conseils classiques d'une thérapeute. Donc Sami avait des problèmes qu'elles essayaient de résoudre professionnellement. Admirable. Il aurait peut-être suivi cette voie s'il avait eu une famille qui s'était suffisamment souciée de lui pour l'emmener, mais au lieu de cela, il avait tout fait par lui-même, en étudiant et en travaillant d'arrache-pied jusqu'à ce qu'il ne reste plus assez d'heures dans la journée pour s'amuser. Mais c'était bon, il s'était concentré sur son objectif final et maintenant il vivait son rêve.

Enfin, pas en ce moment. Là, c'était plutôt un cauchemar. Ou ça l'aurait été sans Jennifer.

Il s'accroupit devant Sami et posa ses mains sur ses bras. — Sami? J'aurais effectivement *besoin* de ton aide et j'ai demandé à ta mère si tu pouvais rester pour m'aider. Ça te plairait?

Si elle avait simulé sa réaction, si elle avait manigancé pour obtenir ce qu'elle voulait, elle aurait bondi hors de sa position recroquevillée et l'aurait serré dans ses bras ou quelque chose comme ça, mais elle ne l'a pas fait. Non, elle l'a juste regardé à travers une masse de boucles noires, ses yeux verts brillants de larmes qu'elle refusait de laisser couler.

Cette gamine avait du cran. Il aimait ça.

Il écarta quelques mèches de son visage. Sa peau était si blanche qu'on aurait dit de la porcelaine. Ou peut-être était-ce dû à la peur.

Le cœur de Beck se serra un peu. Qu'est-ce que son père avait bien pu lui faire pour causer ce comportement?

— Sami?

Elle renifla et il fut soulagé d'avoir une réaction.

— Tu voudrais rester et m'aider?

Sami mordilla sa lèvre inférieure pendant une seconde, puis hocha la tête. C'était bref, à peine perceptible, mais c'était un hochement de tête.

Beck expira et s'assit sur ses talons, mais il ne retira pas ses mains de ses bras. — Eh bien, alors, mettons-nous au travail. Nous avons beaucoup de terrain à couvrir.

— Mais je croyais que tu devais t'occuper de l'intérieur de la maison. Une phrase complète *et* elle décroisait les bras ; encore des progrès. — Nous avons un service d'entretien pour le terrain.

Beck glissa ses mains vers ses jambes et délicatement — aussi discrètement que possible — posa ses pieds au sol. — C'est juste une expression. Mais oui, je parlais bien de l'intérieur. C'est un grand endroit.

Elle hocha la tête. — Presque un château.

— Et qu'y a-t-il de mieux pour une princesse qu'un château?

— Un Prince Charmant. Sami bondit sur ses pieds, le disant si naturellement qu'il savait ce qui allait suivre avant même qu'elle ne le dise, son rétablissement en plein essor. — Alors, tu voudrais être le nôtre?

Chapitre Six

Il fallut à Beck quelques secondes — peut-être même une minute — pour reprendre son souffle après cette petite bombe.

Prince Charmant. Lui. Ce serait drôle si ce n'était pas, eh bien, pas drôle du tout.

Certes, il avait peut-être l'argent et le physique pour correspondre au surnom du conte de fées, mais c'était là que s'arrêtait la ressemblance. Il n'était pas prêt à partager son royaume avec qui que ce soit, et il n'était certainement pas disposé à partir à la recherche d'une princesse. Ce train-là était parti depuis longtemps. Avec la femme qui se tenait derrière lui, en fait.

Pendant une seconde — certainement moins de temps qu'il ne lui en avait fallu pour reprendre son souffle — il imagina ce qu'aurait été sa vie s'il *lui* avait demandé d'aller au bal de promo. S'il avait réussi à rassembler assez de courage et d'argent pour le faire.

Elle ne l'aurait pas trouvé très charmant. Il avait une dent contre le monde entier que certains disaient toujours présente. Au moins maintenant, il avait les moyens d'y faire face. À l'époque, ce n'était que lui et un gros rocher de ressentiment.

— Hein, Beck? Tu le ferais? Sami lui tapota l'épaule, le ramenant de ce petit voyage au pays du *jamais-jamais-au grand jamais*.

— Et si on commençait par aujourd'hui et on verrait où ça nous mène? Il se leva et ébouriffa les douces boucles de son visage. — Alors. Tu disais que tu étais prête à m'aider?

Elle hocha la tête, faisant rebondir ses boucles.

— D'accord alors. Il regarda Jennifer qui se tenait là avec une telle inquiétude sur le visage que cela n'aurait pas dû la rendre plus jolie, mais c'était le cas. — Dis au revoir à ta maman.

— Au revoir, Maman. Sami fit un pas vers lui et agita tellement la main qu'il la sentit se balancer contre sa jambe. — Moi et Beck on va rendre la maison toute jolie pour toi.

Jennifer cligna des yeux plusieurs fois, puis réussit à esquisser un sourire. — D'accord, ma chérie. Je te verrai quand je rentrerai.

Elle le regarda et il fut content de voir que la question était dans ses yeux mais pas dans ses mots. Plus elle en ferait toute une histoire, plus ce serait important dans l'esprit de Sami, et pour l'instant, ils devaient juste laisser couler. Quels que soient les problèmes de Sami, elle était heureuse maintenant et en sécurité, et c'était ce qui comptait.

Lui, en revanche, était tout sauf en sécurité.

Vingt minutes après le départ de Jennifer, Beck se demandait ce qu'il avait fait. La gamine avait réussi d'une manière ou d'une autre à se glisser sous son cœur endurci et à se frayer un chemin à l'intérieur. Vingt minutes! Il connaissait des gens depuis vingt ans et ils n'avaient même pas effleuré la surface, mais Sami... elle avait trouvé un moyen d'entrer dont il n'avait même pas conscience de l'existence.

Elle balaya le tas de saleté qu'elle avait insisté pour balayer dans la pelle à poussière qu'il tenait pour elle. — Et puis Flopsy voulait un biscuit pour chien, mais quand il a essayé d'atteindre le placard, il est tombé. C'était tellement triste. Je me demande s'il sait qu'il n'a que trois pattes. Je veux dire, je suppose qu'il le sait, mais est-ce qu'il sait qu'il est censé en avoir quatre? Je me demande ce que ça fait de n'en avoir que trois? Bien sûr, moi je n'en ai que deux mais c'est le nombre que je suis censée avoir. Qu'est-ce que tu en penses, Beck? Est-ce que Flopsy est triste parce qu'il n'a pas le même nombre de pattes que les autres chiens? Comme moi. Je n'ai pas de papa comme les autres. Et toi? Tu en as un, je veux dire?

Elle avait bavardé sans arrêt pendant dix-huit des vingt dernières minutes et *c'était* ce qu'elle choisissait pour s'arrêter et attendre une réponse? Que Dieu lui vienne en aide.

— Tout le monde a un père, Sami. Qu'il soit présent ou non dans leur vie, c'est une autre histoire.

— Non, non. Moi, je n'ai pas de papa.

Il était sur le point de dire qu'elle en avait un quand il se souvint avoir pensé que le type avait dû faire quelque chose d'horrible à l'enfant. Peut-être que Sami l'avait bloqué, lui et ce souvenir, avec son truc de se rouler en boule, et il n'allait *pas* être celui qui le lui rappellerait. Qui sait quel traumatisme cela pourrait déclencher?

Bon sang, il n'était vraiment pas fait pour être parent.

Il saisit le bas du balai et reforma le tas qui restait pendant qu'elle tenait le haut. — Eh bien, tu sais quoi? Moi non plus, je n'en ai pas. Ça, au moins, c'était vrai. Il n'avait jamais eu de père ; juste un type qui avait fourni le matériel génétique pour que sa mère le mette au monde.

Et l'y abandonne ensuite.

Beck ravala son amertume. Non seulement il avait survécu, mais il avait prospéré. Cette voiture dehors en était la preuve. Tout comme l'immobilier qu'il possédait et l'entreprise qui portait son nom.

— Toi non plus? Tu vois? Je savais qu'on pouvait être les meilleurs amis du monde. Elle lui tapota la tête comme s'il était son petit chien.

— Je croyais que Nero était ton meilleur ami? Ce serait peut-être difficile d'avoir des meilleurs amis qui ne s'aiment pas.

— Mais tu as dit que Nero ne t'aimait pas, pas que tu n'aimais pas Nero. Vous pouvez être les meilleurs amis du monde si l'un de vous aime l'autre parce qu'alors tout ce que tu as à faire c'est d'être gentil avec lui et il finira par changer d'avis. C'est ce qui s'est passé avec moi et Cassie Mumford.

— Tu n'aimais pas Cassie?

— Non, bêta. C'est elle qui ne m'aimait pas. Mais Maman m'a dit d'être gentille avec elle parce que c'est difficile d'être fâché avec quelqu'un qui ne se fâche pas en retour. C'*était* difficile, mais je l'ai fait, et maintenant Cassie et moi sommes amies. Elle n'a pas de papa non plus. Pourquoi tu penses qu'on n'a pas de papa, Beck?

Parce que les pères irresponsables étaient des losers?

Il ne devrait probablement pas imposer ses problèmes à l'enfant. Elle apprendrait la vérité bien assez tôt. — Je ne suis pas sûr, mais ce dont je *suis* sûr, c'est qu'un type passe à côté de quelque chose, parce que tu es une gamine géniale.

Le regard qu'elle lui lança ne fit que confirmer qu'elle était toujours sur le délire du Prince Charmant. — Tu le penses vraiment?

— J'en suis certain. Bon sang, ce besoin d'affection. Il pouvait le sentir émaner d'elle par vagues. Et il ne comprenait pas. Jennifer aimait évidemment la petite fille de tout son être. Que s'était-il passé pour que Sami soit si peu sûre de sa valeur? Ou était-ce juste sa valeur aux yeux d'un homme?

Il ne connaissait même pas son père, mais outre le fait que le type avait foiré les choses avec Jennifer et l'avait quittée, Beck voulait lui faire encore plus de mal pour ce qu'il avait fait à sa propre fille. Aucun enfant ne devrait avoir à traverser la vie sans père. Que les parents restent mariés ou non, un enfant a le droit d'avoir ses deux parents. C'était probablement sa plus grande bête noire au monde, et, étant donné que ses deux parents l'avaient abandonné, il avait ses raisons. Le fait qu'il réussisse bien dans la vie n'était pas une panacée pour avoir été abandonné.

— Tu as fait du bon travail ici, Sami. Il se leva et lui tendit la pelle à poussière pour qu'elle voie ce qu'elle avait balayé. — Tu vois tout ce que tu as nettoyé?

— Maman va être contente. Elle dit toujours que cet endroit ressemble à un passage de clone.

— Je pense que tu veux dire cyclone.

— Oui, c'est ça. Elle pencha la tête sur le côté en mordillant sa lèvre inférieure. — Beck?

— Oui?

— C'est quoi un cyclone?

Et juste comme ça, elle lui rappela qu'elle n'était qu'une petite fille, avec sa douleur et ses émotions plus grandes qu'elle.

Son cœur s'adoucit un peu plus. — Tu as vu le film *Le Magicien d'Oz*?

— Oui.

— Tu sais comment Dorothy est renvoyée à Oz?

— Dans la tornade.

— On l'appelle aussi un cyclone.

— Tu veux dire qu'une tornade est passée dans notre maison?

Cette fois, il lui ébouriffa les cheveux. — Oui. La tornade Sami. Elle a éparpillé des vêtements partout.

Elle gloussa. — Tu es bête. Ce n'est pas vrai.

— Ce n'est pas ce que j'ai vu. Ou alors ta maman a décidé d'utiliser tes vêtements comme décorations ?

Sami gloussa encore. — Tu es drôle.

— Ouais, drôle à voir. Il plissa les lèvres et fit une grimace.

Sami pencha la tête et le regarda, le rire dans ses yeux remplacé par de la réflexion, et soudain, elle parut bien plus âgée que ses sept ans.

Il voulait faire mal au salaud qui lui avait fait ça.

— Tu n'es pas drôle à voir. Je trouve que tu es beau. Charmant.

Il n'avait pas besoin d'ajouter un béguin à son répertoire de Prince Charmant. — Charmant, hein ? Où as-tu appris ce mot ? Y a-t-il des garçons charmants dans ta classe ?

Elle tapota sa lèvre, ce qui la fit paraître encore plus mature.

— Non. Pas vraiment. Tommy Keswick est mignon, mais il n'est pas charmant. Bien que j'aie entendu certaines mamans dire que mon professeur, M. Hampton, est charmant.

— Ta maman a dit ça ? Bon sang. Il voulait se donner des coups de pied pour lui avoir posé cette question. Il ne devrait pas l'impliquer dans son attirance très adulte.

— Non. Maman ne trouve aucun garçon charmant. Je ne pense pas qu'elle aime beaucoup les garçons.

Ce qui était à la fois dommage et une bonne nouvelle pour lui.

Enfin, ça le serait s'il comptait faire quelque chose à ce sujet. Mais après l'épisode de la position fœtale dont il venait d'être témoin, il n'allait rien faire. Ce baiser avec Jennifer resterait unique. Sami n'avait pas besoin de quelqu'un dans sa vie qui ne serait pas permanent, et même s'il était très attiré par Jennifer, il était aussi très conscient des besoins de Sami. Il ne pouvait pas faire passer les siens avant les siens.

Il épousseta ses mains et chercha du regard la boîte d'articles de nettoyage. Il supposa que la boîte à outils verte que Mac lui avait donnée était efficace pour avoir tous ses produits à portée de main, ainsi qu'un bon outil de marketing pour son entreprise, mais c'était une telle dichotomie avec le fait d'être femme de ménage que cela l'aurait fait sourire s'il n'était pas celui qui jouait ce rôle.

— Mais je parie qu'elle te trouve charmant. Tu penses qu'elle est jolie ?

Que Dieu le préserve des pré-adolescentes en manque d'affection et entremetteuses. — Je suis sûr que beaucoup de gens trouvent ta maman jolie.

— Oui, mais *toi*, tu le penses?

On dirait qu'il n'y avait pas d'intervention divine en vue. — Bien sûr. Elle te ressemble.

— Non, pas du tout. Elle a les cheveux blonds et moi ils sont noirs. Elle tira sur ses boucles. — J'aimerais avoir les cheveux blonds. Les cheveux noirs sont moches.

— Hé, j'ai les cheveux noirs et je trouve ça très bien.

— Pour les garçons peut-être. Sami fit la moue. — Certaines filles m'appellent l'Ombre. Elles disent que je me fonds dans les ombres.

Exactement ce qu'une enfant peu sûre d'elle n'avait pas besoin d'entendre.

— Elles sont juste jalouses parce que tu as de jolies boucles douces et soyeuses. Les femmes paient très cher des coiffeurs pour avoir des cheveux comme les tiens. Tu as beaucoup de chance.

Elle pencha de nouveau la tête. — Tu dis ça juste parce que tes cheveux sont noirs aussi. Et oh. Elle fit un pas en avant et un grand sourire illumina son visage. — Tes yeux sont verts comme les miens.

— C'est vrai. Il lui ébouriffa à nouveau les cheveux. Ce côté Prince Charmant n'était pas si mal s'il pouvait la faire se sentir bien en ayant la même couleur qu'elle, et elle le regardait définitivement comme s'il était le centre du monde.

Oh. Ce n'était peut-être pas une si bonne chose. Il ne voulait pas briser le cœur de l'enfant.

— D'accord, ma grande. On doit se remettre au travail au lieu de parler, sinon ta maman va rentrer dans une maison en désordre.

— C'est toujours le cas ; ça ne changera rien.

— Si, parce qu'elle me paie pour la *dé*-désordrer. Je pense qu'on devrait finir le salon, et ensuite tu pourras m'aider à organiser le garde-manger. Des mots qu'il n'aurait jamais cru prononcer de sa vie. À une fillette de sept ans, qui plus est.

— On peut manger les friandises qui tombent par terre?

— C'est à ça que sert le chien.

— Alors je devrais aller le chercher. Et sur ces mots, elle fila vers sa chambre.

Beck la regarda partir. Toute cette énergie... Il avait été comme ça. Il avait probablement souffert de TDAH, mais personne ne s'était assez intéressé à lui pour le diagnostiquer. Il avait eu quelques bonnes familles d'accueil, mais le système l'avait déplacé même quand il voulait rester. Il n'avait jamais compris cette logique ; pourquoi un enfant ne pouvait-il pas rester s'il aimait la famille et qu'il était désiré? La réponse avait été qu'ils ne voulaient pas qu'il s'attache trop. Encore une fois, cela n'avait aucun sens. Le but d'essayer de le placer dans une famille n'était-il pas de le faire sortir du système? La meilleure façon de le faire serait de créer des liens avec une famille qui le voudrait.

Il ne l'avait pas compris à l'époque et, en tant qu'adulte, il ne le comprenait toujours pas. Surtout quand, une fois ses dix-huit ans atteints, il avait été expulsé du système et s'était retrouvé sans endroit où aller. Au moins, s'il avait fait partie d'une famille, il ne se serait pas retrouvé dans des refuges pour sans-abri. Mais après la troisième fois où il avait été « relocalisé », il avait abandonné l'idée de créer des liens avec la famille. Cela faisait trop mal à la fin de les perdre.

Alors, maintenant, il donnait des milliers de dollars aux refuges pour sans-abri et organisait des événements de collecte de fonds pour acheter des bâtiments, payer des loyers et fournir des meubles et des services de conseil en vie pour les personnes qui s'étaient retrouvées dans la même situation.

Et il le faisait en cachette. Il ne voulait pas que Beckett Fields soit associé à John Becker de quelque manière que ce soit. Oh, ses dossiers d'adoption étaient scellés, mais il ne voulait jamais que cette partie de sa vie soit connue. S'il pouvait l'effacer, il le ferait. Changer son nom était ce qui s'en rapprochait le plus.

Dieu merci, il l'avait fait. Au moins, Jennifer pouvait le regarder maintenant sans voir l'enfant qu'il avait été. Elle ne l'aurait jamais embrassé si elle avait su qui il était.

Chapitre Sept

Elle avait embrassé John Becker.

Jennifer n'arrivait pas à se sortir ce baiser de la tête.

Pourquoi l'avait-il fait?

S'il savait qui elle était, il ne l'aurait jamais fait. Pas après ce rejet embarrassant au lycée. Elle devrait le lui dire pour rire un peu, juste pour voir sa réaction.

Ce serait probablement de l'horreur, ce qui tuerait le fun dans l'œuf.

Elle soupira et prit une autre bouteille de lessive. Quelle tristesse de rêvasser à propos d'un gars qui ne se souvenait pas d'elle tout en traînant dans le rayon des produits d'entretien de son supermarché local?

— Hé, Doc! cria Kelsey Owens, propriétaire d'un magnifique croisé rottweiler-pitbull, en lui faisant signe depuis l'autre bout du rayon.

— Salut, Kelsey. Comment va Magic Mike?

Jennifer n'aimait pas vraiment que les gens donnent des noms fantaisistes à leurs chiens — les noms définissaient aussi bien les personnes que les animaux — mais dans le cas de Magic Mike, le nom était parfait. Il n'y avait pas un gramme de graisse superflue sur le corps du chien et c'était un plaisir de le regarder bouger, tout en fluidité et en grâce. Kelsey veillait à le nourrir, l'exercer et le dresser correctement, ce qui comptait beaucoup dans l'admiration que Jennifer portait à Kelsey en tant que propriétaire d'animal.

— Super maintenant que son plâtre est retiré. Merci beaucoup de vous être occupée de lui.

— Je devrais vous dire la même chose. Je ne sais pas si beaucoup de gens auraient supporté de devoir mettre leur chien en écharpe et l'empêcher de devenir fou comme vous l'avez fait.

La patte avant de Magic Mike avait été tellement fracassée en tombant dans un terrier de marmotte qu'ils avaient envisagé l'amputation. Mais connaissant l'amour de Kelsey pour l'animal, et après avoir discuté des mesures extrêmes qu'ils devraient prendre pour le garder immobilisé jusqu'à ce que sa patte soit assez forte pour supporter son poids, elle avait accepté d'essayer de la sauver. La chance et le dévouement de Kelsey envers son chien avaient permis un bon résultat.

— Eh bien, Sami a beaucoup aidé aussi.

— Merci de l'avoir laissée faire.

Jennifer ne put s'empêcher de sourire. Sami l'avait accompagnée lors d'une visite à domicile et Jennifer avait eu toutes les peines du monde à l'arracher du côté de Magic Mike quand il avait été temps de partir. Sami avait supplié qu'on lui permette d'aller le voir, et Kelsey avait proposé de la récupérer au camp et de la garder les jours où Jennifer devait travailler tard. Ça avait arrangé tout le monde. Il semblait que Sami avait hérité de l'amour et de la compassion de Jennifer pour les animaux, et cela la rendait heureuse de savoir qu'il y avait une part d'elle-même chez sa nièce.

— Je pense lui trouver un compagnon. Il était si seul, juste suspendu dans son écharpe, mais je voulais d'abord vérifier avec vous si vous pensez qu'il est prêt à avoir un chiot avec qui jouer. Je ne voudrais pas compromettre sa guérison.

Jennifer se concentra sur Kelsey, son esprit revenant à son travail. — Pourquoi ne pas l'amener au cabinet pour qu'on fasse une autre radiographie et un examen physique? Je veux avoir toutes les informations avant de prendre cette décision.

— D'accord, je vais les appeler tout de suite.

— Super. À bientôt alors.

— Au revoir, Doc. Et dites à Sami que Magic Mike lui dit bonjour.

— Je n'y manquerai pas.

Kelsey sortit son téléphone portable tout en poussant son caddie dans l'allée.

Jennifer la regarda partir, reconnaissant tristement la différence entre Kelsey et sa propre sœur qui ne s'était jamais souciée de son propre enfant. Kelsey avait passé, et continuerait à passer, des milliers d'heures et de dollars pour les soins de son chien, mais Andrea n'avait même pas essayé d'arrêter sa dépendance à la cocaïne pour élever sa propre fille. Les choses que Sami avait vues...

Elles n'en parlaient jamais. Sami n'en parlait pas non plus avec la thérapeute. C'était enfermé à l'intérieur d'elle et un jour ça allait jaillir. Jennifer le savait aussi sûrement qu'elle se tenait là, mais elle était impuissante à changer cela. Bien sûr, elle emmenait Sami chez la thérapeute, elle faisait les exercices que la thérapeute suggérait, et elle essayait de concentrer toute son attention sur Sami quand elles étaient ensemble, mais cela n'avait toujours pas déverrouillé cette porte de la douleur de Sami.

La patience était un trait que Jennifer avait dû cultiver avec Andrea, et elle le mettait à profit avec Sami. Mais ça lui faisait mal que Sami n'ait pas voulu venir avec elle aujourd'hui. Un parfait étranger avait plus d'attrait qu'elle. Après toutes les nuits où elle l'avait tenue quand Sami s'était réveillée en hurlant. Après tous les voyages en camping et les parcs d'attractions et les films et le shopping qu'elle avait intégrés dans son emploi du temps... Les compromis qu'elle avait faits au travail pour s'adapter à Sami... Rien de tout cela que l'enfant ne savait. Comme il se devait. Les enfants devraient considérer ce genre de choses comme acquises ; cela devrait faire partie intégrante de leur croissance. Mais Jennifer devait travailler d'autant plus dur pour donner à Sami un semblant de normalité parce que la pauvre gamine venait d'une situation tellement perturbée. Donc, si elle avait voulu passer la matinée avec Beck, Jennifer devait la laisser faire — tant qu'il était d'accord.

Il regardait probablement l'heure à présent. Sami pouvait être très curieuse. Comme si elle vivait maintenant la phase des "pourquoi" de ses trois ans. C'était probablement le cas parce qu'Andrea aurait été trop dans les vapes pour lui répondre quand Sami avait trois ans. Le pauvre Beck regrettait probablement déjà d'avoir fait cette offre.

Elle attrapa une boîte de feuilles d'assouplissant et la jeta dans le caddie, puis se dirigea vers la caisse. Il avait été assez gentil pour lui donner l'opportunité et la liberté de faire ses courses en deux fois moins de temps que d'habitude avec Sami à la traîne, alors elle ferait mieux de rentrer et de lui accorder la même courtoisie. Elle était sûre qu'il ne voulait pas passer toute la journée chez elle.

Beck s'amusait comme un fou — des mots qu'il n'aurait jamais pensé prononcer quand il s'agissait de nettoyer la maison de quelqu'un. Mais Sami était extraordinaire, et il s'avérait qu'ils avaient le même sens de l'humour. Quand elle avait fait rouler la balle de Flopsy sous le canapé et qu'elle s'était coincée, il avait ri de son ingéniosité pour essayer de la récupérer. Cette gamine n'était pas du genre à abandonner — un trait qu'il admirait et embrassait pleinement. Elle avait utilisé tout ce qu'elle pouvait imaginer pour essayer de récupérer cette balle, mais, malheureusement, ses bras étaient trop courts, et elle ne pouvait pas voir ce que faisaient ses pieds, alors maintenant elle avait fourré tous les coussins sous le canapé dans un effort pour la faire sortir. Il n'était pas près de suggérer qu'il soulève le canapé puisqu'elle était déterminée à le faire à sa manière, et qui était-il pour arrêter les progrès d'une future ingénieure civile en herbe?

— Je dois aller dehors, dit-elle en se frottant les mains avant de les poser sur ses hanches.

— Dehors? Mais la balle est ici.

— Je sais ça, idiot, mais j'ai besoin d'un grand bâton. Je vais chercher autour de l'arbre dans le jardin.

— Il y a des choses à l'intérieur de la maison qui sont probablement meilleures. Et elles n'apporteront pas d'insectes et d'écorce dans la maison. Tu sais, puisqu'on vient de la nettoyer.

— Oh. Elle regarda autour du salon. On l'a *vraiment* nettoyée!

— Bien sûr que nous l'avons fait. C'était notre objectif, non? Il en avait fait un jeu, lui disant qu'ils cachaient des indices pour que sa maman les trouve à son retour. Des indices qui devaient être placés à des endroits précis, comme les magazines dans la poubelle de recyclage, les livres sur les étagères, la télécommande dans le panier sur le pouf. Et les t-shirts et shorts égarés que Jennifer avait oubliés lors de son rapide rangement avant son arrivée étaient pliés en pile sur les marches pour être montés à l'étage.

Il avait été l'inspecteur Clouseau et elle l'inspecteur Gadget, et ils avaient « relevé » des empreintes digitales. Heureusement, elle connaissait la terminologie mais pas la méthodologie, car toutes les empreintes qui auraient pu se trouver sur les meubles avaient été balayées par le chiffon à poussière.

— Exactement. Elle lui tapa dans la main. Maman va nous adorer.

Il faillit éclater de rire. Jennifer? L'aimer? Pas vraiment. Eh bien, elle n'aimerait pas John Becker, mais pourrait-elle ressentir quelque chose pour Beckett Fields?

Beck laissa tomber le chiffon à poussière dans un nuage de, eh bien, poussière. Jennifer ressentir quelque chose pour lui? Perdait-il la tête? Il avait dû respirer trop de produits de nettoyage... oh, mince. Et Sami? Il n'y avait pas pensé. Il aurait probablement dû lui mettre un masque ou, mieux encore, ne pas la laisser s'approcher des produits chimiques. Parfait. Quel adulte responsable il faisait — exactement la raison pour laquelle les enfants ne faisaient pas partie de son avenir.

S'ils étaient comme Sami, cependant...

— Tu crois, Beck?

Dieu merci, elle avait interrompu cette pensée qui n'arriverait jamais. Il avait définitivement respiré trop de produits chimiques. — Je crois quoi, Sami?

— Maman. Tu crois qu'elle va nous aimer pour ça?

Ses petits sourcils se rejoignaient et plissaient son front d'une manière que ses aînés botoxés ne connaîtraient jamais.

— Je pense que ta maman t'aimera quoi qu'il arrive.

Maintenant, les lèvres de Sami se tordaient sur le côté et elle tapotait sa lèvre inférieure. — Je n'en suis pas si sûre.

— Quoi? Bien sûr que si. Ta maman t'aime beaucoup.

— Oui, je suppose que Jennifer m'aime. Sami se pencha à nouveau après cette déclaration curieusement désinvolte et mit son visage sous le canapé. — Je suppose que tu vas devoir faire venir Hercule ici.

— Qui ça? Un autre animal de compagnie? Étant donné les noms des deux qu'il avait rencontrés, il était un peu hésitant à en rencontrer un nommé Hercule.

Sami tourna son visage vers lui, soufflant ses boucles noires hors de ses yeux. — Tu sais... Hercule. Comme dans le film. C'est le fils de Dieu. Il est assez fort pour soulever le canapé.

D'accord, elle avait confondu son Disney avec sa religion, mais il comprenait enfin de quoi elle parlait.

— Eh bien, je ne suis pas vraiment sûr de savoir comment contacter Hercule puisque le Mont Olympe est loin, alors que dirais-tu si je soulevais le canapé et que tu récupérais la balle?

— Vraiment ? Tu es si fort ? Tu ne vas pas le laisser tomber sur ma tête ?

— Bien sûr que je ne vais pas laisser tomber un canapé sur ta tête. Je suis aussi fort qu'Hercule.

— C'est vrai ?

Génial. Voilà que l'adoration du héros revenait. Il aurait dû simplement laisser quelqu'un être meilleur que lui dans quelque chose.

C'était cette fichue fibre compétitive. Celle qui l'avait mis dans ce pétrin pour commencer.

— Oui. C'est vrai. Il se dirigea vers le bout du canapé. Tu veux que je te le prouve ?

Sami croisa les bras et tapota à nouveau sa lèvre inférieure, le rendant méfiant de ce qu'elle pensait. — Oui. Je veux bien.

Il s'accroupit et souleva le canapé par le bas. C'était un canapé-lit, donc pas étonnant que la balle soit coincée, vu sa proximité avec le sol. Et les coussins rivalisaient maintenant avec le barrage Hoover autour.

Sami grimpa par-dessus ces coussins, riant quand son pied glissa et qu'elle atterrit à quatre pattes avec la balle juste devant son visage.

— Tout comme Harry Potter dans le match de Quidditch !

Il savait vaguement qui était Harry, n'avait aucune idée de ce qu'était le Quidditch, et ne voyait vraiment pas le rapport avec une balle devant son visage, mais si ça la faisait sourire, il était pour.

Elle sauta sur ses pieds et bondit dans la pièce, les mains en l'air. — Dix points pour Gryffondor !

Les parents comprenaient probablement ses références, mais lui n'en avait aucune idée. Néanmoins, une raison de célébrer était une raison de célébrer.

— Dix points ! Il reposa le canapé puis la rejoignit dans ses bonds, reconnaissant que Jennifer ne soit pas dans les parages. Rien ne tuait plus la masculinité que de sautiller comme un kangourou dans un pantalon vert citron.

Le gars n'avait jamais été aussi séduisant qu'en ce moment.

Jennifer regardait à travers la vitre latérale près de la porte d'entrée sa nièce et Beckett danser dans le salon. Qui aurait cru que John Becker — Beck — Beckett Peu-Importe-Comment-Il-Voulait-Être-Appelé — ferait quelque chose d'aussi idiot avec une petite fille ?

Elle n'était vraiment pas remise de son béguin. Le baiser n'avait pas aidé, et ça... Elle pourrait facilement tomber amoureuse de Beckett.

Ce qui ne pouvait pas arriver. Jennifer n'avait aucune intention de faire défiler des hommes dans la vie de Sami. Le gars qu'elle finirait par ramener à la maison pour rencontrer Sami serait Le Bon. Ils sortiraient ensemble pendant un moment, apprendraient à se connaître, verraient si la relation menait quelque part, et seulement alors Sami apprendrait son existence avant d'apprendre à le connaître.

À en juger par l'expression de son visage là-dedans, elle prenait beaucoup de plaisir à apprendre à connaître Beckett.

Comme toi.

Jennifer fit taire cette voix dans sa tête. Il était évident qu'elle aimerait apprendre à le connaître — c'était la raison d'être des bad boys charmeurs ; leur mode opératoire dans la vie était de faire tomber les femmes amoureuses d'eux. Mais c'était aussi une impasse. Déjà vécu, déjà essayé, déjà perdu. Pas question de reprendre ce chemin.

Elle prit cependant le chemin de la porte de derrière. Pas la peine d'interrompre la célébration et de leur faire savoir qu'elle avait vu. Entrer par la porte de la buanderie leur permettrait de l'entendre avant de la voir.

Son téléphone sonna avant qu'elle ne puisse entrer dans la cuisine. Normalement, elle l'aurait laissé aller sur la messagerie, mais c'était la sonnerie de sa grand-mère. Grand-mère Lois n'était pas la personne la plus douée en technologie, donc pour qu'elle appelle Jennifer sur le téléphone qu'elle n'utilisait que pour les urgences, Jennifer devait répondre.

Elle passa les sacs sur un bras et appuya sur le bouton Accepter avant que l'appel ne se déconnecte. — Salut, Grand-mère. Qu'est-ce qui se passe ?

— Hein ?

Jennifer soupira. Grand-mère Lois refusait catégoriquement de porter les appareils auditifs que Jennifer lui avait achetés. Elle disait que le monde était trop bruyant.

— J'ai dit, « Salut, Grand-mère. » De quoi as-tu besoin ?

— De quoi ai-je toujours besoin ? Une serviette chaude pour mes mains et un canapé confortable pour mon derrière. Et que ma Jennifer vienne me voir. Tu n'es pas venue depuis un moment.

— Je sais. Je suis désolée. J'ai été tellement occupée avec le travail et Sami.

— Tu as toujours cette fille avec toi ? Comment espères-tu trouver un mari si tu te trimballes avec l'enfant de quelqu'un d'autre ? Tu as toujours été trop indulgente envers Andrea. Laisse-la se débrouiller toute seule.

Grand-mère Lois ne savait pas exactement *quels* combats Andrea menait ;

Jennifer avait raconté l'histoire dans ses grandes lignes, laissant croire à Grand-mère qu'Andrea « travaillait sur elle-même », car la vérité — si elle ne tuait pas Grand-mère — serait ressassée à chaque occasion, et Sami devait construire sa propre vie avec ce qu'elle pouvait. Être enlisée dans le gâchis d'Andrea n'aiderait personne.

Heureusement, comme Sami se plaignait que Grand-mère Lois sentait les vieilles chaussettes et n'entendait rien, ce n'était pas comme si Sami ressentait le besoin d'une grande interaction avec son arrière-grand-mère.

— Tu voulais quelque chose, Grand-mère? soupira Jennifer en déverrouillant la porte de la buanderie. Elle aurait aimé pouvoir les mettre dans la même pièce plus de dix minutes, mais l'infirmière de Grand-mère Lois à la maison de retraite disait que leurs chamailleries étaient dues au fait qu'elles se ressemblaient beaucoup.

Ne devraient-elles pas s'entendre si elles se ressemblent tant?

— Ce que je veux, c'est que tu viennes me voir. Quand est-ce que ça va arriver?

Jennifer posa les sacs de courses sur la machine à laver, entendant la canne de sa grand-mère taper sur le parquet de son salon où elle passait généralement ses après-midis quand il n'y avait pas de partie de bridge ou de mah-jong prévue.

— Je ne suis pas sûre, Grand-mère. Je risque d'être occupée tous les soirs cette semaine.

— Balivernes. Le juron préféré de Grand-mère résonna haut et clair à travers les ondes cybernétiques. Tu dois me consacrer du temps avant que je ne disparaisse, sinon tu le regretteras.

C'était vrai. Elle aimait sa grand-mère, même si cette femme était aussi rigide qu'un bloc de granit. Elle se demandait souvent si c'était la peur de provoquer cette réponse chez sa grand-mère qui l'avait maintenue dans le droit chemin, tandis qu'Andrea avait dévié si loin qu'elle avait fini par sombrer.

— Je vais voir ce que je peux faire...

— Mamaaaaaaan! Sami arriva en courant à toute vitesse depuis le grand salon, qui était assez éloigné pour lui permettre de prendre de l'élan.

Jennifer se prépara à l'impact.

— *Maman*? Tu la laisses encore t'appeler *maman*? C'est absurde. Cette enfant va grandir aussi perturbée que ta sœur si tu ne la recadres pas.

Elle ne pouvait jamais se préparer à l'impact de *ça*. Grand-mère Lois s'était sentie tellement trahie par Andrea qu'elle faisait payer les péchés de la mère à l'enfant, ce que Jennifer ne comprendrait jamais.

— Hé, ma puce. Elle grogna quand Sami lui rentra dedans, s'accrochant au chambranle de la porte d'une main pour éviter de tomber sur les fesses.

— Cette enfant est loin d'être un bébé. C'était vraiment étonnant que les infirmières de la maison de retraite disent que Grand-mère était une dame si calme. Sans parler du fait que Grand-mère entendait parfaitement chaque mot. Jennifer soupçonnait depuis longtemps une audition sélective. Et si tu continues à la traiter comme tel, elle va finir comme sa mère. Le mauvais sang ne saurait mentir.

— Tu parles à qui? Les boucles de Sami tombèrent devant ses yeux quand elle pencha la tête sur le côté.

Jennifer était déchirée. Elle ne voulait pas le dire à Sami parce que l'exubérance disparaîtrait de son visage, mais si elle mentait, Grand-mère Lois la reprendrait et serait blessée.

Elle détestait être prise entre deux feux.

— Hé, Votre Altesse! Beckett arriva sur son blanc... balai? pour sauver la situation. Ce n'est pas poli d'interrompre quelqu'un au téléphone. Viens ici et je te ferai faire un tour sur mon cheval.

Sami poussa un cri de joie et ses yeux se rallumèrent de toute l'adoration du monde. Enfin, moins la quantité qui devait se montrer dans les yeux de Jennifer parce que, à cet instant, elle aurait pu l'embrasser — encore — pour les avoir tous les deux sauvés de ce moment gênant.

— Quel est ce vacarme épouvantable? s'écria presque Grand-mère Lois. Et tu te demandes pourquoi je n'aime pas ces boîtes à bruit que tu veux que je porte? Non merci.

— C'est Sami qui s'amuse avec... Euh, non. Elle n'allait pas mentionner Beckett. Tout homme dans un rayon de trente kilomètres était un mari potentiel aux yeux de Grand-mère et Jennifer avait dû subir plus d'un dîner gênant quand un gars au hasard s'était présenté chez Grand-mère sous un prétexte étrange... Grand-mère devrait au moins *prévenir* les gars qu'ils étaient là pour un rendez-vous. Au lieu de ça, elle avait vu arriver le gars du câble, celui de l'eau, le livreur UPS à l'heure du dîner et les avait invités à s'asseoir... Mortifiant.

— Avec qui?

— Euh, un ami.

— Si c'est un ami de Sami, alors je m'appelle Johnny Appleseed. Qui est ton ami et quand vais-je le rencontrer?

Jennifer grimaça. Elle connaissait la réponse de Grand-mère avant même d'avoir répondu à la question. — Ce n'est pas un ami ; il est là pour le travail.

Sami galopa jusqu'à l'entrée de la buanderie. — Beck est bien mon ami, Maman.

Jennifer savait d'où venaient ce ton et ce volume — de l'autre bout de l'appel téléphonique.

— Beck, hein? Beck quoi?

Il n'y avait pas moyen de s'en sortir. — Beckett Fields...

— Beckett Fields? *Le* Beckett Fields?

Grand-mère connaissait Beckett? Sous sa nouvelle identité, ou l'ancienne mais avec un nouveau nom? Et comment diable le connaîtrait-elle? — Tu le connais?

— Tu peux parier que oui. Il fait parfois ce rapport financier aux informations. Il s'y connaît vraiment. Tiens, j'ai fait un petit coup d'argent sur une des actions qu'il a dit surveiller. Ce garçon est sacrément intelligent. Mignon aussi. Tu devrais l'amener dîner.

— Oh, je ne pense pas...

— Si, Maman! Sami sauta du « cheval » et courut vers elle. On *devrait* amener Beck dîner.

— Tu vas *absolument* l'amener, Jennifer Lorraine. Je n'accepterai pas de *non* comme réponse.

Comment diable ces deux-là entendaient-elles l'autre bout d'une conversation téléphonique à travers un téléphone dont le haut-parleur n'était pas activé dépassait Jennifer. Cette infirmière avait peut-être raison à propos de la ressemblance entre Sami et Grand-mère.

Et le pauvre Beckett était pris entre deux feux. Il s'approcha derrière Sami sur son « cheval », l'air beau et en sueur alors qu'il aurait dû avoir l'air ridicule avec un balai entre les jambes, les regardant elle et Sami comme dans un match de ping-pong.

— Youpi, Beck! Grand-mère Lois dit que tu peux venir dîner!

— Je n'ai pas dit ça, petite...

Jennifer baissa le volume. Sami n'avait pas besoin d'entendre son arrière-grand-mère annuler son invitation à dîner.

— Tu viendras, n'est-ce pas, Beck? Au dîner avec Mamie Lois? Elle habite dans un endroit vraiment cool avec plein de pièces et tous ses amis. Enfin, sauf M. Hughley. Mamie Lois dit qu'il sent les vieilles chaussettes, mais en fait c'est elle. Je ne lui ai juste pas encore dit. Son parfum est beurk et elle en met trop, mais que veux-tu? demanda Sami en haussant les épaules avec toute la nonchalance dont une fillette de sept ans pouvait faire preuve. Alors tu vas venir, hein? C'est quand, Maman? Ce soir?

— Ce soir? intervint Mamie, heureusement sans relever la remarque sur les vieilles chaussettes. Fabuleux. Je vais demander à Rudolpho de préparer quelque chose de spécial.

Jennifer avait envie de hurler de frustration. Elle aurait dû appuyer sur le bouton muet à la place, et maintenant elle se retrouvait avec une invitation à dîner qu'elle ne pouvait pas refuser. Et Beckett non plus, si Sami et Mamie Lois avaient leur mot à dire.

Chapitre Huit

Mamie et Sami avaient remporté le premier round.

Jennifer était assise à côté de Mamie, Beckett en face d'elle et Sami à côté de lui.

Il s'était fait beau.

Trop beau.

Ayant été contraint de venir par Sami, Beckett avait mis fin aux tâches de nettoyage de la journée après avoir terminé le rez-de-chaussée, promis de revenir le lendemain pour finir, puis était allé chez lui pour se doucher et se changer avant de revenir avec de petits bouquets pour elles trois.

Sami avait immédiatement décidé qu'elle allait apprendre à presser le sien dans un livre, et elles avaient dû la convaincre d'attendre leur retour du dîner.

Jennifer avait donc mis le sien et celui de Sami dans le même vase sur le rebord de la fenêtre de la cuisine, et avait emmené Beckett avec l'autre bouquet pour Mamie Lois à la maison de retraite.

— C'est tellement gentil à vous de vous joindre à nous, M. Fields, dit Mamie Lois en en faisant des tonnes.

Jennifer n'avait pas le cœur de lui dire — maintenant que Mamie Lois était sur son meilleur comportement — que « M. Fields » avait assisté à la dispute téléphonique qui avait constitué leur conversation plus tôt. Cela valait presque le coup de l'avoir à dîner.

Oh, à qui voulait-elle faire croire ça? Dîner avec Beckett valait beaucoup. Et comme Mamie faisait la plupart de la conversation, Jennifer pouvait laisser ses fantasmes d'adolescente s'exprimer un peu.

Combien de fois avait-elle imaginé ce même scénario, moins une quinzaine d'années environ. Mais sans enfant autour. Ni Mamie d'ailleurs.

— Merci beaucoup de m'avoir invité, Madame.

Mamie rougit même. Jennifer n'aurait jamais cru voir *ça* de son vivant.

— Pas de « Madame » entre nous. Appelez-moi simplement Lois. Tous mes amis le font.

Jennifer toussa dans sa serviette.

Mamie Lois lui donna un « petit coup » sous la table.

Les « petits coups » de Mamie Lois étaient toujours un peu douloureux.

— Je suis ravie que vous rendiez visite à Jennifer quand je lui ai parlé. Que faisiez-vous là-bas, au fait?

Mamie jeta un regard malicieux à Jennifer — comme si personne d'autre à table ne le remarquerait.

Bien sûr, Sami le remarqua, et d'après son petit sourire satisfait, elle était totalement d'accord avec son arrière-grand-mère — encore une chose que Jennifer n'aurait jamais cru voir de son vivant.

Beckett s'éclaircit la gorge et se redressa un peu sur sa chaise. — J'étais là pour, euh... eh bien...

— Il me donnait des conseils en investissement. Une recherche rapide sur Google avait révélé la raison pour laquelle Mamie avait instantanément reconnu son nom. Visiblement, ce dernier boulot n'était pas destiné à être rendu public, alors Jennifer n'allait pas le trahir. Mamie, cependant, ne manquait jamais une occasion de colporter des ragots quand elle pensait avoir un scoop, et avec lui qui faisait le ménage, Mamie en avait certainement un. Jennifer était presque gênée d'admettre qu'elle n'avait pas reconnu son nom. Mais elle pensait à lui comme John Becker, pas comme un génie de la finance.

On dirait qu'il n'avait pas eu besoin de son aide en maths après tout.

— Il était temps que tu prennes une décision intelligente concernant ton avenir, ma fille. Mamie passa le panier de petits pains à Beckett comme si elle n'avait pas juste humilié Jennifer.

Mais Jennifer n'allait pas se laisser intimider. Elle avait fait des études vétérinaires ; elle n'était pas une idiote, et Mamie ne connaissait pas tous les aspects de sa vie. — Mon avenir est très bien assuré, Mamie. Mais ça ne fait jamais de mal de garder ses options ouvertes.

— C'est vrai. Mamie passa le beurre à Beckett. — Alors, êtes-vous marié, M. Fields?

Super. Que le sol s'ouvre et l'engloutisse — bien qu'elle s'y attendait. Ce n'était un secret pour personne que sa grand-mère voulait plus d'arrière-petits-enfants.

Sami était tout aussi prévisible, assise là, souriant d'une oreille à l'autre. L'enfant ressemblait plus à Mamie Lois que Jennifer ne l'avait réalisé.

Beckett lui adressa un sourire complice, au moins il était sur la même longueur d'onde. — Non, je ne suis pas marié.

— Eh bien, quelle coïncidence! Jennifer non plus. Mamie leva son verre en signe de salut. Il contenait du jus de raisin car l'alcool interférait avec ses médicaments, mais elle aimait prétendre que c'était du vin. — Vous devriez peut-être vous réunir pour en parler.

Jennifer regarda Beckett et haussa les sourcils. Il n'y avait pas moyen d'éviter ce que Mamie insinuait, alors autant s'allier à lui pour lui faire plaisir, sans attendre que ça se produise réellement. — Nous allons y réfléchir, Mamie.

Mamie agita sa fourchette vers elle. — Ne me réponds pas, Jennifer. Je sais ce que tu fais. Tu penses que je ne peux pas voir clair dans ton jeu? Ces yeux ont peut-être des cataractes, mais je ne suis pas née de la dernière pluie. Je sais quand on me ménage. Tu pourrais faire bien pire que M. Fields ici présent. Comme nous le savons tous.

Oui, la petite incursion de Trent dans l'armoire à pharmacie avait fait la une de tous les journaux. Jennifer ne pouvait pas le nier même si elle aurait adoré.

Si seulement Trent avait pu avoir une implosion *privée*, mais non ; il avait fallu qu'il la rende scandaleuse, publique et humiliante. Bon sang, même Beckett en avait probablement entendu parler.

Génial. Juste ce dont elle n'avait pas besoin de penser.

Mais Beckett, une fois de plus, arriva sur un balai blanc invisible et sauva la situation.

— Oh, je ne sais pas, Mad... euh, Lois. Je suis plutôt occupé. Toujours en train de travailler. Les relations ont besoin d'attention et de soin pour durer, et mon style de vie n'est pas le meilleur pour en construire une. Je ne suis pas la meilleure référence en la matière.

— Vous voyez? Vous avez ça en commun. Ma petite-fille non plus.

D'accord, les gens perdaient leur filtre en vieillissant, mais Mamie devait-elle éparpiller le sien comme des confettis pendant cette conversation? Jennifer aurait aimé avoir travaillé plus dur pour dissuader Mamie de l'invitation à dîner. Mais Sami avait été si enthousiaste et Jennifer avait voulu passer plus de temps avec lui...

— Et tu t'es bien amusé aujourd'hui, n'est-ce pas, Beck? demanda Sami qui s'immisçait maintenant dans la conversation. Jennifer pouvait presque voir les rouages tourner dans la tête de sa nièce. Même Beckett, avec les compétences en mathématiques qu'elle croyait qu'il n'avait pas au lycée, pouvait voir où menait le un-plus-un-plus-un de Sami.

— Je me suis bien amusé, Sami. Merci pour cette excellente journée.

Les yeux de Grand-mère s'écarquillèrent en regardant Jennifer.

Il était temps de changer de sujet. Pour leur bien à tous.

— J'ai vu Kelsey aujourd'hui, Sami. Elle m'a dit que Magic Mike allait très bien et elle voulait te remercier.

Le sourire de Sami s'élargit.

— J'adore Magic Mike. C'est un si bon chiot. C'était dommage qu'il se soit blessé. Tu crois qu'on aurait pu sauver la patte de Flopsy comme on l'a fait pour Magic Mike si on l'avait eu quand il s'est blessé?

La patte de Flopsy était un sujet de conversation récurrent entre elles. Sami voulait tellement le réparer, et Jennifer devait sans cesse lui expliquer que même s'ils ne pouvaient pas lui rendre sa patte, il était quand même heureux parce qu'il avait un bon foyer avec eux. Les parallèles avec la vie de Sami faisaient monter les larmes aux yeux de Jennifer à chaque fois. Y compris maintenant.

— Monsieur Fields, puis-je vous appeler Beckett? demanda Grand-mère Lois en tamponnant ses lèvres avec sa serviette, une affectation qu'elle utilisait quand elle voulait paraître douce et distinguée.

Jennifer réprima l'envie de lever les yeux au ciel. Quand Grand-mère partait sur une tangente, il n'y avait pas moyen de l'en détourner et son facteur de charme montait en flèche.

— Certainement, Lois. J'aimerais beaucoup.

— Avez-vous des projets pour ce vendredi soir?

— Eh bien, Lois, m'inviteriez-vous à sortir? Beckett ne se donna pas la peine de cacher le rire dans sa voix et Sami ne put cacher l'horreur dans la sienne, tandis que Jennifer s'étouffait avec les lasagnes aux légumes que Rudolpho avait préparées.

— Beurk. Tu ne peux pas sortir avec Grand-mère Lois ; elle est trop vieille.

— Je te remercie de surveiller ton langage, jeune fille. Une chose était sûre avec Grand-mère Lois qui faisait son numéro pour Beckett : elle était beaucoup plus circonspecte dans ce qu'elle disait à Sami.

— J'*étais* polie, Grand-mère. Sami enfourna une bouchée de lasagnes et Jennifer aurait parié qu'elle n'était pas la seule à table à reconnaître ce geste pour ce qu'il était : l'auto-censure de Sami si-tu-ne-peux-rien-dire-de-gentil.

La chose intéressante dans la relation entre Sami et Grand-mère, c'était qu'aucune des deux ne s'offensait de l'autre. Elles donnaient autant qu'elles recevaient et en redemandaient. *Deux pois dans une cosse*, c'était l'explication des infirmières, et Jennifer commençait à y croire.

— Tu étais impertinente. Bien sûr que je n'invitais pas M. Fields à sortir. Il y a un symposium financier au centre-ville vendredi avec un dîner le soir. J'avais prévu d'y aller et je voulais savoir s'il y serait.

— Oh. Sami se rassit, dûment réprimandée, mais Jennifer savait que la gamine avait eu des raisons de se méfier, et Jennifer redoutait que cela ne vienne à la lumière.

Mais il n'y avait aucun espoir. Les tangentes de Grand-mère étaient comme des trains à grande vitesse : rapides, mortelles et rarement déraillées.

— Je vais effectivement y être, dit Beckett. Je participerai à trois des panels ce jour-là. Peut-être me rejoindrez-vous pour le dîner ?

— Peut-être bien. Grand-mère tapota à nouveau ses lèvres et se rassit, très satisfaite d'elle-même.

Et elle avait de quoi l'être. Les recherches que Jennifer avait faites indiquaient que Beckett avait été une sorte d'enfant prodige dès son entrée dans le monde de la finance, et les actions qu'il suivait avaient tendance à bien se porter. Il y avait des discussions pour savoir si c'était parce qu'il les suivait et que son intérêt les avait rendues très médiatisées, ou si elles se seraient bien comportées sans son aide et qu'il les avait repérées à la hausse. Dans tous les cas, Beckett Fields connaissait son affaire.

N'était-il pas étrange que Jennifer soit fière de lui ?

Mais quiconque s'était sorti d'affaire par ses propres moyens et avait réussi — et avec tant de succès — devait être admiré pour cela.

Peut-être n'était-il plus un si mauvais garçon, après tout ?

Grand-mère Lois mena la conversation pendant le reste du repas, se concentrant sur son portefeuille et sur ce que Beckett pensait de ses diverses positions. Jennifer écoutait, plus pour voir à quel point il avait changé depuis la dernière fois qu'elle l'avait connu que pour obtenir des conseils avisés en matière d'actions. Son portefeuille était en bonne voie pour faire ce dont elle avait besoin, alors elle avait le luxe de simplement écouter.

Il savait de quoi il parlait et cela se voyait. Il n'était plus le même gars qu'elle avait connu au lycée. Cette puce sur l'épaule qu'il portait comme la sphère d'Atlas avait été ciselée en confiance, et il y avait quelque chose chez un homme qui portait sa confiance comme une chemise confortable. Contrairement à l'adolescent maussade et en colère qui portait ses cheveux sur les yeux, était assis voûté à son bureau avec une veste en cuir couvrant ses larges épaules, et son pied tapant continuellement au point que leur professeur avait dû lui demander d'arrêter — ce qui signifiait, bien sûr, qu'il l'avait fait davantage — il avait été un rebelle. Tout James Dean, mauvais garçon. Mais elle avait vu l'insécurité sous-jacente — du moins, elle avait cru la voir. Mais son rejet avait tourné cela en dérision.

En le regardant maintenant, elle ne l'aurait jamais qualifié d'insécure. Jamais pensé qu'il y avait eu un moment où il avait eu le moindre doute sur lui-même.

Et peut-être n'y en avait-il jamais eu. Peut-être avait-elle tout imaginé parce qu'elle l'avait voulu. Elle avait toujours soutenu les opprimés. Avait toujours recueilli des animaux errants. Elle avait vu John Becker se replier sur lui-même et elle avait eu pitié de lui.

Son pied effleura le sien alors qu'il changeait de position sur sa chaise.

Sauf que... ce n'était pas de la compassion qu'elle ressentait.

John Becker, l'adolescent angoissé, était devenu un homme magnifique.

Et à en juger par l'expression de Sami, elle avait compris où les pensées de Jennifer l'avaient menée.

Enfin, espérons que pas *exactement* où elles l'avaient menée, mais la gamine avait saisi l'intérêt de Jennifer.

Ce qui pouvait présager des problèmes.

Jennifer termina sa dernière bouchée de lasagnes, puis posa sa fourchette.

— Je suis désolée d'interrompre cette fascinante discussion, mais je dois ramener Sami à la maison. Elle a eu une journée chargée, et sept heures du matin arrive terriblement vite.

— Oh non, je ne veux pas partir.

Bien *sûr* qu'elle ne voulait pas. La première fois *de sa vie* que Sami ne voulait pas quitter la maison de Grand-mère Lois, et cela ne correspondait pas aux plans de Jennifer.

— On pourra revenir une autre fois, ma chérie. Sans Beckett. Ce qui mettrait fin à cette visite avant même qu'elle n'ait commencé, avec Sami qui se plaindrait et Grand-mère Lois qui la réprimanderait.

Jennifer ne savait pas pourquoi elle se donnait cette peine.

En fait, si, elle le savait. Ces deux-là avaient besoin l'une de l'autre. Et peu importe à quel point elles le niaient toutes les deux, les infirmières avaient raison ; elles se ressemblaient *tellement* qu'il était facile de voir la solitude de Sami sur le visage de Grand-mère Lois. C'était pour cela que Jennifer faisait le trajet aussi souvent que son emploi du temps le lui permettait. C'était plus fréquent avant que Sami ne vienne vivre avec elle car, bien que Jennifer aimât sa grand-mère, Sami avait besoin de plus de son temps, et le temps était une denrée que Jennifer ne pouvait ni cultiver ni acheter davantage. Elle n'était qu'une seule personne essayant de faire le maximum pour tout le monde.

— Tu restes, Beck? demanda Sami en mordillant sa lèvre inférieure, la tête penchée sur le côté.

— Je dois aussi partir. Il se leva et posa sa serviette sur la table, puis fit le tour jusqu'à la chaise de Grand-mère. — Puis-je vous escorter jusqu'au salon, Lois?

Sa galanterie permettait à Grand-mère Lois de garder sa dignité alors qu'elle peinait à se lever. Elle avait plus de difficultés ces derniers temps, et elle détestait utiliser une canne. La plupart du temps, Jennifer ne discutait pas et laissait Grand-mère Lois s'accrocher à son bras pour se soutenir, mais Grand-mère Lois devait maintenir sa mobilité. En tant que professionnelle de santé, Jennifer connaissait l'importance d'utiliser ces muscles sous peine de les perdre.

Beckett tendit sa canne à Grand-mère Lois et, surprise, surprise, la femme ne fit pas la moindre petite objection pour la prendre.

En fait, il semblait que Grand-mère Lois s'appuyait lourdement sur Beckett même en déplaçant sa canne devant elle.

Soit sa grand-mère était dans un plus grand déficit qu'elle ne le laissait paraître, soit c'était une excellente actrice.

Jennifer aurait parié sur la seconde option, mais étant donné l'âge de Grand-mère Lois, elle avait le sentiment que c'était la première.

— Viens, Sami, dit-elle en se levant de sa chaise. Mettons ces assiettes dans le chariot de Rudolpho.

— Tu veux dire qu'on n'a pas à les laver? C'était drôle que le fait de ne pas avoir à mettre les choses dans le lave-vaisselle fasse briller les yeux de Sami comme un matin de Noël.

Ce n'était pas comme si Jennifer la faisait travailler comme une esclave, mais les corvées étaient appelées ainsi pour une raison dans l'esprit de Sami.

Dans celui de Jennifer, elles étaient appelées ainsi à cause de la corvée que c'était de motiver Sami à les faire. Mais sa nièce devait apprendre qu'il y avait des conséquences à ses actes, même si ce n'était qu'un évier plein de vaisselle sale quand elle voulait manger.

— Non, mais on doit les ranger.

— D'accord. Ensuite, on peut emmener Beck acheter de la glace pour le dessert?

— Ma chérie, Beckett a sa propre vie. Il a passé assez de temps avec nous. De plus, il reviendra demain.

Beck leva les yeux après avoir aidé Lois à s'asseoir pour voir le visage abattu de Sami et pensa qu'il devrait peut-être reconsidérer sa venue le lendemain. La gamine s'attachait trop. Et, à vrai dire, il appréciait un peu trop sa compagnie. Il n'aurait jamais pensé dire ça à propos d'une enfant, mais elle avait du cran, de l'énergie et elle était carrément hilarante.

Et puis il y avait sa mère...

— Merci beaucoup pour le dîner de ce soir, Lois. Il l'installa dans son fauteuil près de la fenêtre, ignorant les regards appuyés que la femme avait lancés dans sa direction et celle de Jennifer toute la soirée. Il n'avait pas besoin de toute son intelligence de la rue pour comprendre qu'elle jouait les entremetteuses. Où était-elle quand il ne voulait rien de plus que de s'accrocher à Jennifer?

Bah, même à l'époque, il aurait pris ses jambes à son cou. Il ne faisait pas dans la charité. Tout comme il ne faisait pas dans les chasseuses de fortune. Non pas que Lois puisse être qualifiée ainsi — Jennifer se débrouillait visiblement bien — mais il savait qu'il était une prise de choix pour les mères et les grand-mères, et aucune n'avait réussi à l'attraper jusqu'à présent. Et autant il ne serait pas contre apprendre à connaître Jennifer — au sens biblique du terme — elle était trop *famille* pour lui. Il finirait par briser non seulement son cœur, mais aussi celui de Sami et de Lois. Beaucoup trop de responsabilités à gérer pour lui. Il aimait n'avoir à se soucier que de lui-même. Les relations qui se dirigeaient vers des fins heureuses n'étaient pas son fort. Il se contentait très bien d'être heureux dans l'instant présent. Jennifer aurait tout aussi bien pu avoir un grand panneau lumineux clignotant qui disait : « Ne pas toucher ».

Il avait bien reçu le message.

— J'ai hâte d'être à vendredi soir, Beckett. Cela devrait être édifiant.

Il y avait quelque chose dans la voix de Lois... — Dans quel sens?

— Oh, vous savez, à propos de mes investissements. Celui qui a dit qu'on ne pouvait pas apprendre de nouveaux tours à un vieux chien ne savait pas de quoi il parlait, vous voyez ce que je veux dire?

Pourquoi Beck avait-il l'impression que Lois parlait par énigmes?

Il tapota son épaule. Plus il s'attardait, plus il lui donnait de l'espoir. — Oui, il y aura beaucoup d'informations à assimiler vendredi. Je trouve que je dois laisser les données se décanter pendant quelques jours pour les traiter. Ce qui n'était pas vrai. Il avait écrit la moitié du matériel qu'ils allaient distribuer ; il le connaissait sur le bout des doigts, mais son cerveau fonctionnait à des fréquences et des vitesses différentes de celles des autres.

Cela avait fait de lui un phénomène de foire à l'école. Il avait su qu'il était mentalement différent et, pendant de nombreuses années, il avait pensé que c'était dû au fait d'avoir été ballotté de foyer en foyer. Mais ensuite, il avait eu M. McArthur en cours de statistiques et c'était comme s'il regardait soudainement à travers un étang limpide au lieu de la boue primordiale des onze années de scolarité précédentes.

Cependant, dès qu'il avait commencé à mieux réussir, il s'était fait taquiner pour être soit un génie, soit un tricheur, alors il avait vite appris à se modérer.

L'université, en revanche... Il ne s'était pas soucié de ce que quiconque avait à dire à l'université. Il s'était démené pour payer ses études, alors quand l'argent des bourses avait suivi ses notes parfaites, il s'était jeté dessus à bras ouverts. Quelques investissements décents pour tester ses théories lui avaient permis d'obtenir son diplôme non seulement en quatre ans sans dette, mais aussi avec une jolie somme mise de côté pour les jours de pluie. Ou pour de gros risques sur le marché qui avaient de très bonnes chances de réussir.

Alors oui, il savait que les femmes suivaient la richesse, et que les grands-mères opportunistes s'approchaient toujours de lui. Il avait appris à les esquiver les unes comme les autres depuis des années.

Il lui tapota la main. — J'ai hâte de vous revoir.

— Prenez soin de vous, dit-elle.

Elle lui tapota le dos et pendant une seconde — une brève, infime, presque fugace seconde — il sentit cette tape le traverser et *résonner* quelque part dans les environs de son cœur.

Ouais, il s'est tiré de là fissa.

Chapitre Neuf

— On devrait faire des cookies.

— Sami, il est six heures du matin. Personne ne fait des cookies à cette heure-ci.

— C'est justement pour ça qu'on devrait le faire.

Jennifer entrouvrit un œil. Il lui restait vingt-trois minutes de sommeil et elle voulait en profiter jusqu'à la dernière seconde. D'habitude, c'était elle qui réveillait Sami, alors le fait que sa nièce débarque dans sa chambre à l'heure impie de cinq heures cinquante-sept et bondisse sur son lit comme un grizzly... Jennifer était plus que méfiante.

Et fatiguée. Mon Dieu, qu'elle était fatiguée. Elle était restée éveillée tard, à trop penser à un certain quelqu'un qui devait arriver dans... bon sang. Une heure et des poussières. Et Jennifer n'avait *pas* l'intention d'être là quand il arriverait.

Elle repoussa les couvertures... enfin, presque. Sami était assise dessus, piégeant Jennifer comme un papillon dans son cocon.

— Ça veut dire qu'on va le faire?

Repoussant ses cheveux de son visage, Jennifer bâilla. — Non, Sami. On doit t'emmener au camp ce matin. J'ai une opération dès le début de la journée et tu sais que je n'aime pas être en retard.

— C'est vrai. Le pauvre chiot doit recevoir ses médicaments et si tu ne commences pas à temps, il pourrait se réveiller trop tôt et avoir mal.

Jennifer grimaça. Elle avait raconté ce petit mensonge l'un des premiers jours où Sami était venue vivre avec elle et avait fait preuve d'entêtement. Mettre l'accent sur l'opération et les soins du chien avait été la seule chose à laquelle Sami avait réagi.

Ce n'était pas son meilleur moment de mentir à la petite, mais ça avait marché. Malheureusement, Sami ne l'avait jamais oublié.

— Bon, on peut les faire ce soir alors? Pour la prochaine fois que Beck viendra? Est-ce qu'il va venir demain aussi?

— Je ne sais pas. Il est censé venir seulement trois jours par semaine.

— Qu'est-ce qu'il va faire les autres jours? Il peut venir au camp avec moi?

— Ma chérie, il doit travailler. Il ne peut pas aller au camp. Elle tira sur le drap.

Sami bondit sur ses pieds, l'espoir et l'excitation rayonnant dans son sourire. — Je peux aller travailler avec lui alors? Je pourrais beaucoup l'aider. Il a dit que je suis une bonne travailleuse.

L'admiration était à son comble et rien de bon ne pouvait en sortir.

Jennifer sortit ses jambes du lit. — C'est ce que dit Sharon aussi. Elle restait en contact étroit avec l'animatrice du camp pour s'assurer qu'il n'y avait pas de problèmes que Sami refoulait et qui se manifestaient dans ses interactions avec les autres enfants. Jusqu'à présent, le camp avait été une très bonne chose pour Sami. Le thérapeute familial avait dit que garder Sami active et engagée avec d'autres enfants de son âge dans un environnement structuré lui donnerait le meilleur sentiment de sécurité quand Jennifer ne pouvait pas être avec elle. Une autre raison pour laquelle les rendez-vous amoureux n'avaient pas été une priorité ces derniers temps.

— Alors je peux, Maman? Je peux aller travailler avec Beck? La petite crapule sautillait à côté du lit comme si le sol était un trampoline.

— Ma chérie, le travail n'est pas fait pour les enfants.

— Mais je viens parfois à ton travail et j'ai plein de choses à faire là-bas.

— Mon travail est différent de celui de Beckett. Le sien, c'est que des réunions et des maths.

— Des maths? Sami fit la grimace. Pas sa matière préférée. — Beurk.

— Exactement. Tu t'amuseras beaucoup plus au camp.

— Je suppose. Elle fit glisser ses doigts le long du lit puis fit une pirouette

au bout, rappelant à Jennifer qu'elle devait l'inscrire à un cours de danse. —
Est-ce qu'il sera là quand je rentrerai?

— J'en doute. On n'est pas si bordéliques. Beckett devrait pouvoir finir de
nettoyer vers midi, j'imagine.

— Oh. Sami soupira d'une façon dont seule une enfant de sept ans déçue
pouvait le faire. — On peut l'inviter à dîner?

Ce n'était vraiment pas une bonne idée. — Je suis sûre que Beckett a déjà
des plans pour le dîner. N'oublie pas, il avait une vie avant de nous rencontrer.

— Ouais, mais on pourrait s'amuser. Il m'aime bien. Il me l'a dit. Il a ri à
toutes mes blagues hier, et il a aimé quand je l'ai aidé.

— C'est parce que tu es amusante, ma chérie, mais c'est un adulte. Les
adultes sortent dîner avec d'autres adultes et font des choses d'adultes après le
dîner.

— Mais tu es une adulte. Peut-être qu'il voudra faire des choses d'adultes
avec toi.

Si seulement...

Jennifer chassa *ce* petit fantasme de son esprit. — Eh bien *moi*, j'ai des
projets avec une certaine fillette de sept ans, donc je ne ferai *pas* de choses
d'adultes ce soir. Elle ébouriffa les boucles qu'elle aurait aimé avoir en grandissant mais qui n'étaient pas dans ses gènes.

Sami avait fait remarquer plus d'une fois qu'elle n'avait pas les cheveux
comme sa mère ou sa tante et, jusqu'à présent, Jennifer avait réussi à orienter la
conversation vers d'autres sujets. Mais ça ne durerait pas beaucoup plus longtemps. Sami était une enfant intelligente.

Ce n'était pas une conversation que Jennifer avait hâte d'avoir. Quand il
s'agirait de savoir qui était son père, il y aurait beaucoup plus à dire dans la
discussion sur les fleurs et les abeilles que simplement la mécanique.

— On a des projets? C'est quoi? Sami recommença à sautiller, quel changement par rapport à sa réticence quand elle avait emménagé pour la première
fois.

— Je pensais qu'on pourrait aller au Fish Fry et jouer à des jeux. C'était un
restaurant local adapté aux enfants qui avait des jeux d'arcade et des prix. —
Tu veux amener une amie?

— Oh, je peux? Cassie n'y va jamais. Elle aimerait ça. Je peux vraiment
l'amener?

— Absolument, tu peux. Le divorce des parents de Cassie Mumford avait laissé Cassie avec, essentiellement, un seul parent, et des conséquences financières désastreuses pour sa mère, si bien que la petite fille avait mangé chez elles plus d'une fois.

— Il faut qu'on ait des tenues assorties. On peut avoir des tenues assorties? Et des baskets. On a toutes les deux des blanches. On peut acheter des lacets roses pour elles?

Jennifer devait constamment faire barrage chaque fois que Sami se retournait pour poser une question afin que l'enfant ne trébuche pas sur un meuble ou ne se cogne pas dans le coin d'un mur, mais c'était un petit prix à payer pour la voir si heureuse.

Et pour qu'elle ait oublié Beckett.

— Et si on achetait des t-shirts Fish Fry quand on y sera? Tu porteras un short blanc et tes baskets, et on prendra même des rubans roses pour tes cheveux. Qu'en dis-tu?

— Oh, maman, tu es la meilleure!

Sami se jeta dans les bras de Jennifer, l'enlaçant à la taille. C'était dans ces moments-là que tous les sacrifices que Jennifer avait dû faire pour que Sami vive avec elle en valaient la peine.

* * *

Certaines choses ne valaient vraiment pas l'effort.

Beck se tenait dans l'embrasure de la chambre de Sami et avait envie de se cogner la tête contre la porte. Et il l'aurait peut-être fait s'il avait pu *atteindre* la porte.

Hier, il plaisantait à propos de la tornade, mais maintenant?

Combien de vêtements cette gamine avait-elle?

Chaque bout de tissu était éparpillé dans sa chambre. Sans compter la demi-douzaine de serviettes, les deux jeux de draps et tous les animaux en peluche connus de l'humanité.

Génial. Il avait prévu d'en finir en moins de deux heures aujourd'hui, mais ce n'était plus envisageable maintenant.

Il sortit son téléphone et composa le numéro de Liam.

— Salut, Beck. Quoi de neuf? Déjà fini?

— Pas vraiment.

Liam l'avait conduit ici pour qu'il puisse déposer sa voiture pour l'inspection annuelle et devait venir le chercher pour déjeuner et récupérer la voiture.

— Changement de programme. On dirait que la princesse qui vit ici a décidé d'essayer toutes ses tenues et que sa dame d'honneur en a eu marre d'attendre. C'est le bazar ici, alors je vais y passer un moment.

— Jennifer Langston est du genre exigeante? Je n'aurais pas cru.

— Pas elle. La gamine. Il y a des trucs partout.

— Ah. Les enfants. Une petite fille, c'est ça?

— Sept ans dans le corps d'une ado de dix-sept.

Les Sharpe étaient l'une des familles chez qui il avait vécu et Amy, leur aînée, était aussi une accro aux fringues. Il se souvenait bien avoir frémi en passant devant sa chambre qui ressemblait à ça.

— Comment peuvent-elles penser qu'elles vont porter toutes ces fringues?

— Ne m'en parle pas. J'ai dû gérer la garde-robe de Cassidy.

La fiancée de Liam, Cassidy Davenport, était la fille de l'un des hommes les plus riches de la ville. Elle avait longtemps fait la une des pages mondaines, toujours tirée à quatre épingles, jusqu'à ce que son père la mette à la porte et que Liam ramasse les morceaux. Beck avait remis en question les motivations de Liam car, même si Cassidy était magnifique, elle était si exigeante que même *son* style de vie semblait sage en comparaison.

Mais Lee était heureux, alors qui était Beck pour remettre en question le véritable amour? Enfin, pour ses amis en tout cas.

— Et tu es un homme meilleur grâce à ça.

Lee ricana.

— Mouais. Bien sûr. Comme si j'avais besoin d'être meilleur.

— Crétin.

— Abruti.

Beck rit.

— J'abandonne.

Il avait assez à gérer de ce côté-ci ; il pouvait laisser Lee gagner sur le plan des insultes.

— Bien, au moins tu reconnais tes maîtres. Bon, appelle-moi quand tu auras besoin que je vienne te chercher. J'ai assez de boulot ici pour m'occuper jusqu'au mois prochain, alors quand tu auras fini, j'aurai fini.

— Merci, Lee.

— Pas de souci. À plus.

Beck prit une profonde inspiration en raccrochant. Par où diable allait-il commencer?

Le tas sur le lit bougea.

Et grogna.

Nero.

Ça allait être amusant...

Deux heures plus tard, même son sarcasme avait du sarcasme. Amusant? Il n'y avait rien d'amusant là-dedans. Pas même la récompense de terminer la chambre de Sami pour pouvoir s'occuper de celle de Jennifer. Il y avait jeté un coup d'œil pendant une pause toilettes — ou une pause pour-éviter-de-s'en-fuir-en-hurlant comme il avait décidé de l'appeler — et était reconnaissant de voir qu'elle n'était pas le modèle de tenue de maison de Sami. La chambre de Jennifer était propre et bien rangée, le lit était fait et il aurait parié que tous ses produits de toilette étaient alignés dans son armoire à pharmacie.

Non pas qu'il irait vérifier. Il avait quand même un peu de retenue.

Il posa la pile de t-shirts dans un coin du lit de Sami. Il n'avait pas prévu de plier les vêtements, mais les paniers à linge étaient pleins des chaussettes et sous-vêtements de Sami — qu'il avait ramassés dans le panier avec le balai de la cuisine. Il y avait quelque chose de fondamentalement déplacé à ce qu'il touche ces choses intimes, alors il ne l'avait pas fait. Mais cela ne lui laissait aucun endroit pour mettre le reste de ses vêtements, sauf à les plier et les empiler sur le lit, ce qui rallongeait d'autant sa tâche.

Il tapota la pile, s'assurant qu'elle ne bougerait pas. Heureusement, Nero — après lui avoir sifflé dessus quelques fois — avait décidé que la bataille pour un territoire en désordre n'en valait pas la peine et était parti, probablement pour embêter le chien. Mais il n'y avait pas eu de hurlements de mort, donc peut-être pas.

Ce qui le rendait un peu nerveux quant à ce qu'il trouverait en redescendant.

Bon, une chose à la fois. Maintenant que les meubles étaient visibles, il pouvait commencer à dépoussiérer et passer l'aspirateur —

Bien sûr, c'est à ce moment-là qu'il entendit un hurlement à glacer le sang venant de la cuisine, suivi d'un *miaou* rageur alors que quelque chose s'écrasait au sol.

Que Dieu le préserve des animaux de compagnie. Il ne comprenait pas du tout cette manie des animaux. Pourquoi gâcher une propriété parfaitement bonne et à forte valeur avec des poils d'animaux et des marques de griffes? Et si on ajoutait ce chaos au mélange —

Quelque chose d'autre s'écrasa, alors Beck descendit. Mieux valait intervenir avant que d'autres catastrophes ne se produisent.

Jennifer était en retard. Mme Whitman était arrivée à la dernière minute avec son caniche nain, Jonah, qui avait été effrayé par une souris et s'était jeté dans un rosier. Le pauvre avait l'air d'avoir été attaqué par un porc-épic quand elle avait fini de retirer les épines, tout en se faisant elle-même bombarder de messages de Sami.

« Dépêche-toi! »

« Tu es où? »

« On va rater tout le fun! »

Elle avait passé un appel d'urgence à Kelsey qui, heureusement, avait pu amener les filles du camp à la clinique, et, dès que Jennifer se serait lavée, elles allaient rentrer à la maison pour récupérer les tickets supplémentaires que Sami avait cachés dans sa chambre depuis leur dernière sortie à Fish Fry. Elle et Cassie voulaient gagner plus de prix.

Sérieusement, cet endroit devrait envisager de vendre des tickets aux parents en douce, juste pour qu'ils puissent en sortir en moins de trois heures. D'un autre côté, il était dans l'intérêt des propriétaires de garder les enfants plus longtemps pour user les nerfs des parents jusqu'à ce qu'ils déboursent plus d'argent pour « juste un jeu de plus ». Jennifer l'avait vécu.

Elle jeta sa blouse de laboratoire dans le panier à linge, vérifia une dernière fois les patients en observation, discuta de leurs soins avec les deux internes qui assuraient la garde de nuit, puis se dirigea vers la salle d'attente. — Vous êtes prêtes, les filles?

Sami bondit du banc en bois de la salle d'attente, assez profond pour que les chiens et les cages à chats puissent être à côté de leurs maîtres pendant qu'ils attendaient. — Comme toujours, maman!

Cassie se laissa glisser. — Tu as de la chance que ta maman travaille ici. J'aimerais que la mienne y travaille aussi.

Jennifer nota mentalement de voir si la mère de Cassie avait une quelconque expérience de bureau. Ils pouvaient toujours utiliser plus d'aide à l'accueil.

Elle les attacha à l'arrière de son SUV, puis prit les routes secondaires pour rentrer chez elle, essayant d'éviter autant que possible les embouteillages de l'heure de pointe. Même si le détour par la maison pour récupérer les tickets ajoutait vingt minutes à leur arrivée à la zone pour enfants, ces vingt minutes valaient la paix et la tranquillité d'avoir deux fillettes de sept ans satisfaites. Sans parler du pauvre Flopsy qui devait probablement danser d'impatience, et ce n'était pas joli à voir, même pour un animal à quatre pattes. Elle avait laissé un mot demandant à Beckett s'il pouvait faire sortir Flopsy avant de partir, et elle avait de toute façon prévu de repasser ici si elle avait fini à une heure raisonnable, donc Flopsy devrait aller bien.

Cependant, un seul regard à l'intérieur de sa maison lui fit réaliser que Flopsy n'allait pas bien du tout.

Il y avait une traînée de boue à trois pattes serpentant de la cuisine à la salle à manger jusque dans le salon, et Jennifer ne voulait même pas deviner jusqu'où elle allait.

— Restez ici, les filles. Je n'ai pas besoin que vous deux salissiez la maison avec de la boue. Elle allait devoir mettre Flopsy en cage, ne serait-ce que pour son propre bien. Il ne faisait aucun doute que Nero était derrière tout ça, et le fait que le chien n'accoure pas quand elle était entrée l'inquiétait quant aux bêtises que le chat avait pu faire cette fois-ci. Le pauvre Flopsy était vraiment trop naïf pour son propre bien.

Et Beckett Fields était trop sexy pour le *sien*.

— Que fais-tu encore ici? Les mots jaillirent de sa bouche avant qu'elle ne puisse les retenir.

Beckett se retourna, Flopsy se tortillant dans ses bras alors qu'il essayait d'éloigner les pattes boueuses de ses vêtements. — Au cas où tu ne l'aurais pas remarqué, ton chien a décidé de peindre le sol et une partie des meubles avec de la boue.

— Les meubles? Oh non.

— Oh si. Il ajusta sa prise sur Flopsy. — Ce n'est pas vraiment sa faute. Ce chat est le diable incarné.

— Chut. Elle mit un doigt sur ses lèvres et jeta un coup d'œil vers la cuisine. — Ne dis pas ça trop fort. Sami serait bouleversée.

— Dieu nous garde que *Sami* soit bouleversée. Il souffla pour dégager quelques mèches de ses yeux avec ce qui ressemblait à un très lourd soupir. — Peu importe que j'aurais dû être parti d'ici il y a des heures.

— Oh, je suis désolée. Tu as raison. Elle décolla ses pieds du sol — ce qui n'avait rien à voir avec la boue — et prit Flopsy des bras de Beckett. —

Merci d'avoir limité les dégâts. Je peux prendre le relais à partir de maintenant.

— Ça me va. Il se frotta les mains. — Mais je vais devoir revenir demain. Ce chat... Il secoua la tête. — Je ne sais pas pourquoi tu le supportes.

— Vraiment? Elle cala Flopsy dans une position plus confortable sur sa hanche. — Donc tu dis qu'au premier signe de problème, je devrais simplement le mettre dehors? Le laisser se débrouiller tout seul?

— Ce serait plus gentil pour tout le monde.

— Et lui montrer qu'il n'est pas désiré? Non merci. Sami serait dévastée s'il arrivait quelque chose à Nero. Et lui et Flopsy sont en train de s'adapter l'un à l'autre.

— Tu appelles ça — il écarta les mains pour désigner la pièce — s'adapter l'un à l'autre?

Jennifer grimaça. Deux vases cassés, les plantes massacrées au-delà de tout espoir, et les traces de boue... Elle allait devoir faire appel à une entreprise de nettoyage de tapis.

— Je vais le confiner dans la cuisine demain.

— Qu'as-tu contre la cuisine?

Il le dit d'un ton si bougon que Jennifer ne put s'empêcher de rire. Ce qui le fit rire à son tour, et, avant qu'elle ne s'en rende compte, elle dut poser Flopsy par terre pour reprendre son souffle.

Et quand Beckett glissa sa main le long de son bras pour l'aider avec Flopsy, son souffle disparut à nouveau.

Tout comme son rire.

Tout comme le sien.

Ils restèrent là, sa main toujours sur son bras, leurs regards verrouillés, et Jennifer pouvait entendre son cœur battre dans ses oreilles.

— Jennifer...

Comme au ralenti, elle le vit se pencher, son regard passant de ses yeux à ses lèvres, et Jennifer voulait qu'il comble la distance entre eux —

— Beck!

Jusqu'à ce que Sami entre en courant dans la pièce.

Dieu merci, elle était arrivée maintenant et pas vingt secondes plus tard, car Jennifer était plus que certaine que Beckett et elle auraient été en train de s'embrasser d'une manière qu'une enfant de sept ans ne devrait pas voir.

— Hé, Sami!

Il attrapa Sami quand elle se jeta sur lui.

Ah, être si jeune et sans inhibitions. Que serait-ce de se jeter sur *lui*?

Ses orteils — et beaucoup d'autres parties — picotèrent à cette pensée.

— Que fais-tu encore ici? Sami lui tapota les joues. — Maman a dit que tu serais parti avant qu'on rentre à la maison.

— Eh bien, je l'aurais été, mais Nero a décidé d'emmener Flopsy dans une aventure pour explorer la forêt amazonienne.

— Tu es bête. La forêt amazonienne est en Amérique du Sud, pas ici.

— Tu sais ça?

— Bien sûr. J'ai lu quelque chose là-dessus une fois.

Jennifer secoua la tête en souriant. Sami avait une mémoire presque photographique. Ça rendait vraiment difficile de lui faire avaler des couleuvres.

Le Père Noël et le lapin de Pâques n'avaient même pas survécu à la première fois qu'Andrea lui en avait parlé. En même temps, il y avait probablement eu des substances peu appropriées pour un enfant en jeu, et le détecteur de conneries de Sami avait été bien affûté dès son plus jeune âge.

— Eh bien, il l'a entraîné dans une sorte d'aventure. Tu as vu la boue?

— Oui, tu l'as vue, dit Jennifer en repoussant les cheveux de Sami. Quand je t'ai dit de rester dans la cuisine. C'est là que se trouve Cassie?

— Eh bien, oui, mais j'ai entendu Beck et j'ai pensé...

— Tu as pensé que mes ordres étaient des suggestions?

— Je suis désolée, maman. La lèvre inférieure de Sami trembla, et le cœur de Jennifer fondit. Elle détestait jouer le rôle du méchant flic, mais elle ne pouvait pas laisser Sami faire tout ce qu'elle voulait.

— Dis au revoir à Beckett, et ensuite je veux que tu retournes très soigneusement dans la cuisine et que tu tiennes compagnie à Cassie. Tu ne peux pas laisser ton invitée toute seule.

Sami soupira. — D'accord. Puis elle tapota à nouveau les joues de Beckett. — Tu peux nous tenir compagnie pendant qu'on attend maman?

Il la fit glisser jusqu'à ce que ses pieds touchent le sol. — Je pense que c'est probablement mieux si j'aide ta maman. Comme ça, elle pourra vous préparer le dîner plus vite.

— Elle ne nous fait pas à dîner ; on va au Fish Fry. Tu veux venir avec nous? C'est super amusant.

Jennifer posa sa main sur la tête de Sami et la fit pivoter. — Cuisine. Maintenant. Le pauvre Beckett n'avait pas besoin d'être mis dans cette position gênante.

Pas quand il y avait d'autres positions dans lesquelles elle aimerait le voir...

Elle n'avait *vraiment* pas pensé ça. Oh mon Dieu, qu'est-ce qui n'allait *pas* chez elle?

— D'accord. La tête basse, traînant des pieds, Sami se traîna de la même manière qu'elle était entrée dans la maison deux ans auparavant.

Jennifer détourna le regard. Ce n'était pas la même chose. Sami allait mieux maintenant. Elle savait qu'elle était aimée et qu'elle avait un toit au-dessus de sa tête et de la nourriture sur la table. Elle avait la stabilité qu'Andrea n'avait jamais pu lui offrir. La seule chose décente qu'Andrea avait faite pour sa fille était de céder la garde à Jennifer, alors Jennifer devait repousser cette image de Sami effrayée et en larmes dans un coin reculé de son esprit. Elle avait très bien pris soin de Sami, donc quelques mots durs de correction ne devraient pas lui faire de mal.

— Sacrée gamine têtue que tu as là.

— Oui.

— Elle tient ça de son père?

Elle n'allait pas avoir cette conversation. Dans le cas improbable où il réaliserait un jour qui elle était — et se souviendrait qu'elle avait une sœur jumelle — elle n'allait pas ajouter plus de grain à moudre pour les ragots. Le père de Sami était un sujet tabou en ce qui concernait les sujets acceptables. D'autant plus qu'Andrea n'avait jamais révélé son identité. Elle n'avait *pas non plus* partagé l'existence de Sami avec le gars, ce qui avait facilité la cession de la garde, donc Jennifer n'avait pas insisté.

Tout comme Beckett ferait mieux de ne pas insister.

Elle se pencha pour caresser Flopsy qui n'avait pas bougé d'un pouce. — *Sami* est sa propre personne.

D'accord... Ça le remettait à sa place.

Beck avait bien compris le message : pas de questions sur le père. Le gars était hors limites.

Ce qui, en fait, lui convenait parfaitement.

Non pas qu'il ait le droit de s'en soucier d'une manière ou d'une autre, mais il aimait bien Sami. Et Jennifer...? Eh bien, il l'aimait plus que bien.

— Hé, désolé de ne pas m'en être occupé, mais j'étais coincé dans la chambre de Sami, à nettoyer cette zone condamnée après avoir redressé le porte-revues qui s'était renversé plus tôt. Et le temps que je redescende quand ce nouveau round de chaos s'est produit, les traînées de boue étaient déjà trop nombreuses pour être comptées.

— Qu'est-ce que tu veux dire par « nettoyer la zone condamnée »? Sami a rangé sa chambre hier soir avant d'aller au lit.

— Alors elle l'a *dé*rangée ce matin. Je pense que j'ai passé deux heures là-bas rien qu'à rassembler tous ses vêtements et à les plier.

Les yeux de Jennifer se plissèrent et elle regarda en direction de la cuisine. — Sami?

Sami bondit de nouveau dans la pièce, pleine d'espoir et d'excitation.

Jusqu'à ce qu'elle voie l'expression de Jennifer.

— As-tu mis le bazar dans ta chambre aujourd'hui?

— Euh... Sami sembla soudain très intéressée par le sol — ou plus précisément, par le cercle que son orteil pouvait y dessiner.

Pourquoi avait-il l'impression qu'elle s'était jouée de lui?

— Samantha Renee...

— Ben tu as dit que Beck devait rester jusqu'à ce que tout soit bien nettoyé et je voulais le voir alors j'ai pensé que s'il avait beaucoup à faire dans ma chambre il serait peut-être encore là et ça a marché parce qu'il est encore là et j'ai pu le voir même si tu ne m'as pas laissé le voir assez longtemps.

Son esprit était encore en retard d'une cinquantaine de mots, mais il avait saisi l'essentiel.

Et au lieu d'être en colère, il se sentit... désiré.

C'était une sensation étrange. Bien sûr, il avait déjà eu des *femmes* qui le désiraient avant, mais pas pour le simple plaisir de sa compagnie. Pas comme ça. Sami voulait le voir parce qu'elle aimait qui il était.

C'était un sentiment d'humilité d'être l'objet de l'affection d'un enfant.

Jennifer s'accroupit devant elle. — Sami, je n'arrive pas à croire que tu aies créé plus de travail pour Beckett pour des raisons égoïstes. Ce n'est pas juste pour lui. Tu dois t'excuser. Il avait d'autres choses à faire aujourd'hui.

— Je suis désolée. Sa lèvre inférieure fit la moue et sa voix devint très basse. — Tu m'as juste manqué, Beck.

Bon sang, il sentit quelque chose le traverser et son cœur se mit à battre plus fort dans sa poitrine. C'était ridicule. C'était une enfant. Il n'aimait même pas les enfants. Enfin, pas assez pour en vouloir un dans sa vie. — C'est...

Jennifer lui lança un regard et secoua la tête.

D'accord. Compris. Il ne pouvait pas encourager l'enfant. — Ta maman a raison, Sami. J'avais des choses à faire aujourd'hui. J'avais fait mes plans et j'ai dû les changer à cause de toi. Ce n'est pas gentil de faire ça à quelqu'un. Des accidents arrivent et les gens doivent s'adapter, mais changer délibérément ma journée sans m'en parler... Ce n'est pas correct.

— Je suis désolée.

Maintenant, les larmes coulaient sur ses joues.

Ah, merde. C'était nul.

Il regarda Jennifer.

Elle avait l'air aussi abasourdie que lui.

Alors il s'accroupit devant Sami et lui releva le menton. — Et si tu te faisais pardonner?

— D'accord. Elle renifla. — Comment? Tu veux un nounours?

Il regarda Jennifer. Il ne savait pas comment gérer ça. Il pensait qu'ils feraient pierre-papier-ciseaux ou quelque chose comme ça. Mais prendre le jouet d'un enfant? Était-ce acceptable? Cela lui apprendrait-il une leçon?

Jennifer hocha la tête.

Bon, d'accord alors. — Ça me semble être un échange équitable.

Sami regarda sa mère. — C'est d'accord, Maman?

— Je pense que ça ira. Tu devras renoncer à quelque chose d'important pour toi parce que tu l'as fait renoncer à quelque chose d'important pour lui.

— D'accord. Sami s'essuya le nez avec son bras et leva les yeux vers lui, des larmes brillant au bout de ses cils. Puis elle lui prit la main et tira. — Allons-y.

— Aller? Son regard se tourna vers Jennifer-

Qui semblait exaspérée. — Sami-

— Mais Maman, il doit venir chercher son nounours.

— Venir où? Il avait le sentiment qu'il n'allait pas aimer la réponse.

— À Fish Fry, idiot. C'est là qu'est le nounours. Le sourire qu'elle lui adressa lui rappela celui qu'il arborait quand il obtenait ce qu'il voulait, même encore aujourd'hui.

Il s'était fait avoir par une gamine de sept ans. Lui et Jennifer tous les deux.

Beck rit. Ce n'était probablement pas la réaction qu'il aurait dû avoir, mais il ne put s'en empêcher. La gamine avait versé des larmes de crocodile et sorti ses « désolée » juste pour qu'il passe plus de temps avec elle.

Honnêtement, il ne pouvait pas lui dire non. La petite avait trop bien joué la carte de la pitié, et les entourloupes de cette ampleur devaient être récompensées quand elles étaient réussies.

— Sami, Beckett ne va pas venir avec nous à Fish Fry. Je n'arrive pas à croire que tu as pensé pouvoir le piéger comme ça.

— Je ne le piège pas. Je suis sérieuse. Ils ont des nounours là-bas et tu as dit que je dois lui en donner un alors je ne peux pas faire ça s'il ne vient pas.

— Tu pourras le lui donner demain et c'est tout. Jennifer se leva et s'épousseta les mains. — Maintenant, retourne dans la cuisine. Et pendant que tu attends que Beckett et moi ayons fini ici, tu peux prendre des serviettes en papier et commencer à essuyer la boue là-bas.

Sami exhala à nouveau - un très gros soupir. Beck craignait un peu d'être témoin d'une crise d'hystérie, mais elle jeta un coup d'œil au visage de sa mère et sembla y réfléchir à deux fois.

Cela ne l'empêcha pas de partir en tapant des pieds cependant.

— Et ne tape pas des pieds. Ça fait peur à Flopsy.

Le chien n'avait pas l'air d'avoir peur. Il était trop occupé à examiner sa queue et fit même quelques tours pour essayer de l'attraper.

— Je suis désolée pour ça, dit Jennifer une fois que Sami fut hors de portée de voix. Je ne sais pas ce qui lui prend.

— Ce n'est pas grave. Je dois admettre que personne n'a voulu être en ma présence comme ça depuis longtemps.

Jennifer arqua un sourcil parfait. — Vraiment? Je peux te dire tout de suite que Mamie et Sami n'ont pas passé autant de temps ensemble dans une même pièce depuis que Sami a appris à parler. Le seul lien qu'elles avaient en commun, cependant, c'était toi.

— C'est parce qu'elles ont toutes les deux un agenda.

Elle recula d'un pas et cligna des yeux. — Tu as compris ça?

Il l'avait surprise. — Jennifer, je t'en prie. Il profita de ce sujet pour s'approcher et lui prendre la main. — Je ne suis pas né de la dernière pluie. Les grands-mères entremetteuses font partie de ma vie depuis mon premier million. Avant ça, j'étais un gamin grincheux et rebelle du mauvais côté de la ville sans avenir. C'est incroyable ce qu'une éducation, la bonne attitude et un bon costume peuvent faire pour un gars. Quelques millions n'ont pas fait de mal non plus. — Si je n'avais pas appris à gérer ça, j'aurais été marié depuis des années.

— Tu ne l'as jamais été?

— Non. Et il avait l'intention que ça reste ainsi. Si sa propre mère, la seule personne dans sa vie qui n'aurait *pas dû* l'abandonner, avait pu le faire, n'importe qui le pouvait.

Ouais, il avait des problèmes d'engagement. Pas étonnant. Il faudrait quelqu'un d'incroyablement loyal et aimant pour les surmonter et, franchement, il ne croyait pas que cette personne existait.

— C'est probablement mieux ainsi. Jennifer lui tapota l'épaule. — Je vais laver Flopsy si tu peux aller chercher la serpillière?

Il était encore sous le choc de son commentaire. *C'est probablement mieux ainsi*? Jennifer Bingham, née Langston, était la seule femme dont il ait jamais entendu ce commentaire - et celle dont il s'y attendait le moins.

Et le plus drôle dans tout ça, c'est que ça raviva cette flamme qu'il avait autrefois portée pour elle.

Chapitre Dix

Il aimerait bien mettre le feu à cet endroit.

Beck regardait autour de lui la mer hurlante de banshees et se demandait, pas pour la première fois en seulement quinze — non, seize — minutes qu'ils étaient là, pourquoi diable n'avait-il pas accepté la porte de sortie que Jennifer lui avait offerte?

Parce qu'il voulait passer plus de temps avec elle.

Et c'était le prix qu'il devait payer.

— Beeeeeeeeeeeeckeeeeeeeeeettttttttttt! Son nom résonna dans le toboggan tubulaire que Sami et son amie empruntaient pour la douzième fois, ou quelque chose comme ça.

Il ne comprenait pas. Il n'y avait qu'une seule chose à laquelle il pouvait penser qu'il aimerait faire douze fois d'affilée, mais même là, il faudrait que ce soit avec la bonne personne.

Il jeta un coup d'œil à Jennifer.

Bon sang, qu'elle était magnifique.

Et le truc, c'est qu'elle ne semblait même pas s'en rendre compte. Ses cheveux étaient attachés en queue de cheval — quelques mèches effilochées dépassaient là où elle avait oublié de les rassembler dans l'élastique — et le t-shirt assorti qu'elle avait dû acheter pour correspondre à ceux des filles était sorti de son pantalon et avait quelques taches de cette substance orange qu'ils appelaient sauce pizza, elle avait une trace bleue de barbe à papa sur le derrière — oui, il regardait — et elle tenait son genou là où un gamin avec une boule de skee-ball l'avait percutée. Pourtant, elle souriait toujours.

— Comment peux-tu apprécier ça?

Son sourire s'élargit encore plus.

Cette torche métaphorique brûla plus fort.

— Tu plaisantes? Qu'est-ce qu'il n'y a pas à aimer dans la joie pure et débridée? Regarde-les. Ces enfants sont tellement heureux, c'est contagieux.

— *Quelque chose* est contagieux. Il désigna les distributeurs de gel hydroalcoolique qui étaient partout.

— Voyons, Ebenezer, tu n'es jamais allé dans un endroit comme celui-ci quand tu étais enfant? Ses yeux s'élargirent et elle détourna le regard. Je veux dire, enfin, tu sais. Les enfants. Ils aiment faire du bruit et courir et lancer des balles et sauter de partout. C'est tellement amusant.

Pendant un instant, Beck pensa qu'elle l'avait peut-être reconnu. Qu'elle avait réalisé que, non, il n'était *jamais* allé dans un endroit comme celui-ci. Ses familles d'accueil n'avaient jamais dépensé un centime pour lui dont ils n'avaient pas eu besoin.

Bien que, honnêtement, s'il était *vraiment* honnête avec lui-même, il ne l'aurait peut-être pas fait non plus s'il avait eu un enfant maussade comme lui dans les parages.

Admettre que les familles n'avaient pas été le problème avait été l'une des choses les plus difficiles qu'il ait faites à l'âge adulte.

Il regarda autour de lui, essayant de voir cet endroit comme ces enfants le voyaient. Beaucoup de couleurs, beaucoup de structures gonflables, des manèges, et les jeux et les prix. Et de la pizza. De la barbe à papa. Des bonbons ordinaires. Oui, il comprenait l'attrait, il supposait. Mais le bruit... Ça, il ne comprenait pas.

— Je dois passer un coup de fil. Il devait faire savoir à Lee qu'il n'aurait pas besoin d'un transport. Tu t'en sortiras si je sors un moment?

— Ça va aller. Vas-y. Elle fit un geste de la main pour le chasser et il ne pouvait pas dire si c'était de la compassion dans son sourire... ou du soulagement.

Jennifer exhala longuement et bruyamment quand Beckett s'éloigna. Elle avait failli tout gâcher.

Elle avait en fait oublié qu'il était John Becker jusqu'au moment où elle avait fait l'énorme gaffe de lui demander s'il était déjà venu dans un endroit comme celui-ci. Bien sûr que non, et si elle ne l'avait pas deviné, le raidissement de ses épaules le lui aurait dit.

— Maman, on peut aller gagner l'ours en peluche de Beck maintenant? J'en ai fini avec les toboggans.

— Moi aussi. Cassie resserra sa queue de cheval. Tu vas vraiment gagner un ours en peluche? Je ne gagne jamais rien.

Jennifer chercha son portefeuille. L'ours en peluche de Beckett venait de devenir plus coûteux parce qu'elle avait le sentiment qu'elles ne partiraient pas d'ici avant d'avoir gagné *trois* peluches. — Allez, les filles. Voyons voir si on est douées aux lancers francs.

— Youpi! Les filles coururent vers les jeux d'arcade, Jennifer esquivant les poussettes et les autres enfants en mission, essayant de les suivre.

— Je veux le rose, Maman. Sami pointa du doigt un ours de près d'un mètre accroché au-dessus du jeu.

— Je ne suis pas sûre que Beckett soit du genre rose. Jennifer enfourna trois billets d'un dollar dans la machine.

Deux balles en sortirent. Un vrai hold-up. Pas étonnant que cet endroit reste en activité. Pourtant, elle ne pouvait pas se plaindre de l'argent. Avec Trent hors du tableau, ses dépenses de vie avaient considérablement diminué et ses économies avaient rebondi proportionnellement. Et à quoi servaient ses économies si ce n'est pas à lui permettre de s'occuper de sa nièce?

— Je prendrai le bleu pour Beck, mais je veux le rose. Et Cassie veut le vert.

— On dirait qu'on a beaucoup de lancers francs devant nous.

Soixante-dix-huit dollars, pour être exact.

Pour *un seul* ours en peluche.

— Sami, et si on allait dans un magasin de jouets pour acheter les autres? Ce serait moins cher. Et plus rapide.

— Mais, Maman, ce n'est pas drôle si tu les achètes.

Dixit la gamine de sept ans qui ne paie pas pour cette arnaque.

Jennifer tendit la main pour prendre les tickets que les filles avaient gagnés jusqu'à présent. — Je pense qu'on devrait laisser une chance aux autres. On en a gagné un pour Beckett. Toi et Cassie, vous pourrez choisir les vôtres au magasin.

— Oui, faisons ça. Cassie lui remit ses tickets.

La petite fille avait observé les billets entrer dans la machine, et ça avait brisé le cœur de Jennifer de voir une enfant si consciente de la valeur de l'argent. Oh, ils devraient l'apprendre éventuellement, mais pas de la façon dont Cassie avait dû le faire.

— Mais...

— Allez, Sami, on pourrait même avoir des ours en peluche *assortis* comme nos t-shirts assortis, dit Cassie, une alliée que Jennifer n'avait pas attendue.

— Oh, des assortis ce serait super! Je peux appeler le mien Molly et toi tu peux appeler le tien Polly.

— Ou Holly.

Sami donna un coup de coude à Cassie et sourit. — Ou Lolly.

— Ou Dolly. Cassie afficha le plus grand sourire que Jennifer avait vu jusqu'à présent aujourd'hui.

— Ou Jolly.

— Ou Wally.

Sami croisa les bras. — Tu ne peux pas appeler un ours en peluche Wally. C'est un nom de garçon.

— Mais Teddy aussi.

— Hmmm... tu as raison. Elle tapota ses lèvres et Jennifer pouvait voir les rouages tourner. Tu crois qu'on devrait appeler celui de Beck Teddy?

— Je pense qu'on devrait l'appeler Wally, dit Cassie. Et on pourra avoir Polly et Molly et ils seront tous les meilleurs amis du monde.

— Oui. Les meilleurs amis du monde. Parce que c'est ce que nous sommes, pas vrai?

Le cœur de Jennifer se serra. Elle adorait cette fête de l'amitié entre les filles — rien de tel qu'avoir une meilleure amie pour la vie — mais ajouter Beckett dans le mélange? Cela aurait chagrin écrit partout dessus quand il ne tiendrait pas sa part du marché de l'amitié — non que Jennifer lui en voudrait. Il s'était engagé à nettoyer sa maison, pas à en faire partie.

Néanmoins, elle n'allait pas gâcher leur joyeuse parade alors qu'elle suivait le duo sautillant bras dessus bras dessous vers le comptoir des prix.

— Nous voulons le bleu, s'il vous plaît. Sami tendit à l'adolescente les tickets que Jennifer lui avait donnés.

— Bleu foncé ou bleu clair? demanda la fille.

Sami plissa les lèvres sur le côté. — Foncé. C'est plus adulte, je pense.

Cassie hocha la tête tandis que Jennifer se mordait la lèvre. Parce que la couleur était si importante pour un ours en peluche qu'elles allaient offrir à un homme adulte.

Mais c'était une décision importante pour les filles et Jennifer ne voulait pas leur enlever ça.

— Maman, on a assez de tickets pour acheter une cravate à Wally?

Une cravate. Bien sûr qu'un animal en peluche avait besoin de vêtements. Cet endroit devrait simplement avoir un trou noir béant près de la porte avec un panneau indiquant : « Abandonnez tout espoir d'économies, vous qui entrez ici. »

— Bien sûr, ma chérie. Jennifer sortit plus de tickets de sa poche.

— Et une chemise?

— Je pense que c'est un peu trop, tu ne crois pas? Le pauvre Wally pourrait transpirer s'il devait porter une chemise *et* une cravate.

— C'est vrai. Parce qu'alors il aura besoin d'un pantalon et de chaussures, et qui veut un ours en peluche tout habillé pour le travail?

— C'est vrai. Cassie acquiesça. Les ours en peluche devraient pas avoir à s'habiller chic.

— Mais on veut des robes pour les nôtres, hein, Cassie?

— Des robes assorties.

— Oui, des robes assorties. Roses.

— Ou violettes.

— Ou violettes.

— Je ne savais pas que les ours en peluche étaient si exigeants.

Jennifer faillit sursauter quand Beckett lui chuchota à l'oreille.

— Désolé, je ne voulais pas te surprendre.

Alors il n'aurait pas dû entrer dans sa maison. — C'est bon. Je ne t'ai juste pas entendu approcher.

— Comment le pourrais-tu dans cet endroit? J'arrive à peine à m'entendre penser ; le fait que nous puissions avoir une conversation me fait me demander si je pourrai à nouveau entendre normalement une fois sortis d'ici.

— Ce n'est pas si terrible.

— Dit la femme qui y est plus habituée que moi. Ton audition est déjà compromise.

Quelque chose d'autre allait être compromis si son souffle chaud continuait à faire toutes sortes de choses délicieuses à ses terminaisons nerveuses.

Heureusement, Sami l'aperçut à ce moment-là. — Beeeeeeeeeeeeeeck!!!! Elle courut vers lui, trébuchant presque sur l'ours en peluche.

— Salut, petite. Félicitations pour avoir gagné l'ours.

— C'est *ton* ours, tu te souviens? Elle lui tendit le gigantesque gaspillage d'argent. Il s'appelle Wally.

— Wally, hein? Je ne savais pas qu'ils venaient déjà avec des noms.

— Ils n'en ont pas, idiot, mais moi et Cassie on l'a nommé pour toi. Maman va nous emmener au magasin de jouets pour acheter les nôtres puisqu'ils n'en ont pas d'assortis ici et on va appeler les nôtres Molly et Holly-

— Dolly. Cassie lui tapota la manche.

— Dolly alors, et ils peuvent être des jumeaux. Comme ma maman.

— Je pense que tu veux dire des triplés, dit Beckett, hissant son ours sur sa hanche.

— C'est quoi des triplés?

— Tu sais comment les jumeaux sont deux personnes qui se ressemblent? Eh bien, les triplés sont trois personnes qui le font.

Il posa une main sur l'épaule de Sami, un geste si naturel qu'il n'aurait pas dû toucher une corde sensible chez Jennifer, mais c'était *John Becker* qu'elle regardait faire ça à sa nièce — le gars qui avait réagi à son toucher à l'époque comme si elle avait eu la lèpre.

Bien que son récent baiser indiquait qu'il pensait tout *sauf* ça ces jours-ci.

— Youpi, on peut être des triplés! Sami étreignit Cassie et sauta de joie.

Beckett arqua un sourcil. — Combien de colorant rouge ont-elles eu aujourd'hui?

— Je pense que c'est le sucre.

— Ah, donc ce crash devrait arriver bientôt?

— Probablement vers le moment où elles auront leurs ours assortis et seront de retour dans la voiture si j'ai de la chance.

— Tu veux dire *nous*. Tu dois encore m'emmener au concessionnaire pour que je récupère ma voiture.

— Oh, c'est vrai. J'avais oublié ça. Ils seront ouverts?

— La clé est sous le paillasson, donc ça n'a pas d'importance. Quand on aura fini, ça ira.

— Je peux te déposer avant qu'on aille au magasin de jouets.

— Oh, mais non, Maman! Sami tira sur son t-shirt, le sortant de son short. Il doit venir avec nous. On doit présenter Wally à ses sœurs triplées.

Jennifer essaya de rentrer discrètement son t-shirt. Il y avait quelque chose de, eh bien, intime à avoir son t-shirt en désordre autour de lui. — Sami, je pense que Beckett a été assez bon joueur pour toute la journée. Il n'a pas besoin de venir au centre commercial avec nous en plus.

— Ça va. Ça ne me dérange pas. Il tendit une main à Sami. Et c'est sur le chemin du concessionnaire, donc ce n'est pas grave.

En fait, c'*était* grave. Beck disait ces mots, mais il n'arrivait pas à croire qu'ils sortaient de sa bouche. Était-il *fou*? Cet endroit avait-il recâblé son bon sens? Qui voulait passer deux heures ici puis aller dans un magasin de jouets? Pourtant, il venait juste d'accepter de faire exactement ça. Il devait être dans une psychose induite par les enfants ou quelque chose comme ça.

Jennifer le précéda vers la porte d'entrée.

Ou quelque chose comme ça.

Bon sang, cette femme était plus sexy qu'une mère n'avait le droit d'être. Le short en jean moulait un derrière parfait, et le pan de chemise qu'elle avait raté en la rentrant continuait de se soulever pour révéler un aperçu de dos bronzé et tonique que ses doigts brûlaient de toucher.

— Est-ce que ce bleu est ta couleur préférée, Beck? On aurait pu prendre le bleu clair mais moi et Cassie on a pensé que ça ressemblait à un jouet pour bébé et comme t'es pas un bébé on voulait pas te donner un jouet pour bébé. On a fait le bon choix?

Comment Sami pouvait bavarder sans arrêt et ne pas regarder où elle allait tout en réussissant à naviguer entre tous les enfants, les stands, les manèges, et les balles de skee-ball égarées qui l'avaient fait trébucher au moins deux fois, *et* en plus, à garder sa main dans la sienne, c'était quelque chose qu'il ne comprendrait jamais. La gamine semblait avoir une barrière invisible autour d'elle que rien ne pouvait pénétrer.

— Beck?

Il lui tenait la porte d'entrée ouverte — Jennifer était déjà passée grâce à ses longues jambes qui avaient dévoré le sol entre le guichet et la porte.

— Euh, oui. Bleu foncé, c'est bien. J'aime ça.

— Ouf. Sami souffla un grand coup, faisant se dresser sa frange presque à la verticale.

Il n'avait pas réalisé que le choix de la couleur de l'ours était si important. — Tu as bien choisi, Sami.

Le sourire qu'elle lui adressa était assez puissant pour alimenter toutes les machines et l'éclairage de l'endroit.

Il n'était pas sûr d'aimer ça. Il était trop impliqué dans son bonheur et ne comprenait pas pourquoi. D'accord, son père n'était pas présent au quotidien, mais il y avait sûrement *un* arrangement de garde? Ce n'était pas comme si lui, Beck, était la seule figure paternelle de Sami. Ce serait triste au bout de deux jours de travail, non?

Il avait essayé d'aborder le sujet du père de Sami avec Jennifer plusieurs fois pendant qu'ils étaient dans le magasin de jouets. Il n'avait pas directement demandé où était le gars, mais il avait commencé par suffisamment de commentaires du type "Le père de Sami doit" ou "Quand le père de Sami" pour lui donner une ouverture, mais elle ne l'avait jamais saisie. Au lieu de cela, elle avait changé de sujet et s'était dirigée vers une nouvelle zone du magasin.

C'est ainsi que Sami et Cassie se sont retrouvées avec l'équivalent d'un matin de Noël en jouets qu'elles "devaient absolument avoir".

Cassie avait l'air comme si le Père Noël était apparu ici même dans le magasin de jouets. Beck pouvait comprendre car jamais dans son enfance il n'avait même espéré un tel butin, et pourtant Sami était là, à l'obtenir un jour d'été, tout en continuant à scruter le magasin.

Il regarda Jennifer. Elle ne semblait pas être du genre à gâter un enfant — ça ne finissait jamais bien plus tard dans la vie — mais elle ne mettait pas non plus de frein à cette frénésie de dépenses.

Ça ne lui plaisait pas. Oh, pas ses compétences parentales — il n'était pas parent donc il ne pouvait pas commenter — mais l'excès...

— Hé, les filles, j'ai une idée. Il rassembla les sacs de jouets et les conduisit hors du magasin.

— C'est d'acheter ce château de jeu là-bas avec le toboggan en spirale? Ou on va aller au cirque? Je n'ai jamais été au cirque. Ou, oooh! Je sais! Un parc d'attractions. Ils ont des maisons du rire alors je n'aurais pas besoin d'en avoir une à moi. Maman a dit qu'elle m'emmènerait cet été, mais ce serait tellement plus amusant avec toi, Beck.

— Et Cassie? Il fit un signe de tête vers la pauvre gamine qui se tenait près du bac à plantes près de l'espace de repos où il les avait conduites, l'air abasourdie par tous ces *trucs*. Imagine ce qu'elle penserait s'il achetait vraiment ce château de jeu que Sami admirait.

— Oui, Cassie aussi. Elle n'est jamais allée dans un parc d'attractions. On devrait l'emmener. Comme ça, je pourrais avoir quelqu'un pour faire les manèges avec moi et tu pourrais les faire avec Maman.

Il préférerait que *Maman* le chevauche, mais c'était une pensée qu'il garderait pour lui.

La rougeur sur la joue de Jennifer quand elle le regarda puis détourna les yeux indiquait que cette pensée n'était peut-être pas seulement la sienne.

Intéressant...

— Non, je ne pensais pas à un château de jeu ou à un cirque. Il s'installa sur le banc, mit les sacs par terre entre ses jambes, puis tapota le siège à côté de lui. Sami, bien sûr, sauta à côté de lui, puis Cassie prit timidement place à côté d'elle.

Jennifer, malheureusement, resta debout à côté de la poubelle, sa hanche appuyée contre elle. Ah, eh bien, au moins la vue était agréable s'il ne pouvait pas l'avoir assise à côté de lui. — Je pensais... Vous savez à quel point vous vous êtes amusées à choisir toutes ces choses?

— Hum hum. Sami se rapprocha.

— Eh bien, je pensais... Il jeta un coup d'œil à Jennifer, essayant de trouver comment dire cela sans qu'elle pense qu'il critiquait ses compétences parentales. — Ce ne serait pas amusant de choisir des jouets pour d'autres enfants et ensuite de les leur donner?

— Quels autres enfants? La main de Sami glissa sur sa cuisse. — Toute ma classe?

Il couvrit sa main de la sienne — et s'autorisa à apprécier ce lien. — Non. Je veux dire des enfants qui n'ont pas beaucoup de jouets.

— Tu veux dire comme Cassie?

Aïe. La vérité sort de la bouche des enfants.

— J'ai aussi plein de jouets, moi. La lèvre inférieure de Cassie se gonfla alors qu'elle rentrait les épaules et croisait les bras et les chevilles, une posture que Beck ne connaissait que trop bien.

— Eh bien, tu n'en as pas autant que moi.

— Sami! Jennifer se redressa d'un coup et marcha vers eux. — Ce n'est pas...

— Ce que je voulais dire... Beck leva la main pour que Jennifer s'arrête. Il avait commencé ça ; il allait le régler. — ...Bien sûr que Cassie a des jouets. Ce n'est pas une question de quantité ; c'est le fait que certains enfants n'en ont aucun.

— Mais tu as dit "beaucoup". Et elle n'en a pas. Sami retira sa main de sous la sienne — ce qui en disait long sur son niveau d'émotion — et adopta sa propre posture fermée, les bras croisés, en regardant Cassie. — Tu l'as dit toi-même au Fish Fry.

— J'en ai quelques-uns.

Beck exhala et se passa une main sur le visage. Il avait mal géré ça. Il aurait dû simplement leur dire son plan et éviter toutes ces questions. — Les filles, concentrons-nous sur ce que je disais.

Il attendit que les deux paires d'yeux soient sur lui plutôt que l'une sur l'autre. La dernière chose qu'il voulait était de créer de la discorde entre elles. — Je pensais qu'on pourrait faire des achats pour un groupe d'enfants que je connais qui n'ont pas de parents pour leur acheter des jouets, et ensuite on pourrait les leur donner. Qu'en pensez-vous?

Jennifer glissa sur le banc à côté de lui. Pas à portée de toucher, mais assez près pour qu'il capte un peu de chaleur émanant d'elle alors que la tension quittait ses épaules.

— Mais on n'a pas d'argent pour faire du shopping. Maman me fait économiser mon argent de poche.

— Je n'ai pas d'argent de poche, moi, marmonna Cassie.

— Ce n'est pas grave. J'ai l'argent pour payer, mais comme je ne suis pas vraiment sûr de ce que les filles voudraient, j'aurais besoin de vous embaucher toutes les deux comme mes consultantes.

— Beckett, ce n'est pas nécessaire...

Jennifer cessa de parler deux battements de cœur après que sa main se soit posée sur son genou.

Il s'en était rendu compte dès qu'elle l'avait fait et son souffle avait disparu.

Il s'éclaircit la gorge, pas sûr d'être content ou non qu'elle ait retiré sa main brusquement. — Je sais que ce n'est pas nécessaire, mais je veux le faire. Et, soyons honnêtes, je le peux.

Il se retourna vers les filles. — Alors, qu'en pensez-vous? Vous voulez bien que je vous engage comme acheteuses?

— On sera payées? demanda Sami en penchant la tête sur le côté, l'air si concentré que cela lui rappela à quel point il avait été focalisé sur sa première transaction boursière.

Et l'argent qui avait suivi. — Bien sûr que vous serez payées.

— Beckett...

Jennifer se déplaça sur le banc, se tournant davantage vers lui, mais bien qu'il appréciât cette idée, il ne la regarda pas. Il ne voulait pas lui donner l'occasion d'arrêter cela car, pour une raison quelconque, c'était soudainement devenu très important pour lui. — Parce que c'est un travail. Vous devez gagner l'argent ; je ne vais pas simplement vous le donner.

— Combien?

— Beckett...

Il ignora Jennifer à nouveau. Ce n'était probablement pas son meilleur moment, mais il savait qu'elle lui dirait qu'il n'avait pas besoin de faire ça, alors qu'en réalité, il le devait. — C'est une bonne question, Sami. Que penses-tu être un tarif horaire équitable?

— On doit travailler pendant toute une *heure*?

— La plupart des gens travaillent huit heures. Tous les jours.

— *Tous les jours?* s'exclama Sami, bouche bée. Ma maman ne travaille pas autant.

— En fait, Sami, si. Jennifer se déplaça à nouveau, cette fois-ci pour faire face aux filles, détournant l'attention de lui. Tu ne le vois pas parce que je fais une partie de mon travail à la maison.

— Tu fais des opérations dans notre maison?

— Non. De la paperasse. Je vérifie des rapports et je m'assure que l'entreprise reste dans son budget. J'écris des e-mails et je gère les problèmes d'approvisionnement, et plein d'autres choses sur l'ordinateur après que tu sois allée au lit.

— Je ne savais pas ça. Sami pencha la tête et mordit sa lèvre inférieure. Combien tu es payée? On peut être payées autant que Maman?

Jennifer rit en lui donnant un coup de coude. — C'est toi qui as commencé. C'est ton tribunal des faillites.

— Merci.

— Tout le plaisir est pour moi.

Il aimait lui faire plaisir, même si cela signifiait qu'il était la cible de la plaisanterie.

D'accord, penser à lui faire plaisir n'était pas quelque chose qu'il devrait faire avec son enfant assise à côté de lui. Ça, il le réserverait pour sa chambre.

Il prit une profonde inspiration et se concentra sur les filles. Deux visages sérieux attendaient qu'il leur dise combien il allait les payer. — Votre maman est allée à l'université puis à l'école vétérinaire pour apprendre à faire ce qu'elle fait. Vous êtes allées à l'école pour apprendre à faire du shopping?

— Bien sûr que non, idiot. Le rire de Sami pouvait probablement être entendu à l'autre bout du centre commercial. On est seulement en CE1. Mais on sait faire du shopping. Tu nous as pas vues le faire dans le magasin? On est de bonnes acheteuses. Donc on devrait gagner beaucoup d'argent pour ça.

Cette gamine avait du cran, c'était certain. Ça pouvait la mener loin dans ce monde. Ça avait été le cas pour lui.

Il ébouriffa ses boucles. Sami était une super gamine. S'il avait un jour un enfant, il aimerait qu'elle soit comme Sami.

Un froid glacial l'envahit. *S'il* avait un jour un enfant? Il n'aurait *jamais* d'enfants. Il serait un parent nul et il n'allait pas infliger de mauvaises compétences parentales à qui que ce soit. Il avait déjà vécu ce cauchemar.

Il se frotta les mains pour relancer la circulation sanguine dans son corps. — Tu as raison ; vous êtes de bonnes acheteuses. Et j'ai entendu dire que les bons acheteurs gagnent cinq dollars de l'heure ces jours-ci. Qu'en dites-vous? Vous deux voulez travailler pour cinq dollars?

— Oui. Cassie avait à peine attendu qu'il finisse sa dernière phrase avant de se lever, les yeux écarquillés.

Sami, cependant, se frottait le menton, réfléchissant à son offre.

— Sami... Jennifer s'apprêtait à faire un sermon ; il pouvait l'entendre dans sa voix.

— Non, non. Laisse-la y réfléchir. Après tout, elle va devoir faire le travail si elle veut gagner l'argent.

— D'accord. Je vais le faire. Mais on peut choisir tout ce qu'on veut, pas vrai? Pour les enfants?

— C'est une bonne question. On va devoir établir quelques règles. Comme quel est le prix maximum que vous pouvez dépenser, et combien vous pouvez dépenser par enfant, ce genre de choses.

— Oh là là, ce truc de travailler, c'est dur.

— C'est pour ça qu'on appelle ça du travail et pas du plaisir. Mais le travail peut être amusant.

— Ouais, surtout dans un magasin de jouets. Sami bondit sur ses pieds. On peut commencer maintenant?

Il regarda Jennifer. — J'ai le temps si tu l'as. Ou dois-tu rentrer à la maison pour t'occuper de ta paperasse et de tes e-mails?

Il lui offrait une porte de sortie. Elle pourrait l'embrasser pour ça.

Eh bien, elle pourrait l'embrasser pour tout un tas de raisons, mais celle-là ferait l'affaire.

— En fait, comme je suis à jour dans ma paperasse, je n'ai pas besoin d'être de service. Donc, oui, on peut faire ça ce soir.

— Youpi! Les filles se prirent par la main et sautèrent de joie.

Ça faisait du bien à Jennifer de voir Sami si libre dans sa joie.

— Allez, Cassie! Je fais la course avec toi.

Jennifer tendit la main pour les empêcher de s'enfuir — ils n'avaient pas encore établi les paramètres d'achat de Beckett — mais il l'arrêta.

— Laisse-les partir. On entrera dans les détails plus tard.

— Pourquoi?

— Pourquoi? Parce qu'elles doivent savoir ce qu'elles peuvent et ne peuvent pas dépenser. Elles doivent avoir un plan.

— Non. Je voulais dire, pourquoi fais-tu ça? Pourquoi les payer? Pourquoi les faire faire du shopping en premier lieu?

En fait, elle n'avait pas besoin qu'il réponde à cette dernière question ; elle connaissait la réponse. John Becker avait eu une enfance difficile. Mais cela n'expliquait pas pourquoi il avait eu cette idée maintenant. Ni pourquoi *Beckett Fields* ferait ça.

— Je... Il passa une main dans ses cheveux. — Écoute, je ne veux pas que ça sonne mal. Sami est ta fille et tu as le droit de faire ce que tu veux pour elle. Mais je... Ses lèvres se pincèrent, puis il secoua la tête. — Je n'avais pas grand-chose en grandissant. Et je reconnais les signes chez Cassie, de savoir qu'elle n'a pas beaucoup et de détester ça. Ne te méprends pas, ce que tu as fait pour elle aujourd'hui — l'emmener dans cet endroit et lui acheter ce que tu as acheté pour ta propre fille — c'est bien. C'est même génial, en fait. Mais ça lui a aussi fait prendre conscience que sa mère ne peut pas faire ça. Alors j'ai pensé que je pourrais faire d'une pierre deux coups. Je pourrais lui donner un moyen de gagner de l'argent pour qu'elle puisse aider sa mère — ce qu'elle veut faire ; elle veut rendre la vie de sa mère moins stressante et ça l'aidera à se sentir moins désespérée par sa propre situation — et en plus, je connais vraiment un groupe d'enfants qui pourraient avoir besoin de jouets. Ce sera bon pour Cassie de voir qu'elle n'est pas seule. Qu'elle a, en fait, plus que ces enfants. Je peux m'occuper des garçons, mais quand il s'agit des filles... Disons simplement que je ne suis pas du genre poupée. Ni maquillage ou corde à sauter non plus. Ils m'aident ; je les aide. Gagnant-gagnant.

Maintenant, elle avait *vraiment* envie de l'embrasser. Quel geste désinté-ressé de sa part.

Elle l'embarrasserait si elle le disait. Déjà, son pied bougeait nerveusement pendant qu'il lui expliquait tout ça, traçant un cercle sur le sol en béton imprimé du centre commercial alors qu'ils se tenaient devant le magasin de jouets.

— Je pense que c'est une excellente idée.

Un sourire illumina son visage, mais ensuite il la regarda, son regard sérieux. — J'aurais dû te demander avant de l'annoncer à tout le monde d'un coup. Je suis désolé pour ça. Je n'ai pas d'enfants alors tout ce qui concerne le rôle de parent est nouveau pour moi.

— Tu t'en es bien sorti. Je veux dire, oui, j'aurais aimé savoir où tu voulais en venir avec cette proposition, mais ça a du sens, donc je n'aurais pas objecté de toute façon. Et merci de t'excuser. Ça compte beaucoup.

Elle ne lui dit pas que le rôle de parent était nouveau pour elle aussi. Bon, nouveau depuis deux ans, mais quand même, Sami n'était pas venue avec un manuel à l'époque, pas plus que lorsqu'Andrea lui avait donné naissance. Jennifer improvisait au fur et à mesure et priait pour ne pas faire plus de dégâts à Sami qu'Andrea n'en avait déjà fait.

En fait, elle priait pour réparer les dégâts qu'Andrea avait infligés à *leur* fille. Parce que Sami était la fille de Jennifer à tous égards qui comptaient.

— Alors... on se lance dans la mêlée? Il fit un geste vers le magasin où Sami et Cassie avaient déjà commencé à accumuler un stock plus important que ce que Jennifer leur avait déjà acheté. — Je pense que je devrais peut-être établir ces règles de base maintenant avant qu'elles ne fassent exploser le budget en moins d'une heure.

Elle le regarda s'approcher des filles, appréciant la façon dont il s'accroupis-sait devant elles pour leur parler à leur niveau. Sami s'illumina quand il toucha sa main... et Jennifer ne pouvait pas l'en blâmer.

Il fallut un peu plus de temps pour arracher un sourire à Cassie — un vrai sourire, sans inquiétude derrière. Jennifer reconnaissait ce regard ; elle le voyait quotidiennement chez les animaux effrayés et souffrants que leurs proprié-taires amenaient.

Beckett apaisait l'anxiété de Cassie de la même manière qu'elle le faisait avec les animaux : un toucher doux mais ferme, un contact visuel et une voix apaisante. Elle ne pouvait pas entendre ce qu'il leur disait, mais elles écoutaient toutes les deux attentivement, et, d'après ce qu'elle avait entendu plus tôt, elle savait qu'il ne leur parlait pas de haut. Il utilisait des phrases qu'elles comprendraient, mais leur donnait la dignité de leur intelligence. Elle aimait vraiment qu'il fasse ça.

Il y avait beaucoup de choses à aimer chez Beckett Fields.

Elle se surprit, étonnée d'avoir pensé à lui avec son nouveau nom, pas comme le garçon qu'elle avait connu.

Beckett appuya sur ses cuisses avec ses paumes et se leva, son postérieur se contractant joliment dans son short moulant.

Oui, Beckett n'était définitivement plus un garçon.

Chapitre Onze

— On peut apporter les jouets aux enfants aujourd'hui?

C'était la première chose que Sami avait dite lorsqu'elle et Cassie s'étaient précipitées dans la cuisine le lendemain matin pour prendre des gaufres.

L'odeur des gaufres réveillait toujours Sami d'une manière que les baisers du matin ne pouvaient pas égaler.

— Tu as le camp aujourd'hui.

— Je voulais dire après.

— Je ne sais pas. Je ne suis pas sûre des plans de Beckett pour la journée. Et nous avons l'appel avec ta mère.

— Elle ne m'en voudra pas si je fais quelque chose de bien, non?

Sami essayait d'éviter les appels hebdomadaires avec Andrea ces derniers temps, mais Andrea vivait pour ces moments, alors Jennifer faisait tout son possible pour s'assurer qu'elles parlent au moins quelques minutes.

— Parce que ce que Beck et nous avons fait est très bien, alors on doit les livrer aux enfants.

— Eh bien, je ne suis pas sûre de quand ce sera, Sami. Beckett et moi n'en avons pas parlé hier soir.

Non, ils n'avaient pas beaucoup discuté la veille — ils n'en avaient pas eu l'occasion. Les filles étaient surexcitées par l'adrénaline et l'euphorie post-shopping, alors elles avaient bavardé tout le long du trajet jusqu'à la concession automobile au point où ç'avait été trop d'efforts d'essayer de parler à Beckett.

Il n'avait pas semblé particulièrement bavard non plus, préférant plutôt tapoter doucement du doigt sur la vitre côté passager en regardant dehors.

Même quand elle s'était garée à la concession, il avait juste pointé du doigt la direction de sa voiture, et quand elle s'était arrêtée à côté, il lui avait adressé un « Merci », avait dit bonne nuit aux filles, puis était monté dans sa voiture si rapidement qu'on aurait dit qu'il ne pouvait pas attendre de se débarrasser d'eux.

Elle ne pouvait pas lui en vouloir. Après tout, il ne s'était engagé qu'à nettoyer sa maison, pas à faire partie de sa vie, et la journée d'hier avait sérieusement mis à l'épreuve les limites. En fait, ils avaient *pulvérisé* les limites, alors elle ne pouvait pas lui reprocher d'essayer de réparer ces barrières.

Ainsi, elle n'avait aucune idée de ses projets — et c'était comme ça que ça devait être. Ce n'était pas parce qu'il était chez elle quelques heures par jour qu'elle avait le droit de tout savoir sur lui.

Même si elle le voulait.

Beckett et ses bonnes actions étaient ce à quoi elle pensait quand M. Tillman amena encore une fois Buster pour un mauvais cas d'échardes dans ses pattes. C'était la troisième fois en autant de semaines et elle était sérieusement fatiguée d'avoir la même conversation avec le même résultat. Pourquoi ce type ne voulait pas améliorer les choses pour son chien la dépassait, et elle ne pouvait que contraster son attitude égoïste avec celle désintéressée de Beckett.

Oh là là, elle avait pensé à Beckett de toutes les manières possibles ce matin.

Jennifer soupira et éteignit cette partie de son cerveau. Elle devait se concentrer sur le pauvre Buster ici ou il allait finir par avoir des points de fidélité, et ce n'était pas une bonne chose dans un hôpital vétérinaire.

— M. Tillman, vous devez réparer la niche de Buster *maintenant*. Nous avons eu de la chance qu'il n'ait eu que des échardes, mais que se passera-t-il s'il heurte l'un des clous qui tiennent le tout ensemble? Vous avez dit que c'était une vieille structure. Je crains que les clous ne soient rouillés. Nous ne voulons pas avoir à nous inquiéter du tétanos. À l'âge de Buster, cela pourrait le tuer.

Elle voulait lancer les services de protection des animaux sur M. Tillman, mais garder un chien dans un enclos extérieur n'était pas contre la loi, même si elle le souhaitait. Les chiens étaient des animaux de meute ; leurs familles humaines étaient leur meute. Il était cruel de les séparer de leur meute et allait à l'encontre de tous les instincts naturels du chien. La « turbulence » de Buster en essayant de sortir de son enclos était parce qu'il voulait être à l'intérieur avec la famille. Surtout depuis que les Tillman avaient eu le nouveau chihuahua. Elle avait essayé de dire à l'homme que Buster voulait seulement créer des liens avec le nouveau chien, mais sa femme avait terriblement peur que Buster ne tue la petite chose et exigeait que le pauvre Buster vive dans un enclos clôturé de deux mètres sur deux avec une niche qui avait grandement besoin d'une rénovation.

— J'appellerai mon neveu pour voir s'il peut passer cette semaine. Le boulot est trop gros pour moi ces jours-ci, avec le remplacement de la hanche et tout ça.

Il gratta les oreilles de Buster, un geste d'affection qui donna à Jennifer l'espoir qu'il ferait vraiment ce qu'il disait.

Néanmoins, cela faisait trois semaines, alors elle nota mentalement de passer par là demain en rentrant du travail sous prétexte de vérifier les blessures de Buster, mais en voulant vraiment voir quels progrès avaient été faits sur la niche. Et peut-être aussi avoir une conversation avec Mme Tillman pour expliquer la dynamique de meute. Buster était vraiment un chien adorable ; il voulait juste être avec la famille qu'il aimait.

N'est-ce pas ce que nous voulons tous?

Jennifer chassa cette pensée. Trent avait détruit la famille qu'elle pensait qu'ils construisaient. Elle avait fait son deuil pendant un moment, mais ensuite il y avait eu la situation de Sami à gérer, et, au final, elle avait une bien meilleure famille maintenant que celle qu'elle avait cru si parfaite.

Sauf pour un ingrédient clé manquant...

Ce qui la ramenait directement aux pensées de Beckett.

— Dr Bingham?

Sue, la technicienne vétérinaire en chef — et bonne amie — passa la tête dans la pièce.

— Désolée d'interrompre, mais Mme McCoy a appelé. Il semble que Lila soit entrée en travail avant que tout le monde ne se réveille ce matin. Elle ne veut pas la déplacer pour l'amener ici pour l'accouchement. Elle se demande si vous pouvez aller chez elle? Elle a dit que Lila respire plus fort qu'elle ne s'y attendait.

Jennifer mit la seringue qu'elle venait d'utiliser dans la boîte pour objets tranchants sur le mur et sortit son stéthoscope de la poche de sa blouse de laboratoire.

— Peux-tu libérer mon emploi du temps?

— J'ai déjà commencé.

Sue s'appuya contre la porte pour la tenir ouverte pendant que Jennifer terminait avec M. Tillman et Buster, puis se précipita hors de la pièce.

— Merci, Sue. Tu es une magicienne.

Jennifer passa mentalement en revue la liste de ce dont elle aurait besoin d'emporter. Lila en était à sa sixième portée, pas la meilleure idée à son âge, mais Amy McCoy avait voulu une dernière série de chiots de sa chienne de concours primée.

Cela pourrait bien être la dernière *chose* de Lila, c'est pourquoi Jennifer avait insisté pour qu'Amy amène la chienne pour l'accouchement. Mais, comme d'habitude, Amy avait pris ses propres décisions et maintenant Lila pouvait être en danger. Dieu, elle détestait quand les gens ne suivaient pas ses conseils. Elle était une sacrée bonne vétérinaire et connaissait son affaire.

— C'est toi la magicienne, Doc. Je ne suis que ton assistante.

Sue tendit le sac médical que Jennifer utilisait pour les visites à domicile, ayant déjà fait en sorte que les fournitures d'urgence portables soient chargées à l'arrière du SUV de Jennifer. C'était la première étape de leur protocole pour des situations comme celle-ci.

Jennifer attrapa son sac et passa son stéthoscope autour de son cou. C'était plus facile d'attacher sa ceinture sans l'avoir dans sa poche. — Rappelle-moi de t'accorder une augmentation.

— Accorde-moi une augmentation.

— Très drôle. Je veux dire, quand je reviendrai.

— D'accord. Sue ouvrit la porte donnant sur le parking arrière. — Bonne chance avec Lila.

— Merci. Je t'appellerai quand j'aurai des nouvelles.

— Tiens, regardez qui a enfin décidé de se montrer. Rob, le directeur comptable de Beck, frappa du poing sur la porte de son bureau. — Mais tu n'es même pas bronzé après tes vacances.

Beck arqua un sourcil en relevant les yeux de son écran d'ordinateur. — Bronzé?

— Je suppose que tu n'es pas allé aux îles.

— De quoi parles-tu, Rob? Il n'avait pas le temps pour ces jeux. Il avait essayé de suivre le travail du bureau depuis chez lui, mais surfer sur internet tard le soir après une journée de nettoyage et une masse d'enfants hurlants n'était pas propice à se perdre dans les chiffres comme d'habitude. Il était hors de son élément et essayait désespérément de s'y remettre. Il avait raté l'exercice de deux options d'achat d'actions clés hier parce qu'il ne les avait pas automatisées, s'attendant à être présent, et toute opération d'achat de dernière minute préprogrammée pouvait se retourner contre lui s'il ne les chronométrait pas correctement. C'étaient ces choses qu'il n'aimait pas laisser aux algorithmes. Son instinct le trahissait moins que les algorithmes car, au final, personne ne pouvait prédire ce que ferait le marché. On pouvait estimer, mais il suffisait d'un rapport de dernière minute ou d'un changement météorologique ou, bon sang, de la mort du père riche de quelqu'un, pour modifier les perceptions.

Beck était tout au sujet des perceptions.

— Nous avons lancé un pari. J'ai dit les Bermudes. Quelques autres ont opté pour le Mexique. Sarah t'a accordé plus de crédit et a voté pour un week-end prolongé à Paris. Vu ton absence de bronzage, je dirais qu'elle était la plus proche, sauf qu'un week-end à Paris inclut généralement une jolie fille et le service en chambre, et avec ton attitude grincheuse, je suppose que soit la fille ne s'est pas présentée, soit tu n'y es pas allé.

— Je n'étais pas à Paris.

— Ah, eh bien, je vais devoir annoncer la nouvelle à Sarah.

— Tu ne diras rien à personne. Ma vie personnelle est hors limites dans ce bureau.

— C'est bien tant que tu es *dans* le bureau. Comment vas-tu empêcher les gens de parler quand tu n'es pas là? Des caméras de sécurité?

— Nous avons déjà des caméras de sécurité.

— Qui n'ont pas de son. Et sont là pour protéger les investissements. Je n'avais pas réalisé que ta vie personnelle avait aussi besoin d'être protégée.

Beck n'allait pas lui dire qu'il n'avait pas vraiment de vie personnelle. Certes, il avait été photographié avec des femmes lors d'événements, mais il n'y avait personne de spécial. Il n'y avait pas eu de relations à long terme. Bon sang, il n'avait même jamais ramené une femme dans son appartement actuel. Il n'avait pas assez de zéros sur son compte en banque pour commencer à penser dans cette direction.

Et même quand il y en aurait assez — bien que, honnêtement, qu'est-ce qui constituait assez? — il n'était pas sûr de vouloir les partager avec qui que ce soit.

— Y a-t-il un but à cette visite autre que de me harceler? J'ai beaucoup de travail à faire.

Les yeux de Rob s'écarquillèrent.

Merde. Ça sonnait dur. Beck se targuait d'être un patron sympa. Pas un connard lunatique du genre "je-gagne-plus-que-toi". Il avait travaillé pour ce genre de types et avait constaté que cela signifiait généralement qu'ils s'accrochaient à peine à leur mariage ou que l'hypothèque engloutissait la majeure partie de leur salaire ou qu'ils avaient un petit pénis. Ou tout cela à la fois. Rien de tout cela ne s'appliquait à lui, donc il pouvait se permettre d'être généreux.

— Désolé. J'ai beaucoup de choses en tête. Tu avais besoin de quelque chose?

Rob se reprit, mais Beck pouvait voir de la méfiance dans ses yeux. — Je passais juste pour te dire bon retour et te faire un point. Pas qu'il y ait grand-chose à dire. Fiona a tenu la baraque et il n'y a rien d'urgent dans le bullpen.

Il avait sélectionné l'équipe du bullpen pour les esprits les plus brillants, les analystes les plus avisés, et des gens qui pourraient vendre des igloos à des ours polaires. Il ne s'inquiétait jamais de leurs performances — ou de leur éthique — c'est pourquoi il ne s'était pas trop soucié de prendre un jour et demi pour nettoyer la maison de Jennifer.

Le fait que cette demi-journée ait doublé en durée n'avait pas été un problème parce qu'il avait pu la passer avec Jennifer, mais maintenant il devait revenir à son monde réel et faire un peu de nettoyage lui-même.

— Super. Merci. Je savais que je pouvais compter sur vous tous pour maintenir les rouages huilés.

— D'autres petites escapades dont nous devrions être au courant?

— Maintenant, tu es juste curieux.

Rob rit. — Ouais, eh bien, ça ne me dérangerait pas d'emmener ma femme dans le nouveau restaurant qui vient d'ouvrir au bord du lac. Elle y fait allu-sion, mais j'ai ensuite vérifié le menu. Pas de prix, donc tu sais ce que ça signi-fie. Je peux dire adieu aux nouveaux clubs de golf.

Beck appuya sur un bouton de son interphone.

— Hé, patron. Fiona insistait pour l'appeler ainsi, et, bien que cela donne secrètement un frisson à Beck d'entendre quelqu'un l'appeler comme ça, cela lui mettait aussi beaucoup trop de pression. Il dirigeait son entreprise pour remplir ses propres coffres, mais il n'avait pas pu tout faire lui-même au fur et à mesure que l'entreprise grandissait, donc c'était avec une certaine réticence qu'il avait ajouté du personnel. L'idée de superviser des gens lui donnait encore des boutons, c'est pourquoi il s'assurait d'avoir des managers qui pouvaient le faire.

— Salut, Fi. Rends-moi un service et réserve une table pour Rob et sa femme chez Chartiers. Mets-le sur ma note.

Rob fit un pas en avant. — Tu n'as pas besoin-

— Ce soir? Il leva un sourcil en regardant Rob.

Rob hocha la tête.

— Ce sera fait, monsieur. Fiona mit fin à l'appel avant qu'il ne puisse le faire.

Bien. Parce qu'il allait la réprimander pour ce "monsieur". Elle le savait aussi. Ce qui était à moitié la raison pour laquelle elle le faisait.

— Sérieusement, Beck, tu n'avais pas besoin-

— Les clubs de golf d'un homme sont sacrés. La nourriture ne devrait pas s'interposer entre vous et eux. Il fit un signe de tête vers la porte. — Maintenant, sors d'ici et va me faire gagner assez pour couvrir les frais.

— Ça sera fait.

Beck pensait à changer la déclaration de mission de l'entreprise en cela : Ça. Sera. Fait. Il n'avait pas réalisé à quel point il l'avait dit jusqu'à ce que tout le monde l'ait imité au début. Puis c'était devenu une sorte de mystique. Mais la firme qu'il avait engagée pour mettre en place ses relations publiques et concevoir son logo et faire ce qui devait être fait pour le rendre non seulement légitime mais aussi prestigieux, avait dit qu'une déclaration de mission en deux mots était trop désinvolte. Trop directe. Trop arrogante.

Hé, si le chapeau lui allait... Ça l'avait mené jusque-là.

— Euh, Beck? Fiona l'appela à nouveau, et le fait qu'elle utilise son prénom au lieu de son taquin « patron » attira immédiatement son attention.

— Qu'y a-t-il?

— Tu as un appel. C'est... elle a l'air d'être une enfant.

Il regarda le téléphone comme s'il ne comprenait pas ce que Fiona disait. Parce qu'il ne comprenait pas. Il ne connaissait pas d'enfants — enfin, pas qui l'appelleraient au travail.

— Elle a un nom?

— Sami?

— Passe-la-moi. Beck s'affala dans son fauteuil. Il ne pouvait y avoir qu'une seule raison pour qu'elle l'appelle ; quelque chose avait dû arriver à Jennifer.

Fiona mettait beaucoup trop de temps à lui passer Sami.

— Beck?

— Sami, que se passe-t-il? C'est ta mère?

— Qu'est-ce qui se passe? Pourquoi? Il y a un problème avec M-Maman?

Il pouvait entendre le tremblement dans sa voix. — Sami, c'est toi qui m'as appelé. Je pensais que tu appelais pour me dire qu'il était arrivé quelque chose à ta mère.

— Oh. Non. Je suis au camp et je voulais savoir quand on allait apporter les jouets aux enfants parce qu'on va faire une randonnée aujourd'hui et du canoë demain et je dois leur dire si Cassie et moi on ne sera pas là pour qu'ils s'assurent que tout le monde ait un copain. Tu sais, le système de copinage?

Beck se laissa aller contre le dossier de son fauteuil et passa une main sur sa bouche, sentant qu'il venait de perdre quelques années de sa vie.

— Beck?

— Je suis là. Il s'éclaircit la gorge et se redressa, les coudes appuyés sur son bureau, le téléphone écrasé contre son oreille. — Je ne peux pas faire la livraison des jouets aujourd'hui, Sami, et je ne suis pas sûr pour demain. Mais comme la randonnée et le canoë sont des activités d'équipe, c'est probablement une bonne idée que tu prévoies de les faire. On pourra livrer les jouets un autre jour.

— Oh. D'accord. Je n'étais juste pas sûre de quand tu voulais nous revoir, parce que, tu sais, on ne veut pas que les enfants attendent trop longtemps pour leurs jouets. Ils ne les ont pas eus depuis longtemps, hein? Je parie qu'ils sont tristes. Et je pense toujours qu'ils aimeraient vraiment avoir ce château de jeu. Ce serait comme avoir leur propre maison.

Il y avait beaucoup de sous-entendus dans les paroles de Sami, mais Beck ne comprenait pas pourquoi. Certes, son père était visiblement absent, mais elle vivait dans sa propre maison et avait une mère qui l'aimait. Ce qu'il n'aurait pas donné pour que sa mère se soit ressaisie ne serait-ce que pour mettre de la nourriture sur la table, mais elle n'en avait pas été capable.

— Bien sûr que je veux vous voir. Il pencha la tête. C'était vrai ; il le voulait. Et pas seulement à cause de Jennifer. — Eh, Sami?

— Oui?

— Comment as-tu eu mon numéro?

— Je l'ai cherché sur Google.

Il dut rire. Comme le monde avait changé. — Tu as le droit d'appeler qui tu veux au camp? Il pouvait comprendre qu'elle puisse appeler sa mère, mais un type au hasard qui nettoyait leur maison?

— Euh... ouais.

Mouais. — Qu'est-ce que tu leur as dit, Sami?

— Que veux-tu dire?

Il pouvait reconnaître les tactiques d'évitement à des kilomètres. Il les avait presque toutes utilisées à un moment ou à un autre. — Qui leur as-tu dit que tu appelais?

— Toi, bêta.

— Et qui pensent-ils que je suis?

— Eh bien, c'est une question idiote. Ils pensent que tu es Beck. Parce que c'est ce que tu es.

— Et qui suis-je censé être pour toi?

— Je ne comprends pas.

Oh que si, elle comprenait, sinon elle ne jouerait pas les ignorantes. Sami était une enfant intelligente. — Sami, qui pensent-ils que je suis? Ton médecin?

Elle gloussa. — Tu n'es pas médecin.

— Je le sais et tu le sais. Est-ce qu'ils le savent?

— J'sais pas.

— Si, tu le sais. Tu as dû leur dire que tu appelais quelqu'un. Ils ne te laissent pas appeler tes amis pour bavarder, si? Surtout avec une randonnée prévue.

— Euh...

— Crache le morceau, gamine.

Elle soupira. Deux fois. — Je leur ai dit que tu es... eh bien...

Il n'allait pas aimer ça. Il le sentait. — Qui, Sami?

— Que tu vas être mon papa et que j'avais besoin de te parler parce que c'est vraiment important à propos de Maman et je ne peux pas te parler quand elle est là alors j'avais besoin de t'appeler aujourd'hui et s'il te plaît ne sois pas fâché contre moi mais ils ne me laisseraient pas te parler à moins que ce soit vraiment important et je pense que c'est important que ces enfants reçoivent leurs jouets mais les moniteurs ici ne le pensent peut-être pas tu sais alors j'ai dû dire un petit mensonge pour pouvoir voir ce qu'on allait faire et s'il te plaît ne sois pas fâché Beck s'il te plaît.

Elle prit une longue respiration à la fin de ce soliloque quand sa voix s'épuisa, mais Beck? Il n'arrivait pas à reprendre son souffle. Il lui avait été coupé au mot *papa* et il n'était pas sûr de pouvoir un jour respirer normalement à nouveau.

Il se laissa retomber contre le dossier de son fauteuil. Deux fois en un seul appel téléphonique ; ça n'arrivait jamais. Il avait rarement été aussi sonné par une conversation, mais une tornade miniature avait réussi à faire ce que les dirigeants des plus grandes entreprises n'avaient pas réussi.

— Beck? Tu n'es pas fâché, hein?

Il aurait dû l'être. Il s'était toujours vanté de son honnêteté et de sa réputation, et voilà que cette gamine inventait des histoires sur lui—

Oh merde.

— Tu leur as donné mon nom, Sami?

— Euh... non. Enfin, j'ai peut-être dit « Beck », mais personne ne connaît ton nom de famille.

Il pouvait respirer un peu plus facilement — ou un peu tout court. Au moins les médias n'auraient pas vent de cette non-histoire et ne s'en empareraient pas.

— D'accord, écoute-moi bien, Sami. Je promets de ne pas être fâché, mais seulement si tu ne dis à personne mon nom de famille. Tu peux faire ça?

— Bien sûr. Mais pourquoi? C'est un secret?

— Ouais, c'en est un peu un et je préférerais vraiment que personne ne le sache encore, d'accord?

— D'accord, Beck. Ou devrais-je t'appeler autrement? Je peux t'appeler Papa pour qu'ils pensent que je disais la vérité?

Et, pour la troisième fois en moins d'une demi-heure, Sami Bingham réussit à lui voler chaque parcelle d'air de ses poumons.

Papa.

Ce mot aurait dû lui foutre une trouille bleue... mais ce n'était pas le cas.

Il pouvait s'imaginer être le père de Sami — et vivre avec sa mère.

Dormir avec sa mère—

Oh merde. Il était dans de beaux draps et ça allait en empirant rapidement.

— Voilà ce qu'il en est, Sami. Tu as dit un mensonge. C'est pardonnable, mais si tu continues à le répéter ou à l'amplifier, quand la vérité éclatera — et elle éclatera, elle le fait toujours —, le mensonge peut te causer des ennuis. Contentons-nous de Beck pour l'instant et si quelqu'un demande mon nom de famille, dis-leur que c'est Beckett et que c'est pour ça que tu m'appelles Beck, d'accord?

Il était bien placé pour parler de mensonge.

— Ça n'a pas de sens. Pourquoi je t'appellerais par ton nom de famille? Ce serait comme si tu appelais Maman, Bingham.

— Alors peut-être que je le ferai.

— Je ne pense pas qu'elle aimerait beaucoup ça. Une soudaine maturité envahit le ton de Sami. Suffisamment pour faire sonner quelques alarmes dans le cerveau de Beck.

— Pourquoi pas? C'est son nom de famille.

— Non, c'est le nom de famille de Trent, et elle ne l'aime pas beaucoup.

D'accord, toute une nouvelle dynamique dont il n'avait aucune idée comment gérer. Et il ne le voulait pas. Autant la curiosité martelait son cerveau, il y avait trop de signaux d'alarme entre Jennifer n'aimant pas le nom de famille de son ex-mari, leur fille l'appelant par son prénom, et cette fille disant carrément que l'utilisation du nom de ce Trent rendrait Jennifer malheureuse, alors il ne voulait pas ouvrir cette boîte de Pandore. Parce qu'il avait le sentiment qu'elle pourrait bien contenir un gros rat aussi.

— Bon, peu importe. Si quelqu'un demande, mon nom de famille est Beckett et c'est pour ça que tu m'appelles Beck. C'est mon surnom. Ce qui ne serait pas un mensonge s'il n'avait pas légalement changé son nom de famille.

— Oh, je comprends. Comme mon surnom est Sami au lieu de Samantha.

— Exactement comme ça.

— Tu aimes ton surnom, Beck?

— Oui. Il l'avait choisi lui-même, alors il avait intérêt à l'aimer. Ça avait été très libérateur de devenir qui il voulait être. Il s'était réinventé professionnellement et personnellement, et c'était entièrement grâce à lui. Il avait laissé son enfance merdique derrière lui, surmonté son manque de soutien parental, et réussi à devenir prospère par ses propres moyens. Il n'y avait pas de meilleur sentiment au monde.

— J'aimerais toujours pouvoir t'appeler Papa.

Sauf peut-être celui-là.

— Sami, on en a déjà parlé. Ce n'est pas une bonne idée. Maintenant, tu n'as pas une randonnée qui t'attend?

Elle expira, la frustration dans chaque particule d'air. — Si. Ils me regardent bizarrement à travers la fenêtre.

— Ça veut dire qu'ils veulent que tu te dépêches de terminer l'appel. Alors faisons ça, d'accord?

— Mais tu ne m'as toujours pas dit quand on va donner les jouets aux enfants.

C'était à son tour d'expirer. Les enfants étaient épuisants.

Il toucha son application de calendrier sur son écran et déplaça quelques éléments. — D'accord, que dirais-tu de demain après-midi alors? Je prévoyais de finir le nettoyage après le déjeuner pour qu'on puisse partir quand tu reviendras du camp. Cela signifierait qu'il devrait se doucher chez Jennifer après avoir fait le ménage, mais tant qu'il n'utilisait pas *sa* douche, il devrait s'en sortir.

Imagine à quel point ce serait bien si tu utilisais sa douche...

Il fit taire ce petit diable rouge de tentation qui lui chuchotait à l'oreille. C'était la dernière chose dont il avait besoin avec Sami qui lançait son commentaire sur "Papa". Les maisons avec des clôtures blanches et deux virgule cinq enfants ne faisaient pas partie de son vocabulaire.

Ni celles avec des clôtures en aluminium, un enfant et quelques animaux de compagnie dysfonctionnels.

— D'accord. On va devoir demander à la maman de Cassie si elle peut venir avec nous. Tu crois qu'on pourrait aller dîner dehors? Cassie ne mange pas souvent dans des restaurants chics.

— C'est un rendez-vous. Il n'arrivait pas à croire que ces mots étaient sortis si vite de sa bouche, mais avec une telle motivation, comment pouvait-il dire non? De plus, ça aurait l'avantage supplémentaire de le mettre en compagnie de Jennifer.

— Ce n'est pas un rendez-vous, bêta. Toi et moi, on ne peut pas avoir de rendez-vous. Tu dois demander à Maman.

Un feu le traversa à cette pensée. Un rendez-vous. Juste eux deux. Un bon restaurant, une bouteille de vin, peut-être une promenade le long du lac devant son immeuble, puis il la ramènerait chez lui—

— Je peux lui demander pour toi si tu veux. Je suis sûre qu'elle voudra y aller.

Il n'en était pas si sûr. Leur baiser avait été génial, mais elle avait dit que ça ne pouvait pas se reproduire et était passée en modes business et maman, alors il avait reculé et la laisserait mener la danse.

Bien que Sami semblait vouloir être celle qui le faisait. Et comme les idées de Sami étaient en accord avec sa pensée — enfin, plus ou moins — il se dit, pourquoi pas? — Bien sûr, Sami. Tu peux vérifier avec elle si demain convient à son emploi du temps, puis elle pourra me le faire savoir.

— Ou je peux le faire.

— Ou tu peux le faire. Mais pas depuis le camp. Et en parlant de ça, tu ferais mieux d'y aller. On ne veut pas retarder la randonnée de tout le monde à cause de nos plans.

— D'accord, Beck. Je parlerai à Maman quand elle viendra me chercher et je t'appellerai.

Beck écouta Sami raccrocher puis fixa le téléphone. Quel moment surréaliste de sa journée. Il n'aurait jamais pensé, quand Liam l'avait appelé pour le pari, qu'il se demanderait ce que ça ferait d'être le père de quelqu'un.

Jennifer tapotait le volant en attendant Sami sur le parking du camp. Elle avait fini tôt avec Lila — seulement trois chiots, Dieu merci, bien qu'elle ne soit pas sûre qu'Amy l'ait vu de cette façon. Mais Jennifer lui avait fait comprendre les risques élevés avec d'autres portées et avait même réussi à faire programmer la stérilisation de Lila une fois les chiots sevrés. Avec un peu de chance, Amy tiendrait ce rendez-vous.

Jennifer étira ses doigts. Ce dernier chiot n'avait pas voulu sortir, alors elle avait dû l'aider. Heureusement qu'elle l'avait fait, sinon l'issue aurait pu être différente. Les merveilles de la naissance ne cessaient jamais de l'émerveiller, aussi belles qu'elles pouvaient être terrifiantes.

Sami sortit en trombe des portes du camp, traînant Cassie avec elle. Comme Jennifer se souvenait bien de *sa* naissance. Andrea, Dieu merci, avait retrouvé ses esprits et l'avait contactée alors qu'elle était encore enceinte — plus par peur qu'autre chose, mais Jennifer était simplement heureuse qu'elle l'ait fait. Elle avait procuré à sa sœur des soins prénataux et avait été son coach dans la salle d'accouchement. Elle avait été la première à tenir Sami, et c'était un moment qu'elle n'oublierait jamais. Alors, certes, elle n'avait peut-être pas porté Sami, mais la petite fille était autant la sienne que celle d'Andrea, et Jennifer allait faire tout ce qu'elle pouvait pour s'assurer que Sami grandisse dans un environnement normal et stable. Cela avait impliqué beaucoup de planification et de sacrifices, mais voir le sourire que sa nièce arborait maintenant valait tout ce qu'elle avait dû faire.

Quand Cassie courut vers sa mère, Jennifer sortit de la voiture et prit Sami dans ses bras, la faisant tournoyer de sorte que ses pieds volaient derrière elle, quelque chose qu'elle ne pourrait plus faire longtemps car l'appétit de Sami s'était nettement amélioré depuis qu'elle était venue vivre avec elle. — Hé, ma puce! On dirait que tu as passé une bonne journée.

— C'était génial! On a fait une randonnée et on a trouvé un nid d'oiseau vide avec de jolies coquilles d'œufs bleues à l'intérieur. Ce sont des œufs de merle, tu savais? Et puis on a trouvé un ruisseau avec des salamandres dedans. Qu'est-ce qu'elles sont gluantes! On a aussi vu des grenouilles et je crois un cerf, mais Mikey a dit que les cerfs ont peur des humains, alors il s'est enfui. Mais les cerfs du zoo n'avaient pas peur de nous, alors je lui ai dit qu'il avait tort. Puis il m'a tiré la langue juste au moment où il s'est pris dans une toile d'araignée entre les arbres et c'était dégoûtant. Tout le monde a ri. Enfin, tout le monde sauf Mikey. Il en avait même dans les cheveux. Heureusement que l'araignée s'est enfuie parce qu'elle était grosse et orange et noire comme une citrouille tachetée. Angelina l'a appelée Charlotte, comme dans le livre. Tu te souviens quand on avait laissé l'araignée faire sa toile à côté de la fenêtre de la cuisine? On aurait dû l'appeler Charlotte.

Jennifer reposa Sami et ouvrit la portière derrière le siège du conducteur. — Tu as insisté pour Maizie. D'après l'oiseau dans le livre du Dr Seuss. Elle n'avait pas compris le lien, mais c'était le livre préféré de Sami juste après son emménagement, alors Jennifer n'avait pas voulu faire de vagues en essayant d'obtenir une explication sur pourquoi une araignée devrait porter le nom d'un oiseau.

— Maizie reste un nom cool, mais j'aurais dû choisir Charlotte. Tant pis, ce sera pour la prochaine araignée.

Jennifer frissonna en fermant la portière après que Sami soit montée. Les araignées n'étaient pas en tête de sa liste des choses préférées, vétérinaire ou pas. — Alors qu'as-tu fait d'autre aujourd'hui, ou c'était tout sur la randonnée? Et attache ta ceinture.

— Je suis en train, bêta. Sami en fit toute une mise en scène. — On a aussi fini nos sculptures. Ils vont les mettre au four ce soir pour qu'elles soient toutes jolies et dures quand on les ramènera demain. Et on a chanté la chanson idiote sur les alligators verts. J'ai pu être une oie à long cou.

— Une oie.

— Mais la chanson dit des oies.

Jennifer démarra le moteur et sortit de la place de parking. — Oies est le pluriel d'oie. Donc si tu en as plusieurs, ce sont des oies, mais une seule, c'est une oie.

— C'est bizarre.

— C'est le français. Parfois on ne peut pas l'expliquer, il faut juste apprendre la règle.

— Et j'ai appelé Beck.

Jennifer faillit percuter l'arbre au bout de l'allée avant de freiner brusquement et de fixer le rétroviseur. — Tu as fait quoi?

Sami se tordit les lèvres. — J'ai... euh... appelé Beck?

— Comment...? Jennifer secoua la tête. — Pourquoi diable aurais-tu fait ça?

— Parce que je voulais lui parler.

Jennifer mit le SUV en position PARK et se retourna sur son siège. — Sami, tu ne peux pas simplement *appeler* Beckett. Il travaille.

— Je sais. Mais il m'a parlé donc il ne devait pas être si occupé que ça.

Jennifer ne savait pas si elle devait demander à quoi Sami avait pensé... ou ce que Beckett avait dit.

— Il n'était pas fâché. Et il a dit qu'on pourrait apporter les jouets aux enfants demain après qu'il ait fini de nettoyer notre maison.

Les mots entraient, mais Jennifer avait du mal à les assimiler. Pourquoi Sami avait-elle même *pensé* à l'appeler, *comment* avait-elle été autorisée à le faire, et comment avait-elle même *su* comment faire?

— Tu es très fâchée, Maman? Sa voix était douce, ce ton effrayé qu'elle avait quand elle était venue vivre avec Jennifer pour la première fois.

Jennifer prit une profonde inspiration. — Non, ma chérie, bien sûr que non. Tu n'as rien fait de mal ; je suis juste surprise que tu l'aies fait.

— Beck était surpris aussi. Mais il a dit qu'il aimait me parler.

Bien sûr qu'il aimait. Parce que c'est ce qu'il dirait. Il était gentil comme ça avec les enfants. Elle ne s'y serait pas attendue avant la nuit dernière, mais il y avait beaucoup de choses à propos de Beckett auxquelles elle ne s'attendait pas-

Comme ce baiser.

— Et il n'a pas dit quand on allait apporter les jouets aux enfants et je pensais qu'ils devraient les avoir et comme tous les jouets sont juste assis dans notre garage sans servir à personne, je me suis dit que plus tôt on pourrait les apporter, plus tôt les enfants seraient heureux et je... ben, tu sais, il me manquait et je voulais entendre sa voix.

Le cœur de Jennifer manqua quelques battements. La vérité sort de la bouche des enfants. Si seulement elle pouvait être aussi spontanée et honnête et l'appeler elle-même juste pour dire bonjour. Et lui dire qu'il lui manquait.

Parce que c'était le cas.

C'était étrange, vraiment. Il était revenu dans sa vie depuis moins d'une semaine - pas qu'il ait vraiment été *dans* sa vie auparavant, mais quand même - et elle ne pouvait s'empêcher de penser à lui. Et ce qui était bizarre, c'est qu'elle ne pensait pas à lui comme John Becker, le Bad Boy. Après la nuit dernière, il était Beckett Fields. Un gars qui ne rechignait pas à traîner dans un paradis de jeux pour enfants même s'il n'aimait pas le bruit. Un gars qui avait emmené sa nièce et son amie acheter des jouets pour d'autres enfants, avec en prime la délicate attention de leur donner une chance de gagner leur propre argent. L'expression sur le visage de Cassie quand il lui avait donné un billet de cinq dollars valait mille fois ce montant. Surtout quand, alors que Sami était allée aux toilettes à la maison, Jennifer avait failli surprendre Cassie en train de lisser le billet sous son oreiller. Jennifer était restée en retrait dans l'embrasure de la porte, les yeux remplis de larmes, et avait décidé qu'elle parlerait à la mère de Cassie d'un emploi à la réception plus tôt que prévu.

— *Et* il a dit qu'on pourrait apporter les jouets demain après qu'il ait fini de nettoyer et qu'on ait fini le camp *et* il a dit qu'il nous emmènerait dans un restaurant chic, même Cassie. Genre un rendez-vous.

— Un rendez-vous. Génial. Maintenant Sami organisait sa vie amoureuse.

— Ouais, tu sais, toi et Beck parce que vous êtes des adultes, et moi et Cassie parce qu'on est des enfants.

Un point pour Sami dont la définition d'un rendez-vous dépendait de l'âge, pas du genre - ou du désir. Elle élevait une enfant très éclairée.

Jennifer secoua la tête. Éclairée *et* manipulatrice.

Bien qu'elle ne devrait peut-être pas s'en plaindre.

Mais elle ne se réjouirait pas non plus. Un dîner ne faisait pas une relation.

Surtout quand il impliquait deux petites filles, dont l'une s'était déjà attachée à l'homme d'une manière que Jennifer était sûre qu'il n'avait pas prévue. Après tout, Beckett Fields pouvait avoir n'importe quelle femme qu'il voulait. Il était le package complet : beau, réussi, charmant... Il n'aurait aucune raison de s'attacher à une femme qui avait un chien à trois pattes, un chat tyrannique, et qui élevait l'enfant de quelqu'un d'autre. Jennifer ne se faisait aucune illusion sur ce qu'elle *n'était pas* comme package, mais il n'y avait rien à y faire. Sami passait en premier dans sa vie, et si un homme spécial se présentait un jour, il comprendrait.

— Oh, Maman! s'exclama Sami en pointant du doigt vers la fenêtre côté passager. Voilà la maman de Cassie. On peut lui demander pour le dîner de demain soir? Comme ça, on pourra appeler Beck pour le lui dire.

Jennifer soupira et appuya sur l'accélérateur. Sami avec une idée, c'était comme Néron avec un plan : ils ne lâcheraient prise que lorsque quelque chose de mieux se présenterait. Étant donné l'engouement de Sami pour Beck, Jennifer avait le sentiment que cela allait prendre du temps.

— Bien sûr, ma chérie. Autant faire d'une pierre deux coups.

— Maman! haleta Sami. Pourquoi tu voudrais faire du mal à des pierres? Je croyais que tu sauvais les animaux.

Jennifer grimaça et écarta une mèche de cheveux de son visage.

— Désolée, Sami. C'est juste une expression. Ça veut dire faire deux choses en une seule action.

— Comme dire bonjour à Cassie et demander à sa maman?

— Exactement.

— D'accord, alors. Faisons ces deux choses!

Jennifer grimaça à nouveau en arrêtant la voiture à côté de celle de Cassie qui venait vers eux. Cette expression allait devoir être *retirée* de leur vocabulaire. Elle n'avait pas besoin que Sami lâche des choses inappropriées à n'importe qui.

— Hé, Cassie! Tu veux venir en rendez-vous avec moi et Maman et mon nouveau papa?

Comme ça.

— Vous allez vous marier? La mère de Cassie avait l'air aussi choquée que Jennifer se sentait.

— Euh... non. Je ne sais pas d'où Sami tient cette idée. Jennifer essayait de comprendre comment Sami avait pu même penser ça, et encore moins le dire à voix haute. Et devant des gens.

— Ce n'est pas gentil de mentir, Sami. Je me fais gronder quand je le fais. Cassie prenait un air supérieur depuis le siège arrière du van de sa mère.

— Je plaisantais seulement, idiote. J'ai dit ça à la conseillère Mary pour qu'elle me laisse appeler Beck aujourd'hui. On doit donner les jouets aux enfants, tu sais, et il n'a pas dit quand.

Jennifer se pinça l'arête du nez.

— S'il te plaît, dis-moi que tu n'as pas dit ça à Beckett.

— Euh...

Oh bon sang.

— Sami, nous allons avoir une longue conversation quand nous rentrerons à la maison.

— Chouette. À propos de quoi? Sami essaya de prendre un air innocent, mais Jennifer n'était pas dupe.

— Plus tard. Elle se tourna vers la mère de Cassie et mentionna le dîner de demain soir ainsi que le poste vacant dans son bureau. La femme sauta sur les deux occasions, la dernière leur donnant quelque chose pour atténuer le malaise créé par la petite déclaration de Sami.

— Super, alors appelez Sue dans mon bureau et elle organisera quelque chose. J'espère que ça marchera pour nous deux. Jennifer tendit sa carte à la mère de Cassie à travers leurs fenêtres côté conducteur ouvertes. Et je récupérerai les filles au camp demain et les déposerai le lendemain matin. Ça vous va?

— Oui. La mère de Cassie — Linda — semblait un peu moins stressée et Jennifer était contente de pouvoir l'aider. Merci beaucoup. Je sais à quel point les filles s'amusent ensemble et c'est agréable d'avoir un peu de répit. C'est si difficile d'être parent célibataire... Linda pencha la tête. Comme je suppose que vous le savez déjà.

— En effet. Mais grâce à la « petite déclaration » de Sami, elle allait penser à *ne pas* être un parent célibataire pendant les prochaines heures.

Faux.

Jennifer y pensa bien plus longtemps que ça. À savoir, toute la nuit parce que Beckett envahit ses rêves. Elle le voyait sans cesse chez elle, s'occupant de Flopsy, au Fish Fry aidant avec les enfants, dans le magasin de jouets aidant les filles à atteindre les jouets sur les étagères les plus hautes... Beckett *pourrait* être l'homme parfait pour combler ce vide dans sa vie et celle de Sami.

Ce qui était une pensée dangereuse.

Elle déposa Sami au camp et eut un appel de suivi avec la conseillère après la séance d'hier à propos du « petit mensonge » de Sami sur Beck, puis appela son bureau, ayant besoin de quelque chose pour la distraire de ses pensées. L'idée d'elle et Beckett... Ridicule.

Mais ensuite, il l'appela.

Chapitre Douze

Beck observait la trotteuse avancer sur l'horloge murale qu'il avait importée de Suisse. Si elle n'avait pas été fabriquée en Suisse, il aurait pensé que le mécanisme était défectueux tant chaque tic semblait durer bien plus qu'une seconde. Et chacun d'eux correspondait à une sonnerie à l'autre bout du fil.

Il ne devrait pas l'appeler si tôt. Elle était probablement en chirurgie. Elle avait dit qu'elle les faisait tôt dans la journée. Cet appel pouvait attendre. Ce n'était pas comme si la livraison de jouets était une nouvelle bouleversante qui devait être décidée immédiatement.

Il avait voulu l'appeler la veille au soir, mais cela semblait... il ne savait pas, peut-être une intrusion dans sa vie privée? Sami avait dit qu'elle demanderait à sa mère d'appeler, et quand Jennifer ne l'avait pas fait... Eh bien, il avait supposé qu'elle avait eu une longue journée de travail, puis qu'elle avait dû assumer son rôle de parent et coucher Sami, et qu'ensuite elle avait probablement besoin de temps pour elle. Le moment de la livraison des jouets pouvait attendre. Ou être reporté. Ce qui lui conviendrait le mieux.

Il secoua la tête, presque en riant de lui-même. Quand était-ce la dernière fois qu'il avait laissé quelqu'un d'autre dicter son emploi du temps? Même les clients avaient été charmés pour s'adapter à ses plans, une compétence qu'il avait affinée au point que les gens ne réalisaient même pas qu'ils étaient manipulés pour faire ce qu'il voulait. C'était un don particulier qu'il possédait... et pas un dont il était particulièrement fier puisqu'il trouvait ses racines dans ses jeunes années où il avait dû vivre d'expédients.

Et en parlant de ça... il devait avoir perdu la tête pour rester en ligne. Bien que, en fait, il n'y ait eu que quatre sonneries. Probablement la messagerie vocale à la prochaine—

— Allô?

— Jennifer? Il avait envie de se frapper le front. Quelle question stupide. Qui d'autre pensait-il répondrait à son téléphone alors qu'il avait spécifiquement composé son numéro?

— Beckett?

— Euh, oui. Je voulais prendre contact avec toi—

— Bien, parce que je voulais m'excuser.

Celle-là, il ne l'avait pas vue venir. — T'excuser?

— Oui. Pour Sami. Hier. Ce que— je veux dire, *pourquoi* elle t'a appelé du camp.

Ce *ce que* disait tout. Sami avait raconté à sa mère *comment* elle avait convaincu les moniteurs de la laisser passer l'appel.

Pour la première fois depuis aussi longtemps qu'il s'en souvienne, Beck sentit réellement le rouge lui monter aux joues. — Euh, ce n'est pas grave—

— Si, ça l'est. Nous avons eu une longue discussion sur les limites, les mensonges et les comportements inappropriés. Elle va s'excuser auprès de toi quand elle te verra, mais je voulais que tu saches que je n'approuve pas son petit, euh, subterfuge, et je le lui ai dit. Je n'apprécie pas qu'elle soit malhonnête avec le personnel et qu'elle mente pour arriver à ses fins. Alors je suis désolée si elle t'a embarrassé.

Embarrassé? Il n'avait pas été embarrassé. Il avait été...

Plein d'espoir? Nostalgique?

Et maintenant il était fou. — Pas besoin de t'excuser. J'ai trouvé ça plutôt inventif.

— C'est une façon gentille de dire qu'elle est une bonne menteuse.

— Eh bien, je ne peux pas en témoigner puisque c'était ma première expérience de ce côté d'elle, mais si tu le dis.

— Je préférerais ne pas avoir à le dire, et j'espère que c'était la première et dernière fois. Je suis juste reconnaissante qu'une seule monitrice ait entendu que tu étais soi-disant mon fiancé. J'ai eu une autre conversation avec elle ce matin et lui ai demandé d'arrêter de le dire.

— Merci. J'apprécie. Et c'était vrai.

N'est-ce pas?

Beck secoua la tête. Bien sûr qu'il appréciait. Il ne cherchait pas à être le papa de qui que ce soit, et ne voulait certainement pas y être poussé au gré d'une gamine de sept ans. S'il devait devenir son père — ou celui de quelqu'un d'autre — *il* aimerait être celui qui prendrait cette décision.

— Et pour ce qui est de l'histoire du dîner... Je lui ai dit qu'elle ne pouvait pas simplement s'inviter, alors je suis désolée qu'elle t'ait mis dans l'embarras comme ça. Nous pouvons certainement livrer ces jouets aux enfants pour qui tu les as achetés, mais à un moment qui te convient. Et tu n'as pas besoin d'emmener les filles dîner.

— Eh bien, je prévoyais de vous emmener *tous* dîner. Après tout, ce n'est pas comme si je savais quoi faire avec deux filles dans un restaurant. J'aurai besoin de toi pour faire tampon. *Faire tampon?* C'était sans doute la façon la plus nulle qu'il ait jamais eue d'inviter une femme—

Bon sang. Il était en train d'inviter Jennifer Langston à dîner.

Correction : Jennifer Bingham. Mais elle restait Jennifer Langston pour lui.

Et, oui, il l'invitait. — Alors ça te va pour ce soir? J'ai dit à Sami qu'on pourrait y aller quand elles auraient fini le camp, puis aller dîner.

— Tu n'as pas besoin de faire ça.

Oh que si. — Hé, il faut bien que je mange... Vous devez manger... Autant manger ensemble.

Sérieusement, ces répliques allaient entrer dans un livre des pires phrases de drague de tous les temps. *Autant manger ensemble.* Pff. Qu'on lui donne des lunettes à monture d'écaille avec du ruban adhésif sur le pont, un protège-poche, et un pantalon remonté jusqu'aux côtes.

— Tu es sûr?

Tellement que ça lui faisait peur. — Absolument. Tu peux t'arranger avec la mère de Cassie?

— Je l'ai déjà fait. Je veux dire, eh bien, au cas où tu voudrais faire la livraison aujourd'hui, j'ai déjà prévu d'aller chercher les filles. Mais on n'est vraiment pas obligés de dîner.

— Y a-t-il une raison pour laquelle tu ne veux pas dîner avec moi? Et voilà, John Becker fourrait son nez indigne dans la mêlée.

Beck le renvoya dans les recoins obscurs de son esprit, faisant défiler mentalement les images de toutes les beautés qu'il avait fréquentées depuis qu'il était devenu Beckett Fields. Ce type peu sûr de lui et avec son complexe pouvait retourner dans sa boîte et y rester.

— Non, je ne veux simplement pas que tu te sentes obligé.

— La seule chose que tu devrais savoir sur moi, Jennifer, c'est que je ne fais rien à moins d'en avoir envie. Tout à fait exact ; il avait travaillé bien trop dur pour gagner ce droit.

— Oh. D'accord alors. Merci. Nous serions ravis de dîner.

— Bien. Ça me semble être un plan. Alors c'est bon si je prends une douche chez toi?

Le silence à l'autre bout du fil le fit repasser sa dernière phrase.

Bon sang. Sérieusement, quel âge avait-il? Quatorze ans? Pas une once de finesse en vue. — Je voulais dire, puisque je vais nettoyer chez toi aujourd'hui, ça m'évitera un aller-retour chez moi pour me préparer.

— Oh. Bien sûr. Ce n'est pas un problème. Il y a des serviettes supplémentaires dans le placard à linge près de la salle de bain du couloir et les produits de toilette sont sous l'évier. Désolée, par contre. Tu vas probablement finir par sentir la fraise. C'est le parfum préféré de Sami ces temps-ci.

— Va pour la fraise. Il y a des parfums moins virils que la fraise.

— Oh, je suis sûre que tu peux en trouver d'autres sous l'évier, si tu veux.

— Je te ferai la surprise, alors.

— Tu me surprends certainement... Je veux dire...

Beck sourit. Elle n'avait pas voulu laisser échapper ces trois mots et, curieusement, ils lui faisaient ressentir quelque chose... d'étrange. Dans le bon sens. Comme s'ils diffusaient de la chaleur dans ses veines.

C'était une sensation agréable.

Bon, il devait arrêter avec ces émotions chaleureuses. Il ne cherchait pas à sortir avec Jennifer Langston Bingham. Il y avait trop de choses qui venaient avec elle et il n'était pas prêt pour ça dans sa vie. L'*idée* d'être père était en fait bien meilleure que la *réalité* de l'être vraiment. Il pouvait faire semblant, mais la réalité était une toute autre histoire.

Et il ferait mieux de s'en souvenir. — Donc elles finissent à quinze heures, c'est ça? Ce qui signifie que tu seras à la maison vers... quinze heures trente?

— Plutôt seize heures. Je dois passer au pressing pour récupérer quelques affaires, et j'ai besoin d'acheter du lait à la ferme près de la maison.

— Je me dirige vers chez toi dans quelques minutes. Si tu veux, je peux m'arrêter aux deux endroits pour toi puisque je passe devant en y allant.

— Tu n'es pas obligé...

— Je sais que je n'y suis pas obligé ; je te le propose. Ça te fera gagner du temps à la fin de ta journée et nous permettra d'aller au foyer puis de dîner à une heure décente. D'accord?

— D'accord. Merci.

— Très bien. Je vous verrai toutes les deux quand vous rentrerez. Passe une bonne journée.

— Toi aussi, Beckett.

Beck mit fin à l'appel puis fixa à nouveau l'horloge. Six minutes s'étaient écoulées. Six minutes qui lui avaient réellement donné envie de faire le ménage.

Il était dans de beaux draps.

— Alors Beck est à la maison, Maman? C'était la première question de Sami lorsqu'elle monta dans le SUV après le camp.

— Oui, Sami, il y est. Rien de tel qu'avoir une idée fixe — ce à quoi Jennifer pouvait totalement s'identifier. Elle avait pensé à Beckett et au dîner toute la journée. Heureusement, elle n'avait eu qu'une seule intervention chirurgicale et c'était une stérilisation de routine, puis elle avait pu faire un rapide détour pour vérifier l'état de Buster et avait été agréablement surprise des progrès réalisés par M. Tillman. Cela l'avait mise de bonne humeur et lui avait permis de rêvasser ensuite à son aise.

Le problème était que son cœur s'était un peu *trop* complu à imaginer le dîner.

— Est-ce qu'il va tous nous emmener dîner dehors?

— Oui, ma chérie.

— Est-ce que je peux commander tout ce que je veux sur le menu?

— On verra. Dans la limite du raisonnable. Jennifer navigua au-delà de la file d'attente et se dirigea vers la maison.

— C'est quoi le « raisonnable »? demanda Sami.

— Ça veut dire seulement si ta maman a assez d'argent pour le payer, répondit Cassie avant que Jennifer ne puisse le faire.

Heureusement, Sue et Linda avaient établi un planning pour que ce genre de définition ne fasse plus partie de la vie de Cassie très longtemps. Il s'avérait que Linda s'y connaissait en matière de cabinet médical.

— Eh bien, si Maman n'a pas l'argent, Beck l'aura.

— Sami! Jennifer jeta un coup d'œil dans le rétroviseur.

— Quoi? Les grands yeux verts de Sami s'écarquillèrent. Beck aura l'argent parce que c'est un rendez-vous et que l'homme paie toujours, pas vrai, Maman? C'est ce que dit Meredith.

Ah, Meredith. La Sage De La Cour De Récréation dont la série toujours changeante d'« oncles » permettait à sa mère et à elle de vivre dans leur appartement, avec leur BMW et leurs vêtements de marque.

Jennifer tourna à droite au feu rouge suivant, remerciant l'univers que les dieux de la circulation soient de son côté aujourd'hui pour que cette conversation se termine au plus vite. — L'homme n'a pas toujours à payer. Je gagne autant que les hommes. Peut-être même plus.

— Vraiment? Les yeux de Cassie s'écarquillèrent. Ça veut dire que ma maman sera riche aussi quand elle travaillera pour toi?

— Tu n'es pas riche, Maman, hein?

Elle passa un feu orange. Deux pâtés de maisons avant d'arriver. Que Dieu la préserve de ce genre de discussions.

— Je *suis* riche, Sami. Parce que je t'ai, toi.

Finalement, peut-être que ce genre de discussions était bon à avoir car le sourire qui s'étendit d'une oreille à l'autre sur le visage de Sami ne fit que l'enrichir davantage.

— Ma maman dit ça aussi. Cassie plissa la bouche pendant quelques secondes. Mais on ne va quand même pas dans des restaurants chics comme toi, Sami.

— Eh bien, ce soir, si. Et peut-être que Beck nous emmènera quand on travaillera encore pour lui. Tu crois qu'il le fera, Maman?

Pas si elle pouvait l'en empêcher. Faire une bonne action était suffisant, mais les espoirs de Sami étaient déjà au plus haut et une relation entre elle et Beckett n'était pas envisageable. Certes, tout le monde connaissait la réputation de l'entreprise pour laquelle il faisait le ménage, Manley Maids : trois des gars qui travaillaient pour l'entreprise avaient fini par se mettre en couple avec leurs clientes, mais cette série de réussites allait prendre fin avec elle. Elle venait avec une famille toute faite, et s'il y avait bien quelqu'un qui n'était pas du genre à vouloir une famille toute faite, c'était Beckett.

Beck examina le salon une dernière fois. Il avait fait du bon travail, à la fois pour nettoyer l'endroit *et* pour déjouer le chat.

Nero s'était acharné sur lui plus que le tyran ne l'avait fait sur le pauvre Flopsy — qui était assis sur le fauteuil à bascule, la queue battant follement, la langue pendante sur le côté gauche de sa gueule, regardant Beck comme si des friandises devaient être impliquées.

— Désolé, mon vieux, mais je ne sais pas où elle les range et je n'ai pas vraiment envie de fouiller dans les placards et les tiroirs de Jennifer.

Bon, rayez ça. Ça ne le dérangerait pas de fouiller dans les tiroirs de Jennifer, mais il ne parlait pas du genre avec de la quincaillerie.

Il sourit intérieurement. Nettoyer sa chambre avait été un véritable enfer. Heureusement, elle avait rangé — elle avait même fait une partie du ménage elle-même, ce qui annulait la raison de sa présence, mais il pouvait comprendre. Il nettoyait son appartement avant que Shannon, sa femme de ménage de Manley Maid, ne passe. C'était idiot, il le savait, mais il comprenait. Et il en était reconnaissant dans ce cas. Il n'avait pas voulu voir les parfums et le maquillage de Jennifer, ainsi que tous les autres petits objets qui lui criaient *féminin!* tout en essayant d'ignorer ce grand lit king-size dans sa chambre qui le tentait avec trop d'images mentales et de pensées de longs week-ends perdus entre les draps.

Ce qui n'était pas la pensée dont il avait besoin lorsqu'elle ouvrit la porte d'entrée.

Le soleil était juste au bon angle pour créer un halo de lumière autour d'elle, mettant en valeur une silhouette qui ne devrait jamais être cachée sous une blouse de laboratoire. Et, heureusement, elle ne l'était pas.

Puis Sami et Cassie se précipitèrent à l'intérieur, faisant presque tourner Jennifer sur elle-même, et Beck aperçut le sourire qui illumina son visage lorsque leurs regards se croisèrent, envoyant une sensation chaleureuse qui tourbillonnait en lui. C'était donc ça, rentrer chez soi auprès de quelqu'un —

Oh merde, non. Ne va pas *par là.*

— Beeeeeeeeeeeeeeeck!!!!! Sami fit son habituel saut-dans-ses-bras, le distrayant heureusement de là où son esprit n'avait vraiment pas besoin d'aller.

— Hé, petite puce. Il la hissa sur sa hanche, puis se surprit à constater à quel point c'était naturel de faire ça.

Il la reposa. Rapidement. Il l'avait presque laissée tomber, en fait, mais avait réussi à l'éviter au dernier moment.

Cette histoire devenait sérieuse trop vite, bon sang.

Sami gloussa et leva les bras. — C'était amusant, Beck! Fais-moi tomber encore!

— Sami. Jennifer ferma la porte et descendit les deux marches menant au grand salon. — Beckett a eu une dure journée. Laissons le dos du monsieur se reposer. D'ailleurs, n'as-tu pas quelque chose à lui dire?

— Je suis désolée, Beck, d'avoir dit aux moniteurs du camp que tu allais être mon papa.

Son cœur se serra au mot *papa*, mais c'était une autre partie de lui qui tressaillait alors que Jennifer s'approchait.

Son pantalon bleu pâle moulant épousait ses jambes comme une seconde peau, et son haut ample n'enveloppait que sa poitrine, mais c'était suffisant pour lui. Son imagination s'emballait, pensant à glisser ses mains sous le tissu et à le soulever par-dessus sa tête —

— Euh, merci, Sami. Ayant besoin de se concentrer sur autre chose que l'endroit où ses mains voulaient être, il souleva à nouveau Sami et la lança en l'air. Rien de tel que de s'occuper des enfants pour faire disparaître une érection.

— Youpiiiiii! Elle frappa ses bras. — Maintenant, fais-le à Cassie!

Cassie leva les yeux vers lui avec un sourire timide et le cœur de Beck faillit se briser. Quel genre de salaud abandonnait son enfant? Il ne comprendrait jamais.

Il lança Cassie quelques fois, heureux de voir le sourire sincère que cela provoquait. Si seulement quelqu'un lui avait montré ne serait-ce qu'un dixième de cette attention.

C'était pour cela qu'ils partaient en mission.

— Ok, les amis, dit-il, prêt à commencer. J'ai couru un peu plus longtemps que prévu, donc je dois aller prendre une douche maintenant.

Les filles gloussèrent. — Maman dit qu'il ne faut jamais faire ça. Tu pourrais glisser et tomber. Cassie ne put s'empêcher de sourire en essayant d'imiter sa mère.

— Et alors on devrait t'emmener à l'hôpital et on ne pourrait pas livrer les jouets, renchérit l'enfant-en-mission. On y va quand?

— Dès que je sors de la douche. Il attrapa le sac qu'il avait préparé ce matin et monta les escaliers vers la salle de bain du couloir.

Pour découvrir la baignoire remplie de sable.

Deux jours. Cela faisait *deux jours* qu'il avait nettoyé cette salle de bain et Sami avait réussi à la transformer en paradis tropical pour ses poupées Barbie.

Maintenant, il allait devoir faire quelque chose qu'il ne voulait vraiment pas faire. Et s'il ne sentait pas si fort après avoir essayé de finir avant leur retour — ce qui n'était pas arrivé à cause de Nero et de sa manie de renverser les plantes d'intérieur — il aurait peut-être sauté la douche juste pour ne pas avoir à utiliser celle de Jennifer.

Il regarda l'heure sur son téléphone. Ouais, ce n'était pas possible. Ils devaient se rendre bientôt au foyer de groupe. Il n'avait pas le temps de retourner chez lui.

Bien sûr, il y avait toujours le tuyau d'arrosage dans le jardin. Une douche froide lui ferait du bien.

Mais cela entraînerait trop de questions de Sami — et peut-être un ou deux regards entendus de Jennifer — donc cette option était exclue.

— Euh, Jennifer? Il se pencha dans l'escalier. Ça te dérange si j'utilise ta douche? Il semble y avoir un tournoi de beach-volley en cours dans celle de Sami.

Jennifer passa la tête dans la cage d'escalier. — Qu'est-ce que tu as dit?

Il grimaça. Il ne voulait pas attirer d'ennuis à Sami, mais ce sable n'était pas apparu tout seul par le siphon. — Il y a une plage dans la baignoire de Sami. Ça te dérange si j'utilise la tienne? Ça prendrait trop de temps pour se débarrasser du sable.

— Du sable? Il y a du sable dans la baignoire? Les cheveux de Jennifer tournoyèrent autour de ses épaules lorsqu'elle se retourna pour regarder Sami. — Que fait du sable dans la baignoire?

Sami pencha la tête et mordilla sa lèvre inférieure tandis que la pointe de sa basket dessinait des cercles sur le sol. — Euhm, mes Barbies voulaient partir en vacances.

— D'où vient ce sable?

— Eh bien, euh, ce n'est pas vraiment du sable. C'est euh...

— Samantha Renee, qu'as-tu utilisé?

Beck grimaça à l'utilisation des deux premiers prénoms de Sami. Par expérience, il savait que ce n'était jamais bon signe.

— Eh bien, la litière de Nero est toute propre et comme il n'en a pas besoin, j'ai utilisé le sac supplémentaire de litière pour chat parce que c'est comme du sable et mes Barbies voulaient vraiment aller à la plage et on peut toujours en racheter au magasin pour Nero, pas vrai Maman?

Beck dut se mordre la lèvre inférieure pour ne pas sourire. Il devait admettre que la gamine était inventive.

Jennifer expira et passa une main dans ses cheveux. — Beckett, il y a des serviettes dans le placard à linge et un nouveau savon dans le panier sur l'étagère au-dessus des toilettes dans ma salle de bain.

— Pas de souci. J'ai mes propres affaires. Il montra son sac. Je n'en aurai pas pour longtemps.

Parce qu'il n'allait en aucun cas passer plus de temps que nécessaire dans la douche de Jennifer.

Mais lorsqu'il se plaça sous le jet d'eau et sentit l'odeur de son savon, de son shampooing ou de quoi que ce soit qui sentait exactement comme il s'en souvenait lors de leur baiser, il se dit qu'il allait peut-être devoir s'attarder — ne serait-ce que pour faire disparaître sa fichue érection.

Il se frotta donc les cheveux un peu plus vigoureusement que nécessaire, augmenta la température lorsqu'il se savonna, puis la baissa brusquement pour se rincer.

Cela atténua son désir, mais pas complètement. Ce qui allait rendre les prochaines heures un véritable enfer, quoique plutôt amusant.

Chapitre Treize

Jennifer s'amusait tellement. Presque autant que Sami et Cassie. Certainement plus que Beckett, cependant. Le gars avait l'air d'avoir avalé ce savon dont elle lui avait parlé, et elle ne savait pas pourquoi.

Les enfants du foyer, quant à eux, passaient le meilleur moment de tous. C'était comme Noël en juillet, un Noël auquel ils ne s'attendaient pas.

Beckett avait bien guidé les choix de jouets de Sami et Cassie, si bien que chaque enfant recevait un « gros » cadeau spécial ainsi que quelques petits cadeaux « amusants ». Et Sami et Cassie se sentaient très bien dans leur peau en les distribuant.

— C'était une super idée.

Jennifer ouvrit le dernier sac de cadeaux après que Beckett l'eut apporté du vestibule. Il y en avait trop pour les transporter tous en une seule fois dans la salle de réunion sans déclencher une frénésie, alors pendant que Sami et Cassie jouaient au Père et à la Mère Noël, elle et Beckett étaient les lutins industrieux à la table en arrière-plan.

— Merci. J'avais pensé le faire à Noël, mais quand j'ai vu à quel point les filles s'amusaient l'autre soir, je me suis dit, pourquoi ne pas le faire maintenant? Tout le monde fait des choses pendant les fêtes, mais ces enfants pourraient avoir besoin d'un peu de joie maintenant.

— Ce n'est pas étonnant que tu réussisses si bien dans ta carrière avec des idées aussi brillantes.

Elle tendit à Sami et Cassie chacune un nouveau jouet à distribuer.

— Brillantes, hein? J'aime bien ce son-là.

Elle leva les yeux au ciel et le poussa de l'épaule.

— Ne prends pas la grosse tête, Beckett. L'humilité est une qualité bien plus attrayante que l'arrogance.

— Attrayante, hein? Tu me trouves attirant?

Bouche ouverte, pied inséré.

Jennifer le regarda et éclata de rire alors qu'il remuait les sourcils.

— Tu es impossible.

— Tu n'as aucune idée, bébé.

Plus de mouvements de sourcils, un regard lubrique ou deux, et Jennifer put rire avec lui parce qu'il rendait le moment drôle alors qu'il aurait pu être gênant.

Après tout, il était évident qu'il était attirant. Mais pas seulement physiquement, car le John Becker avec une dent contre le monde qu'elle avait connu semblait avoir suffisamment mûri pour dissoudre cette amertume, et cette confiance en soi était vraiment très sexy.

Il se pencha à côté d'elle pour sortir la dernière grande boîte du sac, offrant à Jennifer une vue parfaite de son postérieur.

Oui, il avait définitivement grandi. Cela dit, elle aussi. Elle savait exactement ce qu'elle ferait de ce postérieur si elle mettait la main dessus.

D'accord, il était temps de se concentrer sur Sami et Cassie. Ou sur les autres enfants. Ou sur le ventilateur de plafond. La porte de la cuisine. N'importe quoi d'autre que Beckett.

— Alors, où allons-nous dîner?

Il se leva et son biceps frôla son épaule, rendant difficile de se concentrer sur autre chose que lui.

— Peu m'importe.

— Les filles pourraient avoir une préférence, et comme je ne connais pas leurs goûts, je cherche des conseils.

Elle allait le guider, ça c'est sûr...

— Euh, eh bien, elles aiment la fausse pizza chez Fish Fry, donc je dirais qu'elles ne sont pas très difficiles.

— Bon point.

Il fit signe aux filles d'approcher.

— Maintenant, faites attention avec celui-ci, mesdames. Je veux que vous l'apportiez au Chef Jim. Il va être surpris de recevoir quelque chose. Et quand il verra ce que c'est... Vous voudrez peut-être vous boucher les oreilles.

— Chouette.

Sami tendit les mains.

— On aime les surprises, n'est-ce pas, Cassie?

— Tant que ce sont de bonnes surprises. Je n'aime pas les mauvaises.

Cassie fit vaciller la boîte, donnant envie à Jennifer de la saisir, mais la meilleure chose à faire pour les filles était de leur donner confiance en elles.

— Eh bien, évidemment que tu n'aimes pas les mauvaises, dit Sami, alors qu'elles jonglaient avec la boîte en se dirigeant vers le chef. Sinon, ce ne sont pas des surprises. Ce sont juste des choses horribles.

— Cette Sami.

Beckett secoua la tête et rit doucement.

— Elle a une opinion sur tout, n'est-ce pas?

— Oh ça oui.

Même si c'était la *sienne* ; elle avait dit la même chose à Sami il y a environ une semaine. C'était bon de voir que Sami retenait ce qu'elle lui avait appris.

Beckett lui donna un petit coup de coude.

— Elle tient ça de son père, je suppose?

— Hé, j'ai des opinions bien arrêtées.

Jennifer détourna le regard, son bonheur face aux progrès de Sami contre-balancé par la mention de son père. Jennifer détestait quand il était évoqué dans la conversation. Oh, la plupart des gens savaient que Trent n'était pas le père de Sami parce qu'ils savaient qu'*elle* n'était pas sa mère, mais elle essayait de garder les problèmes d'Andrea hors des radars en disant qu'elle était malade — ce qui, techniquement, n'était pas un mensonge. Jusqu'à présent, ça avait fonctionné. Mais viendrait un moment où l'incarcération d'Andrea serait révé-lée. Un enfant l'apprendrait et le répandrait à l'école de cette manière malveillante dont les enfants sont capables, et alors Jennifer devrait gérer les retombées. Au moins, Sami connaissait la vérité, donc ça ne serait pas une surprise, mais l'aspect social... Jennifer n'attendait pas ça avec impatience. Quant à dire à Beckett qu'elle n'était pas la mère biologique de Sami... à ce stade, était-ce même nécessaire? Ce n'était pas comme s'il allait rester sur le long terme, alors que Sami, si. Et, par conséquent, Jennifer aussi. De plus,

John Becker se souviendrait d'Andrea de l'école — Jennifer préférait garder ses souvenirs d'elle tels qu'ils étaient, pas de ce qu'elle était devenue.

Oui, elle essayait toujours de protéger Andrea. Elle n'était pas sûre de pourquoi elles avaient fini si différentes, mais Andrea restait sa sœur et elle l'aimait. Un jour, avec un peu de chance, sa sœur retrouverait sa vie.

— Hé.

Beckett lui saisit le bras — et l'électricité parcourut ses terminaisons nerveuses.

— Je ne critiquais pas. C'est juste que tu es plutôt décontractée, alors j'ai pensé que cette partie de sa personnalité venait de son père.

— Comme je l'ai dit, j'ai des opinions. Je suis juste sélective quand je les exprime.

Jennifer haussa les épaules pour se dégager de cette main qui lui faisait penser à toutes sortes de choses qu'elle ne devrait pas, puis saisit un grand sac poubelle en plastique et le plia — un exercice inutile puisqu'ils ne pouvaient pas vraiment être pliés, mais elle avait besoin de faire quelque chose pour justifier son éloignement.

Beckett leva les deux mains.

— Je suis désolé si j'ai touché un point sensible. Je ne voulais pas dépasser les bornes.

— Tu ne l'as pas fait. J'ai juste... surréagi. Désolée. Journée chargée, puis un tourbillon en rentrant à la maison... Tu sais comment c'est.

— Si je ne le savais pas avant, je le sais maintenant. Je ne sais pas comment tu fais en tant que parent célibataire. Le travail semble déjà assez difficile à deux.

— C'est vrai. Mais il a ses récompenses.

— Oui, c'est évident à quel point Sami t'aime. Elle ne parlait que de toi quand elle m'a aidé à nettoyer l'autre jour.

C'était ce que Jennifer craignait. Sami ne cachait pas le fait qu'elle voulait Beckett dans la famille, et parler d'*elle* serait le moyen le plus simple qu'une enfant de sept ans penserait pour y parvenir.

Elle posa le sac sur la table. — Euh, à propos d'hier. Quand Sami t'a appelé.

Il se frotta la nuque. — Ouais, c'était, euh, intéressant.

— Je suis vraiment désolée qu'elle t'ait mis dans cette position gênante. Elle n'aurait jamais dû te déranger au travail, et le mensonge qu'elle a raconté... Jennifer secoua la tête, sentant le rouge lui monter aux joues. C'était un moment embarrassant, mais il fallait le dire. — Je suis vraiment désolée. J'ai essayé de lui expliquer à quel point c'était inapproprié, mais je ne suis pas sûre qu'elle ait bien compris.

Cette fois, quand il posa sa main sur la sienne, elle était préparée à l'électricité.

Cela ne rendait pas la sensation moins puissante pour autant.

— Ce n'est pas grave. Je comprends d'où elle vient. Je lui en ai aussi parlé et, eh bien, je ne pense pas qu'elle recommencera.

— Clairement, tu ne connais pas Sami.

— En fait, je pense que si. Elle me rappelle moi-même à son âge. Ce qui n'a pas de sens vu qu'elle a une mère aimante, un foyer stable, des amis, ses animaux de compagnie, toutes ces poupées Barbie qui bronzent dans leur paradis avec jacuzzi...

— Et toi, tu n'avais pas tout ça. Oups. Elle aurait dû en faire une question. Il devenait de plus en plus difficile de prétendre qu'elle ne le connaissait pas. Bien qu'honnêtement, elle ne le *connaissait* pas. Pas Beckett Fields. Et elle n'avait pas vraiment connu John Becker non plus — elle avait juste eu ses fantasmes d'adolescente sur qui elle voulait qu'il soit. La réalité était tellement meilleure que son imagination.

— Non, je n'avais pas tout ça. J'étais dans le système de placement familial jusqu'à ma majorité. Un sacré réveil — et je pensais que c'était dur d'être *dans* le système. La vraie vie a une façon de vous gifler.

— Ça, c'est sûr.

Il pencha la tête. — On dirait que tu as connu quelques difficultés.

— Qui n'en a pas connu? Ce n'était pas la tournure qu'elle voulait donner à cette conversation. — Mais on va de l'avant, pas vrai?

— On déménage? Sami surgit de devant la table.

— Samantha Renée, tu écoutais aux portes?

— Je n'ai rien fait tomber. Sami regarda autour de ses pieds. — Tu vois des feuilles, Cassie?

Cassie fit la moue et secoua la tête. — Ce n'est pas encore l'automne.

— Il n'y a pas de feuilles, Maman.

Comment pouvait-elle rester fâchée contre ce petit visage si doux qui la regardait avec tant d'innocence et de naïveté?

Jennifer sortit de derrière la table et prit les deux filles dans ses bras. — Écouter aux portes signifie écouter quand tu ne devrais pas.

Sami se recula mais ne sortit pas du cercle de ses bras. — Oooooh, comme quand on raconte des secrets?

— Ou n'importe quoi. Tu ne devrais pas écouter des conversations auxquelles tu n'as pas été invitée à participer. Ce n'est pas poli.

— Oh. Sami hocha solennellement la tête. — Donc ça veut dire qu'on ne *déménage* pas?

— Non, ma chérie. On ne déménage pas.

— Ouf! Avec une performance digne d'un Oscar, Sami passa une main sur son front. — Je ne veux pas déménager. Où est-ce qu'on mettrait toutes nos affaires? Et Flopsy serait tellement confus. Quoique... Elle leva les yeux avec un sourire calculateur que Jennifer avait vu trop souvent pour se laisser avoir. — Peut-être que si on *déménageait*, on pourrait avoir un château de jeu comme celui du magasin de jouets pour que j'aie ma propre maison?

— Nous *avons* déjà notre propre maison. Et, Jennifer tapota le bout du nez de Sami, si je me souviens bien, tu as même décoré ta salle de bain exactement comme tu le voulais — avec une plage.

Sami secoua la tête. — Ce n'est pas ma maison, c'est la *tienne*, et puisque tu as dit que je devais nettoyer la litière du chat, ce n'est pas vraiment la mienne, n'est-ce pas? Elle tourna sur elle-même, les bras écartés. — Un jour, j'aurai ma propre maison et je mettrai du sable sur tous les sols pour que ce soit comme vivre sur une plage.

— C'est bizarre, dit Cassie. Pourquoi voudrais-tu répandre du sable partout dans ta belle maison? Le sable, c'est censé être dehors, pas dedans.

Sami croisa les bras, l'air renfrogné. — Quand ce sera *ma* maison, je pourrai le mettre à l'intérieur où je veux.

Cassie haussa les épaules. — Ouais, mais ce n'est pas parce que tu peux le faire que tu devrais. C'est ce que ma mère dit toujours.

— Ta mère n'est pas ma patronne.

— Les filles. Jennifer intervint avant que la dispute ne dégénère. Et avant que Sami ne craque, car Jennifer pouvait voir qu'elle luttait pour garder son sang-froid.

Tout ça à cause d'une maison.

Elles en avaient discuté en thérapie, du manque de stabilité de Sami pendant son enfance quand Andrea les déplaçait — il y avait eu quelques séjours dans des refuges pour sans-abri et même dans sa vieille voiture — mais Jennifer pensait qu'elles avaient surmonté cela. Qu'en permettant à Sami de décorer sa chambre comme elle le voulait et en la laissant mettre ses affaires partout dans la maison, cela contribuerait grandement à développer ce sentiment de permanence. Mais tout cela était parti en fumée avec cette conversation.

Jennifer expira. Elle pourrait tuer Andrea pour les dégâts qu'elle avait infligés à leur fille, mais cela serait encore moins utile à Sami. — Rappelons-nous pourquoi nous sommes ici, d'accord? Et ce n'est pas pour parler de maisons, de déménagement ou même de sable.

Sami tira la langue à Cassie avant de se retourner vers Jennifer. — Alors c'est Beck qui déménage?

— Je te l'ai dit, petit lutin, personne ne déménage.

— Mais il pourrait, non? Parce que c'est juste lui et qui veut vivre tout seul? Elle tourna la tête si vite que Jennifer se prit une masse de boucles en plein visage. — Beck, tu peux venir habiter avec nous! On a deux chambres en plus! Maman en utilise une pour son bureau, alors tu peux avoir l'autre. Grand-mère Lois y dormait parfois, mais elle n'aime pas quitter sa maison de retraite, alors maintenant on peut l'arranger pour toi.

— Sami! Au moins, Sami n'avait pas proposé à Beckett de partager *son* lit. — Je t'ai dit que Beckett ne déménage pas, donc il n'y a pas besoin d'arranger la chambre de Grand-mère pour lui.

— Ouais, mais on *pourrait*. Tu sais, juste au cas où.

— Au cas où quoi? Un énorme ours en peluche bleu prendrait le contrôle de ma maison? Beckett fondit sur Sami et l'attrapa aux genoux, puis la jeta sur son épaule, la chatouillant tellement qu'elle poussa un cri perçant.

Mon Dieu, c'était un son merveilleux.

Oh, elle et Sami riaient ensemble, mais ce rire libre et franc venant du ventre que Sami avait en ce moment... c'était nouveau. Et bienvenu. Et Jennifer avait Beckett à remercier pour cela.

Bon sang. Même pas une semaine, et il avait déjà un grand impact sur leurs deux vies.

Qu'allait-il se passer quand il aurait fini le travail?

Ne va pas chercher les ennuis. Il s'était engagé à nettoyer la maison pendant un mois. Elle aimerait bien connaître le *comment* et le *pourquoi* de tout cela, mais, pour l'instant, elle allait simplement en profiter pour ce que c'était.

Ce qui n'était pas ce que Sami espérait, et elle allait devoir lui faire savoir qu'il y avait une fin en vue pour qu'elle ne s'attache pas trop.

— Encore, Beck! Encore! s'écria Sami en sautillant, les bras levés, quand il la remit sur ses pieds.

Il semblait que l'attachement allait être difficile à briser.

Peut-être pour eux tous.

— Bon, la bande, que diriez-vous d'aller chez Roni's Pizza pour le dîner? demanda Beck en ouvrant la portière arrière de sa voiture pour laisser entrer les filles, n'ayant jamais imaginé que sa Mercedes servirait un jour de voiture familiale quand il l'avait achetée.

Sami plongea à l'intérieur, tête la première.

— Oh, vraiment? Encore de la pizza? On mange toujours de la pizza. Je veux aller ailleurs.

— Samantha Renée! s'exclama Jennifer à côté de lui. C'est impoli. Quand quelqu'un te propose d'aller quelque part pour dîner, tu ne lui dis pas que tu veux aller ailleurs. Excuse-toi immédiatement.

— Pourquoi? Il nous a demandé ce qu'on en pensait et je ne veux pas de pizza. Cassie et moi, on veut autre chose. Pas vrai, Cassie?

Cassie essaya de se glisser sur le siège quand Sami la mit sur la sellette.

— Pas de souci, les filles, dit Beck en attrapant les jambes de Cassie pour la faire pivoter sur le siège avant de lui tendre la ceinture de sécurité. On peut aller manger des hamburgers. Je connais un super endroit. Et ils ont aussi de la pizza. Au cas où vous changeriez d'avis.

— Mais je pensais qu'on allait dans un endroit chic. Cassie n'est jamais allée dans un restaurant chic.

La pauvre Cassie essayait de se fondre dans le siège en cuir. Elle ne voulait probablement même plus aller dans un fast-food maintenant, tant elle avait l'air mortifiée.

— Eh, vous savez quoi? On peut faire ça. Je connais l'endroit parfait. Ils ont des fruits de mer et du steak. Qui aime le steak?

Il y eut un éclair dans les yeux de Cassie. Bien. Ce serait Mercurio's alors. Et ils n'avaient pas les prix sur le menu, donc ni Jennifer ni Cassie ne se sentiraient mal à l'aise. Sami... elle ne verrait pas la différence et c'était normal à son âge.

— Beckett, dit Jennifer en posant une main sur son bras lorsqu'elle s'assit sur le siège passager, vraiment, ce n'est pas nécessaire...

— Oh, mais je pense que si. Il hocha la tête vers le siège arrière. Tu crois que je veux les décevoir? Si tu en ressens le besoin, vas-y. Je t'en prie. Moi? Je ne vais pas risquer de subir la colère de Sami.

— Tu ne peux pas céder à tous ses caprices.

— Dit la femme qui les a emmenées faire une virée shopping pour des jouets.

Il adorait quand elle rougissait. Ce doux sourire gêné... C'était suffisant pour faire faire des cabrioles à son estomac, et quand était-ce arrivé pour la dernière fois?

Probablement quand elle lui avait demandé s'il voulait de l'aide pour ses devoirs en terminale.

— Ils ont des moules dans cet endroit? demanda Sami au milieu du bavardage qu'elle avait avec Cassie.

Il lui jeta un coup d'œil dans le rétroviseur.

— J'espère bien, sinon personne ne sera assez fort pour porter la nourriture jusqu'à la table.

— Pas ces muscles-là, idiot. Je veux dire les moules, le poisson. Celles qu'on peut manger.

Beck jeta un coup d'œil à Jennifer.

— Vraiment? Des moules? Et tu me dis que je n'ai pas à la gâter? Je ne dirais pas que les moules sont un plat normal comme, disons, le pain de viande et le poulet frit pour un enfant.

— D'accord, je l'ai emmenée dans de beaux restaurants de temps en temps. J'en ai le droit.

— Je n'ai pas dit le contraire. Mais si tu en as le droit, pourquoi pas moi?

— Pour commencer, il y a le fait que tu n'es pas son parent.

Un très bon argument.

Il avait oublié que ce n'était pas une sortie en famille et qu'ils n'étaient pas un couple. Parce que ça y ressemblait vraiment. Pas qu'il sache vraiment, puisqu'il n'avait jamais rien fait de tel auparavant, mais ça ressemblait à ce qu'il avait toujours imaginé : des blagues internes, beaucoup de rires, du bavardage à l'arrière entre les enfants, des conversations d'adultes à l'avant...

Que faisait-il? Ce n'était pas sa famille et il n'avait pas sa place parmi eux. Plus important encore, il ne voulait pas faire partie d'eux. Il était un esprit libre. Maître de son destin. Capable de sauter dans un avion en un instant et d'être n'importe où dans le monde dans les trente-six heures suivantes. C'était la vie qu'il avait voulue. Celle pour laquelle il avait travaillé si dur. Celle qui lui donnerait une sécurité financière avant même d'envisager de se poser. Mais, bon sang, comme avant-goût des choses à venir, cette après-midi n'était pas si mal.

— Alors ils en ont, Beck? Je veux en prendre pour Cassie. Elle pense que ça a l'air dégoûtant.

Il les regarda à nouveau, croisant cette fois le regard de Cassie.

— Ça a l'air dégoûtant, c'est vrai. Comme les palourdes et les huîtres. Mais pas les escargots.

— Beurk, les escargots! chantèrent les filles à l'unisson.

— Hé, les escargots sont géniaux. Un peu de beurre, un peu d'ail... vous ne savez même pas ce que vous mangez.

Jennifer se retourna sur son siège.

— C'est parce que tout ce que tu goûtes, c'est le beurre et l'ail, ce qui est normal. Sans ça, les escargots ne sont que de grosses...

— Boules de morve! gloussa Sami si fort qu'elle bloqua sa ceinture de sécurité en se penchant en avant.

— De quoi? Beck jeta à nouveau un coup d'œil dans le rétroviseur. Je te ferai savoir, jeune fille, que Mercurio's n'autorise pas ce genre de langage. Si le mot morve franchit tes lèvres une fois que nous aurons mis les pieds dans l'établissement, ils nous demanderont de partir et de ne jamais revenir.

— Jamais?

— Jamais au grand jamais.

— Oh non. Ce serait affreux.

— Tu as raison, ce serait terrible. Beck jeta un coup d'œil dans le rétroviseur. Alors tu sais ce qu'on doit faire?

— Quoi? Les deux filles se penchèrent autant que leurs ceintures le leur permettaient.

— On doit évacuer toutes les morves de notre système avant d'entrer. Prêtes? Un... deux... trois! Morve, morve, morve, morve, morve, morve!

Bientôt, il y eut une crise de fou rire sur la banquette arrière au milieu d'un chœur de « morve! » qui se propagea jusqu'aux sièges avant, si bien que lorsqu'ils se garèrent sur le parking de Mercurio's, ils durent tous rester assis quelques minutes pour reprendre leur souffle.

— Bon, mesdames. Beck ouvrit la portière arrière pour les filles pendant qu'elles débouclaient leurs ceintures. Rappelez-vous, on se tient bien. La dernière chose qu'on veut, c'est de se faire jeter du restaurant.

— Oui, ce serait horrible, dit Cassie, l'air si solennel que Beck s'inquiéta un peu d'avoir touché une corde sensible. Ou un mauvais souvenir.

— Il plaisante, Cass. On ne va pas se faire jeter. T'as pas à t'inquiéter. Le commentaire de Sami confirma ce qu'il pensait.

— Oui, je plaisante, Cassie. Personne ne va nous demander de partir. En fait, je te garantis qu'ils nous demanderont de revenir.

— Vraiment? Pourquoi?

— Parce que quand tu laisses un gros pourboire, ils sont heureux de te voir revenir.

— C'est quoi un pourboire?

— Oh, je sais! s'exclama Sami en sautillant sur place, une main en l'air comme si elle était à l'école. C'est l'argent qu'on laisse sur la table pour remercier le serveur. Ça leur dit s'ils ont bien fait leur travail. Pas vrai, maman? C'est pas ce que tu as dit? Qu'on reçoit une récompense quand on est un bon travailleur?

— C'est exact, ma chérie. Jennifer guida les filles vers l'entrée, les mains posées sur l'arrière de leurs têtes. Maintenant, faites attention en traversant le parking parce que les gens ne peuvent pas toujours vous voir quand ils cherchent une place.

— C'est idiot, dit Sami avec un reniflement dédaigneux. Les places sont vides et nous, on n'est pas vides. Comment ça se fait qu'ils ne peuvent pas voir une vraie personne vivante dans une place vide?

— Non, Sami, dit Cassie d'un ton autoritaire, les épaules redressées comme si elle savait de quoi elle parlait. Ta maman veut dire qu'ils ne peuvent pas te voir quand tu marches dans la rue parce qu'ils cherchent des places vides. Ils ne font pas attention.

— Eh bien, ce n'est pas une bonne façon de conduire. Ma maman est une bonne conductrice. La tienne aussi. Les gens ne devraient pas conduire s'ils ne sont pas de bons conducteurs.

La tête de Beck tournait face à cette logique de fillette de sept ans lorsqu'ils furent enfin assis à table — après qu'il eut donné un pourboire au maître d'hôtel pour s'assurer qu'il leur demanderait de revenir lorsqu'ils partiraient plus tard. Oh, le type l'aurait fait de toute façon, mais Beck l'avait payé pour qu'il vienne personnellement à leur table et en fasse suffisamment tout un plat pour que la leçon de Jennifer à Sami s'imprime et que sa promesse soit tenue. La seule chose dont il était fier était sa parole. On pouvait compter sur ce qu'il disait. Trop de gens l'avaient déçu dans sa vie en ne tenant pas leurs promesses et il ne serait jamais ce genre de personne.

— On est vraiment censé manger *ça*? demanda Cassie en se penchant sur sa chaise après que leur serveur eut déposé les assiettes de fruits de mer sur la table.

— Bien sûr, idiote. Regarde. Sami prit un coquillage et aspira la moule. Tu vois? On n'a même pas besoin de mâcher.

— Ça a quel goût?

— Une moule.

— Oui, mais ça a quel goût?

— Euh, c'est un peu comme... c'est un peu comme un mélange entre un ver en gélatine et un poisson.

— Un poisson suédois?

— Pas ce genre de poisson. Un vrai poisson. Tu sais, le genre gluant.

Cassie fronça le nez et se rassit. — Je ne crois pas que je veuille manger ça.

— Allez, c'est bon. Je te promets. Sami lui en tendit une. Essaie.

La lèvre supérieure de Cassie se retroussa. — Je ne crois pas.

— Tu dois le faire. Sami rapprocha un peu plus le coquillage.

— Mais je ne veux pas.

— Mais tu as dit que tu le ferais.

— Je ne savais pas que ça ressemblerait à ça. Et je n'aime pas les poissons gluants. J'aime seulement ceux en bonbon.

— Eh bien, tu ne peux pas avoir des bonbons pour dîner. Ce n'est pas bon pour toi. Ça va abîmer tes dents, pas vrai, maman? Les boucles de Sami tournoyèrent autour d'elle alors qu'elle se tournait vers Jennifer.

Jennifer prit le coquillage de la main de Sami. — C'est vrai. Les bonbons ne sont pas une bonne chose pour le dîner, mais Cassie n'est pas obligée d'essayer les moules si elle ne veut pas. On peut lui prendre autre chose. Peut-être un... steak?

Cassie se redressa, les yeux pétillants et un sourire fendit son visage — pendant un instant. Puis elle se laissa retomber contre son siège et son visage s'affaissa. — Non, c'est bon, Madame Bingham. Je peux juste manger ce pain. Vous n'avez pas besoin de m'acheter autre chose. Elle attrapa un petit pain dans la corbeille sur la table.

Acheter. Ce mot, encore. La vie de la pauvre Cassie tournait autour de l'argent — ou plutôt, du manque d'argent. Le cœur de Jennifer se brisait pour cette pauvre enfant. Et pour sa mère aussi, parce que Jennifer savait d'expérience à quel point il était difficile d'élever un enfant seule, même si elle n'avait heureusement pas les soucis d'argent que Linda avait. Que Cassie avait. Ce que Jennifer ne donnerait pas pour offrir à ces deux filles une enfance normale. Aucun enfant ne devrait avoir à s'inquiéter du coût de la nourriture — ou si sa mère allait être trop défoncée pour les nourrir.

— Tu sais quoi, Cassie? Beckett tapota son assiette avec son couteau. Je pense que comme Sami aime tellement tout ça, il n'en restera peut-être pas assez pour nous autres. Que dirais-tu toi et moi de partager ce steak?

— *Moi*, je veux partager un steak avec toi! s'exclama Sami en remontant ses genoux sous elle sur sa chaise.

— Sami... Jennifer tendit la main pour empêcher Sami de bondir par-dessus la table vers lui.

Beckett leva la main. — Toi et moi, on partage les moules, Sami. Je peux partager avec vous deux.

Sami se rassit et prit une inspiration. — Tu promets?

— Je promets. Et je tiens toujours mes promesses.

Quatre jours. Il n'avait fallu que quatre jours à Beckett Fields pour s'infiltrer sous les défenses de Jennifer et la faire tomber un tout petit peu amoureuse de lui.

— Vraiment? Le visage de Sami s'illumina comme si elle venait de gagner à la loterie.

D'accord, peut-être plus qu'un *tout petit peu* amoureuse.

— Vraiment. Il la regarda. Jennifer? Ça te va?

Jennifer savait qu'elle était censée répondre mais pour rien au monde les mots ne pouvaient franchir la boule dans sa gorge.

— Jen?

Normalement, elle n'aimait pas la version raccourcie de son prénom, mais apparemment cela ne s'appliquait pas quand Beckett l'utilisait.

Elle s'éclaircit la gorge. — Je, euh, ouais. Bien sûr. C'est parfait.

Beckett pencha la tête et elle plaqua une sorte de sourire sur son visage pour lui montrer qu'elle allait vraiment bien.

Aucun d'eux n'y croyait.

— Youpi! Cassie a un steak et moi j'ai toutes les moules! C'est le meilleur dîner de tous les temps! Sami tapa dans la main de Cassie et le sourire de cette dernière était aussi vrai que possible.

Ce qui rendit celui de Jennifer tout aussi vrai.

Cela remplit également son cœur d'une émotion qu'elle ne voulait pas appeler de l'amour pour Beckett parce qu'elle ne pouvait pas être amoureuse de lui. Pas après quatre jours. Elle ne pouvait pas tomber amoureuse du mauvais garçon du lycée qui ne se souvenait même pas d'elle. Peut-être... peut-être qu'elle appellerait ça de l'amour pour la bonté qui était en lui. Pour le bonheur qu'il apportait à Sami et à son amie. Pour sa compassion, sa gentillesse et sa générosité...

Oh, à qui voulait-elle faire croire? Ce type était le Prince Charmant par excellence et elle rêvait de chevaux blancs, de châteaux et de marraines la fée.

C'était ridicule. Elle était une femme adulte. Une femme d'affaires. Une mère. Elle était éduquée. Elle avait de l'expérience et savait que cette ruée de phéromones pouvait masquer tant de choses. Elle avait été amoureuse de Trent, et, à cause de cela, il avait pu prendre sa confiance et son amour pour les utiliser contre elle. Son jugement avait été altéré par cette vague de sentiments, et qui pouvait dire que cela ne se reproduirait pas? Quand était-elle soudainement devenue si bon juge de caractère qu'elle savait après seulement quatre jours — quatre jours! — que Beckett pourrait être son Prince Charmant?

Elle piqua un des escargots, mais sa fourchette glissa contre la coquille, la faisant crisser sur la porcelaine et envoyant l'escargot valdinguer hors de la table. Elle n'avait pas besoin de Prince Charmant car elle n'était, très certaine-ment, pas Cendrillon.

Beckett, en revanche... Il passe ses journées à nettoyer.

Jennifer ne put s'empêcher de ricaner.

— Qu'est-ce qui te fait rire, maman?

Jennifer essaya de se contrôler, mais l'idée de Beckett dans une histoire de Cendrillon inversée... Il devait même faire face à un chat grincheux qui essayait de mettre le chien dans le pétrin, exactement comme dans la version animée.

Un gloussement lui échappa. Au moins, Beckett n'était pas en haillons.

Son uniforme est une bien *meilleure option.*

Elle pouffa à nouveau.

— Jen? Beckett la regarda et une boucle noire tomba au milieu de son front, et elle eut envie de la replacer avec ses doigts.

Puis de les plonger dans le reste de ses cheveux et de l'attirer vers elle —

— Maman? Tu as avalé quelque chose de travers?

Jennifer s'étouffa. Beaucoup. Et essaya de ne pas rire en même temps. Si seulement Sami savait à quoi elle avait pensé...

Beckett savait — ou du moins soupçonnait, car ses yeux se plissèrent et, tandis qu'il lui tendait un verre d'eau, Jennifer aurait juré que ses doigts s'attardèrent un peu trop longtemps.

Elle prit une gorgée, s'éclaircit la gorge, puis essaya de toutes ses forces de chasser la dernière minute ou presque de sa tête. — Je... Je vais bien, ma chérie. Elle hocha la tête pour remercier Beckett, qui avait pris son propre verre d'eau et en buvait une gorgée.

— Ah. Tant mieux. Parce qu'on ne voudrait pas que Beck doive te 'liquer.

L'eau jaillit de sa bouche et de celle de Beckett en même temps.

— Beurk, c'est dégoûtant! Sami essuya son t-shirt et Cassie semblait ne pas comprendre ce qui se passait.

Mais Jennifer — oui, elle comprenait. Et elle comprenait que Beckett comprenait. Et si cela ne lui donnait pas envie de se cacher sous la table, elle ne savait pas ce qui le ferait.

Sami jeta un coup d'œil par-dessus sa serviette. — *Devrait*-il te 'liquer?

D'accord, peut-être que *ça*, ça le ferait.

Jennifer prit une profonde inspiration et tourna la tête vers Sami de telle façon que Beckett n'était même plus dans son champ de vision périphérique. Elle s'éclaircit la gorge. — Je pense que tu veux dire me faire la manœuvre de 'Heimlich', et non, Beckett n'a pas besoin de faire ça.

Sami posa sa serviette et la tapota en un tas aplati. — C'est ce que j'ai dit. Te 'liquer.

Jennifer ramassa la serviette et prit son temps pour la plier. Elle n'allait pas regarder Beckett. — Il y a un « Heim » au début de ce mot.

— C'est quoi un Heim?

Elle lissa le tissu, redressant les bords, essayant pour tout au monde de prétendre que ce n'était pas l'une des conversations les plus embarrassantes de tous les temps. — C'est le nom de l'homme qui a inventé la manœuvre de Heimlich.

— Quel genre de nom est Heim? C'est idiot. Sami prit deux autres moules et se rassit dans son siège.

Jennifer ne prit pas la peine d'expliquer. Pas besoin de faire durer la conversation plus que nécessaire, et ce n'était pas nécessaire.

— Alors. Elle s'éclaircit la gorge et, *encore une fois*, ne regarda pas Beckett. — Quel genre de steak aimes-tu, Cassie?

Les yeux de Cassie s'agrandirent et elle regarda autour de la table. — Je sais pas. Du steak.

Ah. Bien sûr. Comment une enfant de sept ans pourrait-elle connaître la différence entre l'entrecôte, le faux-filet et le reste? Quelle façon de mettre la gamine mal à l'aise.

Ce qui faisait de Sami la seule qui ne l'était pas.

La vérité sort de la bouche des enfants.

Beck essayait de toutes ses forces de chasser l'idée de lui léchant Jennifer de son esprit, mais, *bon sang*, elle ne voulait pas partir. Dieu merci, il n'avait pas commandé d'huîtres parce qu'il y avait déjà une fête dans son pantalon qui n'avait rien à voir avec les fruits de mer, donc pas besoin d'aphrodisiaques.

La lécher. Bon Dieu, si seulement Sami savait ce qu'elle avait dit.

Cependant, il devait admettre qu'il aimait la façon dont le rougissement de Jennifer avait grimpé sur sa poitrine et son cou, puis coloré son visage d'une belle teinte rose qui faisait ressortir le bleu de ses yeux.

Ouais, il était un chien pour ne serait-ce que penser ça. Mais bon sang, il ne pouvait pas s'en empêcher. La fille de ses rêves était assise juste à côté de lui et sa fille mettait involontairement des images classées X dans sa tête. Il était un mâle en bonne santé, bon sang. Un homme vivant et respirant qui n'avait pas couché depuis — merde, ça faisait six mois maintenant? Un historique de rencontres plutôt pitoyable, s'il osait le dire. Et ça le rendait mûr pour des images comme celle de Jennifer étalée sur l'îlot de sa cuisine ne portant qu'un tablier — qu'il dénouerait lentement, faisant glisser les liens le long de la raie de ses fesses —

— Que désirez-vous, monsieur?

Jennifer.

Dieu merci, il n'avait pas dit ça à voix haute à la question du serveur. — Euh, nous allons, euh, prendre une entrecôte, à point, s'il vous plaît. Avec, euh, un accompagnement de champignons sautés.

— Très bien, monsieur. Le serveur tourna les talons avec une précision militaire et Beck faillit le remercier pour le compliment mais ne le fit pas parce que le gars ne commentait pas la capacité de Beck à *ne pas* gémir le nom de Jennifer à voix haute.

Beck soupira et secoua la tête. Totalement inapproprié avec deux fillettes de sept ans ici.

— Euh, M., euh, Beck? Cassie tripota sa fourchette.

— Oui, Cassie?

— Je, euh... Eh bien...

— Qu'y a-t-il, ma puce? Son cœur fondait pour elle aussi. Ces deux petites filles pouvaient le déchirer émotionnellement s'il les laissait faire.

— C'est juste que, euh, je... Je ne pense pas vouloir manger des yeux.

— Euh... *quoi?*

Le commentaire de la gamine fit regarder Jennifer dans sa direction — et sans la chose embarrassante du « léchage » entre eux. Il n'avait aucune idée de comment il était censé répondre à ça.

— Je pense qu'elle parle de *l'entrecôte* que tu as commandée.

— Ah. Ouf. Ça, il pouvait y répondre. — C'est un type de steak, Cassie. Ça n'a rien à voir avec les yeux.

— Alors c'est idiot de l'appeler comme ça, intervint Sami. Comme les hot-dogs. Pourquoi on les appelle comme ça si ce ne sont pas des chiens?

— Je suis contente que ce ne soient pas des chiens. Je ne pourrais pas manger un chien, pas toi? demanda Cassie.

Sami secoua la tête tandis que Beck essayait de suivre la logique d'une enfant de sept ans.

— Bien sûr que non. Mais il n'y a pas de chien dans les hot-dogs. Tout comme il n'y a pas de doigts de poulet dans les chicken fingers.

— Ni de buffles dans les buffalo wings.

— Ni de cochons dans les pigs in a blanket.

— Et pas de coton dans la barbe à papa.

— Ni de jambon dans un hamburger.

— Ni de maïs dans un corn dog.

— Ni de griffes d'ours dans un bear claw.

— Ni de doigts de dame dans les biscuits à la cuillère, ajouta Jennifer.

— Beurk, c'est dégoûtant!

— Ni d'huîtres dans les Rocky Mountain... euh..., Beck ferma la bouche. L'anatomie bovine personnelle n'était pas un sujet qu'il devrait aborder avec des enfants de sept ans.

— C'est quoi ça? demanda Sami en le regardant.

Voilà pourquoi. Il se tourna vers Jen pour qu'elle le sorte de cette situation, mais elle secoua la tête et leva les mains.

— Tu t'es mis dans ce pétrin tout seul.

Sami et Cassie le regardaient avec expectative.

Eh bien, zut. Il ne pouvait pas leur dire la vérité, alors il allait devoir inventer quelque chose rapidement. Il se tapota la lèvre. — Ce sont euh, des huîtres qui viennent, euh, du fleuve Colorado.

— Donc ce sont *bien* des huîtres. Et le fleuve est dans les montagnes, c'est ça? Sami pencha la tête sur le côté, ses boucles rebondissant autour de sa tête.

— Oui. Il écarta une de ses propres boucles de son front. Il avait besoin d'une coupe de cheveux. Ces satanées boucles — que les mères adoraient quand il était petit garçon et que les filles aimaient quand il avait grandi — étaient une vraie plaie. Elles le faisaient ressembler à une fille quand elles devenaient trop longues.

— Eh bien, elles sont ce qu'elles prétendent être. Sami se rassit. — Tu as perdu.

— J'ai perdu? Je ne savais pas qu'on jouait.

— Bien sûr qu'on jouait, idiot. Pas vrai, Cassie?

— Hum hum. Cassie hocha la tête, faisant rebondir ses boucles autour de ses épaules.

Jennifer était la seule à table sans boucles. Hmm... Le père de Sami devait donc en avoir, et mince s'il ne commençait pas à penser à ce type. Quel genre de crétin abandonnait une femme intelligente, magnifique et généreuse et un enfant aimant qui voulait juste compter pour quelqu'un? Cette qualité était aussi évidente que le nez au milieu de la figure de Sami. Il le savait ; il avait eu le même regard autrefois.

Bon sang, il n'avait pas pensé à son enfance pourrie depuis longtemps, mais après quatre jours avec Jennifer et Sami, c'était tout ce sur quoi il pouvait se concentrer. Il devait arrêter. Sa vie était dans le présent et le futur. Le passé était terminé et il n'y avait rien qu'il puisse changer ou contrôler à ce sujet. Mais maintenant, ici, à présent... Il avait le contrôle. C'était lui qui décidait de ce qu'il ferait, où il irait, comment il vivrait. Sa vie était sur la bonne voie, exactement comme il l'avait prévu. Sami, aussi adorable soit-elle, et Jennifer, aussi sexy soit-elle, ne faisaient *pas* partie de ce plan.

Chapitre Quatorze

— Pourquoi Beck ne vient-il pas ce soir? demanda Sami pour la cinquième fois.

— Pour la même raison que je t'ai donnée les quatre autres fois où tu as posé la question. Il travaille et a ensuite un dîner d'affaires.

— Avec Mamie Lois. Mais elle ne peut pas veiller tard. Il peut venir après.

— Je suis sûre que Beckett va discuter avec d'autres hommes d'affaires pendant très longtemps ce soir. C'est ce qu'on fait lors d'un symposium.

— Bon, est-ce qu'on le verra demain?

— Sami, demain c'est samedi. C'est son jour de congé.

— Bien, alors il peut venir. Appelons-le.

— Doucement, ma chérie. Jennifer tapota l'épaule de sa nièce avant qu'elle ne se précipite vers le téléphone. Beckett n'est pas ton jouet personnel. C'est un adulte avec des choses d'adulte à faire et une vie qui ne nous inclut pas.

— Mais pourquoi? Pourquoi ne peut-il pas nous inclure? On est gentils. Il ne nous aime pas?

— Je suis sûre que si, mais ce n'est pas la question.

Sami croisa les bras et fit la moue. — Eh bien alors, pourquoi ne peut-il pas nous inclure? On est gentils et on l'aime bien et il nous aime bien. Pourquoi ne veut-il pas de nous?

C'était le « veut » qui touchait Jennifer. Sami avait beaucoup posé cette question à propos de sa mère quand Andrea était allée en prison. Sami n'avait pas pu comprendre pourquoi sa mère ne voulait pas l'emmener avec elle. Elizabeth, leur thérapeute familiale, avait eu du pain sur la planche, et Jennifer pensait qu'elles avaient résolu ces problèmes. Mais, apparemment, quand la mère de quelqu'un « s'en va », c'est tout ce que l'enfant entend : qu'elle s'en va. C'était là que l'amour de Jennifer devait combler le vide.

Elle ouvrit ses bras. — Viens ici, ma chérie.

Sami fit quelques pas saccadés vers elle, sans protester qu'elle ne voulait pas de câlin. C'était comme ça avec Sami ; elle voulait toujours un câlin. Jennifer devait s'assurer de continuer à lui en donner tout en empêchant Sami de devenir dépendante et collante. Jusqu'à présent, elles avaient assez bien marché sur la corde raide, mais la façon dont Sami s'agrippait au dos de la chemise de Jennifer disait que toutes les règles étaient suspendues aujourd'hui.

Peut-être ne devrait-elle pas faire revenir Beckett pour nettoyer. Si Sami était déjà si attachée, comment serait-elle à la fin du mois?

— Il me manque, Maman.

Jennifer caressa les douces boucles de Sami. — Il reviendra, ma chérie. On en a parlé. Ce n'est pas parce que quelqu'un s'en va que c'est pour toujours.

— Mais ça semble si long.

— Je sais. Mais il sera là dans quelques jours.

— Combien?

Zut. Elles n'avaient pas discuté de l'emploi du temps de la semaine prochaine. Principalement parce qu'elle ne prévoyait pas de le recroiser. La plupart des gens ne voyaient jamais leur service de nettoyage ; ils venaient pendant que les propriétaires étaient au travail. — Je ne suis pas sûre, Sami. On n'en a pas discuté.

— Alors tu dois l'appeler pour savoir.

Jennifer posa son front contre celui de Sami et écarta les boucles de ses yeux. — Je ne peux pas l'appeler. Il est à la réunion et donne des discours. Ce serait ridicule si son téléphone sonnait pendant qu'il donnait un discours, non?

Sami gloussa. — Assez drôle, je suppose.

— Je sais. Alors... Elle glissa les boucles derrière les oreilles de Sami - ce qui ne tint pas, bien sûr. — On doit t'emmener, toi et Cassie, au camp et ensuite on fera quelque chose d'amusant ce soir. Juste entre filles.

— On peut emmener Cassie?

Une partie de Jennifer voulait Sami pour elle toute seule pour s'assurer qu'elle allait bien et se sentait aimée et en sécurité, mais l'autre partie aimait que Sami veuille être avec son amie. L'amitié en était encore à ses débuts malgré tout ce que Sami voulait prétendre, mais Cassie était la première enfant qui n'avait pas jugé Sami, alors Jennifer avait bon espoir que ça dure.

— Bien sûr. Que veux-tu faire?

— On peut regarder un film avec des sacs de couchage et du pop-corn?

— Tu veux une soirée pyjama?

— Oui, on peut?

— Absolument. Laisse-moi appeler Mme Mumford pour voir si c'est d'accord. Elle peut préparer le sac de Cassie et l'apporter au bureau.

— Oh, Maman! Tu es la meilleure! Un rapide câlin aux genoux de Jennifer, puis Sami s'envola hors de la pièce. — Je dois aller dire à Nero que Cassie sera là ce soir! Il sera tellement content!

Jennifer roula des yeux et rit en lissant son pantalon capri sur ses genoux. Nero n'allait pas être content d'apprendre que sa place dans le lit de Sami allait être usurpée à nouveau.

— Jennifer, je ne peux pas venir au dîner. Tu dois y aller.

Mamie Lois ne prit même pas la peine de dire bonjour. Tout ce que Jennifer avait eu, c'était Sue qui passait la tête dans une salle d'examen pour lui dire qu'elle avait un appel urgent de sa grand-mère, et le cœur de Jennifer s'était emballé en même temps que ses pieds alors qu'elle courait pour prendre l'appel dans son bureau.

— Le dîner? Tu m'appelles à propos du dîner? Elle s'affaissa dans son fauteuil de bureau. — Mon Dieu, Mamie, j'ai cru que tu étais tombée quand ils m'ont dit que c'était une urgence.

— *C'est* une urgence. J'ai dû quitter le symposium et je ne pourrai pas y retourner. Mon arthrite s'est réveillée et je ne peux pas faire faux bond. Ça ne ferait pas bonne impression. Tu dois y aller à ma place.

Mouais. Jennifer n'était pas née de la dernière pluie. Elle voyait clair dans les mensonges de sa grand-mère. — Je ne peux pas y aller ce soir. Sami et moi avons fait des plans. Elle feuilleta le calendrier avec des chatons sur son bureau. Trop de mois avant que le contrat gouvernemental à l'étranger de son père ne soit terminé et que ses parents puissent rentrer à la maison et divertir Mamie Lois. Bien sûr, c'était une raison suffisante pour qu'ils filent directement vers un autre projet dans une autre partie du monde. Parfois, ça craignait d'être le seul membre de la famille que Mamie daignait même *prétendre* écouter.

— Quels projets? La fille vit avec toi. Fais-le un autre soir. C'est très important que nous soyons représentés à ce dîner. Tu sais, tu m'as demandé de ne pas rappeler à tout le monde qu'elle n'est pas vraiment ta fille, mais dois-je te le rappeler à *toi*? Tu as le droit d'en avoir une à toi, tu sais. Mais pour cela, tu dois sortir et rencontrer quelqu'un.

Ce *quelqu'un* étant Beckett Fields. Si elle n'avait pas vu clair dans le stratagème de sa grand-mère avant, cette déclaration venait de tout mettre sur la table. Mais Jennifer n'allait pas entrer dans son jeu. — Grand-mère, ce n'est qu'un dîner. Personne ne remarquera ton absence.

Elle grimaça ; ce n'était pas très gentil de dire à sa grand-mère qu'elle était invisible.

— Balivernes. J'ai dit à ce charmant M. Fields que je serais là et si je ne viens pas, eh bien, quelle image cela donnera-t-il?

Jennifer leva les yeux au ciel. Sa grand-mère ne pensait sûrement pas qu'elle était aussi naïve... — Beckett comprendra.

— Il comprendra que je suis une vieille dame gâteuse sans une once de bon sens dans ma tête et il ne voudra pas parler du marché avec moi. Et je comptais tellement obtenir son avis sur mon portefeuille.

— Donc maintenant tu veux que j'examine ton portefeuille avec lui? Jennifer remit en place quelques mèches qui s'étaient échappées de sa queue de cheval, puis ouvrit le tiroir du bas de son bureau pour prendre son sac à main.

— Pas du tout. Je peux très bien le faire toute seule. C'est *mon* portefeuille. Non, je veux juste que tu prennes ma place. Que tu discutes avec lui pour qu'il ne m'oublie pas.

— Grand-mère, il ne va pas t'oublier. Il... Elle ferma la bouche. Elle avait failli dire qu'il allait nettoyer sa maison pendant les trois prochaines semaines.

— Je ne suis pas une jeune beauté, Jennifer, même si je l'ai été. Bien sûr qu'il ne se souviendra pas de moi. Mais toi... toi, il s'en souviendra. J'ai besoin que tu fasses ça, Jennifer. Pour ta grand-mère.

Ah, la culpabilisation. — Grand-mère, je ne peux pas. J'ai déjà prévu que l'amie de Sami dorme à la maison. Elle laissa tomber son sac sur le bureau pour chercher ses clés de voiture.

— Alors qu'elles dorment chez l'amie. La fille a aussi une chambre, non?

— Grand-mère, je ne peux pas simplement annuler...

— Jennifer, je suis vieille. Je ne serai peut-être plus là très longtemps. Veux-tu que nos derniers souvenirs soient que tu n'as pas pu faire quelque chose pour moi?

Jennifer sortit les clés et dut les serrer dans sa paume pour qu'elles ne tintent pas ; elle tremblait tellement elle était en colère. — Grand-mère, c'est vraiment incorrect. N'essaie pas de me culpabiliser pour que je fasse ça pour toi. Je dois penser à Sami.

— Sami se fiche de dormir chez toi ou chez sa copine. Tu as juste peur.

— De *quoi*?

— De M. Fields.

Elle laissa tomber les clés sur le bureau. La peur n'était pas le mot pour décrire ce qu'elle ressentait en présence de Beckett. — C'est ridicule.

— Prouve-le.

Sa paume frappa le bureau à côté des clés. — Je ne vais pas non plus tomber dans ce piège, Grand-mère.

Sa grand-mère soupira longuement et bruyamment. — Bon. Que faudra-t-il pour que tu fasses ça pour moi?

Rien. Elle n'allait pas passer une soirée avec Beckett. C'était une tentation dont elle n'avait pas besoin. Malheureusement, Grand-mère était déterminée à ce que cela se produise.

Il n'y avait qu'une seule façon de jouer pour remettre sa grand-mère à sa place.

Jennifer se rassit et tambourina des doigts sur le bureau. — Ce qu'il faudrait? D'accord, Grand-mère, voilà le marché. Si tu insistes tant pour que je fasse quelque chose pour toi, tu dois faire quelque chose pour moi. Elle attendait juste le gros *non* catégorique qui allait suivre cette déclaration. — Tu restes chez moi avec Sami et sa copine, et je vais dîner avec Beckett.

Il y eut un silence complet à l'autre bout du fil. — Grand-mère?

— Je t'ai entendue.

Jennifer réprima un sourire en attendant la tirade. Pour une fois, elle avait réussi à piéger Grand-mère.

— D'accord. Mais tu devras venir me chercher pour m'emmener là-bas. La navette ne passe pas dans ton quartier.

Incroyable. Grand-mère avait relevé son bluff.

Jennifer ne savait pas si elle devait être en colère, étonnée ou contente.

Peut-être les trois à la fois.

Elle avait un peu de temps pour y réfléchir - *pas* que cela allait changer quoi que ce soit. Grand-mère avait accepté ses conditions, donc elle allait dîner avec Beckett Fields.

Les papillons qui avaient déployé leurs ailes quand il était apparu chez elle les déployèrent à nouveau.

— D'accord, mais apporte des vêtements pour rester dormir parce que je ne pourrai pas laisser les filles seules endormies pour te ramener chez toi quand je rentrerai.

Un autre long soupir bruyant à l'autre bout du téléphone.

— Ou alors, tu peux aller toi-même au dîner avec Beckett. La dernière tentative désespérée de Jennifer.

— Non, non. C'est bon. Je réfléchissais juste... à ce que j'allais apporter. Je n'aurai pas à cuisiner pour elles, n'est-ce pas?

— Non. Je commanderai une pizza. Et elles veulent du pop-corn. J'en prendrai un paquet en rentrant. Elle griffonna une note pour ne pas oublier car cette conversation lui faisait un peu tourner la tête.

— Et que proposes-tu que *je* mange pour le dîner? La pizza n'est pas mon truc.

— On commandera ce que tu veux et je le ferai livrer. Il y a un excellent restaurant italien qui livre. Leur poulet Florentine est incroyable. Elle ajouta ça à la liste.

Sue passa la tête dans le bureau de Jennifer. — Urgence dans la salle d'examen 2. Un cocker s'est emmêlé dans un vilain hameçon à trois crochets. À travers la lèvre.

Jennifer hocha la tête et posa le crayon. — Grand-mère, je dois y aller. Une urgence vient d'arriver. Je viendrai te chercher quand je récupérerai les filles au camp. À tout à l'heure.

— Bien, bien. Assure-toi juste d'avoir quelque chose de joli à porter pour le dîner. Laisse la blouse de laboratoire à la maison.

Beck faillit ne pas reconnaître Jennifer.

Cette femme savait se mettre en valeur. Vraiment bien.

Cela ne devrait pas être une surprise, mais la voir dans des vêtements de tous les jours n'était rien comparé à elle dans une robe vert chatoyant qui aurait dû être ordinaire par son manque de paillettes et de brillants, mais parce qu'elle était drapée sur *son* corps, il n'y avait rien d'*ordinaire* à son sujet. Une gaine droite jusqu'à mi-cuisse, elle s'évasait ensuite jusqu'en dessous de ses genoux. Elle portait une paire de talons couleur chair presque de la même teinte que sa peau, ce qui donnait l'impression qu'elle n'était que jambes, et les jambes de Jennifer avaient toujours été magnifiques.

Elle avait lâché ses cheveux, abandonnant sa queue de cheval habituelle, et son maquillage faisait ressortir ses yeux bleus.

Jennifer Langston Bingham était époustouflante dans ses bons jours ; ce soir, elle était absolument spectaculaire.

— Qu'est-il arrivé à ta grand-mère?

Il devait maintenir la conversation décontractée avec les huit autres personnes à table et, après une journée à parler affaires, il était content de pouvoir le faire. Mais avec elle qui avait cette allure et ce qu'il avait toujours ressenti pour elle, rester décontracté allait être plus difficile que de parler affaires.

— Son, euh, arthrite lui faisait mal et elle souffre un peu. Mais elle a insisté pour que je vienne afin que tu, je cite, « ne l'oublies pas ».

Il dut rire. Jennifer ne croyait pas plus que lui à cette excuse.

— Tu as cru à cette histoire?

Jennifer haussa les épaules.

— Mamie Lois a des opinions très... arrêtées. Alors je l'ai installée chez moi sur le canapé avec une bouillotte, de la glace et la télécommande — et j'ai mis le film que Sami et Cassie voulaient regarder pour leur soirée pyjama ce soir.

— Ah. Il hocha la tête. Donc tu peux jouer à l'adulte et sortir dîner pendant qu'elle fait du baby-sitting?

— Quelque chose comme ça.

— Elle était au courant de la soirée pyjama avant ou après que son arthrite se soit réveillée?

— À ton avis?

— Je pense que tu es une femme très intelligente, Jennifer L-Bingham. Merde, il avait failli la trahir. Seul John Becker la connaissait comme Jennifer Langston et il ne voulait pas qu'elle le connaisse comme le nomade maussade de sa classe. Si elle devait s'intéresser à lui, elle devait s'intéresser à Beckett Fields. Qui était de toute façon plus intéressant.

Il s'avéra qu'elle semblait *effectivement* s'intéresser à Beckett. Elle lui posa des questions sur le symposium et ses présentations. Elle discuta avec les autres autour de la table, qu'il connaissait tous à travers l'industrie. Jennifer était très à l'aise avec le jargon du marché et apportait une perspective intéressante sur certaines des actions dont on discutait.

Bien qu'il ne sache pas pourquoi il était surpris. Cette femme avait fait des études vétérinaires ; elle avait un cerveau dans cette tête. Mais c'était l'assurance avec laquelle elle parlait, sa connaissance de quelque chose dans son monde à lui, et son charme naturel avec les hommes comme les femmes à table qui lui faisaient voir Jennifer sous un jour totalement nouveau.

Il trouvait Jennifer-l'adulte encore plus attirante que la Jennifer-adolescente dont il se souvenait.

Il aurait dû accepter son offre de l'aider pour ses devoirs quand ils étaient à l'école. Où en seraient-ils aujourd'hui s'il l'avait fait?

Sami aurait pu être la tienne.

Cette pensée lui traversa l'esprit au point de le faire grimacer.

— Beckett? Ça va? L'inquiétude transparaissait dans la voix de Jennifer, ce qui n'arrangea rien quand elle toucha son bras car cela déclencha autre chose en lui.

— Euh, oui. Ça va. Il saisit son verre d'eau et le vida presque. D'où diable venait cette pensée à propos de Sami? Il ne voulait pas d'enfants. Il ne savait pas quoi en faire. Ça n'avait jamais été dans ses plans. Bien sûr, il pensait se marier un jour, mais avec une femme qui ne voulait pas d'enfants. Une femme de carrière serait le choix parfait, mais Jennifer était une femme de carrière qui dirigeait sa propre entreprise florissante, et pourtant elle parvenait d'une manière ou d'une autre à élever une enfant seule.

Il voulait toujours savoir ce qui était arrivé au père de Sami.

Mais *lui* n'allait pas en être un. Pas question. Jamais. C'était... c'était simplement trop de responsabilités. Trop à perdre.

Trop de dégâts à infliger.

Ses pneus étaient à plat.

Pneus. Au pluriel.

Pas un, mais *deux*.

Ce qui faisait un de plus que le nombre de roues de secours qu'elle avait.

Ce stupide détour sur le chemin ; il était jonché de pierres et de débris.

Merde. C'était le karma qui se vengeait pour avoir essayé de duper sa grand-mère.

Beckett donna un coup de pied dans l'un des pneus.

— Je vais te ramener chez toi et tu pourras appeler le garage demain matin.

D'un autre côté... peut-être était-ce sa récompense?

Elle secoua la tête. Passer plus de temps avec lui n'était pas quelque chose qu'elle devrait faire. Le voir dans son élément ce soir lui donnait encore plus de raisons d'être attirée par lui, et elle ne voulait pas l'être. Les besoins de Sami devaient passer en premier et faire défiler des hommes à la maison n'était pas le meilleur modèle parental — comme Andrea l'avait prouvé.

— Ce n'est pas la peine, Beckett. Elle tira sa clé de la serrure. J'ai l'assistance routière avec mon assurance. Autant l'utiliser.

Il appuya sa main là où la portière rencontrait le toit, assez près pour lui donner envie d'accepter son offre.

— Mais ils devront t'emmener au garage quand ils remorqueront la voiture, et ensuite quelqu'un devra quand même te ramener chez toi. Autant me laisser faire les honneurs pour que tu ne restes pas assise ici pendant une heure ou plus. Je suis sûr que tu dois être fatiguée après avoir travaillé toute la journée et être venue ici.

Fatiguée — surtout quand il posa sa main au creux de son dos — n'était *pas* ce qu'elle ressentait.

Vraiment, elle devrait simplement sortir son téléphone et appeler une dépanneuse—

— Et je n'aime pas l'idée que tu attendes ici toute seule, alors je ne vais pas partir. Ma voiture est là-bas.

— Beckett, vraiment—

— Jennifer, vraiment. Il sourit et cela la ramena directement à ce look de mauvais garçon qu'il avait au lycée.

Sauf que... les papillons étaient peut-être du lycée, mais l'humidité soudaine entre ses cuisses était tout à fait adulte.

Wow. Ça ne lui était pas arrivé depuis... trop longtemps pour qu'elle veuille y penser. C'était une raison de plus pour mettre fin à leur soirée maintenant, mais il ne la laissait pas faire alors qu'il la guidait vers sa voiture.

Mais continuer à argumenter ne ferait que donner plus d'importance à la situation que nécessaire. Elle pouvait bien faire un trajet en voiture sans lui sauter dessus, bon sang. — D'accord. Merci, Beckett.

— Tout le plaisir est pour moi.

Oh, elle allait lui en donner du plaisir-

Elle ne le regarda même pas quand il lui ouvrit la portière de la voiture, puis elle s'attacha pendant qu'il faisait le tour de la voiture, et s'assit aussi près de la portière que possible sans que cela ne soit évident.

— Alors, comment s'est passée ta journée dans le royaume animal ? demanda-t-il en démarrant la voiture.

Elle sourit à ces mots, son charme naturel parvenant à la mettre à l'aise - enfin, autant que possible étant donné qu'elle était confinée dans un petit espace avec lui. Un espace agréable et luxueux, certes, mais elle ne pouvait s'empêcher de remarquer la façon dont ses doigts agrippaient le volant, le jeu des muscles sous sa chemise lorsqu'il changeait de vitesse. L'odeur de son après-rasage qui emplissait l'air autour d'elle...

— Oh, tu sais. Une vraie course de rats.

Il rit et lui jeta un coup d'œil. — J'imagine que tu es habituée à tous les jeux de mots.

— Probablement, mais ça ne les rend pas moins drôles. Et parfois, on a besoin d'un peu d'humour dans notre journée. Elle soupira ; retirer cet hameçon de la lèvre de Vixen avait été douloureux pour elle aussi bien que pour le cocker.

— J'imagine que tu vois beaucoup de choses déchirantes.

— Oui, c'est dur quand on doit euthanasier le bébé à poils de quelqu'un. Elle regarda par la fenêtre, voulant se concentrer sur les scènes à l'extérieur plutôt que sur celles dans son cerveau.

— C'est un terme intéressant.

Elle pencha la tête. — Quoi, bébé à poils ? C'est la vérité. Pour les propriétaires responsables, les animaux de compagnie sont des membres de la famille, tout comme leurs enfants. J'en déduis que tu n'as pas d'animaux de compagnie ?

Il tapota le volant. — Pas compatible avec mon style de vie. J'aime pouvoir partir sur un coup de tête quand l'envie me prend.

— Ça doit être agréable.

Bien sûr, Jennifer. Il part sur un coup de tête.

Tout comme il le ferait dans trois semaines quand il aurait fini de nettoyer sa maison. Les hommes comme Beckett ne voulaient pas être encombrés par la domestication. Les chats, les chiens et les enfants de sept ans *hurlaient* domestication, alors elle devait le sortir de sa tête aussi. Avec les problèmes d'attachement de Sami, il était la dernière personne qu'elle devrait ramener à la maison.

— Veux-tu que je ramène ta grand-mère quand je te déposerai? Ça t'évitera un trajet.

Une vague de chaleur la traversa face à sa prévenance. — Merci, mais elle passe la nuit chez moi. Je ne voulais pas réveiller les filles pour la ramener. Et puis... Non, elle n'allait pas le dire. Ça ouvrirait une boîte de Pandore qui ne devrait pas être ouverte.

— Et puis...? Beckett leva un sourcil.

— Ce n'est rien.

— Oh, je ne crois pas. Il lui prit la main. — Et puis quoi?

Quand son pouce commença à dessiner des cercles paresseux sur sa paume, Jennifer eut du mal à se rappeler ce qu'était le *et puis* - et pourquoi elle ne devrait pas le dire.

— Euh, et puis... C'est bien fait pour elle après le coup qu'elle nous a fait ce soir.

— Ah, oui. Le coup de jeter-les-deux-ensemble.

Elle grimaça et détourna le regard. — J'aurais préféré que tu ne t'en rendes pas compte.

— C'était assez difficile de ne pas le voir.

— Je sais. Et je suis désolée.

— Désolée? De quoi? Que ta grand-mère ne fasse qu'agir sur ce que je pense?

Sa tête pivota à ces mots. — Qu... *quoi*?

Ses lèvres se serrèrent pendant une seconde - tout comme sa main sur la sienne. — Soyons honnêtes ; il y a définitivement une attirance.

Elle put à peine hocher la tête ; sans parler de lui répondre.

— Et... eh bien... Il mit le clignotant, puis s'engagea dans la première rue latérale, arrêtant doucement la voiture sur le bord du trottoir.

Il se tourna, posant son avant-bras gauche sur le volant. — Je n'arrive pas à te sortir de ma tête.

Jennifer déglutit. On ne pouvait pas être plus clair.

— Jen? Un peu d'aide ici?

Était-il... nerveux?

Il sourit. Faiblement.

Oh, wow. Il *était* nerveux.

De quoi Beckett Fields pouvait-il bien être nerveux? Il était pratiquement parfait. Physique, cerveau, charisme, argent, prestige... Beckett avait tout pour lui.

Il expira. — Merde. J'aurais pas dû dire ça. Il se retourna sur son siège, retirant brusquement son bras du sien, et commença à s'engager dans la circulation.

Jusqu'à ce qu'elle pose sa main sur son bras. — Attends.

Il écrasa la pédale de frein, mit la voiture en marche arrière, recula, puis passa en position PARKING et coupa le contact.

Ses yeux la transpercèrent. — Quoi?

— Je... Bon sang, c'était plus difficile que ça n'aurait dû l'être. Elle était adulte, après tout. Elle pouvait dire à un homme qu'elle était attirée par lui.

Mais c'était *John Becker*, le gars déjà-essayé-et-raté du lycée. Et malgré sa réussite depuis, elle avait vraiment l'impression que celle qu'elle avait été au lycée définissait qui elle était maintenant.

Eh bien... Cette fille avait été assez courageuse pour l'approcher à l'époque - même sans signe de sa part - et son "Je n'arrive pas à te sortir de ma tête" était plus qu'un signe. C'était carrément une invitation.

Elle prit une profonde inspiration et se lança. — Je n'arrête pas de penser à toi non plus-

Et puis il l'embrassait.

Et elle l'embrassait.

Et cette stupide console entre les sièges était vraiment gênante. Ou plutôt douloureuse pour les côtes.

Ils reprirent leur souffle et il grogna. — Foutue voiture qui n'est pas faite pour se bécoter.

Elle ne put s'empêcher de sourire à cette pensée. Il fallait reconnaître qu'être de pauvres lycéens qui devaient conduire les vieilles voitures de leurs parents — généralement si anciennes qu'elles n'avaient pas été conçues avec des consoles ou des accoudoirs — avait ses avantages. Il y avait tant de bonnes choses à dire sur les banquettes.

— On dirait que le constructeur pensait que les propriétaires de ces voitures seraient trop distingués pour faire quelque chose d'aussi banal que de se bécoter dedans.

— Ces gens-là devraient se faire examiner la tête. Ils s'évertuent à concevoir une voiture élégante et luxueuse qui crie *sexy*, mais ils ne nous donnent pas l'espace nécessaire pour que ça se produise.

— Oh, je ne sais pas, Beckett. Tu sembles y arriver malgré tout.

Mon Dieu, avait-elle dit ça à voix haute? Où était passé son filtre? Ses inhibitions?

Apparemment dans sa bouche, et elle partait à l'exploration tandis qu'il tirait sa nuque pour l'attirer dans un autre baiser.

Bon sang, qu'il avait bon goût. Et la façon dont il tenait sa tête entre ses mains... Elle aurait fondu si la climatisation n'avait pas refroidi la voiture.

Puis il pencha la tête sur le côté, son pouce caressa sa mâchoire et, oui, elle fondait.

Quelques minutes — heures? — plus tard, ils se séparèrent.

— Tu te rends compte qu'on a vraiment embué les vitres? Beckett passa son pouce sur sa lèvre inférieure.

Elle jeta un coup d'œil derrière lui à la vitre côté conducteur, puis sourit.

— Heureusement qu'aucun flic n'est passé par là. Ça aurait été un peu embarrassant.

— Embarrassant? Je ne pense pas. Le gars m'aurait tapé dans le dos en me disant de continuer. Il glissa ses doigts le long de sa joue jusque dans ses cheveux. — Tu es une femme exceptionnelle, Jennifer Bingham.

Elle sentit le rouge lui monter aux joues. Quand était-ce la dernière fois que ça lui était arrivé? En même temps, quand était-ce la dernière fois qu'elle avait embrassé un mec super canon dans un quartier au hasard?

— Tu n'es pas mal non plus, J-Beckett Fields. Elle devait vraiment penser à lui comme Beckett. C'était *lui* le gars qui l'attirait — et qui était attiré par elle. John n'était qu'un souvenir. Et, Dieu sait, elle ne voulait pas vivre dans ses souvenirs. Pas maintenant. Pas après ça.

— Alors. Il écarta quelques mèches de son visage. — Où allons-nous à partir de là?

C'était la même question à laquelle elle avait besoin d'une réponse. — Je... je ne sais pas. Il y a Sami à prendre en compte.

— Elle n'a pas besoin de savoir quoi que ce soit.

— Sérieusement? Elle espère déjà. Si toi et moi commençons à nous voir plus souvent que les quelques fois où nos chemins se croiseront au cours des trois prochaines semaines, elle va vouloir planifier le mariage.

— Alors on se voit quand elle rend visite à ton ex.

— Trent n'est pas impliqué dans la vie de Sami. Voilà qui cassait l'ambiance. Mais c'était la bonne conversation à avoir. Si cela devait aller quelque part — et elle devait penser que c'était le cas, vu leurs réactions mutuelles — son ex devait être évoqué tôt ou tard.

Malheureusement, elle détestait devoir lui parler de Trent. De la façon dont elle avait été idiote, en croyant en lui. En lui faisant confiance. En étant aveugle aux signes.

Mais Beckett la laissa parler. Il ne jugea pas. Et quand elle eut fini, il prit ses mains.

— Tu es une femme incroyable pour être restée à ses côtés aussi long-temps. Je ne sais pas si j'aurais pu le faire.

Elle haussa les épaules. Être incroyable ne lui avait pas semblé si bien sur le moment. Ça ne l'était toujours pas. Trent aurait dû être ce qu'il lui avait promis quand elle l'avait épousé. — Je m'étais engagée envers lui. J'avais prononcé ces vœux. Dans la maladie et la santé, dans les bons et les mauvais moments. Mais quand j'ai découvert qu'il me volait, mettant en danger ma réputation, mon entreprise, mes *moyens de subsistance*, sans remords — et sans intention d'arrêter — j'ai dû partir. J'ai dû prendre soin de moi. On peut parler d'engagement, mais si les deux parties ne s'y tiennent pas, alors on n'est qu'un paillasson. On est utilisé. Et j'avais travaillé trop dur pour le laisser tout détruire.

— Et tu devais penser à Sami.

C'était le moment où elle aurait dû être honnête à propos de Sami, mais elle ne pouvait pas. Pas encore. Un ex-mari toxicomane était suffisant pour une soirée ; il n'avait pas besoin de savoir en plus qu'elle avait une sœur criminelle. De plus, il pourrait entendre "nièce" et penser qu'elle ne faisait que la garder. Qu'elle n'était pas vraiment le parent de Sami. Mais elle l'*était*. Elles formaient un tout. S'il devait jamais y avoir quelque chose entre elle et Beckett, il devait voir Sami comme faisant partie de ce tout.

Oui, c'était un test. Peut-être injuste, mais le bien-être de Sami primait sur tout — et tout le monde — d'autre. Même sur son propre bonheur potentiel.

— Je ne pouvais pas laisser Sami voir les problèmes de Trent.

— Donc il n'a *aucun* contact avec elle?

— Aucun. Pas qu'il en aurait voulu de toute façon. La seule raison pour laquelle il avait toléré la présence d'Andrea était pour leur connexion à la drogue. Jennifer ne l'avait compris que plus tard — une autre chose dont elle n'était pas fière. Comment avait-elle pu passer à côté de ça chez deux des personnes qu'elle aimait le plus au monde?

Parce qu'elle n'avait pas voulu le voir. N'avait pas voulu croire que Trent était capable de quelque chose comme ça. Et puis, quand elle s'en était rendu compte... Il était trop tard. Son mariage était terminé, Andrea sombrait, et Sami était la victime innocente.

Alors, en l'espace de cinq jours, Jennifer avait réorganisé la vie de tout le monde. Elle avait mis Trent à la porte, accueilli Andrea et Sami, puis mis en place les arrangements de garde dans les deux semaines précédant la mise en accusation d'Andrea. Entre-temps, elle avait perdu de vue les dates d'audience de Trent — toutes sauf celle où elle avait déposé la demande de divorce.

C'était la seule à laquelle il ne s'était pas présenté.

— Quel idiot abandonne son enfant? Beckett l'avait presque dit à voix basse, puis la regarda. — Désolé.

— Pas besoin de t'excuser. Ce n'est pas toi qui l'as fait. Et Trent non plus — parce qu'il n'était pas le père de Sami.

À moins qu'il ne le soit —

Oh mon Dieu. Cette pensée ne lui était jamais venue à l'esprit jusqu'à maintenant.

C'était possible. Andrea et Trent avaient déjà eu cette histoire de drogue derrière son dos ; pourquoi n'auraient-ils pas pu avoir une liaison aussi? Peut-être que c'était pour *ça* qu'Andrea n'avait jamais avoué qui était le père de Sami.

Jennifer avait envie de vomir. Les pièces du puzzle s'emboîtaient, mais il n'y avait aucun moyen de découvrir la vérité sans demander à Andrea.

Ou faire un test ADN. Ce qui ne marcherait que si elle avait l'ADN de Trent.

Non. Elle ne voulait pas savoir. Sami était la sienne et c'était tout ce qui importait. Parce que même si Trent *était* le père, l'ADN ne faisait pas de lui un vrai père. Et ce n'était pas comme s'il allait — ou *pouvait* — payer une pension alimentaire de toute façon ; il arrivait à peine à joindre les deux bouts ces jours-ci après sa dernière cure de désintoxication ; elle ne le voyait pas capable ou *désireux* de lui envoyer de l'argent pour un enfant dont il ignorait l'existence. Pire, il pourrait même *exiger* de l'argent pour renoncer à ses droits parentaux. Et comment un juge statuerait-il sur toute contestation que Jennifer pourrait faire à ces droits?

Ce n'était pas un risque qu'elle voulait prendre.

— Wow. Quelle ambiance, hein? dit Beckett en se rasseyant, s'efforçant de sourire.

Un sourire qui n'atteignait pas ses yeux.

Elle posa sa main sur sa joue, ne le laissant pas s'éloigner trop. — C'est du passé. Et le passé nous a menés là où nous sommes aujourd'hui. Alors, que dirais-tu si on n'y pensait plus et qu'on allait de l'avant? C'est tout ce qu'on peut faire à moins de vouloir se complaire dans le malheur, et franchement, Trent ne mérite pas qu'on s'y attarde. Ça te va?

Beck ne pouvait qu'acquiescer.

Il retira la main de Jennifer de sa joue et embrassa ses phalanges, repliant ses doigts sur les siens. — Je ne demanderais pas mieux, Jennifer, mais tu vas devoir me dire comment on s'y prend puisqu'il faut prendre Sami en compte. Je comprends ton point de vue de ne pas vouloir faire défiler une ribambelle de mecs dans sa vie. Je dois dire que je suis tout à fait d'accord avec ça, mais pour des raisons complètement égoïstes.

Mon Dieu, qu'il aimait la voir rougir. C'était une femme adulte — qui avait eu un enfant — et pourtant elle rougissait encore. Elle avait toujours été la parfaite fille d'à côté et l'âge n'y avait rien changé.

— Alors, comment on fait?

— Définis *on fait*. Elle retira sa main de la sienne et la posa sur ses genoux. — J'ai besoin de savoir exactement de quoi on parle parce que, tu as raison, je dois penser à Sami.

— Eh bien, mis à part le fait évident que j'ai envie de t'embrasser, commençons par un dîner. Beck s'entendait prononcer ces mots mais n'arrivait pas tout à fait à y croire. Il ne voulait pas d'enfants. N'était pas intéressé par quelqu'un qui en avait. Pourtant, il s'intéressait à Jennifer, et pour cette raison, il se fichait qu'elle ait une fille.

En fait, il aimait bien sa fille.

Tu es dans de beaux draps, Beck.

Il s'en rendait compte. En l'espace de quelques baisers passionnés, il avait mis de côté ses convictions précédentes sur les enfants et recherchait activement une relation avec une femme qui en avait un.

C'était peut-être parce que Jennifer était celle qu'il avait laissé filer. Sa princesse sur un piédestal. Celle qu'il ne s'était pas permis d'avoir parce qu'il s'en était jugé indigne au lycée. Mais maintenant qu'il avait remis sa vie en ordre et fait quelque chose de sa vie, il pouvait enfin sortir avec elle.

Bon sang, un thérapeute se régalerait avec ce raisonnement, mais s'il y avait une chose que Beck avait apprise au fil des ans, c'était que s'il n'était pas honnête avec lui-même, il continuerait à faire les mêmes erreurs sans jamais avancer. Un regard sans concession sur lui-même et ce qu'il voulait dans la vie l'avait mis sur cette voie, et regardez où ça l'avait mené. Il l'avait embrassée et lui avait demandé de sortir avec lui — et elle ne l'avait pas repoussé.

— J'ai déjà dîné.

Il sourit à sa plaisanterie. — Demain soir alors?

— Il faudra que je voie si la mère de Cassie peut prendre Sami avant de pouvoir dire oui.

— J'imagine que ta grand-mère sera trop fatiguée?

— Pas si je lui disais que je sors avec toi, mais ce n'est pas quelque chose que je devrais encourager. Sami n'a pas besoin d'être au courant.

Autant il aurait *dû* être content d'entendre qu'elle ne racontait pas des histoires de conte de fées à sa fille, pour une raison quelconque, sa déclaration le blessa.

Et si ce n'était pas de l'ironie, il ne savait pas ce que c'était.

Il ravala sa peine et se concentra sur l'ici et maintenant. C'était cette capacité qui l'avait amené ici, et de là où il était assis, *ici* était un endroit plutôt agréable.

— D'accord. Appelle-moi demain pour me dire si on a un rendez-vous. Il la regarda, de ses magnifiques yeux bleus à cette bouche qui arborait un si beau sourire — et qui pouvait l'enflammer et le mettre à genoux en même temps. *Ici* était tellement agréable qu'il avait presque peur que ce soit un rêve. — Je ferais mieux de te ramener avant que ta grand-mère ne pense qu'on s'est enfuis pour se marier.

— Tu veux dire qu'elle l'*espère*.

Il rit avec elle, mais intérieurement... il ne trouvait pas la blague si drôle que ça.

Chapitre Quinze

Elle avait un rendez-vous.

Avec Beckett.

Encore.

Jennifer sortit sa clé de maison dans un brouillard — comme celui qu'ils venaient de créer dans la voiture de Beckett, en s'embrassant comme des adolescents.

Elle s'était sentie comme telle.

Et puis c'était devenu réel. Adulte. Lourd. Trent, Andrea, Sami... Tous ces gens à la périphérie de sa vie qui n'étaient pas là quand elle avait voulu embrasser Beckett pour la première fois.

Maintenant, ils étaient là. Ils faisaient partie de sa réalité. Et elle ne pouvait pas les abandonner.

Mais elle ne pouvait pas non plus s'éloigner de lui.

Elle le devrait. S'impliquer avec lui tout en essayant de le garder secret pour Sami et sa grand-mère...

Elle poussa lentement la porte d'entrée. Ce n'était que pour trois semaines de plus. Après cela, il ne ferait plus partie de leur vie quotidienne — de la vie quotidienne de Sami — et seulement de la sienne après le travail et lors de rendez-vous clandestins s'ils continuaient.

À moins que...

Non. C'était trop. Trop tiré par les cheveux. Elle ne pouvait pas penser que Beckett voulait vraiment que cela *mène* quelque part. Comme dans, à long terme. Permanent.

Une famille.

Elle secoua la tête. Elle allait *beaucoup* trop vite en besogne. C'était un rendez-vous. D'accord, deux. Et peut-être plus. Cela ne signifiait pas qu'il y aurait un "ils vécurent heureux" au bout de l'arc-en-ciel pour eux. Ils pouvaient simplement sortir ensemble. Dieu savait qu'elle pouvait profiter d'un rendez-vous ou deux.

Elle ferma la porte derrière elle aussi silencieusement que possible, ne voulant réveiller personne parce que Sami serait alors debout pendant des heures et que Mamie poserait des questions.

— Alors, comment c'était?

Tant pis pour ça.

Jennifer plaqua un sourire sur sa grimace en se retournant pour voir sa grand-mère en robe de chambre, pantoufles et canne, debout dans le couloir menant à la chambre d'amis.

Jennifer jeta un coup d'œil dans le salon. Les filles n'étaient pas là.

— Je les ai envoyées dans leur chambre quand le film s'est terminé. Mamie s'avança. Je savais que j'allais avoir cette conversation avec toi et je ne voulais pas que tu t'inquiètes qu'elles puissent entendre. Elle attrapa le bras du fauteuil et agita sa canne vers Jennifer. Allez, viens par ici. Tu ne vas pas y échapper.

Pendant une demi-seconde, Jennifer envisagea de simplement monter les escaliers. Cela mettrait fin à la conversation parce que Mamie ne montait pas les escaliers.

Mais elle ne pouvait pas lui faire ça. Cette conversation devait avoir lieu à un moment donné ; ce serait mieux quand Sami ne serait pas éveillée pour l'entendre. Mamie était assez âgée pour supporter la nouvelle qu'une relation permanente entre sa petite-fille et Beckett n'allait pas se produire ; la nouvelle briserait le cœur de Sami.

Jennifer descendit dans la pièce, laissant tomber son sac et ses clés sur la table derrière le canapé. — C'était très agréable.

Mamie s'installa dans le fauteuil. — Agréable, c'est pour les parties de bingo et de mah-jong. Un dîner dans cet endroit aurait dû être excitant, informatif et inspirant.

— Mamie, nous parlions actions et investissements. Des chiffres et des dates. Ce ne sont pas exactement en tête de ma liste des sujets de conversation palpitants pour un dîner.

— Arrête ton cinéma, Jennifer. Tu n'es pas stupide et je devrais le savoir mieux que quiconque. Tu tiens ton intelligence de moi. Même si ce n'est pas le cas pour ton goût en matière de maris, que Dieu ait l'âme de ton grand-père.

Grand-père Jack avait été un saint à entendre sa grand-mère en parler. La mère de Jennifer, la fille de Jack, avait d'autres descriptions pour son père. Dur à cuire, sévère, tyran... C'est pourquoi elle avait épousé un militaire — Papa avait une carrière que Grand-père Jack ne pouvait pas dénigrer et cela les avait emmenés partout dans le monde. En ce moment, ils étaient quelque part de l'autre côté du monde, mais Jennifer n'avait pas une habilitation de sécurité assez élevée pour savoir où.

Cela avait rendu la gestion de la situation d'Andrea à la fois difficile et facile. Difficile parce que Jennifer avait dû tout faire, mais facile parce qu'elle pouvait épargner à ses parents la douleur de voir Andrea en prison et ne rapporter que des nouvelles positives après ses visites.

— Alors, tu vas le revoir?

Jennifer soupira. Elle devait avouer la vérité à ce sujet.

L'ironie la fit sourire.

— Aha! Je savais que vous vous entendriez comme larrons en foire. Mamie frappa le sol avec sa canne. Je t'avais dit que j'avais l'œil.

— Doucement, Nellie. Ce n'est pas une course de chevaux. Et s'il te plaît, fais moins de bruit. Jennifer se rassit et expira à nouveau. Je le revois effectivement... parce qu'il nettoie cette maison.

Pour une fois, Jennifer laissa sa grand-mère sans voix. Il y avait une certaine satisfaction à cela.

— Tu... tu... tu essaies de me convaincre d'utiliser un appareil auditif, n'est-ce pas? demanda Mamie, bouche bée. J'aurais juré que tu as dit qu'il nettoie ta maison.

— Malheureusement, bien que j'*aimerais* que tu en utilises un, tu m'as parfaitement entendue. Beckett est mon homme de ménage. Pour un mois.

La bouche béante de Mamie se referma d'un coup. — Alors qu'est-ce que je fais à organiser un rendez-vous pour vous deux quand tu le vois tous les jours? Chez toi, en plus.

— C'est seulement trois jours par semaine et je suis au travail quand il est ici.

— Donc il peut fouiller dans ton tiroir à sous-vêtements sans surveillance.

Et maintenant, c'était au tour de Mamie de laisser Jennifer sans voix.

— Bien joué, ma fille. Je ne pensais pas que tu en étais capable. Elle frappa à nouveau le sol avec sa canne.

— Capable de *quoi*? Jennifer avait perdu le contrôle de toute cette conversation.

— De tenir l'homme en laisse. Rien de tel que de le laisser fouiner parmi tes dessous pour aiguiser l'appétit d'un homme.

Jennifer secoua la tête et se pencha en avant. — Premièrement — *encore une fois* — ce n'est pas une course de chevaux. Il n'y a pas de tenue en laisse de quoi que ce soit ou de qui que ce soit. Et deuxièmement... *Sérieusement?* Tu penses vraiment que Beckett Fields va fouiller dans le tiroir à lingerie de quelqu'un?

— Eh bien, je n'aurais jamais pensé que Beckett Fields — *le* Beckett Fields — nettoierait un jour la maison de quelqu'un, donc ça prouve que tout est possible. Cela dit, je ne devrais sans doute pas modifier mon portefeuille d'actions puisque, de toute évidence, l'homme a perdu la main s'il doit gagner sa vie en faisant le ménage.

Jennifer se pinça l'arête du nez. C'était exactement pour cette raison qu'elle n'avait pas voulu en parler à sa grand-mère. Lois avait un esprit analytique, mais Jennifer se demandait s'il n'y avait pas un début de démence quand elle arrivait à de telles conclusions.

— Il ne gagne pas sa vie en faisant le ménage, Mamie. Il aide une amie. Elle possède l'entreprise et embaucher des hommes de ménage est sa nouvelle stratégie marketing. Ça marche pour elle. Je trouve ça admirable qu'il veuille aider une amie.

Mamie balaya l'air de la main. — Je pense que c'est l'Opportunité qui frappe à ta porte. Littéralement. Tu dois faire quelque chose pour que ce garçon veuille rester ici. Et avoir cette gamine dans les parages, ce n'est pas ça.

— Cette *gamine* est ton arrière-petite-fille. Jennifer sentit la colère monter en elle. Elle détestait cette conversation, et pourtant elle revenait plus souvent qu'elle ne l'aurait voulu.

— Cette fille n'a aucun lien avec moi tant que sa mère ne décidera pas de se reprendre en main et d'agir comme une mère. Comme une adulte responsable capable de s'occuper d'un enfant. Jusqu'à ce moment-là, cette fille n'est qu'un boulet à ton pied. Je parie que Beckett t'aurait déjà installée dans son penthouse si tu ne l'avais pas dans les pattes.

— Mamie! Jennifer jeta un coup d'œil vers les escaliers puis baissa la voix.

— Écoute, nous allons en parler, mais pas ce soir. Nous sommes toutes les deux fatiguées et Sami appuie sur beaucoup de nos points sensibles. Je pense que nous devrions aller nous coucher et en discuter quand nous serons dans de meilleures dispositions.

— Tu te maries avec ce garçon et je serai dans de meilleures dispositions.

— Ça n'arrivera pas, Mamie.

— Dommage. Tu ne veux pas finir vieille et seule, n'est-ce pas?

Jennifer dut faire appel à toute sa volonté pour ne pas dire : « Comme toi. » Mais elle ne le fit pas.

Parce que peut-être, juste peut-être, avec l'intérêt que lui portait Beckett, elle ne le serait pas.

* * *

— Oh, Je-enniferrrrrrrrrrrrrrr...

La voix chantante de Sue tira Jennifer de sa torpeur le lendemain matin. — Désolée. Qu'est-ce que tu as dit?

— Je te demandais si c'était Paris ou Rome? Sue arborait un sourire malicieux.

Jennifer se retourna sur son tabouret. — Paris ou Rome?

— Ouais. Sue lui prit le dossier du patient des mains. — Tu fixes le dossier de Luna depuis si longtemps que je me suis dit que tu étais partie ailleurs, et ce regard rêveur sur ton visage me dit que ce n'est pas au supermarché. Sue posa une main sur sa hanche et tapota ses lèvres avec le dossier. — Comment s'appelle-t-il?

Jennifer ne put s'empêcher de rougir. Ce qui ne fit qu'ajouter de l'huile sur le feu de la bonne humeur de Sue.

— Oh mon Dieu, c'est *vraiment* un homme. Je plaisantais seulement. Sue traîna un autre tabouret près de la table de préparation, puis glissa le crayon hors du chignon dans ses cheveux et le pointa vers Jennifer. — Raconte.

— Il n'y a rien...

— Des conneries. On est amies depuis bien trop longtemps pour que tu essaies de me la faire à l'envers. Qui est-il, comment s'appelle-t-il, et où t'emmène-t-il?

Jennifer ne put s'empêcher de ressentir ce petit *frisson* qui la parcourut quand elle pensa à lui.

— Oh là là. Si ce regard veut dire quelque chose, c'est qu'il t'a déjà emmenée quelque part, n'est-ce pas?

Sue ne parlait pas d'un endroit.

Jennifer expira. — D'accord, oui, c'est un homme. C'est quelqu'un que je... Non, elle n'allait pas mentionner qu'elle le connaissait déjà. Il y avait des chances que Sue le rencontre et, eh bien, ce n'était pas nécessaire que ça se sache.

— Quelqu'un que tu... quoi? Que tu pourchasses? Que tu as baisé? Que tu connaissais dans une vie antérieure? Quoi? Elle agita le crayon comme une baguette magique.

— Je crois que tu as lu trop de romans à l'eau de rose.

Sue pointa le crayon vers elle comme une épée. — On ne lit jamais trop de romans à l'eau de rose. La fille finit toujours par avoir le mec dans ces histoires. Qui n'aime pas une fin heureuse avec un beau gosse qui tombe aux pieds de l'héroïne?

Ça semblait effectivement agréable, mais, malheureusement, dans l'expérience de Jennifer, si le supposé Prince Charmant tombait aux pieds de l'héroïne, c'était parce qu'il avait fouillé dans son armoire à pharmacie.

Elle reprit le dossier de Luna, puis le posa sur la table, jouant avec le bord du dossier en papier kraft. — En fait, il, euh, fait quelques travaux chez moi.

Le crayon heurta la table d'examen en métal. — Oh mon Dieu, tu couches avec le gars de la piscine.

Jennifer leva les yeux. — Je n'ai pas de piscine.

— Le bricoleur, alors. Dis-moi, est-il très habile de ses mains? Sue prenait beaucoup trop de plaisir avec le sous-entendu.

Cela dit, Jennifer ne serait pas contre l'idée de découvrir à quel point Beckett était *habile* de ses mains. Mais, quand même, elle n'avait pas besoin de laisser quiconque penser que c'était une grosse affaire. — Sue, tu exagères tout ça. J'ai juste un rendez-vous avec le gars.

— Hum hum. Un simple rendez-vous ne met pas ce genre d'expression sur le visage d'une fille. Crache le morceau. Sue posa son menton dans sa paume.

Si elles n'avaient pas travaillé ensemble pendant des années et n'étaient pas devenues amies, cette conversation aurait été complètement déplacée, mais Sue savait qu'il ne fallait pas en parler au reste du personnel. Ni à Mamie Lois.

— Il s'appelle Beckett et, eh bien, c'est une longue histoire, mais il fait quelques travaux chez moi et il m'a invitée à sortir.

— C'est tout? Pas de feux d'artifice, pas d'explosions dans les airs?

— Bon, d'accord. Nous nous sommes, euh, embrassés.

Sue ramassa le crayon et le pointa à nouveau vers elle. — Ma chérie, ce n'est pas un regard de quelqu'un qui s'est *embrassé*. C'est carrément un regard de j'ai-envie-de-lui-sauter-dessus. Et j'espère que tu en auras l'occasion. Ça fait un moment pour toi, n'est-ce pas?

— Il n'y a eu personne de sérieux depuis... eh bien, depuis ce moment-là.

Sue avait été juste derrière elle quand elle avait surpris Trent en train de fouiller dans l'armoire à pharmacie.

— Alors prends ton temps, dit Sue en remettant le crayon dans son chignon. Mais pas trop quand même. Ce Beckett doit être sacrément mignon pour te faire rougir comme ça, et je suis totalement pour que tu relâches un peu la pression, si tu vois ce que je veux dire. Mais je ne veux pas que tu sois blessée. Assure-toi qu'il se comporte bien avec ma petite et Sami, tu m'entends?

— Je t'entends. Et il le fera. Je veux dire, c'est un type bien.

Jennifer ramassa le dossier et en tapota le bord sur la table.

— Il faut bien qu'il le soit pour que tu t'intéresses à lui.

— Vraiment? Elle renifla en agitant le dossier. Parce que je m'intéressais à Trent, si tu te souviens.

Sue lui saisit le bras.

— Ne laisse pas les mauvaises décisions de Trent t'affecter. Tu n'en étais pas plus responsable que moi. Il a choisi sa voie. Tu as juste été assez intelligente pour t'écarter de son chemin.

— Alors pourquoi je ne me sens pas intelligente? Comment ai-je pu rater tous les signes?

Elle descendit du tabouret et se dirigea vers l'évier dans le coin.

— Comment ai-je pu le laisser m'utiliser comme ça?

Sue la rejoignit au comptoir et s'y adossa.

— Parce que tu lui faisais confiance, ce qu'on fait quand on aime quelqu'un. C'est lui qui a abusé de ta confiance. Ne te reproche pas ça. C'est sa faute à lui. Et il se morfond dans le caniveau pour ses erreurs pendant que toi, tu vis dans cette belle maison avec ta magnifique nièce et tu sors avec un bel homme.

Elle caressa le bras de Jennifer.

— Tu as payé ton dû, Jen. Profite de ta récompense.

Elle allait définitivement profiter de Beckett.

La mère de Cassie était d'accord pour accueillir les filles, Sami était partante pour y aller, et Cassie était aux anges d'avoir une amie qui reste chez elle. À tel point que tout le monde voulait que Sami reste jusqu'au lundi matin, quand la mère de Cassie emmènerait les filles au camp, offrant à Jennifer les premières quarante-huit heures de solitude qu'elle ait eues depuis des années. Et bien qu'elle aurait dû utiliser ce temps pour faire des choses autour de la maison — le jardin avait sérieusement besoin d'être refait — elle n'allait pas faire la chose responsable. Cette fois, elle allait faire quelque chose d'amusant.

— Tu es magnifique.

Elle apprécia le compliment de Beckett.

— Merci.

La robe bleu marine était rangée au fond de son placard. C'était une simple robe droite qui lui arrivait aux genoux, mais elle mettait en valeur la couleur de ses yeux et c'était l'une des rares choses dans son placard qu'elle n'avait jamais portées. Depuis que Trent était parti, faire du shopping n'avait pas été sur sa liste de choses à faire car elle n'aurait nulle part où les porter.

— Tu es très élégant, toi aussi.

Non que Beckett n'aurait pas l'air bien dans n'importe quoi, mais le polo vert émeraude faisait des merveilles pour ses yeux — sans parler de la façon dont il moulait ses épaules, sa poitrine et ses abdominaux là où il rentrait parfaitement dans la ceinture de son pantalon noir.

— Merci, dit-il en lui tendant l'étole qu'elle avait jetée sur le dos du canapé. J'espère que tu aimes les fruits de mer parce qu'il y a un super endroit au bord de la rivière qui sert les meilleures coquilles Saint-Jacques de la région.

— J'adore les coquilles Saint-Jacques. Laisse-moi juste mettre la barrière pour garder Flopsy dans la cuisine et on pourra y aller.

Il la suivit dans la cuisine.

— Pourquoi le pauvre chien est-il enfermé? C'est le chat le criminel.

— As-tu déjà essayé de confiner un chat?

Elle le regarda par-dessus son épaule.

— Nero s'arracherait tous les poils si je le mettais dans une cage.

— Et en quoi est-ce une mauvaise chose? Ça lui apprendrait un peu d'humilité.

Elle sortit la barrière du garde-manger.

— Les chats ne connaissent pas et ne connaîtront jamais le sens de ce mot. Et puis je me retrouverais juste avec un animal névrosé à gérer.

— Tu veux dire *encore plus* névrosé.

Il lui prit la barrière des mains et la cala dans l'embrasure de la porte.

— Qu'est-ce qui l'empêche de torturer le pauvre Flopsy ici? Les options de Flopsy semblent limitées.

Elle brandit une bouteille du garde-manger.

— Je mets une ligne d'huile d'olive le long du bar du petit-déjeuner et de la porte. Nero déteste l'huile d'olive. Ça marche mieux que ces bandes cloutées qu'ils utilisent pour crever les pneus pour empêcher Nero d'aller à certains endroits. La cuisine est l'endroit le plus facile à nettoyer et à confiner le chien. Tu vois?

Elle balaya de la main l'endroit où Flopsy se reposait confortablement dans son lit avec un jouet à mâcher, puis vers Nero qui le regardait d'un air renfrogné depuis le haut de la bibliothèque dans le salon.

— On dirait une sorte de barrière invisible qu'il essaie de contourner.

Elle ferma la barrière.

— L'odorat est un sens très puissant pour les chats. Il sait que l'huile est là et il ne s'en approchera pas.

Il lui tendit l'étole.

— Et comment as-tu découvert cette arme secrète? Tu lui as offert une salade une fois?

Jennifer dégagea ses cheveux de l'étole puis lui fit face.

— En fait, c'est Sami qui l'a découvert. Elle voulait, euh, lui lisser les poils un jour.

Elle leva les yeux au ciel.

— Tu as déjà essayé d'attraper un chat en pleine crise? Je ne sais pas qui était le plus ensanglanté, lui en essayant de se gratter pour enlever ce truc de sa fourrure, ou moi en essayant de l'attraper puis de le laver. Inutile de dire que Sami n'essaie plus d'habiller Nero avec des vêtements de poupée.

— Bien fait pour cette terreur.

— Tu ne l'aimes vraiment pas, n'est-ce pas?

Beckett haussa les épaules.

— J'ai un problème avec les brutes, et il brutalisait le pauvre Flopsy.

Elle prit son sac à main sur le meuble.

— Ils étaient juste en train d'établir la hiérarchie ici. Malheureusement, dans le règne animal, il y a toujours un alpha, et dans ce cas, c'est Nero.

— Qui ne réalise pas que Flopsy est tellement bêta qu'il est presque oméga.

— La fin de l'alphabet? Pauvre Flopsy. Il ne veut être le dernier dans le livre de personne.

— Qui le voudrait?

Elle entendit son enfance derrière ses mots, mais n'allait pas le relever. S'il voulait lui dire qui il était — qui il avait été — il le ferait. Mais cela signifierait que leur relation serait quelque chose de plus que ce qu'elle pensait qu'il prévoyait.

Et c'était *ça* dont elle devait se souvenir : c'était un dîner, pas pour toujours. Sortir ensemble ne signifiait pas forcément des clôtures blanches et des plans de retraite. *Vas-y, amuse-toi déjà. Ne suranalyse pas tout.*

Le dîner s'avéra définitivement être un bon moment. Le restaurant était agréable, le vin excellent, et les coquilles Saint-Jacques à se damner. Et son rendez-vous? Il était à croquer, et après ces coquilles Saint-Jacques, c'était dire quelque chose.

— Eh bien, Sami t'a vraiment tenue en haleine, n'est-ce pas? Beckett tendit la main vers son verre de vin. — Je suis étonné de voir comment tu arrives à élever une enfant aussi équilibrée toute seule *et* à gérer ton cabinet. Je parie que tu es contente d'avoir un peu de répit avec Sami qui reste chez Cassie.

— Je le suis, effectivement. Ça ouvre tout un monde de... *possibilités.*

Et juste comme ça, l'ambiance changea. Devint plus profonde. Plus lourde. Les mots n'avaient pas besoin d'être prononcés, mais il était indéniable ce que chacun d'eux sous-entendait.

Elle avait la maison pour elle toute seule. Personne n'aurait jamais à le savoir. Sami ne se ferait pas de faux espoirs, et Jennifer... eh bien, elle pouvait profiter d'un des avantages d'être célibataire si elle le voulait vraiment.

Elle le voulait vraiment.

Cela devrait la choquer ; elle n'était pas le genre de femme à avoir des aventures, mais avec Beckett...

D'accord, oui, elle savait qu'il n'était pas du genre permanent — il ne pouvait même pas s'engager envers son propre nom — alors elle s'engagerait là-dedans les yeux grands ouverts.

D'autant mieux pour te voir, mon cher.

Beckett la fixait, ses yeux plongés dans les siens alors qu'il sirotait lentement son vin... puis passa sa langue sur sa lèvre inférieure quand il reposa le verre.

Jennifer fut excitée.

Bon sang.

— Pourrions-nous *éventuellement* poursuivre ceci dans un cadre plus... intime? Beckett posa son verre sur la table, son regard ne la quittant jamais.

C'était comme s'il l'avait touchée. Ses terminaisons nerveuses frissonnèrent, et son estomac... Les papillons s'étaient réveillés et tourbillonnaient là-dedans comme si elle avait eu une injection de caféine.

Ou une injection de Beckett.

Pas encore, tu ne l'as pas eue.

Oh, mon Dieu, elle rougit vraiment à cette pensée.

— *Que* se passe-t-il dans cette jolie tête? Beckett se pencha vers elle, les coudes sur la table, son regard devenant si sombre qu'elle eut l'impression d'être aspirée dans un trou noir.

Un trou noir qu'elle ne voulait pas quitter.

— Je me demandais dans quel cadre intime nous devrions poursuivre ceci. Elle lui renvoya ses propres mots, trop concentrée sur ce moment pour en trouver elle-même.

Il leva un doigt et le serveur apparut à leur table presque instantanément.

— Puis-je vous aider, monsieur?

— L'addition. Il sortit son portefeuille et tendit sa carte au gars. — Rapidement.

— Oui, monsieur.

Le serveur, reconnaissant probablement exactement ce qui se passait entre eux — ce n'était pas difficile à comprendre puisque la tension sexuelle était si épaisse qu'on aurait pu la couper au couteau — s'éloigna rapidement.

Beckett se leva et lui tendit la main.

Elle la prit, se préparant à son contact.

C'était tout ce qu'elle avait imaginé... et plus encore. — Tu n'as pas besoin de signer...

— J'ai un accord avec ma banque. Pas besoin de signer en dessous d'une certaine limite et je viens ici assez souvent pour que le personnel le sache. Ils auront ma carte à la porte.

MercimonDieu parce que si elle devait rester dans ce restaurant une minute de plus, elle risquait de s'enflammer spontanément.

Bien sûr, quand il déplaça sa main vers le bas de son dos alors qu'ils se dirigeaient vers la sortie, il n'y avait rien de *spontané* là-dedans. Beckett construisait un feu lent mais puissant en elle, les flammes léchant plus haut à chaque pas — euh, probablement pas une image dont elle avait besoin quand elle essayait de sortir de l'endroit par ses propres moyens. Et, mon Dieu, elle avait *ça* qui se passait...

— Passez une bonne soirée, dit le maître d'hôtel en rendant sa carte à Beckett.

— Merci. Nous allons le faire.

Bonne? Ils allaient passer une *bonne* soirée? Hmmm... Que serait une soirée *extraordinaire* s'il qualifiait celle-ci de *bonne?* Jennifer avait le sentiment que ça allait largement dépasser le stade de *bon*.

Ils ne dirent pas un mot en se dirigeant vers le porte-cochère. Le service dans le restaurant avait été impeccable et elle n'en avait pas été aussi reconnaissante à l'intérieur qu'elle l'était maintenant que la voiture de Beckett était déjà en route alors qu'ils s'approchaient du stand du voiturier.

Beckett lui tint la porte pendant qu'elle montait, puis il était sur son siège juste au moment où elle finissait d'attacher sa ceinture.

Ses doigts se crispèrent sur le volant pendant une seconde ou deux avant qu'il ne la regarde. — Chez toi? Je suppose que les animaux auront besoin d'attention.

Ça dépend de quel animal il parle...

— Merci. C'est très attentionné.

— Non, c'est très égoïste.

Elle pencha la tête. — Ah bon?

— De cette façon, je n'aurai pas à te ramener chez toi pour les laisser sortir. Je pourrai profiter de ta... compagnie beaucoup plus longtemps.

Une partie d'elle voulait rougir devant l'intensité de son regard ; l'autre partie voulait lui faire ce qu'il lui faisait.

— Dans ce cas, je pense que tu devrais peut-être... faire vrombir ton moteur.

Ses lèvres s'étirèrent vers le haut. — Bien joué.

— Pas encore...

Beckett sortit du parking en trombe.

Chapitre Seize

Sérieusement, étaient-ils redevenus des adolescents?

Ils coururent jusqu'à sa porte d'entrée dès qu'il eut garé dans son allée, la clé s'emmêlant entre eux alors qu'ils essayaient d'ouvrir cette fichue porte.

Jennifer avait l'impression qu'ils se déversaient dans son vestibule comme dans une comédie, mais ce qu'elle ressentait n'avait rien de drôle.

Beckett ferma la porte derrière elle avec un *clic* du verrou très sonore et très annonciateur.

Jennifer était au bas des deux marches menant à son salon et fit volte-face à ce bruit.

Beckett se tenait au-dessus d'elle sur le palier, l'air tout prêt à lui bondir dessus.

Et elle voulait qu'il le fasse.

— Tu ne dois pas sortir les animaux?

— Certainement.

Elle ne parlait pas de Flopsy...

Oh, pauvre Flopsy.

Elle leva un doigt.

— Garde cette pensée.

— Crois-moi, Jen, elle ne va pas quitter mon esprit.

Elle hocha la tête, puis se retourna pour s'occuper de son chien.

Flopsy, bien sûr, devait recevoir sa part de câlins avant de sortir. Heureusement, cette fois-ci, il n'y eut pas de pipi d'excitation à nettoyer, mais elle pouvait totalement s'identifier à sa queue qui remuait.

Elle attacha sa laisse — elle ne voulait pas qu'il décide *ce soir* d'aller explorer le jardin comme il le faisait parfois. Ce n'était pas le soir pour une promenade d'une demi-heure.

— Reviens vite.

Beckett le dit depuis le pas de sa porte avec quelque chose qui ressemblait beaucoup à un grognement, et son imagination s'emballa.

Flopsy, heureusement, était aussi pressé pour ses affaires qu'elle l'était pour les siennes, et termina en un temps record.

Elle le récompensa avec un peu trop de biscuits pour chien, mais elle voulait qu'il soit suffisamment distrait pour ne pas réaliser qu'elle allait le laisser dans la cuisine pour la nuit, chose qu'elle ne faisait jamais.

Cette nuit s'annonçait remplie d'un tas de choses-qu'elle-ne-faisait-jamais.

Elle sortit de sa cuisine pour aller dans le salon. Beckett était appuyé contre la colonne qui soutenait le plan ouvert, les bras croisés, un pied sur l'autre, et un regard dans les yeux qui la fit frissonner.

D'une bonne manière.

— Viens ici, Jen.

Elle prit son temps pour marcher vers lui, se laissant savourer l'anticipation. La laissant monter. Le laissant désirer.

Il ne bougea pas jusqu'à ce qu'elle soit presque nez à nez avec lui.

Puis il glissa une main derrière sa nuque et la tira contre lui, l'embrassant si fort et si vite et si profondément qu'il n'y eut aucune transition ; une minute elle le regardait, et la suivante, elle était engloutie par lui.

Ses lèvres brûlaient les siennes, puis descendirent le long de sa mâchoire jusqu'à ce qu'il s'enfouisse dans le creux sous son oreille, son souffle chaud envoyant des frissons à travers elle, ses mains parcourant son dos — l'une glissant pour lui saisir les fesses et la tirer encore plus près de lui.

Oh oui, il la désirait. La preuve physique — si ce baiser ne suffisait pas — pressait contre son abdomen et elle sentit une douleur répondre entre ses cuisses.

— Je t'ai désirée pendant si longtemps, grogna-t-il, puis s'arrêta.

Si longtemps? Cela faisait à peine une semaine.

Il ne pouvait pas — il ne pouvait pas vouloir dire *plus longtemps*, n'est-ce pas? Depuis le lycée? Savait-il qui elle était?

C'était ridicule. C'était la stupide romantique au cœur tendre en elle qui avait voulu croire au bien chez son ex-mari parce qu'elle voulait un conte de fées. Même si Beckett *savait* qui elle était, il n'avait certainement pas langui après elle depuis le lycée. Bon sang, il l'avait rejetée catégoriquement, donc non, il devait vouloir dire qu'il l'avait désirée depuis qu'ils s'étaient rencontrés maintenant et que cela semblait durer une éternité.

Parce que c'était le cas pour elle. Mais c'était parce qu'elle l'avait *vraiment* désiré depuis le lycée. Et maintenant, nom de Dieu, elle allait l'avoir.

— À l'étage, Beckett.

Elle devait remettre ce train en marche. Quel que soit le délire qu'il avait avec ce qu'il avait dit, elle n'allait pas le laisser arrêter ça. Elle avait la maison pour elle toute seule — cela n'était pas arrivé depuis plus de deux ans et ne se reproduirait probablement pas avant très longtemps. Elle allait saisir l'occasion.

Il la souleva dans ses bras.

Elle poussa un cri et s'accrocha pour sa vie.

— Que fais-tu?

— Je ne vais certainement pas te laisser partir, femme.

Elle aimait le son de ça.

Beckett traversa son salon jusqu'aux escaliers, les montant deux par deux — pas une mince affaire avec elle dans ses bras — et il ne respirait même pas fort quand il arriva à sa chambre.

Elle, en revanche, avait beaucoup de mal à reprendre son souffle.

Surtout quand il relâcha ses jambes et la laissa glisser le long de son corps.

Puis il la pressa contre sa poitrine d'une main, releva son menton de l'autre, et l'embrassa à lui faire perdre la tête.

Doux Jésus, il embrassait Jennifer Langston. Il allait lui faire l'amour. Lui — John Becker, le loser du lycée dont personne ne voulait — allait enfin avoir la fille.

Elle voulait avoir quelque chose à faire avec toi à l'époque, idiot, mais tu étais trop abîmé pour prendre le risque.

Eh bien, il avait réparé ces dégâts et rien n'allait l'arrêter maintenant.

Jennifer gémit doucement au fond de sa gorge et passa ses bras autour de son cou, pressant ses seins contre lui et ouais, elle ne prévoyait pas de l'arrêter.

Il fit glisser la fermeture éclair dans le dos de sa robe, le son diffusant pratiquement son intention à l'univers.

Ah, eh bien, si elle n'en avait pas eu la moindre idée avant, elle en avait sûrement une maintenant.

Et elle ne l'arrêtait pas.

Il glissa ses mains le long de ses bras jusqu'à l'endroit où elle avait croisé ses doigts derrière sa tête et il les dénoua pour les entrelacer avec les siens. Puis il les ramena sur ses côtés.

La robe glissa d'un pouce sur ses épaules.

Ce n'était pas assez.

— Déhanche-toi pour moi, Jen.

Elle rougit pendant une seconde, mais ensuite ses yeux brillèrent et elle rejeta ses cheveux en arrière.

Et se déhancha.

La robe glissa le long de son corps, s'accrochant à ses courbes jusqu'à ce qu'elle se trémousse un peu plus fort. Ce qui ne fit que faire onduler agréablement ses formes jusqu'à ce qu'il libère ses mains, permettant à la robe de s'amonceler autour de ses talons sexy.

Le désir le traversa, parcourant ses veines comme une bille dans un flipper, avec des sonneries, des sifflets et des lumières clignotantes comme il n'en avait jamais expérimenté auparavant.

— Bon sang... Il dut déglutir pour avoir assez de salive dans la bouche pour pouvoir parler. Dieu. Tu es magnifique, Jennifer.

Son soutien-gorge en dentelle et sa culotte assortie étaient à peine présents, le tentant de découvrir ce qu'ils cachaient.

À qui essayait-il de mentir? Elle aurait pu porter une parka, il aurait quand même voulu découvrir ce qu'il y avait en dessous.

— À ton tour, dit-elle en sortant de la robe, puis elle défit sa chemise et glissa ses mains en dessous.

Il l'attira contre lui, ressentant le besoin de l'embrasser lorsque sa peau entra en contact avec la sienne.

Un feu courut le long de ses terminaisons nerveuses, une chaleur liquide là où elle traçait un chemin avec son doigt le long de ses flancs, puis autour de son dos, emportant la chemise avec elle.

Il avait besoin de l'enlever.

Attrapant l'arrière de son cou, il tira la chemise vers le haut et par-dessus sa tête, ne brisant le baiser que pour un battement de cœur rapide avant que ses lèvres ne reviennent sur les siennes et que ses seins ne se plaquent contre son torse.

Dieu, qu'il aimait la sensation d'une femme contre lui. Il aimait leur douceur, leur parfum, la façon dont elles se lovaient contre lui, leur ventre berçant son érection, leurs doigts glissant sur ses fesses —

Pourquoi parler d'elles? C'est Jennifer Langston ; il n'y a pas d'elles. Juste elle. La fille que tu as toujours voulue.

Et maintenant il l'avait. Il allait l'avoir.

Le sang afflua dans son sexe à cette pensée, le rendant si dur que c'en était douloureux.

Mais il s'en fichait. Son cerveau avait beau devenir primitif, voulant la jeter sur son épaule, la lancer sur le lit et s'enfoncer en elle, il allait savourer chaque seconde et s'assurer qu'elle en fasse autant. Les amener au bord du précipice pour ensuite faire durer le plaisir et les faire attendre. Construire l'anticipation de sorte qu'ils ne puissent plus penser au moment final.

— Tu as l'air bien sûr de toi, non? Elle retira ses mains des poches arrière de son pantalon.

La seule chose dont il était sûr en ce moment, c'était que son cerveau était en train de court-circuiter avec ses mains sur ses fesses.

— Beckett?

Il lui fallut une seconde pour réaliser qu'elle attendait une réponse. — Euh, quoi?

Elle brandit quelque chose devant son visage. — Combien penses-tu qu'on va en avoir besoin?

— Tous. Les mots sortirent avant qu'il ne réalise les implications de cette réponse.

Il avait une douzaine de préservatifs dans les poches de son pantalon.

Elle rit. — Au moins, tu es préparé. Dieu merci.

Beck plaqua ses mains sur ses fesses et l'attira plus près. — *Lui* n'avait rien à voir là-dedans. C'est moi qui me suis arrêté à l'épicerie.

Elle pencha la tête et passa sa langue sur ses lèvres. — Comme c'est pratique.

— N'est-ce pas?

Elle prit quelques battements de cœur pour répondre — bon d'accord, cinq ; il les compta. — Oui, en effet. Je suppose qu'on va devoir voir combien on peut en utiliser.

Elle fit un pas en arrière, poussant la robe du pied, son regard ne quittant jamais le sien, puis elle jeta les préservatifs sur le lit. — Prêt?

Depuis le jour où il l'avait vue pour la première fois. — N'est-ce pas ma réplique?

— Pas de répliques, Beckett. Quoi que ce soit, ça doit être réel, d'accord? C'est ce que c'est et je l'accepte comme tel. Ne gâchons pas ça avec des mensonges.

— Pas de mensonges. Compris. Les omissions ne comptaient pas. Après tout, si elle ne le reconnaissait pas comme John Becker, John n'avait pas dû être si important pour elle, donc il n'était pas nécessaire de le mentionner.

Elle posa sa paume à plat contre son sternum.

Et poussa.

Il l'entraîna avec lui alors qu'il tombait volontairement sur son lit, toutes les pensées de son ancienne vie étant repoussées au fond de son cerveau. Sa réalité était ici. Maintenant. Le présent.

— Oouf! dit-elle en atterrissant sur lui. Je comptais faire ça avec un peu plus de finesse. Elle dégagea ses cheveux de son visage.

— Au diable la finesse. Il l'aida à les repousser — mais seulement pour pouvoir les saisir derrière sa nuque. Je veux ta réaction honnête.

Elle le fixa pendant l'espace de trois battements de cœur cette fois.

Puis elle l'embrassa.

Fort.

Elle pressa ses lèvres contre les siennes ; il n'eut même pas besoin de la rapprocher. Elle l'embrassa à fond, sa langue exigeant une entrée qu'il n'était que trop disposé à accorder.

— Assez honnête pour toi? Elle lécha ses lèvres gonflées quand elle reprit son souffle quelques minutes plus tard.

— Honnête, oui. Assez? Non.

Il les fit rouler pour la clouer au matelas, et il prit sa tête entre ses mains, ses doigts s'enfonçant dans ses cheveux. — J'ai voulu t'avoir sous moi depuis la première fois que je t'ai vue.

Qu'elle pense qu'il parlait de lundi ; lui parlait d'*années*. Même quand il était au lit avec Andrea, il s'était permis de prétendre que c'était Jennifer.

Ouais, c'était assez merdique de sa part, mais au moins il était honnête avec lui-même. Jennifer avait toujours été la femme qu'il voulait.

Et maintenant, ils étaient là.

— Tu sens ce que tu me fais, Jen? Il pressa son entrejambe contre elle pour qu'il n'y ait pas de malentendu sur son intention. Il était tellement dur qu'il voulait juste s'enfouir en elle jusqu'à ce que la douleur disparaisse.

Il avait le sentiment que ça n'allait pas être aussi simple que ça.

— Je le sens. Elle fit glisser ses talons le long de ses mollets et serra ses hanches avec ses cuisses, se frottant contre lui. Et voici ce que tu me fais.

— Je veux te faire tellement plus.

— Je ne t'en empêche pas.

— Mais ça, si. Il grogna et bougea, tirant les bretelles de son soutien-gorge le long de ses bras. Les bonnets de son soutien-gorge bâillèrent, lui donnant un aperçu de ce qui allait suivre.

Elle cambra le dos. — Tu peux le défaire? C'est dans le dos.

— Qu'est-il arrivé aux attaches frontales? C'était le cadeau de Victoria aux hommes.

— Et mon dos cambré ne l'est pas?

Il déposa un baiser entre ses seins, inhalant le doux parfum de sa peau. — Tu marques un point.

— Deux points que tu es plus que bienvenu à sucer si tu arrives à m'enlever ce truc.

Il sourit en entendant le ton de sa voix. — Frustrée?

— Juste un peu.

— On ne peut pas laisser ça comme ça, n'est-ce pas? Il glissa sa main sous son dos et trouva l'attache.

Un seul crochet. Un jeu d'enfant. Il avait maîtrisé ça en cinquième avec une élève de troisième enthousiaste. Même à l'époque, il avait de grandes ambitions.

Mais aucune n'était plus grande que d'être avec Jennifer.

Son soutien-gorge tomba et Beck retint son souffle. Aucun rêve n'avait jamais approché la réalité.

— Mon Dieu, Jen. Tu es magnifique.

Elle eut un sourire timide et détourna le regard.

— Tu ne sais pas à quel point tu es belle, n'est-ce pas?

— Ce ne sont que des seins.

— C'est comme dire que le Taj Mahal n'est qu'une maison. Il traça un chemin de baisers de son épaule jusqu'au sommet de l'un d'eux, prenant son temps, le caressant de sa langue, le suçant, le mordillant doucement, jusqu'à ce qu'elle halète.

Puis il passa à l'autre.

Son souffle siffla quand il le prit dans sa bouche, le taquinant de sa langue, puis l'effleurant de ses dents. Elle se cambra encore plus contre lui et Beck eut du mal à ne pas sourire tout en faisant cela.

Ses hanches se pressaient contre les siennes jusqu'à ce qu'il lâche enfin prise.

Sa peau était rougie et le regard dans ses yeux... Mon Dieu, il adorait ce regard chez une femme — surtout *elle*. Légèrement flou, rêveur, comme si elle avait presque entrevu un autre plan jusqu'à ce qu'il la ramène à celui-ci.

Ce serait si facile de l'y emmener.

Mais c'était trop tôt. Qui savait quand — *si* — cette nuit se reproduirait avec Jennifer, et il voulait la faire durer. Il voulait des souvenirs pour le reste de sa vie.

Il glissa le long de son corps, ses lèvres marquant chaque centimètre.

Son ventre frémit quand il l'embrassa juste au-dessus du nombril.

Il trembla quand il descendit en dessous.

Et quand il descendit encore plus bas...

— Beckett...

Son nom était à moitié gémissement, à moitié soupir de plaisir et Beck ne put s'empêcher de sourire.

Mais il ne s'arrêta pas.

Il donna à Jennifer autant de plaisir qu'elle pouvait en supporter. Et même plus. Jusqu'à ce qu'elle pulse contre sa langue, ses jambes tremblantes alors que ses épaules les maintenaient écartées, et que des vagues de plaisir la traversent, ses mains agrippant ses cheveux, ses hanches se tordant jusqu'à ce qu'il doive les maintenir, pour pouvoir tirer d'elle la moindre sensation.

Sa respiration était le seul bruit. Rauque, lourde, comme s'il avait aspiré tout l'air de ses poumons.

Il sourit à nouveau. C'était son but.

Il remonta sur elle, parsemant son ventre de baisers, sa tête s'agitant à chaque chatouille de ses lèvres. Un gémissement s'échappa, mais Jennifer n'ouvrit pas les yeux.

Elle ne le pouvait probablement pas.

Beck sourit encore. Elle ne l'oublierait jamais maintenant.

Et puisqu'il ne l'avait jamais oubliée, ils étaient quittes.

Elle ouvrit un œil quand ses genoux furent à côté de ses hanches et ses paumes près de ses épaules.

— Ce n'était pas juste, murmura-t-elle.

— Je ne savais pas qu'on tenait les comptes.

— Tu ne peux pas simplement me faire perdre mes moyens sans rien recevoir en retour. Laisse-moi quelques minutes pour récupérer et ce sera ton tour. Elle laissa tomber une main au-dessus de sa tête où ses cheveux s'étaient étalés derrière elle.

Il roula sur le côté et appuya sa tête sur sa paume. — Ce n'est pas du donnant-donnant, tu sais. J'ai vraiment pris du plaisir à t'en donner. J'en ai tiré beaucoup.

— Eh bien, ça peut être du donnant-donnant. Et tu auras encore plus de plaisir avec ce que je vais te faire. Son autre bras retomba derrière elle. — Dès que je pourrai bouger.

Il rit doucement. — Prends ton temps, marmotte. On a tout le week-end. Mon emploi du temps est libre ; et le tien?

Elle ouvrit un œil à nouveau. — S'il ne l'était pas avant, il l'est maintenant. Je me demande si on peut se faire livrer directement dans mon lit. Au diable la porte d'entrée.

Il passa sa main sur son ventre, se sentant particulièrement fier quand il frémit... Et sentant son cœur s'emballer presque en tachycardie quand il effleura son téton. — J'irai à la porte. Tu peux rester au lit. J'ai l'intention de t'épuiser au point que tu ne puisses plus marcher.

— Oh merde. Elle se redressa sur ses coudes avec difficulté.

— Pas exactement la réaction que j'espérais.

Elle secoua la tête, ses cheveux retombant sur ses épaules d'une manière qui lui donnait envie de lui refaire ce qu'il venait de faire une fois de plus.

— Je viens de me rappeler. Elle se redressa un peu plus haut sur ses coudes — ce qui rapprocha ses seins encore plus de lui. — Je dois aller à la clinique demain.

— Un dimanche?

— J'ai deux opérations qui ne peuvent pas être reprogrammées. C'est le seul jour où nous pouvions les caser puisqu'elles doivent être faites plus tôt que prévu.

Mince. Malgré la tentation de ses seins, il ne pouvait ignorer les exigences de son travail. Lui, plus que quiconque, savait à quel point il était important d'avoir une éthique de travail et de s'y tenir.

Il soupira avec acceptation. — Donc je dois te mettre au lit à une heure décente, c'est ce que tu me dis?

— Oui. Parce que je dois me lever à une heure indécente. Elle soupira, mais c'était avec regret.

Beck plissa les yeux et transforma son sourire en un regard aguicheur. Il savait tout sur la façon de transformer l'adversité à son avantage.

Il se remit à quatre pattes au-dessus d'elle. — Alors on ferait mieux de s'assurer que ce n'est pas la seule chose indécente que tu fasses.

Jennifer n'arrivait pas à croire où elle était et ce qui se passait. Cette décision soudaine de le mettre dans son lit ne lui ressemblait tellement pas. Elle était la jumelle qui pesait les conséquences de tout avant d'agir. Elle était celle qui n'était jamais spontanée, probablement parce qu'Andrea l'avait toujours été et qu'elle était celle qui devait nettoyer les dégâts.

Mais ce soir, ceci... C'était tellement hors de son caractère qu'elle ne pouvait même pas se demander comment ou pourquoi elle l'avait fait. Tout ce qu'elle savait, c'est qu'elle n'allait pas manquer cette opportunité, au diable les conséquences.

Heureusement, les préservatifs avaient évité les conséquences physiques, donc elle n'aurait à s'inquiéter que des conséquences émotionnelles.

Mais il n'y aurait pas de conséquences émotionnelles. Elle n'allait pas être émotionnellement liée à Beckett parce qu'il lui faisait ressentir des choses qu'elle n'avait jamais ressenties auparavant. Parce qu'il la touchait et l'embrassait et la faisait se sentir comme la seule femme au monde — une femme qui signifierait plus pour lui qu'une poignée de pilules et un trip qui pourrait durer des jours... — Oh, wow.

Il se redressa sur son coude, donnant un petit coup de hanche contre la sienne. — Wow, c'est bon. Ça t'a ramenée de là où tu étais partie dans ce petit voyage.

Il fit glisser sa main le long de ses côtes et sur la courbe de sa hanche.

Jennifer secoua la tête. Peut-être pour chasser les toiles d'araignée de ses pensées à propos de Trent et de combien Beckett — même pour cette seule nuit — était tellement plus un homme que son mari ne l'avait jamais été.

Elle ne pouvait pas le laisser être plus. C'était la voie du chagrin. Elle venait avec un package complet, et Beckett Fields — *John Becker* — ne pouvait pas signifier autant pour elle. — Désolée. Je prenais juste un moment pour réfléchir à comment nous en sommes arrivés là.

— Comment en sommes-nous arrivés là? Il ponctua le mot *là* en caressant la courbe de sa taille, puis le plat de son ventre, et ensuite... plus bas.

Elle gémit.

— Ah, maintenant je me souviens. Ça avait à voir avec ce son. Celui que tu fais au fond de ta gorge. Il se pencha. — Juste ici.

Elle frissonna avant même que ses lèvres ne la touchent — parce qu'elle savait qu'elles allaient le faire. Et parce qu'elle savait ce qu'elles ressentaient. Et ce qu'*elle* ressentirait quand elles le feraient.

La réalité surpassait encore ses souvenirs.

Mon Dieu, elle pourrait rester allongée là et le laisser lui faire ça encore et encore. Ou...

Elle s'éloigna de lui en roulant et se mit à genoux avant qu'il ne puisse protester.

Et quand elle embrassa son cou, puis son épaule, puis son téton, et puis, eh bien, il n'y eut plus aucune protestation.

Jennifer exerça sa propre magie sur le corps de Beckett, adorant les mêmes réactions chez lui qu'il avait provoquées en elle.

Elle aimait quand il agrippait le drap et grognait quelque chose de guttural. Probablement son nom, mais elle n'allait pas essayer de le déchiffrer. Elle l'aimait incohérent.

Ce qu'il devint de plus en plus à mesure que ses lèvres descendaient sur son corps.

— Oh... Mon Dieu... Jen...

Ce furent les derniers mots — les derniers cohérents en tout cas — qu'il fut capable de prononcer pendant un bon moment.

Ses yeux verts s'ouvrirent quand elle s'allongea à côté de lui, sa tête calée sur son bras plié puisque les oreillers avaient été quelque part poussés au sol et qu'elle était trop épuisée pour aller les chercher. Trop épuisée, mais oh si comblée.

Pourtant... pas tout à fait.

— Je ne pense pas pouvoir bouger. Ses jambes bougèrent, les poils crépus de ses mollets caressant sa peau d'une manière qui lui donna la chair de poule.

Similaire à quand sa barbe de cinq heures avait effleuré ses cuisses.

— Ne pas bouger pourrait être un problème, Beckett.

— Oh? Il put arquer son sourcil suffisamment bien.

— Eh bien, oui, tu sais... Elle tira un préservatif de sous sa hanche. — Je pensais qu'on allait épuiser ceux-là.

— Épuiser n'est pas exactement ce que tu veux faire avec eux. Et tu ne veux certainement pas que quoi que ce soit passe à travers.

Mon Dieu, il était sexy quand il souriait.

Jennifer ne résista pas à l'envie de passer sa paume sur sa joue puis le long de sa mâchoire.

— C'était pour quoi, ça? Il captura ses doigts et les porta à ses lèvres, pressant un baiser sur chacun d'eux.

On dirait qu'il était prêt à bouger maintenant. Ce qui était de bon augure pour elle. — Ai-je besoin d'une raison?

— Non. Il embrassa sa paume. — Mais j'aime savoir ce qui l'a précipité.

— Et si c'était parce que j'aime te toucher? Raison suffisante?

— La meilleure qui soit. Il suça son index dans sa bouche et *quelque chose* chez lui bougea.

Il sourit. — Ce ne sera pas long maintenant.

— Ça, c'est vraiment dommage.

Beckett rit en lâchant sa main et en roulant vers l'avant, son torse au-dessus d'elle, ses lèvres très proches des siennes. — Voilà un défi.

— Es-tu *à la hauteur*? Elle mit un peu de sensualité dans son sourire. Mon Dieu, c'était amusant. Il n'y avait pas d'angoisse cachée entre eux. Pas de mensonge qu'il essayait de lui cacher. Pas de raison pour elle de prétendre qu'elle ne savait pas qu'il cachait quelque chose —

Oh. Attends. Il y en avait une : *qui* il était. *Et* qu'elle le savait.

— Quelque chose ne va pas?

Y avait-il un problème?

Jennifer secoua la tête. Le gars ne lui avait pas demandé de l'épouser, bon sang. Il n'y avait eu aucune promesse entre eux à propos de cette nuit. À propos de ce que ça signifierait ou s'il y aurait une autre nuit. C'était du sexe pour le plaisir et elle serait idiote de laisser une petite chose comme son identité précédente gâcher ça pour elle.

Maintenant, cependant, s'il voulait qu'ils aillent de l'avant, s'il voulait que ça mène quelque part, *là* ce serait un problème. Mais maintenant?

— Rien. Rien du tout. Enfin, sauf ça. Elle brandit à nouveau le préservatif.

— Tu as dit qu'on utiliserait tous ceux-là.

— J'ai dit qu'on essaierait. Il le lui prit. — Et je suis partant pour essayer si tu l'es.

— Amène-toi.

Oh, il allait le faire. Et même plus.

Il saisit le préservatif de ses dents.

Ce qui semblait être une bonne idée en théorie, mais il n'y avait aucun moyen d'ouvrir l'emballage ainsi.

Mis en échec par l'emballage. Adieu le côté suave.

Beck passa une jambe par-dessus sa hanche, la chevauchant pour s'équilibrer afin de pouvoir déchirer le sachet.

Puis il essaya de le dérouler sur son propre équipement.

Et échoua lamentablement tant ses mains tremblaient.

Tremblaient.

Elles n'avaient jamais tremblé comme ça. Maintenant. Dans ce genre de moment.

En même temps, il n'avait jamais vraiment vécu *ce* moment, n'est-ce pas?

Et maintenant, il était en train de tout gâcher.

— Tu as besoin d'aide?

— J'ai besoin de quelque chose, marmonna-t-il alors que le préservatif glissait de côté.

Jennifer gloussa, ce qui aurait dû l'embarrasser ou l'agacer, mais comme son ventre frôlait le dessous de ses testicules d'une manière qui l'enflammait, il n'allait pas se plaindre.

Elle saisit le préservatif et le plaça sur le bout.

Puis le déroula sur lui en un long mouvement lent qui électrisa ses nerfs.

Sa tête bascula en arrière alors qu'il s'asseyait sur ses talons, gardant son poids hors d'elle aussi longtemps que la conscience le lui permettrait.

— Comme ça?

— Mmmmm oui. Dans sa tête, c'était un retentissant *oui*.

— Je suppose que tu aimeras ça aussi, alors. Elle l'entoura de sa main.

— Uhhhhhh. Ouais, il aimait ça. Elle s'en rendrait compte, pas vrai?

— Et que dirais-tu de ça? Elle caressa ses testicules de son autre main.

Doux Jésus, il ne pouvait pas le supporter. Encore quelques mouvements et il exploserait.

Aucune finesse du tout.

C'est la pensée de tout gâcher avant même d'être en elle qui le fit bouger.

Heureusement, il n'avait pas loin à aller.

Il tomba en avant sur ses mains, appréciant ses paumes glissant le long de lui, puis glissa d'abord une jambe puis l'autre entre les siennes, frottant juste contre l'endroit qui était garanti d'obtenir une réaction de sa part.

Ou au moins un gémissement.

Ce qu'elle fit si bien.

— Tu aimes *ça*? Au moins, il était cohérent.

— Mmmmm. Sa tête hocha et se débattit en même temps.

Bien.

— Je te veux tellement, Jennifer. Les mots s'échappèrent de sa bouche aussi naturellement que respirer.

En fait, *plus* naturellement que respirer puisqu'il trouvait le concept de respiration difficile en ce moment.

Mais pas aussi dur que quelque chose d'autre.

— Je... Il recula un peu. — J'ai besoin d'être en toi.

Encore une fois, aussi naturel que respirer.

Et glisser en elle l'était tout autant.

— Oh... Son gémissement haletant le toucha alors que la chaleur d'elle l'enveloppait.

— Mon Dieu, tu es incroyable.

— Ouais... Son souffle venait par à-coups et il pensait que ses yeux étaient ouverts. Un peu, en tout cas.

— Regarde-moi, Jen. Elle *devait* le regarder. Devait le *voir*.

Il en avait besoin.

Et s'il n'était pas complètement absorbé par la sensation d'être en elle, cette pensée le ferait paniquer.

Mais pour l'instant, rien ne le pouvait. Rien ne pouvait l'atteindre.

Sauf l'électricité qui le traversa quand elle enfonça ses talons dans son dos.

— Beckett. Elle agrippa ses bras, le tirant vers elle.

Il obtempéra.

Mon Dieu, elle était incroyable sous lui. Parfaite. Merveilleuse. Il n'y avait pas assez de mots - ou les bons - dans la langue française pour décrire ce qu'elle lui faisait ressentir.

Il glissa sur ses coudes, puis prit sa tête entre ses mains. — Regarde-moi, Jen. Il garda le *s'il te plaît* suppliant en sécurité au fond de sa gorge. Il ne pouvait pas se mettre à nu devant elle. Un homme devait garder quelque chose pour lui.

Pas étonnant que tu sois célibataire.

Il fit taire la voix qui sait tout dans sa tête et se concentra sur ceci.

Elle.

Ses yeux s'ouvrirent et, mon Dieu, elle le regardait comme si elle pouvait voir jusqu'au fond de son âme.

Ce même Dieu savait qu'il la sentait là.

— Oui, Beckett.

Il ne savait pas à quoi elle répondait - ne pouvait pas y réfléchir assez pour s'en soucier pour le moment - tout ce qu'il savait, c'est que son *oui* lui donnait une permission dont il avait besoin.

Il comprendrait pourquoi plus tard.

Pour l'instant, il devait bouger. Devait la sentir autour de lui. Contre lui. Sous lui.

Il l'embrassa, leurs yeux ne se quittant jamais. Pas même lorsqu'elle enroula ses jambes autour de ses hanches. Lorsqu'elle s'arqua dans son coup de reins. Lorsqu'elle fit glisser ses mains le long de son dos, ses ongles griffant sa peau, jusqu'à ce qu'elle atteigne ses fesses et s'y agrippe. Fort.

Il pompa des hanches, combattant l'envie de la pilonner. C'était une guerre en lui, ce désir de marquer son territoire et de prendre possession de ses sens, mais aussi de sentir chaque mouvement, chaque sensation. De faire durer ce moment entre eux pour toujours.

Il faisait l'amour à Jennifer Langston. Si les sentiments ne prenaient pas le contrôle de son corps, la pure impossibilité d'être avec elle aurait pu tout arrêter.

Il avait toujours eu du désir pour elle.

Et après cette semaine...

Son cerveau *bloqua* cette pensée - juste au moment où elle se resserra autour de lui. Mon Dieu, la pression, le serrement de ses muscles internes contre chaque terminaison nerveuse qui comptait dans son corps...

— Plus... fort.

Ses mots étaient doux mais la promesse de ce qu'ils offraient le fit suivre sa direction à la lettre.

Il ne pouvait pas en avoir assez d'elle. Dedans, dehors, dedans... glissant le long de la partie la plus intime de son corps...

Rien ne l'avait préparé à ce que ce serait de faire l'amour à Jennifer - ni aucune autre femme, ni sa jumelle, ni aucun fantasme qu'il ait jamais eu.

C'était - purement et simplement - l'expérience la plus incroyable de sa vie.

Jennifer enfonça ses ongles dans les fesses de Beckett. Elle en voulait plus. Il devait être plus proche. Devait être plus en elle. Plus autour d'elle. Plus... quelque chose.

— Enroule tes jambes autour de ma taille.

Comme s'il l'avait entendue — peut-être l'avait-elle dit à voix haute, elle n'en savait rien à ce moment-là — Jennifer fit ce qu'il disait, et — oui! — il lui en donna plus.

Mais ce n'était pas assez.

Pas alors qu'il la martelait, pas alors que son corps glissait le long du sien, chaque cellule de peau vivante avec la conscience du plaisir qu'il lui donnait, pas alors qu'il enfouissait son visage dans son cou, sa langue et ses lèvres envoyant une autre vague tumultueuse de sensations fusant à travers elle, les emmenant tous les deux vers ce moment final où tout s'effondrait autour d'eux comme des vagues sur le rivage... ce n'était pas assez.

Ce ne serait jamais assez.

Jennifer entendait ces mots résonner dans sa tête au rythme de son pouls, le tempo ralentissant à mesure que sa respiration revenait à la normale, mais le message n'en était pas moins fort.

Ce ne serait jamais assez.

La flamme qu'elle avait portée pour John Becker brûlait toujours aussi vive et forte que lorsqu'ils étaient au lycée.

Mais, maintenant, il y avait tellement plus.

Ce n'est que du sexe.

Quelle était cette analogie qu'il avait utilisée? Comme si le Taj Mahal n'était qu'une maison. Ouais, c'était ça.

Le sexe était ce qu'ils avaient fait ; ce qu'elle ressentait était autre chose.

Elle ne voulait pas trop examiner *ça*. Elle l'avait déjà fait une fois et voyez comment ça s'était terminé.

Beckett n'est pas Trent.

C'est vrai, mais elle avait déjà laissé ses sentiments pour Trent submerger son bon sens une fois ; elle n'allait pas recommencer. Surtout pas avec Sami à considérer.

Cette dernière pensée — pas celle sur l'auto-préservation, mais celle sur la protection des sentiments de Sami — ramena son cerveau dans le domaine de la réalité. Ce n'était *que* du sexe et elle ferait mieux de l'accepter pour pouvoir en profiter.

Parce que ce week-end était tout ce qu'elle allait obtenir.

— Oh mon Dieu, c'était... tu étais... Incroyable. Son souffle frissonna le long de sa peau humide, le baiser qu'il déposa sur sa clavicule ne faisant qu'accentuer ces sensations.

Elle retint un gémissement. Tout ce qu'elle voulait, c'était s'abandonner à ces sentiments. Les laisser la submerger et voir où ils la mèneraient.

Mais il y avait Sami. Et son propre passé.

Et c'était John Becker — un gars qui lui cachait qui il était vraiment.

Voilà. C'était ça. Elle pouvait prétendre que ce n'était pas important, mais au final, l'honnêteté était la seule façon pour qu'une relation fonctionne et tant qu'il ne serait pas honnête, il ne pourrait y avoir de relation.

*Oh bon sang ; tais-toi et profite du week-end. Tu n'es pas obligée d'*épouser *le gars.*

Pas qu'il le demandait.

Elle secoua la tête. Voilà. Pas de mariage. Juste un week-end amusant.

Ça, elle pouvait le faire.

Elle garderait les choses légères. Ne laisserait pas tout devenir lourd et chargé d'émotions. C'était un week-end de sexe ; elle serait folle d'imaginer que ça puisse être autre chose.

Elle serait folle de *vouloir* que ce soit autre chose.

Alors elle plaqua un grand sourire sur son visage quand leurs regards se croisèrent et décolla un autre sachet de préservatif de sa cuisse. Elle le brandit.

— Un de fait, encore onze à venir.

— Réveille-toi, marmotte, dit Beckett en lui donnant un coup de genou dans la cuisse le lendemain matin.

Elle lui avait dit de *relever le défi*, et il l'avait fait. Ils n'avaient pas utilisé tous les préservatifs, mais ils en avaient bien entamé le stock.

Elle bâilla. — Je suis réveillée, je n'arrive juste pas à ouvrir les yeux. Trop fatiguée.

— Oh, je t'en prie. C'est moi qui ai fait tout le travail hier soir.

Elle entrouvrit un œil. — Je te signale que six orgasmes, ça épuise un corps.

— Tu te plains?

— Personne n'a parlé de se plaindre. Je ne fais qu'énoncer un fait.

— Ouais, eh bien c'était sept. Tu as perdu le compte.

Elle étira ses bras au-dessus de sa tête pour se dénouer. — En tant que bénéficiaire de ces sept orgasmes, je vais invoquer mon droit d'avoir perdu le compte. Je pense qu'au-delà de quatre, on a droit à un joker.

Il grogna et lui mordilla le cou. — Je vais t'en donner un, moi, de joker.

Et elle l'aurait laissé faire, si ce n'était pour ces opérations qu'elle devait réaliser ce matin.

Elle gémit et poussa sur son torse. — D'accord, d'accord, je me lève.

— Moi aussi. Il releva la tête, du rire dans les yeux.

Elle jeta un coup d'œil à son entrejambe. — Tu ne plaisantes pas.

— Évidemment. Il contracta ses cuisses. — Maintenant, la question est : qu'est-ce que tu vas faire à ce sujet?

— Plutôt, qu'est-ce que *tu* vas faire à ce sujet? *Moi*, je dois aller travailler. Aussi tentant que ce soit de rester et de lui montrer exactement ce qu'elle aimerait faire avec ce petit... non, *gros* numéro qu'il avait en cours, elle avait des obligations, et s'il y avait bien une chose que Jennifer connaissait, c'était les obligations. — Si tu veux garder cette, euh, *pensée* jusqu'à mon retour, je te montrerai.

Il s'enroula les doigts autour. — Je vais garder quelque chose. Ce sera là quand tu reviendras.

Bon sang, cet homme pourrait tenter un saint. Et après la nuit dernière, elle n'en était définitivement pas une.

Elle se dirigea vers la salle de bain avant que son éthique professionnelle ne s'envole par la fenêtre. — Vous, M. Fields, êtes beaucoup trop tentant.

Parfait. Il voulait la tenter. Parce qu'elle le tentait avec toutes sortes de pensées qu'il n'avait jamais eues à propos d'une femme auparavant.

La douche se mit en marche et lui aussi. Merde. Son sexe se dressa comme une fusée, plus dur que la pierre, et il faillit sortir du lit pour la rejoindre dans cette pièce humide, chaude et vaporeuse pour un peu de peau contre peau savonneuse... mais elle devait aller travailler. Il ne pouvait pas la retarder, peu importe à quel point il le voulait.

Il était stupéfait de voir à quel point il le *voulait*. Oh, bien sûr, il l'avait désirée pendant des années, mais il avait pensé que, comme une démangeaison, une fois grattée, ça irait. Plus d'envie.

Bon sang, comme il s'était trompé. Un contact n'avait fait qu'en appeler un autre. Et encore un autre. Certes, il avait fait beaucoup de *contacts* la nuit dernière, mais ce n'était pas assez. Chaque fois qu'elle s'était effondrée dans ses bras, avec ces gémissements sexy en diable, il avait voulu les entendre à nouveau. La regarder encore. L'amener au bord du gouffre et la tenir pendant qu'elle basculait.

Sans parler du fait que ses orgasmes à lui - oui, au pluriel - avaient été les meilleurs de sa vie, il avait voulu lui en donner plus. Plus de plaisir, plus de cris, plus de soupirs, plus de tremblements et de jouissance et de vagues autour de lui. Bon Dieu, elle était magnifique quand elle jouissait. En fait, elle était magnifique tout court, mais il y avait quelque chose dans le fait d'être avec

Jennifer à ce moment-là, d'être la raison pour laquelle elle basculait, qui l'excitait comme aucune autre femme ne l'avait jamais fait.

Putain, il voulait être en elle à nouveau.

Il s'assit, secouant la tête. — Tu es un sacré obsédé, marmonna-t-il. Comporte-toi comme un adulte, espèce d'idiot, pas comme un adolescent avec sa première fille.

Mais elle est *ta première fille. La première que tu aies jamais voulue pour plus qu'un coup d'un soir. La première devant laquelle tu n'as pas pu parler.*

Ça l'avait surpris au lycée. Il avait fantasmé sur elle dès le premier instant où il l'avait vue et avait voulu lui parler. Mais chaque fois qu'elle le regardait, il se figeait. Et devenait moite. Ç'avait été la sensation la plus étrange, la langue nouée - et pas dans le bon sens - et incapable de former une pensée cohérente. Ça l'avait complètement paniqué, si bien que quand elle lui avait finalement dit quelque chose, il avait tellement craint de lâcher une bêtise qu'il avait gardé la bouche fermée.

Et elle l'avait pris pour un rejet. Il l'avait su à la seconde où elle avait réalisé qu'il n'allait pas lui répondre. L'étincelle avait quitté ses yeux, et les coins relevés de sa bouche s'étaient aplatis.

Il s'était senti comme s'il avait donné un coup de pied à un chiot, mais il s'était aussi senti comme s'il avait reçu un coup. Il n'y avait aucun moyen qu'il puisse dire quoi que ce soit, et, à ce moment-là, l'instant avait été ruiné. Par lui. Par sa réaction face à elle.

Il s'était juré plus tard ce jour-là - après s'être mentalement botté les fesses pendant environ quatre heures - qu'il ne *manquerait* plus jamais de parler à Jennifer s'il en avait l'occasion.

Cette occasion n'était jamais venue.

Alors quand Andrea lui avait fait des avances —

Il ne voulait pas penser à Andrea. Pas maintenant. Pas ici. Elle n'était pas Jennifer, et après la nuit dernière, il réalisait qu'il aurait dû savoir une chose dès le début : personne n'était Jennifer. Et personne ne pourrait jamais l'être.

Beck s'adossa à la tête de lit. Bon sang. Était-il en train de penser ce qu'il pensait penser?

Voulait-il quelque chose de plus avec Jennifer? Peut-être même... du permanent?

L'eau s'arrêta dans la salle de bain.

Génial. Maintenant, il avait l'image de son corps nu et mouillé enveloppé dans une serviette. Une qu'il aimerait déballer.

Avec ses dents.

Il secoua la tête. C'étaient des pensées comme celle-là qui créaient l'idée de permanence. Et bien qu'il ne soit apparemment pas si mal sur le court terme, c'était facile d'être bien quand aucun engagement à vie n'était en jeu. Quand quelqu'un d'autre ne comptait pas sur lui pour une stabilité émotionnelle.

— Tu n'as pas bougé. Jennifer s'appuya contre le chambranle de la porte, une main passant une deuxième serviette dans ses cheveux.

— Bien sûr que si. Je me suis assis.

Elle arqua un sourcil. — C'est ça que tu appelles bouger?

Il haussa les épaules. — Des muscles étaient impliqués, donc oui, je dirais que c'était un mouvement.

Il fit bouger un muscle en particulier.

Elle le remarqua. — Tu es incorrigible.

— Je pensais avoir été plutôt bon dans la voiture.

Elle leva les yeux au ciel. — C'était mauvais. Très mauvais.

— Pas si je me souviens bien. Je suis sûr d'avoir entendu quelques gémissements venant de toi dans ma voiture hier soir. Des sons très, très agréables à entendre.

Elle secoua la tête. — Il faut que je m'habille.

— Dommage.

Elle se dirigea vers son dressing en jetant un regard par-dessus son épaule—

Puis laissa tomber sa serviette et resta à cet endroit pendant une seconde avant de disparaître au coin.

Bon sang, cette femme avait un sacré postérieur.

Beck se redressa un peu contre la tête de lit. Il songea à tirer un drap sur ses genoux, mais à bon chat, bon rat, alors il la laisserait voir ce qu'elle allait manquer pendant qu'elle le quitterait pour aller au bureau.

Il sourit. Dieu, on aurait dit un gamin capricieux à qui on n'avait pas le droit d'entrer dans la confiserie.

Elle réapparut dans l'encadrement de la porte, maintenant vêtue d'un short en jean et d'un débardeur.

Et comme elle est délicieuse.

— Tu ne sors vraiment pas du lit?

— Je ne pense pas que ce serait sage pour le moment. Il fit un signe de tête vers son entrejambe. Je croyais que tu voulais aller travailler.

— C'est le cas. Enfin, ce n'est pas que je le *veuille* ; il le faut. Elle ramassa la serviette et se dirigea vers la salle de bain, lui offrant une vue à 180 degrés de cette tenue et un angle parfait sur ses magnifiques jambes. Tous ces bazillions de centimètres.

Qui avaient été enroulés autour de lui—

— Une tenue plutôt, euh, sexy pour aller au bureau. Mais il aimait ça. Il aimait vraiment ça. Il pouvait l'imaginer porter ça avec ses cheveux en queue de cheval et une casquette de baseball, et elle serait la plus jolie maman du parc.

Dieu, il avait oublié. Elle était mère.

Son corps n'en montrait pourtant aucun signe. Ferme et tonique et plat... Jennifer avait le corps parfait pour porter un enfant.

Le tien?

Oh, merde. Cette voix devait la fermer.

Mais au moins, elle avait le mérite de calmer son érection.

Elle sortit de la salle de bain, cette fois sans la serviette. — Je porterai une blouse de laboratoire et j'aime être à l'aise quand je fais de la chirurgie. Il n'y aura pas de clients humains pour me voir et mon personnel sait qu'il faut être à l'aise pour les interventions en série.

— Les interventions en série? Il voulait être face à face.

— Les chirurgies. Elle arqua un sourcil. L'une après l'autre?

— Oh. D'accord.

— Ton esprit est allé dans une direction coquine, n'est-ce pas?

— Le mien? Pourquoi tu me demandes ça? On dirait que c'est plutôt le *tien* qui y est allé puisque tu as posé la question.

Elle sourit en prenant son sac à main sur la commode. — Tu peux tout détourner, n'est-ce pas?

— Je t'ai mise dans quelques positions amusantes hier soir, si tu t'en souviens. Lui, il s'en souvenait très bien.

Elle sortit ses clés de son sac. — Bon sang, Beckett, arrête de me tenter. Je dois aller couper les couilles de Freddy.

— Pauvre Freddy.

Son regard s'attarda sur chaque partie de son corps et Beck n'arrivait pas à croire à quel point cela l'excitait.

Ses yeux s'écarquillèrent quand elle arriva à cette partie de son anatomie.

— Plutôt, pauvre copine de Freddy. Son regard revint rencontrer le sien et elle passa la bandoulière de son sac sur son épaule. Je te verrai dans quelques heures. Essaie de te garder, euh, occupé.

Il ne put s'en empêcher, mais il lui fit un *signe*. Et pas avec sa main. — Pas de problème, chef.

Elle leva les yeux au ciel, lui tira la langue, puis se dirigea vers la porte.

— Ne sors pas cette langue si tu n'as pas l'intention de t'en servir! cria-t-il alors que son joli postérieur disparaissait de sa chambre.

— Qui dit que je n'en ai pas l'intention?

Parfois, c'était une bonne chose de laisser une femme avoir le dernier mot.

Chapitre Dix-Neuf

Autant Beck avait voulu garder Jennifer au lit tout le week-end, autant il voulait aussi faire des choses avec elle. Des choses non sexuelles.

Ce qui était une première.

Sérieusement, quand il sortait avec des femmes avec l'intention de finir au lit ensemble, c'était avec l'idée de *ne pas* passer la nuit. Entrer et sortir, pour ainsi dire dans les termes les plus basiques - certains diraient grossiers. Mais c'était comme ça. Les femmes connaissaient les règles du jeu. Bon sang, il n'était pas exactement une mauvaise prise comme cavalier pour un événement. Ils avaient eu des associations mutuellement bénéfiques pour la nuit ou le week-end, ou dans de rares occasions, la semaine, mais il n'avait jamais activement prévu d'emmener une femme faire de la randonnée, du kayak ou au cinéma juste pour le plaisir de partager cette expérience avec elle comme il envisageait de le faire avec Jennifer.

Il voulait faire des choses avec elle, traîner avec elle, être avec elle comme on est avec ses amis.

Il n'avait pas beaucoup d'amis. Il avait des gens pour qui il faisait gagner de l'argent, qui, à leur tour, lui en faisaient gagner. Mutuellement bénéfique.

Il avait des collègues professionnels qu'il pouvait emmener à des matchs ou à des événements pour du réseautage, mais Liam et sa bande étaient à peu près ses seuls vrais amis. Mais même avec eux, ils ne traînaient pas beaucoup ensemble. Beck avait toujours été trop occupé à assurer son avenir et son compte en banque pour vouloir prendre le temps de sentir les roses, pour ainsi dire. Ou aller au stade ou jouer au billard, ou simplement traîner chez quelqu'un. Au fil des années, Liam et lui se voyaient de moins en moins. Bon sang, la partie de poker avait été la première fois qu'il avait traîné avec quelqu'un d'autre que Liam depuis plus longtemps qu'il ne pouvait s'en souvenir.

Et dire qu'il avait maudit sa malchance d'avoir perdu. Ha. Si être assis nu dans le lit de Jennifer était une conséquence de la défaite, il aurait dû perdre aux cartes des années plus tôt. Pense à tout le temps qu'il aurait pu passer avec elle.

En parlant de ça... Il voulait vraiment passer du temps avec elle et vraiment *faire* des choses avec elle. Des choses non sexuelles. La question était, que devraient-ils faire? Qu'aimait-elle faire?

Il fit quelques recherches sur Internet, puis finit par sortir son cul du lit, mit les draps dans la machine à laver et refit le lit, prit une douche et s'habilla. Ensuite, il descendit pour donner à la pauvre Flopsy un laissez-passer pour sortir de la cuisine et chercha plus d'options sur son téléphone pour savoir comment Jennifer et lui pourraient passer la journée.

Il savait comment ils passeraient leur nuit.

* * *

— On dirait que tu as changé d'avis sur le déménagement, hein?

La porte d'entrée s'ouvrit et Jennifer se tenait là, une main sur la hanche.

— Tu as l'air déçue. Beck sourit en le disant ; il voulait qu'elle soit déçue qu'il ne soit pas en haut à l'attendre. Mais il ne comptait pas la décevoir quand ils y retourneraient.

— Plutôt surprise. Elle ferma la porte et jeta son sac à main sur la table près du mur dans le grand salon.

— Pourquoi? Tu penses que je ne te veux que pour ton corps?

— Ce n'est pas le cas?

Merde. Comment s'était-il mis dans cette situation? — Je ne sais pas comment répondre à ça.

— C'est toi qui as posé la question.

— C'était plus une question rhétorique.

Flopsy sautilla vers elle et Jennifer s'agenouilla pour cajoler le chien.

C'était complètement ridicule que Beck soit jaloux d'un chien.

— Alors, que prévois-tu pour nous aujourd'hui, M. Fields?

Elle leva les yeux vers lui depuis sa position à genoux et Beck dut ravaler la boule dans sa gorge. — Ça me fait passer pour ton professeur.

— Tu veux jouer à l'écolière?

Le souffle quitta ses poumons alors que *cette* image lui venait à l'esprit.

— Oh mon Dieu, tu n'es pas vraiment en train d'y penser, si? Son visage devint rouge vif.

— Non. Non. Bien sûr que non. Parce que ce serait mal. N'est-ce pas? Il ne pouvait pas vouloir qu'elle s'habille avec une petite jupe d'uniforme courte et une chemise blanche boutonnée, tapotant une règle dans sa main-

— Oh mon Dieu, tu y penses! Elle bondit sur ses pieds.

— Non, vraiment. Ce n'est pas ça. C'est juste... Il devait se sortir de ce trou. — C'est juste... Je ne m'attendais pas à ce que tu dises ça. Ça m'a un peu pris au dépourvu, tu sais?

De plus de façons qu'il ne voulait qu'elle sache.

— Oh. Elle posa son joli derrière sur le bord du canapé. — D'accord. Tu n'es pas du genre à avoir des fantasmes bizarres, hein?

— Mon seul fantasme, c'est toi, Jen.

Oh, merde. Il avait dit ça à voix haute.

Jennifer avait l'air aussi stupéfaite que lui.

— Je veux dire... La nuit dernière était géniale. De quoi alimenter les fantasmes. Ces souvenirs me feront penser à toi pendant longtemps.

Oh, brillant, génie. Tu es déjà en train de mettre fin à tout ça avant même que ça n'ait commencé et toutes les femmes aiment savoir qu'elles seront un beau souvenir... Tu n'as vraiment aucune idée de comment gérer une relation. Bonne chance avec celle-ci.

— Je suppose qu'il y a un compliment quelque part là-dedans. Elle se leva et il ne pouvait pas lui en vouloir. Il aurait voulu s'éloigner de lui aussi, s'il le pouvait. — Euh, ça n'est pas sorti comme je le voulais. Écoute, ce que je veux dire, c'est-

— C'est bon. Elle lui tapota l'épaule. — Je suis juste un peu fatiguée après être restée debout et concentrée si longtemps. J'ai besoin d'un peu de temps pour décompresser.

Merde. Il n'avait vraiment pas pensé à ce qu'elle faisait réellement ce matin. Qu'elle serait fatiguée. Il n'avait pas réussi à sortir son cerveau de son pantalon assez longtemps pour penser à quelque chose à faire tous les deux qui n'ait rien à voir avec un lit, au point qu'il n'avait même pas pensé à elle et à comment elle se sentirait après avoir travaillé.

Bon sang, il était un sale égoïste.

Il se décala au bout du canapé et tapota la place à côté de lui. — Tiens. Assieds-toi. Je vais te faire un massage des pieds.

Ses yeux faillirent sortir de sa tête. — Tu plaisantes, n'est-ce pas?

— Non. Je ne plaisante pas.

Surpris lui-même de ne pas plaisanter, mais ses instincts ne l'avaient jamais trahi en affaires, et puisque ces mêmes instincts l'avaient poussé à proposer ce massage, il n'allait pas les remettre en question.

— Viens. Assieds-toi.

Elle le regarda de travers, mais s'assit sur le coussin.

— Bon... si tu es sûr...

Quand ses doigts se refermèrent sur la peau soyeuse de son mollet, il en fut certain.

Il lui enleva ses Crocs fonctionnelles puis roula son poing sous la voûte plantaire de son pied gauche.

— Oh, wow, ça fait du bien.

Sa tête bascula en arrière et il entendit ce même petit gémissement au fond de sa gorge qu'elle avait fait la nuit dernière.

D'accord, ce n'était peut-être pas la meilleure des idées.

Flopsy s'installa sur le sol à côté du canapé tandis que Beck massait les os délicats des pieds de Jennifer. Il devait se concentrer très fort pour ne pas s'exciter aux sons qu'elle faisait — parce que la plante de son pied était pratiquement pressée contre son entrejambe, et s'il bandait, cela allait faire voler en éclats les plans qu'il avait pour eux.

Quels plans?

Ceux qu'il essayait d'élaborer. Mais si elle continuait à gémir comme ça et à cambrer son dos comme ça, il ne pensait pas qu'ils arriveraient à quitter ce canapé, encore moins à sortir pour faire quelque chose d'amusant.

Tu pourrais faire un tas de choses amusantes ici même.

Ouais, il avait compris. Il ne voulait simplement pas que ce soit la *seule* façon d'être avec Jennifer.

— Alors, euh, qu'est-ce que tu aimes faire? J'essayais de prévoir quelque chose, mais je me suis rendu compte que je ne savais pas ce que tu aimais. Tu veux aller faire de la randonnée, ou du kayak? Faire du shopping? Aller manger? Voir un film?

Elle ouvrit un œil.

— Eh bien, Beckett Fields, serais-tu en train de me proposer un rendez-vous?

— Euh, oui. C'est le cas.

— Oh, c'est tellement mignon. Mais tu sais, tu n'as pas besoin de m'inviter à dîner ou quoi que ce soit. Je savais à quoi je m'engageais quand j'ai accepté.

Ses doigts s'immobilisèrent sur son pied. Wow. Il n'avait pas réalisé à quel point les mots pouvaient blesser.

— Je ne voulais pas passer le week-end avec toi juste pour t'emmener au lit, Jennifer. J'espérais apprendre à mieux te connaître. Et que tu voudrais apprendre à me connaître.

Son autre œil s'ouvrit et Jennifer se redressa un peu.

— Vraiment?

— Vraiment.

Elle repoussa quelques mèches de cheveux de son front.

— Eh bien, dans ce cas... Oui. Bien sûr. J'adorerais avoir un rendez-vous. Faire quelque chose. Mais quoi?

— Eh bien, c'est là que je suis perdu. C'était tellement plus facile quand on était jeunes. À l'époque, on n'avait pas beaucoup d'options. Les films, le centre commercial ou la restauration rapide. Parfois les trois si c'était au même endroit. Mais maintenant... On pourrait aller n'importe où. Faire n'importe quoi. On pourrait même aller acheter ce château de jeu pour Sami et l'installer dans le jardin si tu veux.

Il débitait n'importe quoi. Installer un château de jeu? Était-il *fou*?

Il se tut.

Elle arqua un sourcil vers lui.

— Du bricolage? Tu te sens bien?

— Qu'est-ce qu'il y a de mal à un peu de travail manuel?

Elle soupira et se frotta le front.

— Je viens *juste* de finir un travail difficile. Je préférerais me détendre. Sami n'a pas besoin d'un château de jeu aujourd'hui.

— D'accord, alors que veux-tu faire?

— Honnêtement, je n'en ai aucune idée. Mes plans tournent généralement autour de Sami et de ce qu'elle aime faire. Tu sais, le zoo, le cinéma, le parc. Que font les adultes ensemble?

Il remua les sourcils de manière suggestive.

— Je pense qu'on a répondu à cette question hier soir.

Elle le frappa légèrement et retira ses pieds de ses genoux, puis les posa sur le sol.

— Je croyais que tu voulais faire quelque chose *d'autre* que ça.

— C'est vrai.

Il passa sa paume le long de sa cuisse pour saisir son genou — pour s'empêcher de glisser ses doigts ailleurs.

— Eh bien, il y a un festival de musique au centre-ville sur le front de mer. Tu veux y aller? On pourrait manger un morceau, boire un verre, écouter de la musique. Faire ce qu'on veut.

— Ça a l'air amusant.

Elle gratta la tête de Flopsy puis se leva.

— Laisse-moi mettre mes chaussures de course et on pourra y aller.

À qui voulait-elle faire croire? Elle n'avait pas besoin de chaussures de course. Elle monta les escaliers en bondissant comme si elle n'avait pas été debout pendant quatre heures d'affilée aujourd'hui, car la perspective de passer la journée avec Beckett la revitalisait.

Elle s'arrêta net juste à l'intérieur de sa chambre. Ce n'était pas bon, ce sentiment qu'elle avait besoin d'être avec lui. Cela ne pouvait rien amener de bon.

Mais elle était impuissante à l'arrêter. C'était son fantasme d'adolescente qui se réalisait ; elle serait idiote de ne pas le laisser se dérouler. Dieu savait qu'elle avait déjà été blessée par son ex d'une manière dont Beckett ne pourrait jamais la blesser parce qu'elle ne lui avait pas juré un amour éternel, donc ce n'était pas comme si elle cherchait quelque chose de durable. C'était juste un week-end ; elle devrait en profiter.

Son téléphone sonna. Sami.

Oh, mince. Elle n'avait même pas pensé à appeler sa nièce du tout après le travail aujourd'hui. Ce qui n'était pas bon. Beckett ne pouvait pas être plus important pour elle que Sami.

— Salut, Sami.

— Salut, Maman.

Maman. C'était nouveau. Avant aujourd'hui, elle avait toujours été Maman.

— Qu'est-ce qui se passe?

— La maman de Cassie va nous emmener au cinéma mais elle a dit de vérifier avec toi d'abord parce que c'est un film classé PG-13 et elle ne sait pas si j'ai le droit de voir ce genre de films. Je peux?

Jennifer discuta du film avec Sami puis avec Linda, tout en changeant de chaussures et en essayant de ne pas remarquer que son lit avait non seulement été refait, mais que les draps avaient également été changés.

— Amuse-toi bien, ma chérie.

— Je vais le faire, Maman.

Le cœur de Jennifer bondit à ce terme affectueux. Elle allait manquer ces années une fois que Sami aurait grandi. Elle espérait juste que sa nièce ne finirait pas comme Andrea. Et peu importe à quel point Jennifer essayait de bien l'élever, elle savait que tout dépendrait des choix que Sami ferait, c'est pourquoi elle devait lui apprendre à faire de bons choix. Mais même alors, ce serait à Sami de décider. Elle n'avait qu'à se regarder elle et Andrea. Élevées dans la même maison par les mêmes parents, l'une était allée à l'école vétérinaire et l'autre... n'allait nulle part.

En parlant d'aller nulle part... Jennifer redescendit les escaliers en vitesse. La moitié de la journée était déjà passée.

— Tout va bien? demanda Beckett en se levant et en époussetant les poils de chien sur son genou.

Le type avait caressé son chien.

— J'ai cru que j'allais devoir venir te chercher.

— Je ne m'en plaindrais pas. Mince, sa bouche avait devancé son cerveau sur ce coup-là.

Il lui adressa ce sourire sexy qui lui était propre. Il remontait un peu plus du côté droit et ses yeux prenaient cet air de chambre à coucher enfumée.

Ou peut-être projetait-elle simplement ses désirs sur lui.

Dans tous les cas, elle n'était plus si sûre qu'ils ne devraient pas simplement oublier le festival de musique et rester ici pour faire leur propre musique.

— Euh, oui, eh bien... Beckett s'éclaircit la gorge. Tu sais, tu rends ça difficile.

— Définis *ça*.

Beckett Fields rougit réellement. Elle n'y aurait pas cru si elle ne l'avait pas vu de ses propres yeux.

Jennifer était plus que fière d'avoir réussi à lui faire cet effet.

— Jen, j'essaie d'être un gentleman, là. J'essaie de faire ce qui est juste et de ne pas te jeter sur mon épaule pour avoir ma façon perverse avec toi jusqu'à dix secondes avant que Sami ne soit censée rentrer. Tu peux m'aider, s'il te plaît?

— Hmmmm, on dirait que quelqu'un ne supporte pas qu'on le taquine. Il faudra que je m'en souvienne. Elle se tapota la tempe. D'accord, Beckett. Allons-y avant que je te fasse faire quelque chose que tu regretteras.

* * *

La seule chose qu'il regretterait serait de la faire quitter la maison.

Sérieusement, à quoi pensait-il? Elle lui avait pratiquement offert un après-midi de sexe sans attaches, et il refusait pour l'emmener à un festival de musique où il y aurait des centaines d'autres personnes, de la nourriture grasse, de la bière éventée, et une chaleur à faire haleter un chameau.

Tu es vraiment mordu, mon vieux.

Il n'allait pas se demander ce qu'était ce « ça ». En fait, il n'allait rien remettre en question. Il était ici avec la fille de ses rêves, ils avaient déjà fait l'amour, et maintenant il allait passer plus de temps avec elle. Si son lui du lycée avait eu la moindre idée de ce qui se passerait quinze ans plus tard, peut-être qu'il aurait ouvert la bouche et lui aurait parlé à l'époque.

Mais il était content qu'elle ne sache pas qui il était. Certes, il était déçu qu'elle ne le reconnaisse pas, mais il ne pouvait pas lui en vouloir. À l'époque, il était maussade et morose et gardait sa tignasse devant les yeux. Il voûtait les épaules et essayait d'être invisible parmi tous ces jeunes qui avaient une vraie vie. Une famille. Un avenir.

Mais il était ce qu'il était aujourd'hui grâce au garçon qu'il avait été à l'époque et il n'allait pas faire d'excuses ni s'excuser. Mais, heureusement, comme Jennifer ne savait pas qui il était, il n'avait pas à le faire.

Il lui tint la portière de sa voiture, captant une bouffée de son odeur tandis qu'elle s'enfonçait dans le siège en cuir. Poils de chien et de chat ; ils lui rappelleraient toujours elle. Bien différent du léger parfum floral qu'elle portait au lycée. Celui que toutes les filles portaient. *Souffle de bébé* ou quelque chose de similaire qui sentait en fait plutôt bon, étonnamment. Beaucoup de filles s'en aspergeaient, mais Jennifer n'en gardait qu'un parfum persistant - tout ce qu'il avait pu glaner dans les trente secondes qu'il lui avait fallu pour lui demander s'il voulait de l'aide et puis s'éloigner quand elle avait réalisé qu'il n'allait pas répondre. Parce qu'il n'avait pas réussi à sortir les mots, pas parce qu'il n'en avait pas envie.

Il avait gardé ce parfum, ce souvenir, avec lui toutes ces années. On disait que l'odorat était le sens le plus puissant pour les souvenirs. Ce qui signifiait qu'il n'aurait jamais d'animal de compagnie parce qu'il n'avait pas besoin d'un rappel constant d'elle quand il partirait d'ici.

— J'aurais dû prendre une douche, dit-elle quand il monta dans la voiture.

— Tu es parfaite comme tu es.

— Sauf que je suis sûre que je sens la salle d'opération et le poil d'animal. Ça ne doit pas être l'odeur la plus attirante.

Il posa son avant-bras gauche sur le volant et se tourna vers elle. — Crois-moi, Jen, tu es très attirante, poils de chien compris.

Il aimait quand elle rougissait. Il était surpris qu'elle le fasse, étant donné ce qu'ils avaient fait la nuit dernière.

— Allez, tu dois bien savoir que je te trouve magnifique. Je veux dire, tu te souviens de la nuit dernière?

— Eh bien, oui, mais quand même... On n'a pas besoin de trouver quelqu'un magnifique pour coucher avec.

— Quoi? Tu crois que je fais ça avec toutes les femmes pour qui je fais le ménage? Il était plus qu'un peu en colère qu'elle pense ça de lui.

— Pour combien d'autres femmes as-tu fait le ménage?

— Aucune.

— Donc je suis la seule?

— Oui.

— Et tu as couché avec moi?

— C'est une question?

— Donc tu as fait le ménage pour une femme et tu as couché avec une femme. Allez, Beckett. Tu manipules des chiffres toute la journée. En faisant le calcul, je dirais que ça te met à cent pour cent, d'où ma question.

Il la fixa, essayant de voir si elle était sérieuse.

Mais ensuite il aperçut l'éclat dans ses yeux et le sourire qui flottait au coin de sa bouche et il dut se pencher pour l'embrasser.

C'était rapide, c'était intense, et c'était fini beaucoup trop vite, mais s'ils ne sortaient pas de l'allée maintenant, ils n'en sortiraient pas de la journée.

Il passa la marche arrière et recula avant qu'elle n'ait eu le temps de dire quoi que ce soit.

Mais elle n'avait pas besoin de le faire. Elle se cala dans son siège, croisa les bras et laissa son sourire s'épanouir.

Ce sourire resta en place tout l'après-midi et Beck y répondait par le sien. Il ne se souvenait pas de la dernière fois où il s'était autant amusé, et pas seulement avec une femme, mais avec *qui que ce soit*. Rarement prenait-il le temps de simplement flâner et se promener et vivre la vie sans agenda ni liste de choses à faire ou de chiffres tournoyant dans sa tête. Jennifer était comme une bouffée d'air frais — certes, l'air aujourd'hui était chaud et humide et la sueur coulait dans son dos, mais il ne s'était jamais senti si... eh bien... libre. C'était ça, ce sentiment : la liberté. Il n'avait de comptes à rendre à personne, pas d'appel à prendre, pas de réunion à tenir, pas de vente à conclure, rien à résoudre... Cet après-midi était consacré à être avec elle et à profiter de l'ambiance, de la nourriture et à se détendre.

Mon Dieu, il ne s'était pas détendu depuis des années.

Jamais, en fait. En grandissant, ç'avait été un travail de rester avec une famille qu'il aimait bien ou de trouver comment s'échapper d'une qu'il n'aimait pas. Les devoirs, l'université, et essayer de joindre les deux bouts quand il avait été livré à lui-même... toute sa vie avait été une série d'escalades au prochain échelon, si bien qu'il avait oublié ce que c'était que de ne pas être sur un barreau pendant quelques heures.

— Tu es bien silencieux, dit Jennifer en lui offrant une bouchée de sa banane glacée.

Il sourit à l'euphémisme non euphémique. Elle pouvait lécher sa banane quand elle voulait. — J'absorbe juste tout ça. Je prends tout ça.

— Tu devrais faire attention avec ça. On ne peut pas dire que ce soit l'endroit le plus hygiénique. Elle désigna d'un signe de tête la saucisse sur bâton qui était actuellement piétinée par des dizaines de pieds sur le chemin de gravier encore boueux après la pluie de la nuit dernière.

— Ouais, mais n'est-ce pas triste que la saucisse ait encore l'air appétissante? Il regarda autour et repéra un chariot qui en vendait. — Je vais en acheter une. Il lui prit la main et se fraya un chemin à travers la foule vers le chariot.

— Sérieusement? Ces trucs ont à peu près autant de valeur nutritionnelle qu'un morceau d'écorce. En fait, je parie que l'écorce est meilleure pour toi. Au moins, c'est naturel.

— Ouais, mais ça a meilleur goût. Il tapa sur le comptoir. — Une saucisse sur bâton, s'il vous plaît.

— Bien sûr. L'adolescent boutonneux sortit une feuille de papier ciré pré-coupée et y claqua une saucisse sur bâton. — Quelque chose pour votre femme?

Jennifer s'étrangla, et Beck ne put reprendre son souffle.

— Mec, ça va? L'adolescent lui tendit le bâton. — Ça fera cinq euros cinquante.

Jennifer réussit un rire qui ressemblait à une toux. — Cinq euros cinquante pour des artères bouchées sur un bâton? Quelle aubaine.

— Vous en voulez une, madame?

— Non merci.

Beck la prit, tendit un billet de dix euros au gamin, puis pointa la saucisse vers Jen.

Elle secoua la tête. — Vas-y, Fields, prends une bouchée. Voyons si ça a aussi bon goût que tu le penses. Le gamin disparut de la fenêtre pour aller chercher la monnaie. — Moi, personnellement, je n'approcherais pas ce truc même avec deux fois la longueur du bâton sur lequel il est empalé. Je m'en tiendrai à la banane.

Dieu merci, le gamin revint très vite avec sa monnaie parce que Beck ne pouvait pas trouver de réponse sensée et raisonnable à son commentaire.

Il lui vint à l'esprit quelques pensées et images incroyables, mais aucune qu'il voudrait partager. Publiquement, du moins.

— Vous êtes sûre que je ne peux rien vous offrir, Madame Fields? demanda le gamin, faisant lâcher la monnaie à Beck.

Il attrapa les billets qui voletaient vers le sol au milieu du rire de Jennifer disant : — J'en suis sûre, mais il dut ramasser les deux pièces de cinquante centimes dans le gravier boueux.

— D'accord, eh bien, passez une bonne journée au festival. Il y aura de la super musique plus tard cet après-midi au pavillon de River Road.

— Merci, dit Jennifer, en prenant quelques serviettes. — Nous garderons ça à l'esprit.

Dieu merci, elle avait répondu parce que Beck était tellement bloqué sur le truc de *Madame Fields* qu'il ne pouvait toujours pas prononcer un mot.

Comment serait-ce d'avoir vraiment une épouse? Et si cette épouse était Jennifer?

Il n'avait jamais pensé en avoir une, honnêtement. Les familles avec lesquelles il avait vécu... plus sa propre mère... Il ne se souvenait d'aucun exemple brillant expliquant pourquoi les gens voudraient non seulement épouser quelqu'un — c'est-à-dire, se lier à une seule personne pour la vie — mais aussi fonder une famille avec elle. Les familles étaient des complications qui fonctionnaient pour certaines personnes, il le comprenait, mais pour lui... Il accordait trop de valeur à son indépendance et à sa sécurité financière et émotionnelle pour les risquer sur une autre personne.

Je crois que la dame proteste trop.

— Où allons-nous maintenant, *Monsieur* Fields?

Il ignorait son implication de *Madame*. — Eh bien, nous avons eu une recommandation d'un gamin dont l'idée de la cuisine raffinée est un mélange frit d'abats de porc sur un bâton, donc je dois croire que la musique sera tout aussi bonne.

— Et tu vas manger ça maintenant, après cette description?

Il regarda la concoction frite. — Ouais, je vais le faire. Rien de tel qu'une saucisse sur bâton. Il prit une bouchée. Le truc était froid et détrempé. — Bon, peut-être qu'il y a mieux. Comme une vieille chaussure laissée sous la pluie.

— Mmmm, délicieux. J'aurais peut-être dû en prendre une.

— Tiens. Tu peux avoir la mienne. Il tendit la saucisse, s'attendant à ce qu'elle recule d'horreur.

Au lieu de cela, elle le choqua complètement et prit la bouchée la plus sensuelle d'une saucisse sur bâton qu'il ait jamais vue.

Ça le ramena directement à la nuit dernière quand elle avait eu ses lèvres autour de lui.

Bon sang, il durcit là, au milieu de la foule.

Elle se redressa, mâchant avec un sourire sur le visage. Elle savait exactement ce qu'elle lui avait fait.

— Oh, je ne sais pas, ce n'est pas mauvais. Bien que j'aie *déjà* goûté mieux.

Et puis il durcit encore plus. À tel point que, lorsqu'elle rejeta ses cheveux — la queue de cheval — par-dessus son épaule et balança ces hanches pour que son derrière le nargue à la suivre, il ne put pas.

Beck prit une profonde inspiration dans ses poumons et força ses jambes — les deux qui touchaient le sol, du moins — à la suivre. L'autre... Il lui ordonna de se calmer bordel.

Malheureusement, marcher derrière Jennifer alors qu'elle se dirigeait vers le pavillon n'arrangeait pas du tout les choses.

Jennifer n'en revenait pas d'être aussi à l'aise avec Beckett. Oh, bien sûr, ils avaient fait l'amour donc elle *devrait* être à l'aise, étant donné qu'il l'avait vue dans son moment le plus vulnérable et intime, mais ce n'était pas comme si elle faisait ce genre de choses tous les jours. Surtout pas avec quelqu'un pour qui elle avait eu un gros béguin autrefois.

Mais... c'était drôle... Elle avait cessé de penser à lui comme John Becker. De toute façon, elle ne connaissait pas vraiment ce gars. Elle avait juste pensé qu'il était mignon et qu'il pourrait avoir besoin d'une amie, mais elle n'avait même jamais eu de conversation avec lui. Sa réputation avait parlé pour lui et il n'y avait rien de tel que l'attrait d'un mauvais garçon qu'elle pourrait sauver — du moins, c'est ce qu'elle pensait à l'époque. Ah, les subtilités du premier amour.

Elle sourit lorsque ses doigts effleurèrent les siens. Elle ne connaissait peut-être pas John Becker, mais elle apprenait à connaître Beckett Fields, et ce qu'elle découvrait lui plaisait.

Elle voulait toujours savoir pourquoi il avait changé de nom, mais elle ne pouvait pas le découvrir sans lui faire savoir qu'elle savait qui il était — et qu'elle savait qu'il n'avait aucune idée de qui elle était.

Ouais, ça n'allait pas arriver. Elle ne devrait de toute façon pas s'attendre à ce qu'il *sache* qui elle était. Après tout, ce n'est pas comme s'il l'avait déjà recherchée au lycée. Il ne connaissait probablement même pas le nom de la fille qui avait proposé de l'aider pour ses devoirs. Dans son esprit, elle avait fait de cet incident bien plus que ce qu'il était réellement. Et le lui révéler maintenant et lui parler de leur passé minuscule serait, eh bien, gênant.

Néanmoins, elle aimerait savoir ce qui l'avait poussé à changer de nom.

— Alors, où veux-tu t'asseoir? Devant avec les groupies du groupe ou à l'arrière pour que nos tympans ne soient pas détruits?

Il entremêla ses doigts aux siens et la tira pour qu'elle s'arrête lorsqu'ils arrivèrent à l'arène, qui était en fait une section de béton délimitée par des barrières métalliques pour vélos et bordée de chaises pliantes devant une scène rudimentaire avec suffisamment d'éclairage pour montrer qui jouait mais qui ne gagnerait aucun prix pour son spectacle de lumières.

— Asseyons-nous vers l'arrière pour avoir le plein effet.

— Excellente idée pour sauver nos tympans.

Il tira deux chaises en arrière de la rangée devant eux.

— Et comme ça, on peut partir si on veut.

— Pourquoi voudrions-nous partir? Tu as déjà entendu les groupes avant?

— Ça n'a rien à voir avec les groupes...

Il remua les sourcils, la faisant rire.

— Hé, c'est toi qui as planifié la journée pour nous. J'aurais été heureuse de rester au lit toute la journée.

— Sérieusement, femme, tu me tues. J'essaie d'être un gentleman ici.

— Que le procès-verbal note que c'était *ta* décision, pas la mienne.

Il inspira brusquement.

Elle sourit en prenant place. Bien. Il pouvait traverser un peu de ce qu'elle traversait chaque fois qu'il la touchait ou croisait son regard ou lui souriait. Bon sang, juste respirer près de lui l'excitait.

Ce n'était vraiment pas juste qu'il puisse faire ça avec juste un regard.

Son bras glissa le long du haut de sa chaise pliante, chaque poil de son bras effleurant son dos, allumant des cellules nerveuses au passage.

Ouais. Vraiment. Pas. Juste.

* * *

Cinq heures, vingt-six kilomètres de marche, trois bières, un beignet, un carton de pop-corn, et le fameux corn dog et la banane congelée plus tard, ils retournèrent à la voiture en titubant.

Jennifer posa sa main sur la portière quand il l'ouvrit pour elle.

— Je ne pense pas que je devrais m'asseoir dedans ; je suis trempée de sueur.

— Tu es magnifique.

Les mots sortirent tout seuls sans même qu'il y pense.

— Oh je t'en prie. Mes cheveux sont collés à mon visage. J'ai attrapé un coup de soleil, j'ai probablement du sucre en poudre collé sur la joue, et j'ai l'impression d'avoir perdu cinq kilos en sueur.

Si seulement elle pouvait voir ce qu'il voyait.

221

— Tes joues et ta poitrine sont roses, tes cheveux ressemblent à ce qu'ils sont quand je passe mes doigts dedans, et pour ce qui est de ton corps... crois-moi, Jen, il n'y a rien qui cloche.

Et juste comme ça, la température monta en flèche.

— Tu veux aller nager pour te rafraîchir?

Ou prendre une douche froide ensemble, mais est-ce que ça les rafraîchirait *vraiment*? Il en doutait.

Elle plissa les yeux vers lui.

— Je n'ai pas de piscine. Ni mon maillot de bain.

— Tu peux nager avec tes vêtements. Mon association de copropriétaires a une piscine.

Et son appartement avait un très grand lit.

Un lit dans lequel il n'avait jamais amené une autre femme.

Mec—

Ouais, ouais, il devrait reconsidérer. Il comprenait. C'était la chose intelligente à faire. La chose sûre.

Mais le truc, c'est qu'il ne voulait pas être en sécurité avec Jennifer. Intelligent, oui, parce qu'il ne voulait pas tout gâcher cette fois, mais en sécurité...? Être en sécurité ne l'avait jamais mené nulle part.

Elle tapota le toit de sa voiture.

— Aussi tentante que soit cette offre, je devrais vraiment rentrer chez moi. Tu sais... Flopsy.

Il exhala et recula pour qu'elle puisse s'asseoir sur le siège passager.

— Ouais. Je sais. Flopsy.

Le pauvre chien devenait probablement fou après une journée seul — mais ce fichu animal avait Jennifer pour lui tout seul tout le temps ; sûrement qu'il ne lui en voudrait pas de passer *un peu* de temps avec elle?

Et quand il commençait à prendre en compte les sentiments d'un chien, il savait qu'il était mal barré.

Ce qui était une raison de plus pour l'emmener chez lui, conséquences et ramifications soient damnées.

C'était aussi une raison pour laquelle il *ne devrait pas* le faire.

Chapitre Vingt

Le pauvre Flopsy dansait *encore* dans la cuisine le lendemain matin.

Beck ne se sentait pas le moins du monde coupable à ce sujet.

Bon, peut-être un peu quand même. Le pauvre gars était là à se demander quand il aurait un peu de soulagement alors que Beck avait passé toute la nuit à l'étage à en profiter pleinement.

Il sourit en ouvrant la porte de derrière donnant sur le jardin clôturé. — Désolé, mon vieux.

Flopsy ne se retourna même pas. Beck ne pouvait pas lui en vouloir. Ça devait être l'enfer de devoir attendre que quelqu'un le laisse sortir.

Il devrait installer une chatière pour le petit gars. Une de celles activées par le collier pour lui donner la possibilité de contrôler sa propre vessie et aussi de pouvoir s'échapper de Nero.

Bon sang, voilà qu'il se créait sa propre liste de tâches ménagères?

Il secoua la tête. Quand on commençait par nettoyer la maison d'une femme, les projets de bricolage étaient-ils si éloignés?

Il regarda autour de lui dans la cuisine. Jennifer maintenait l'endroit en bon état, mais c'était une grande maison et elle avait un travail.

Et une enfant.

Ça le dérangeait de moins en moins.

Il secoua la tête. Cette... *chose*... avec Jennifer... Ce n'était vraiment pas ce qu'il pensait vouloir dans sa vie — penser à une femme tout le temps. Vouloir être avec elle juste pour le simple fait d'être avec elle. Pas sexuellement, pas physiquement, mais... Mais... quoi? Émotionnellement? Il n'avait pas d'émotions. Pas pour les femmes. Bon sang, il n'avait d'émotions que pour s'assurer d'être à l'abri du besoin pour la vie. L'ambition était sa plus grande émotion. Ça et le désir de ne plus jamais avoir faim ou être sans abri.

Il regarda autour de lui. Jennifer avait une superbe maison. Certes, c'était en désordre et il y avait quelques éclats sur la porte du garde-manger comme si Flopsy avait essayé d'y entrer — bien que ce fût probablement Nero — mais la maison était *habitée*. Bien différent de la vitrine dans laquelle il vivait.

Il s'installa doucement sur une chaise. C'était vrai ; son appartement était magnifique. Il avait coûté une fortune, tout comme la décoratrice d'intérieur qu'il avait engagée pour le rendre parfait comme dans un magazine, ainsi que les meubles et les œuvres d'art coûteux dont elle l'avait rempli. C'était son autel personnel au niveau de réussite qu'il avait atteint.

Et ce n'était pas du tout aussi chaleureux, accueillant et intime que le sanctuaire habité par Jennifer, son enfant et ses animaux. Alors, qui avait la vraie réussite ici?

Il passa une main sur sa nuque. Bon sang, qu'est-ce qui n'allait *pas* chez lui? Deux nuits de sexe génial — bon, disons *incroyable* — et maintenant il pensait au ménage, aux projets de bricolage et aux animaux de compagnie?

Merde. Il devait sortir d'ici. Ses phéromones lui faisaient perdre la tête. Le manque de sexe au cours de l'année passée avait transformé cette histoire avec Jennifer en quelque chose de plus grand que ce que c'était réellement. Après tout, certes, il avait eu le béguin pour elle au lycée et elle était une sacrée femme maintenant, mais il n'allait pas laisser son plan de vie dévier parce que sa queue était contente.

Elle tressaillit. D'accord, elle était plus qu'un peu contente.

Quand même, bordel, ce n'était que du *sexe*. Certes du super sexe, mais le sexe restait du sexe.

Elle avait la domesticité écrite partout sur elle et il ne savait pas comment gérer ce truc.

Flopsy gratta à la porte de derrière avec un gémissement triste. Beck le fit entrer, s'émerveillant de la confiance absolue que ce chien avait que Beck *ouvrirait* la porte, et, se dirigeant vers la gamelle, que Beck le nourrirait.

Un chien avait plus confiance en l'humanité que lui-même.

Il versa les croquettes dans la gamelle de Flopsy. Le chien avait été recueilli ; comment pouvait-il encore faire confiance à un être humain après avoir été abandonné ou maltraité par l'un d'eux?

— Tout va bien en bas? flotta la voix de Jennifer depuis l'étage.

— Euh, ouais. Il recevait des leçons de vie d'un chien à trois pattes, mais, oui, tout allait bien.

Beck tira à nouveau la chaise de cuisine, cette fois-ci l'enfourchant, tout en fixant Flopsy qui avalait goulûment sa nourriture transformée et croquante. Ça, un endroit pour dormir, et une main douce étaient les seules choses dont le chien avait besoin pour se sentir chez lui.

Pourquoi ne pouvait-ce pas être aussi simple pour un homme?

— Beckett? Jennifer entra dans la cuisine. — Oh. Que fais-tu? Flopsy va bien?

Beck cacha sa grimace d'avoir été surpris à contempler les mystères de la vie devant une gamelle de nourriture pour chien. — Il va bien. Je suis juste étonné que les croquettes lui suffisent.

— Hein?

Il haussa les épaules, essayant de paraître désinvolte parce qu'il n'allait en aucun cas déverser ses peurs les plus profondes à Jennifer de toutes les personnes. Se soucier d'un autre être humain était trop risqué — tout comme leur faire confiance. — Je pensais que les chiens étaient carnivores, pourtant il est heureux de manger des trucs croquants qui ne ressemblent même pas de loin à son régime naturel.

— Oui, eh bien, il était mal nourri quand on l'a eu, donc son régime naturel ne faisait pas ce qu'il fallait. Les croquettes sont exactement ce dont son corps a besoin.

— Je ne remettais pas en question ton professionnalisme, Jen. C'est plus… Il passa une main dans ses cheveux. — Je ne sais pas. Juste accepter son sort dans la vie.

Elle se pencha et caressa le chien. — J'aime à penser que son sort dans la vie s'est amélioré depuis qu'il nous a rencontrées, Sami et moi. Comme je l'ai dit, il était mal nourri et assez malade quand il est arrivé chez nous. Maintenant, je ne sais même pas s'il se souvient des mauvais moments. C'est incroyable ce qu'un peu d'amour peut faire.

Elle parlait du chien, il le savait, mais les implications pour sa propre vie le touchaient un peu trop près de chez lui parce que sa vie s'était certainement améliorée depuis que Jennifer et Sami y étaient entrées.

Et c'était toute la réflexion qu'il allait accorder à *ça*. Il avait un plan pour sa vie et ça n'impliquait *pas* une femme et un enfant. *C'était* ce dont il devait se souvenir.

— Alors, que veux-tu faire aujourd'hui? Il se leva et remit la chaise sous la table de cuisine.

Elle mordilla sa lèvre inférieure. — Eh bien...

Il pencha la tête. — Pourquoi ai-je l'impression que je ne vais pas vouloir faire ce que c'est?

Elle haussa les épaules. — Eh bien, tu *l'as* suggéré hier et plus j'y pensais, plus je pense que c'est une bonne idée.

Son cerveau revint en arrière pour essayer de se souvenir de ce qu'il avait dit la veille, mais sans succès. — D'accord, j'abandonne. De quoi parles-tu?

— Du château de jeu que Sami voulait. Je pense que c'est une bonne idée pour elle. Et puisque tu es là, ce pourrait être amusant qu'on y travaille ensemble, ça nous donnerait l'occasion d'organiser le hangar. Qu'en penses-tu?

C'était le mot *ensemble* qui l'avait interpellé. — Mais je croyais que tu avais dit qu'elle n'en avait pas besoin.

— Bien sûr qu'elle n'en a pas *besoin*, mais c'est juste que... Elle sera vraiment contente d'avoir quelque chose qui lui appartienne. Et ça pourrait éviter qu'elle mette de la litière pour chat dans la baignoire.

Il y avait plus derrière son raisonnement, mais comme il n'avait pas vraiment le droit d'en savoir plus, il devrait se contenter de ça. La question était... était-ce suffisant?

Ha. À qui voulait-il faire croire ça? N'importe quelle miette que Jennifer voudrait bien lui donner serait plus que suffisante.

Oui, il était vraiment atteint et pour cette raison, il devrait foutre le camp d'ici.

Ce que, bien sûr, il ne fit pas.

Étonnamment, Beck apprécia réellement la construction du château de jeu avec Jennifer et la plantation des arbustes et des fleurs qu'elle avait choisis pour la "touche finale". Il s'avéra qu'il avait un don pour construire des choses. Ça n'avait pas fait de mal que les instructions soient faciles à suivre et que Jennifer ait les outils nécessaires, mais c'était vraiment *amusant*. Et, il devait l'admettre, assez satisfaisant.

Il n'aurait jamais pensé que planter des fleurs puisse être satisfaisant, mais il découvrait que beaucoup de ses idées préconçues étaient remises en question quand il était avec elle.

Ce qui lui rappela la nuit dernière quand *elle* s'était retournée et-

— Voici ta limonade.

Jennifer sortit de la cuisine au bon moment. Il avait besoin d'une boisson glacée pour chasser *cette* pensée de sa tête.

— Tu es sûr que tu ne veux rien de plus fort? Elle passa son propre verre sur son front en s'asseyant à côté de lui, des gouttes d'eau coulant sur sa peau, et cette vue le cloua sur le banc où il était assis aussi sûrement que s'il avait utilisé le pistolet à clous.

Tant pis pour l'effet glaçon.

Il secoua la tête.

— Je n'arrive pas à croire qu'on ait fini si vite.

Il avala la moitié du verre. — Comment dit-on déjà? Plus on est de fous, plus on rit?

Elle arqua un sourcil en portant le verre à ses lèvres. — Je ne sais pas si quatre constitue vraiment une foule.

— C'est mieux que deux.

Elle hocha la tête puis prit une gorgée. — C'est vrai.

Eh bien, merde. Il avait raison. Quatre mains *étaient* mieux que deux. Et deux têtes valaient mieux qu'une. Et les deux ne feront *qu'un* et... putain! *où* son cerveau allait-il avec ça?

— À quelle heure Sami rentre-t-elle du camp? *Sami. N'oublie pas Sami.* L'*enfant*. Celle dont il n'avait jamais voulu être responsable.

Sauf que... Sami était *son* enfant à elle et ce pronom commençait à faire une sacrée différence.

Il était dans un sacré pétrin. Il devait partir d'ici. Reprendre du recul sur ce qu'il voulait dans la *vie*, pas seulement pour les prochains rendez-vous.

Jennifer jeta un coup d'œil à sa montre. — Dans environ une demi-heure. On a fini juste à temps.

L'occasion parfaite de foutre le camp d'ici. — Je devrais y aller alors.

— Tu ne veux pas être là quand elle le verra? Récolter les fruits de ton dur labeur?

Et voir l'adoration dans ses yeux? Certainement pas. Il avait déjà assez de mal avec ses propres sentiments contradictoires envers Sami et ce qu'elle représentait ; il ne pouvait pas gérer les siens.

— C'est probablement mieux si je ne suis pas là. Je ne veux pas lui donner de fausses idées.

Le sourire de Jennifer s'assombrit. — Oh. Oui. Je suppose que tu as raison.

Merde. Pourquoi avait-il l'impression d'avoir donné un coup de pied à un chat... non, à un chien. Nero n'était pas vraiment l'exemple type de l'animal sympathique. Flopsy, en revanche... — À moins que tu penses que je devrais être là?

Mon Dieu, il était pathétique. Il voulait vraiment être là et voir la joie de Sami, mais il était trop lâche pour l'admettre et voulait que Jennifer le culpabilise pour qu'il reste. Bon sang. S'il menait ses affaires de la même manière, personne n'aurait plus d'emploi. — Oublie cette question. Tu as raison. En fait, j'*aimerais* être là. Elle va être ravie.

Jennifer se lécha les lèvres et fit tourner un doigt autour du bord de son verre avant de lever les yeux vers lui. — Je ne sais pas, Beckett, peut-être que tu as raison. Peut-être que-

— Maman! Beck! Où êtes-vous? Le cri de Sami devint de plus en plus fort, mettant fin à toute discussion sur son départ.

Sami ouvrit brusquement la porte-fenêtre de la cuisine donnant sur la terrasse. — Tu es là, Beck! Tu es vraiment là!

Puis elle se jeta dans ses bras.

Mon Dieu, que c'était bon d'avoir la gamine là.

Presque aussi bon que sa mère.

Il la serra contre lui pour empêcher son cœur de sortir de sa poitrine.

Il était dans la merde jusqu'à la taille.

— J'espérais tellement que tu serais là. Tu m'as tellement manqué! Elle releva la tête, ses boucles tombant de son visage, l'adoration remplacée par quelque chose qu'il avait trop peur d'admettre. — Je t'ai manqué?

Il déglutit et hocha la tête, n'osant pas parler. Pas quand il pouvait sentir à quel point Sami voulait une réponse - et comment le regard de Jennifer le transperçait. Un seul mot et sa résolution s'effondrerait à ses pieds.

Il devait foutre le camp d'ici. Genre, hier.

Mais Sami ne le lâchait pas. Elle le serrait plus fort, s'accrochant pratiquement à lui comme si sa vie en dépendait.

Il ne comprenait tout simplement pas pourquoi. Elle n'avait aucune idée qu'il serait un horrible beau-père.

Putain de merde. Beau-père? *Tu es tellement loin dans les champs, connard, que le marbre n'est même plus visible. Qu'est-ce que tu vas faire maintenant?*

Il regarda Jennifer.

Elle cligna des yeux. Rapidement.

Une larme s'échappa du coin de son œil, mais elle réussit à l'essuyer.

Non, pas jusqu'à la taille ; il était dedans jusqu'au cou.

Peut-être même par-dessus la tête.

— Sami, pourquoi ne laisses-tu pas Beckett respirer? Jennifer toucha le dos de Sami. Il veut te montrer notre surprise.

Sami tourna brusquement la tête vers sa mère. — Une surprise?

Elle le lâcha et Beck prit une grande inspiration. Puis une autre. Il avait besoin d'air car les émotions des dernières minutes lui avaient tout volé.

Qu'allait-il bien pouvoir faire?

— C'est quoi, Beck?

Il baissa les yeux vers Sami, dont le sourire était si grand qu'il lui coupa à nouveau le souffle.

Telle mère, telle fille.

— Hein? Il avait perdu le fil de la conversation.

— Ma surprise. Maman a dit que tu en avais une pour moi.

Il regarda Jennifer, ne comprenant toujours pas ce qui se passait.

Jennifer fit un signe de tête vers le château de jeu.

Ah. D'accord.

Il ébouriffa les boucles de Sami. — Eh bien, je ne sais pas... Tu n'as pas encore fait de câlin à ta maman et c'était son idée. Il fallait reconnaître que l'adoration de Sami pour lui l'aveuglait à la très grande structure en bois au fond du jardin.

Mais elle courut vers Jennifer et lui fit un câlin. — Je suis désolée, Maman. Tu m'as manqué aussi. C'est juste que je m'attendais, tu sais, à te voir ici. Mais je ne savais pas si Beck serait là ou pas.

Jennifer pinça le nez de Sami et l'embrassa sur la joue. — Oui, il est toujours là. Parce qu'il devait m'aider à construire ça. Sur ces mots, elle fit pivoter Sami pour qu'elle voie la maison.

Le cri de Sami fut le ravissement le plus pur et honnête que Beck ait jamais entendu.

— C'est à moi? Tout à moi? Sami aurait enveloppé ses bras autour de toute la structure s'ils avaient été assez grands. À la place, elle serra très fort le coin avant, ses yeux aussi grands que le lampadaire devant.

— Oui, ma chérie, c'est tout à toi.

— Cassie! Sami courut vers la porte. Dépêche-toi! Viens voir! Regarde ma propre maison! Tu pourras venir me rendre visite.

La petite fille sautilla dehors, suivie par sa mère, et le cœur de Beck se serra. Cassie. Oh, mince. Il n'avait pas réalisé que Cassie et sa mère entreraient quand elles déposeraient Sami.

Il grimaça. La pauvre Cassie n'avait pas de château de jeu et il détestait l'idée qu'elle se sente comme si on lui frottait du sel sur la plaie. — Cassie en aura un aussi. Le magasin a dû le commander.

Il pria Dieu qu'il y ait assez de place dans le jardin de la petite fille... merde. Vivaient-elles même dans une maison ou dans un appartement où elles ne pourraient pas en installer un?

À en juger par l'expression du visage de la mère de Cassie, il optait pour un grand OUI à cette dernière partie.

Bon sang. Il était complètement ignorant quand il s'agissait d'enfants. *Voilà* pourquoi il ne devrait jamais être parent.

Il allait devoir être le plus grand connard de la planète et briser les rêves de la pauvre Cassie.

— Youpi! Cassie, tu as entendu ça? On va être jumelles de maison! On pourra les décorer pareil et tout! Sami ouvrit la porte en grand. Tu veux entrer et voir?

Cassie, dont l'expression contenait tellement d'espoir et de bonheur que Beck voulait se terrer dans un trou et s'enterrer sous suffisamment de terre pour ne plus jamais pouvoir en sortir, courut rejoindre Sami.

Il fixa les deux femmes après que les filles eurent claqué la porte derrière elles, criant alors qu'elles traversaient les deux pièces du bas puis grimpaient l'échelle jusqu'à la mezzanine.

— Euh, j'espère que c'est bon pour Cassie d'avoir un château de jeu? J'aurais dû vous demander d'abord, je suppose.

La mère de Cassie ouvrit la bouche, mais aucun mot n'en sortit.

Merde, il avait vraiment merdé.

Jennifer bondit de son siège. — Oui, Linda, je suis désolée qu'on ne t'ait pas consultée d'abord. Si c'est un problème dans ta maison de ville, nous serions plus que ravis de l'installer ici et Cassie pourrait venir quand elle veut et, bien sûr, le décorer comme elle le souhaite.

Jennifer lui lança un regard qu'il ne savait pas interpréter. Ce qui était surprenant car il était normalement doué pour lire les gens, mais, avec Jennifer, il avait peur de mal interpréter tout ce qu'elle faisait ou disait parce que cela comptait tellement pour lui.

Elle comptait tellement pour lui.

— Eh bien, je... Le regard de Linda passa de lui à Jennifer. Je ne sais vraiment pas quoi dire. Je devrai vérifier auprès du propriétaire, bien sûr.

Beck prit mentalement note d'appeler le propriétaire et d'acheter la maison de ville si c'était ce qu'il fallait pour que Cassie puisse avoir son château de jeu.

— Je ne sais pas si nous pouvons l'accepter.

Jennifer posa une main sur le bras de Linda. — S'il te plaît, Linda...

— Je considérerais cela comme une faveur personnelle si vous acceptiez. Beck prit les devants avant que Jennifer ne puisse le faire. Il avait mis ça en place ; il s'en occuperait.

— Eh bien... Un sourire hésitant se dessina sur les lèvres de Linda. Si vous êtes sûr...

— Maman! Tu dois voir le miroir magique ici! cria Cassie par la fenêtre de la mezzanine.

Linda regarda entre eux trois, visiblement tiraillée sur l'endroit où elle devrait être.

— Allez-y. Beck fit un geste de la main. Vous devriez le voir. C'est plutôt sympa, si je puis me permettre.

Jennifer pencha la tête alors que Linda se dépêchait de rejoindre sa fille. — Pourquoi as-tu fait ça?

— Fait quoi? Il suivit Linda des yeux, mais tous ses autres sens étaient focalisés sur Jennifer. Il savait la seconde avant que sa main ne se pose sur son avant-bras.

Cela ne le prépara pas à l'impact, cependant.

— Dit qu'on en avait commandé un pour Cassie.

Il ne la regarda toujours pas. — Tu as vu le visage de Cassie. Elle en voulait vraiment un.

— Je sais, et même si on ne peut pas donner à chaque enfant tout ce qu'il veut, elle serra son bras, je suis contente que tu aies dit ce que tu as dit. Je partagerai les frais avec toi.

Il déglutit, puis se força à la regarder — non que ce soit une épreuve, mais il craignait les émotions qui pourraient jaillir. Il devait garder son sang-froid car ici et maintenant, il voulait faire des promesses à Jennifer qu'il n'avait jamais voulu faire à une autre femme — et n'avait jamais *prévu* de faire à qui que ce soit. Il était trop pris dans ce moment. Trop pris par trois — bon sang, *quatre* — femmes qui le regardaient comme s'il était un chevalier en armure étincelante.

Pour la première fois de sa vie, il voulait l'être.

Et cela l'effrayait plus que n'importe quelle transaction risquée qu'il avait pu faire, car perdre une montagne d'argent n'était rien comparé au fait de décevoir un enfant — ou une femme.

— Non, Jen, tu n'as pas à le faire. C'est moi qui ai fait ce grand geste, donc c'est à moi de le réaliser.

— Eh bien, je vais t'aider à le monter. Comme on s'est entraînés avec celui-ci, je parie qu'on mettra deux fois moins de temps. Comme tu l'as dit, quatre mains valent mieux que deux.

Et les deux ne feront qu'un.

Ouais, il se noyait dans la domesticité et il n'y avait pas de bouée de sauvetage en vue. Il devait retourner à sa vraie vie et laisser ce conte de fées dans le château là-bas avec Sami et Cassie.

Parce qu'il savait, par expérience, qu'une fin heureuse n'était pas dans les cartes pour lui.

Chapitre Vingt et Un

— Alors, quand est-ce qu'on va ressortir avec Beck? Sami avait posé la même question de quinze façons différentes au cours des huit derniers jours.

Et Jennifer n'avait toujours pas de réponse.

Parce que Beckett n'avait pas répondu à ses appels. Ni ne l'avait appelée.

Oh, il était bien venu nettoyer sa maison ; la cuisine n'avait jamais été aussi étincelante, et il avait même organisé le garde-manger, mais la seule note de quatre mots qu'il avait laissée — *Passez une bonne journée!* — ne constituait guère une communication. Surtout que c'était une note calligraphiée imprimée sur du papier à en-tête de Manley Maids, même pas personnalisée.

Que diable se passait-il?

— Ma*man*, il me manque vraiment.

— Je sais, Sami. Et elle le savait. Personnellement.

— Il ne nous aime pas?

— Bien sûr que si, ma chérie. Il est juste occupé. Il a une entreprise à diriger. Il aidait simplement Mme Manley avec le nettoyage, tu te souviens? Il a passé beaucoup de temps avec nous, mais cela signifie qu'il n'a pas pu faire le travail dont il avait besoin, alors maintenant il rattrape son retard.

— Donc il reviendra quand il aura tout rattrapé?

C'était la question à un million de dollars, n'est-ce pas?

— On verra bien.

— Tu dis toujours ça quand tu ne connais pas la réponse ou que tu ne veux pas me dire la vérité parce que tu penses que je ne vais pas aimer.

Cette gamine était vive comme l'éclair.

— Eh bien, je ne *connais* pas la réponse parce que je ne lui ai pas parlé, Sami. Jennifer essayait de ne pas laisser paraître sa frustration dans sa voix, mais elle ressentait la même chose que cette fillette de sept ans.

— Je devrais l'appeler. Je parie qu'il me parlera. Il l'a fait la dernière fois, tu te souviens?

— Sami, tu ne dois *pas* appeler Beckett du tout. Tu as menti aux conseillers et les gens pensent maintenant que lui et moi sommes fiancés. Elle avait dû expliquer que l'optimisme de Sami l'avait fait parler trop vite et que non, il n'y avait pas de fiançailles. C'était comme un coup de poignard au cœur à chaque fois.

— Eh bien, vous devriez l'être. Il t'aime bien et tu l'aimes bien et je l'aime bien et il m'aime bien. Même Nero l'aime bien.

Jennifer ricana. — Nero ne l'aime *pas*.

— Bien sûr que si. Il est triste que Beck ne soit pas souvent là. Je l'ai vu renifler le chiffon que Beck a laissé l'autre jour.

Probablement pour y faire pipi dessus.

— En parlant de Nero... Jennifer voulait désespérément changer de sujet. — Nous devons lui faire son examen annuel. Que dirais-tu si on l'emmenait à mon cabinet après le dîner ce soir? Tu pourras aider.

— Super! Je peux amener Molly? Elle a aussi besoin d'un examen.

— Bien sûr.

— Alors on devrait dire à Cassie d'amener Polly parce que ce sont des sœurs, non? J'aimerais avoir une sœur. Si tu épousais Beck, je pourrais en avoir une, tu sais.

Oh, mon Dieu du ciel, sauve-moi. — Je ne vais pas épouser Beckett.

— Alors je peux l'épouser, moi?

— Tu dois épouser quelqu'un de ton âge, Sami. Et pas avant d'être assez âgée.

— Mais toi, tu es assez âgée alors pourquoi tu ne l'épouses pas? Même Grand-mère Lois veut que tu le fasses.

Jennifer jeta un coup d'œil dans le rétroviseur après avoir tourné dans leur rue — Dieu merci, elles étaient presque arrivées. — Est-ce que *tu* fais tout ce que Grand-mère Lois veut?

Sami gloussa. — Non.

— Alors pourquoi devrais-je le faire?

Sami hocha la tête, ses boucles rebondissant. — C'est vrai. Je comprends. Probablement que si Grand-mère Lois le veut, ce n'est pas la meilleure idée, hein?

Jennifer détestait vraiment jeter sa grand-mère sous le bus sur ce coup-là, mais peut-être que cela mettrait enfin un terme à cette conversation.

Ouh, mauvais choix de mots parce que cela faisait remonter toutes les images de quand elle et Beckett étaient allés au lit.

— Disons simplement que ce que Grand-mère Lois veut est généralement le mieux pour elle, donc nous devons peser soigneusement nos options.

— Alors, combien pèse Beck?

— Aucune idée. Eh bien, ce n'était pas tout à fait vrai. Elle avait une assez bonne idée de son poids — quand il était allongé sur elle.

Dieu merci, elles étaient arrivées.

Elle appuya sur l'ouvre-porte du garage sur son pare-soleil, puis fit glisser la voiture à l'intérieur. Elle ne pouvait pas sortir de cette voiture assez vite. — D'accord, je vais aller faire sortir Flopsy et lui donner son dîner pendant que tu t'occupes de Nero. Ça te va comme plan?

— Et *notre* dîner?

— On prendra quelque chose au drive-in, ça te va? Cela les ferait sortir rapidement de la maison et retourner au cabinet où il y aurait assez à faire pour garder Sami concentrée sur les animaux et dérailler le train Beckett.

— Waouh. Tu ne me laisses jamais prendre de la nourriture au drive-in. Je croyais que toute cette nourriture était mauvaise pour nous?

— Parfois, c'est acceptable. Tout est une question de modération.

Une pensée que Beckett, avec son manque d'appels téléphoniques, prenait apparemment à cœur.

Jennifer soupira en laissant Flopsy dans le jardin. Elle avait su que Beckett n'était pas du genre à s'engager pour toujours quand tout cela avait commencé, mais à mesure qu'ils passaient du temps ensemble, elle avait espéré...

La même chose qu'elle avait espérée au lycée. La même chose qui l'avait attirée vers Trent.

Et c'est ce qu'elle obtenait en voulant des mauvais garçons. Certes, Beckett était un bon garçon maintenant, mais avec son passé...

Pour être honnête, elle ne lui avait pas demandé de relation et il n'en avait pas proposé. Elle avait su dès le début que tout était basé sur leur attirance mutuelle. Bon sang, elle avait même été plus agressive qu'elle ne l'avait jamais été cette première nuit. Elle était une grande fille ; elle connaissait les règles du jeu.

Dieu merci, au moins, Sami ne savait pas qu'il était resté dormir. Que les choses avaient progressé comme elles l'avaient fait. La petite fille aurait déjà choisi la robe de mariée — précisément pourquoi Jennifer ne voulait pas faire défiler des hommes dans la maison.

Dans cette optique, elle prit le téléphone et composa le numéro de Manley Maids. L'histoire avec ce gars se terminait maintenant. — Salut, Mac, c'est Jennifer Bingham.

— Salut, Jennifer. Beckett fait toujours du bon travail? Tout va bien?

— Euh, oui, mais je sais qu'il finit ici à la fin du mois et je voulais trouver quelqu'un pour venir après son départ.

Ils parlèrent un peu plus des performances de Beckett — bien que pas du genre dont Jennifer pouvait donner une connaissance intime — et de ce que Jennifer recherchait comme aide à temps plein, puis elle termina l'appel avec un sentiment de finalité qu'elle n'aimait vraiment pas.

Bon sang. Elle n'était pas censée être tombée amoureuse de ce type.

Malheureusement, c'était le cas.

Mais, aussi douloureux que ce serait, elle s'en remettrait. Si le fait d'avoir surmonté le désastre avec Trent avait prouvé quelque chose, c'était bien qu'elle était une battante. Elle avait déjà réussi à oublier Beckett-John une fois ; elle pouvait recommencer.

* * *

— Tu es vraiment un connard, tu le sais ça? lança Liam en s'installant sur le tabouret de bar à côté de lui avant de faire signe au barman.

Beck lui jeta un regard en coin. — Tiens, Lee, content de te voir aussi.

— Je suis sérieux, Beck. Genre, c'est quoi ce bordel, mec? Tu as encore disparu sans laisser de traces avec Jennifer Langston.

— C'est Bingham. Il fixait le fond de sa bière, évitant le contact visuel parce que Lee semblait savoir quelque chose. Mais c'était impossible, n'est-ce pas? Ce n'est pas comme si Jennifer allait crier sur tous les toits qu'ils avaient couché ensemble.

— Tu évites le sujet, Beck. Il fit glisser quelques billets sur le bar quand sa bière apparut.

— Pas du tout. Je ne sais pas de quoi tu parles.

— Putain, j'ai entendu Mac lui parler quand j'ai déposé des étagères supplémentaires au bureau hier.

— Qu'est-ce qu'elle disait exactement à ta sœur? Elle appelait pour se plaindre? Oh merde. Lui avait-elle dit qu'il l'avait draguée? Qu'il avait été déplacé?

Il faillit ricaner. Elle avait été "déplacée" aussi. Avait même initié certains de ces "déplacements".

— Quoi? Non, espèce d'idiot. Mais elle a dit qu'elle n'avait pas eu de nouvelles de toi. Pas même un mot.

— J'ai laissé un mot. Un seul. Impersonnel. Mais sûr — de la même manière que j'avais nettoyé la maison. Bien sûr. J'avais réussi à entrer et sortir sans la croiser. J'avais loué une voiture pour qu'elle ne reconnaisse pas la mienne et je m'étais garé plus bas dans la rue jusqu'à ce qu'elle parte chaque matin parce que j'avais besoin de prendre mes distances avec elle. Avec Sami. J'avais besoin de perspective.

Jusqu'à présent, cette perspective lui avait montré Sami sortant joyeusement de la maison chaque matin, elle et Jennifer bavardant comme s'il n'avait jamais été là, prouvant que la vie continuait sans lui. Ce qui était nul. Ce n'était pas inattendu, mais c'était quand même nul.

Et *cette* émotion prouvait sa théorie selon laquelle se soucier des autres était une mauvaise idée. Dieu merci, il ne lui restait plus que quatre allers-retours furtifs dans la maison de Jennifer et tout cela serait derrière lui. Il pourrait recommencer à l'oublier une fois de plus.

— J'ai bossé comme un fou chez elle pendant la dernière semaine et des poussières. Cette Sami fait un sacré bazar. Donc, oui, j'étais là, mais c'était pendant que Jennifer travaillait.

— Pratique.

— Exact. Beck fit tourner le fond de sa bouteille de bière en cercle sur le comptoir. — Comme si essayer de nettoyer quand le client est là était propice à finir rapidement.

— Eh bien, non, mais...

— De quoi s'agit-il, Lee? Il posa la bouteille et regarda ce supposé ami qui n'arrêtait pas de le harceler.

Liam exhala. — Une *semaine*, Beck. Il t'a fallu seulement *une semaine* pour mettre la fille de tes rêves dans ton lit, pas vrai? Et pourtant, même si elle était celle qu'il te fallait, tu restes Bang-'Em-and-Bag-'Em-Beck. Et maintenant, ça pourrait affecter l'entreprise de ma sœur. Tu es incroyable.

Merde, c'était comme ça que ça se présentait? C'était ce que Lee pensait?

C'était ce que *Jennifer* pensait?

Bon sang. Ce n'était pas du tout comme ça.

Il but une gorgée de sa bière, puis fit signe pour en avoir une autre. — Je n'ai pas dit que je l'avais mise dans mon lit.

— Pas besoin. Le manque de discussion à son sujet en dit long. J'étais là au lycée, tu te souviens? Lee pointa sa pils vers lui. — Tu avais le béguin pour elle.

— Pas du tout.

Menteur!

— Ne me raconte pas de conneries. J'étais là. Liam but une gorgée puis reposa son verre. — Alors? Comment c'était?

Beck haussa un sourcil. — Tu ne me demandes pas *sérieusement* de raconter?

— Mon Dieu, non. Lee secoua la tête. — Je veux dire, *être* avec elle. Dans le sens non biblique du terme. Je n'ai pas besoin de connaître tes prédilections au lit, merci beaucoup.

Beck grimaça. — Regarde-toi avec tes grands mots. Tu as toujours été un connard avec ces mots que tu pensais que je ne connaissais pas. Il but une autre gorgée, prévoyant de détourner la conversation de Jennifer.

Lee haussa les épaules. — Tu ne les *connaissais* pas.

— Si. Je les ai cherchés.

Lee afficha ce même putain de sourire satisfait qu'il avait eu le soir de la partie de poker. — Comme je savais que tu le ferais. Tu allais recevoir une éducation, même si je devais te la faire avaler de force.

— C'est quoi ce bordel? Beck laissa sa bouteille de bière glisser sur le comptoir. — Tu as fait ça exprès?

— Bien sûr. Lee haussa les épaules. — Tu avais une telle attitude et tu étais un tel connard quand il s'agissait de laisser quelqu'un t'aider, j'ai pensé que si j'essayais de me montrer supérieur, ça t'énerverait et tu travaillerais pour que je ne sois pas plus intelligent que toi. Il leva à nouveau son verre. — Le problème, c'est que je *suis* plus intelligent. Je t'ai fait chercher des choses — *apprendre* — sans que tu t'en rendes compte. Génial, tu ne trouves pas? Il sourit en vidant son verre.

— Je serai damné. Beck secoua la tête. Il fallait reconnaître que Liam l'avait cerné. Ça avait marché, en plus. Il avait détesté que Liam puisse utiliser de grands mots si facilement. Ça le faisait paraître intelligent, tout en faisant se sentir Beck stupide. — Connard.

Lee haussa les épaules. — Peu importe ce qui a marché. Regarde-toi maintenant. Je pense que tu devrais me remercier. Tu crois que tu serais capable de lire un prospectus si je n'en avais pas parlé?

— J'y serais arrivé à un moment donné.

— À un moment donné. Mais je t'y ai amené plus vite.

— Alors, tu... quoi? Tu veux ma gratitude éternelle? Un paiement? Je peux t'écrire un chèque tout de suite et je ne le sentirai même pas passer.

— Mec. Lee leva les mains. — Calme-toi, tu veux? Je dis juste que tu n'as pas toujours su ce qui était le mieux pour toi. Tu pensais le savoir et tu aurais presque tué quiconque essayait de te dire le contraire. Lee se tourna sur le tabouret de bar pour lui faire face carrément et prit quelques secondes pour l'étudier. — On dirait que les choses n'ont pas tant changé que ça.

— Qu'est-ce que c'est censé vouloir dire?

— Sérieusement? Il haussa un sourcil. — Tu ne peux pas me dire que tu vis ta meilleure vie en ce moment. Tu as l'air de vouloir tuer quelqu'un. Et je suis censé être ton meilleur ami. Je n'ose pas imaginer comment tu es au bureau. Ou dans la maison du bon Dr Bingham.

— J'ai beaucoup de choses en tête.

— Mmh mmh. Elle fait environ 1,73 m avec de longs cheveux blonds et une paire incroyable de-

— Ferme-la ou je te frappe.

— Quoi? J'allais dire *paire d'yeux*. Bleus, n'est-ce pas? Magnifiques. Lee frappa le comptoir pour demander une autre bière.

Beck avait envie de le frapper. Putain d'enfoiré arrogant.

— Donc, comme je disais, on dirait que je vais encore devoir t'éduquer parce que certaines choses n'arrivent tout simplement pas à pénétrer ta tête dure.

— Je te jure, Lee, si on n'était pas dans un lieu public en ce moment-

— Tu ferais quoi? Tu me frapperais? Vraiment? Parce que je suis sur le point de te dire que tu as enfin cette chance que tu as voulue pendant des années. Que Jennifer Langston n'était pas celle qui a arrêté de te vouloir. Elle aurait pu demander à Mac de te remplacer, mais elle ne l'a pas fait ; elle prépare quelqu'un d'autre pour quand tu seras parti. Donc tu vois, mec, c'est *toi* qui t'en vas. Tout ça parce que tu as peur d'être blessé. Il fit glisser quelques billets supplémentaires sur le bar quand sa bière arriva. Bienvenue dans le monde des adultes, Beck. On est tous blessés. C'est la vie. Ça te forge.

— Tu n'as pas besoin de me parler d'endurance.

— C'est vrai. Je sais. Tu en as une connaissance de première main. Je comprends. Mais tu t'es élevé au-dessus de ta condition, Beck. Tu as surmonté. Tu as vu ce que tu voulais et tu l'as fait arriver. En quoi ta carrière est-elle différente de Jennifer?

— Parce que le marché, c'est quelque chose que je comprends. Ce sont des chiffres et des algorithmes. Jennifer... Elle est... eh bien. Il y a des émot- euh, ce qu'*elle* veut. Ce qu'*elle* attend. Je ne peux pas compter là-dessus. Je ne peux pas l'anticiper. Je ne le *connais* pas.

— Oh, et le marché ne dépend pas des émotions ou du hasard ou de ce qu'un PDG décide de faire à la dernière minute? Mec, tu travailles dans l'incertitude tous les jours. Personne ne sait quel pays va entrer en guerre soudainement ou quel pipeline va éclater, mais tu arrives à surfer sur cette vague. Merde, je sais que les femmes peuvent être compliquées, mais quand tu arrêtes de penser à elle comme une *femme* et que tu penses à elle comme une *personne*, comme *Jennifer*, comme quelqu'un avec qui tu veux être, ce n'est vraiment pas si difficile à comprendre. Traite-la simplement comme tu voudrais qu'elle te traite et tout ira bien. Tu dois juste ne pas avoir peur de prendre le risque. Qu'est-ce qu'elle pourrait faire de pire, dire non?

— Ça serait vraiment nul.

— Mais Beck, tu lui as dit non une fois — bon, tu ne l'as pas vraiment *dit*, tu n'as juste pas répondu du tout — et pourtant, devine quoi? Elle t'a laissé revenir. Elle t'a donné une autre chance.

— Elle ne sait même pas que je suis moi. John. Tu sais. Peu importe. Il leva sa bière à mi-chemin de sa bouche. De toute façon, ce n'était qu'un week-end.

Un sacré week-end, mais il gardait ce souvenir pour lui.

Parce qu'un souvenir était tout ce que ça pourrait jamais être.

— Mmh mmh. Parce que Jennifer Langston est le genre de femme à ne faire qu'un week-end, c'est ça?

Lee l'avait coincé là.

Beck leva les yeux de sa bière. — Je ne fais pas plus qu'un week-end, Lee.

— Alors tu es un encore plus gros connard que je ne le pensais. Il lui donna un coup d'épaule. Parfois, *John Becker*, il faut viser plus haut.

Cet enfoiré savait qu'il l'atteindrait avec ce nom.

— Elle a une fille.

— Et alors? C'est juste une version miniature de la femme que tu veux. Lee but une gorgée.

— Une version miniature et plus exigeante. Merde, il n'aurait pas dû laisser échapper ça.

Lee reposa son verre. — Et qui connaît mieux un enfant exigeant *qu'*un ancien enfant exigeant lui-même?

Beck tourna son regard vers Lee.

— Ouais, je suis au courant de tout, Beck. Il haussa les épaules. On savait tous. Et, si tu te souviens, on a nos propres bagages, alors je comprends.

C'était vrai, Lee et ses frères et Mac avaient perdu leurs parents jeunes et avaient dû vivre avec leur grand-mère.

Au moins, ils avaient eu une grand-mère chez qui aller.

Lui n'avait eu personne.

Il avait désespérément voulu quelqu'un.

Il... le voulait toujours.

Quelqu'un qui le voulait.

Jennifer.

Il voulait Jennifer.

Et, oui, il voulait Sami aussi.

Lee enroula sa main autour de son verre. — Tu n'obtiendras jamais la récompense si tu ne prends pas le risque, Beck. N'était-ce pas ta devise à la fac?

Putain. Lee avait raison. Il devait parler à Jennifer. — T'es un connard.

Il fit tinter son verre contre la bière de Beck. — Je t'aime aussi, mon pote.

Chapitre Vingt-Deux

— Je veux voir ma fille, Jen.

Jennifer expira et ferma la porte-fenêtre de la terrasse au cas où Sami entendrait que sa mère était au téléphone. Les appels hebdomadaires étaient toujours aléatoires selon l'humeur de Sami, mais ce soir, Andrea avait dit qu'elle avait besoin des huit minutes allouées pour discuter de quelque chose avec Jennifer.

Si Jennifer avait su que cela allait arriver, elle aurait fait parler Sami à sa mère.

— Andrea, je ne suis pas sûre que ce soit une bonne idée de l'amener à la prison. Elle a arrêté de faire des cauchemars. Je ne veux pas qu'ils reviennent.

— Ouais, eh bien, ce que tu veux n'a pas vraiment d'importance, n'est-ce pas ? C'est ma gamine et je veux la voir, et comme je ne sors pas d'ici de sitôt, c'est soit ici, soit nulle part. Tu dois me l'amener, Jennifer.

— Laisse-moi en parler à sa thérapeute...

— Cette foutue thérapeute me déteste et tu le sais. Bien sûr qu'elle va te dire non. Mais ce n'est pas à elle de décider. Sami est ma gamine et je veux la voir.

Jennifer retint ce qu'elle voulait dire : qu'Andrea avait renoncé à ses droits parentaux, donc, techniquement, Sami *n'était pas* sa fille, mais ce n'était pas pour cela que Jennifer avait fait rédiger les papiers. C'était plus pour la commodité de pouvoir prendre les décisions légales que les parents devaient prendre pour les enfants, et, comme Andrea ne sortirait pas avant que Sami n'ait dix-huit ans, cela avait semblé opportun à l'époque.

Maintenant, cependant, cela la mettait dans une situation délicate. Son cœur souffrait pour sa sœur, mais il souffrait aussi pour Sami, et Jennifer n'avait aucune idée de l'effet qu'une visite à la prison aurait sur Sami. Certes, il y avait une entrée spéciale et de grandes salles pour les détenus avec de jeunes enfants, mais Sami se souvenait des fils barbelés en spirale à l'entrée. Ils avaient figuré en bonne place dans les cauchemars que Sami avait eus quand elle était venue vivre chez Jennifer pour la première fois.

— Je comprends, Andrea, mais nous sommes d'accord pour faire ce qui est le mieux pour Sami, alors si la thérapeute pense que ce sera bon, ou qu'elle peut préparer Sami à la visite, alors nous viendrons. C'est le mieux que je puisse faire.

— Tu vas m'oublier, n'est-ce pas? Tu as eu ma fille et maintenant tu en as fini avec moi, n'est-ce pas? Tu ne te soucies pas vraiment de moi ; tu as juste eu l'enfant que ton mari ne pouvait pas te donner.

Jennifer inspira brusquement. — Qu'est-ce que ça veut dire? Qu'est-ce que Trent a à voir avec Sami?

— Oh, rien. Andrea semblait un peu trop satisfaite d'elle-même. — Pourquoi n'amènes-tu pas ma gamine ici et je te le dirai?

Un froid glacial parcourut les veines de Jennifer. — Tu es en train de dire que *Trent* est le père de Sami?

— Je ne dis rien tant que je ne vois pas ma gamine.

Jennifer voulait crier à Andrea de lui dire immédiatement la vérité, mais elle connaissait sa sœur. Quand Andrea voulait quelque chose, elle faisait tout ce qu'elle pouvait pour l'obtenir. Y compris retenir cette information.

Jennifer prit une profonde inspiration - loin du téléphone pour qu'Andrea ne sache pas à quel point elle était désespérée d'avoir cette information. — Je vais parler à la thérapeute et je te tiendrai au courant, Andrea. C'est le mieux que je puisse faire.

Heureusement, la voix enregistrée se fit entendre pour donner le dernier avertissement de dix secondes avant la fin de l'appel, alors Jennifer raccrocha.

Trent *était-il* le père de Sami? Avait-il couché avec Andrea?

Ou était-ce une autre manifestation de la personnalité de junkie d'Andrea?

Pour autant que Jennifer avait pu en juger lors des visites qu'elle avait eues avec sa sœur, Andrea n'avait pas encore assumé sa propre culpabilité dans sa situation actuelle, blâmant plutôt tout le monde, des hommes au système, en passant par leurs parents, Mamie Lois, et maintenant, apparemment, même Jennifer.

Elle ne pouvait pas soumettre Sami à cela.

Ce serait une chose si Andrea recevait de l'aide, si elle prenait à cœur les séances de thérapie de groupe qu'elle était obligée de suivre à l'intérieur et qu'elle travaillait sur elle-même, mais Jennifer avait eu l'impression que sa sœur était plus dans le jeu du système et ne faisait pas de grands changements.

Cet appel le confirmait.

Pourtant, pour être juste envers Sami puisqu'Andrea était sa mère, elle vérifierait auprès de la thérapeute. Celui qui avait dit qu'être parent n'était pas facile avait certainement vu juste.

* * *

— J'ai besoin de ton aide, Cassie. Sami jeta un coup d'œil vers le pavillon où les moniteurs du camp aidaient les autres enfants avec leurs projets de scoubidou après le déjeuner.

Elle avait apporté le sien et celui de Cassie ici pour une raison.

Cassie leva les yeux de son projet. — Pour quoi? Tu es meilleure que moi au scoubidou.

— Non, pas ça. Cassie, quelle idiote. Comme si le scoubidou était important. — Je dois m'échapper du camp.

— Tu ne peux pas faire ça. Tu vas avoir des ennuis.

— Mais je dois le faire. Je suis euh... je suis malade. Eh bien, son ventre *lui faisait* mal - et lui faisait mal depuis qu'elle avait entendu l'appel téléphonique de Jennifer la nuit dernière.

— Alors dis-le simplement à la monitrice et elle appellera ta maman.

— Je ne peux pas. Jen... euh, Maman est en chirurgie et je ne veux pas rester ici. Chaque fois que sa mère - sa *vraie* mère - appelait, c'était difficile de penser à Jennifer comme à Maman. Mais elle voulait vraiment, vraiment le faire parce que Jennifer était une bien meilleure maman que sa mère. Un million de fois meilleure. Jennifer ne dormait pas à des heures bizarres ou ne la laissait pas seule pendant des jours et elle s'assurait toujours qu'elles avaient de la nourriture et que la maison était propre et elle la laissait même avoir un chat et un chien. Ce n'était pas juste que Jennifer ne soit pas sa vraie maman.

Ce n'était pas juste non plus qu'elle n'ait pas de papa. Mais ça allait changer.

— Alors appelle Beck. Il viendra te chercher.

— Mais il m'a dit de ne pas le faire alors je ne peux pas. Je dois m'échapper. C'est le seul moyen.

— Mais comment vas-tu rentrer à la maison?

— J'ai commandé une course avec l'application.

— Je pensais qu'il fallait être vieux pour faire ça.

— C'est l'application de Maman sur mon téléphone pour les urgences. C'est une urgence et comme ça vient de son compte, j'ai juste ajouté une note disant que j'ai sa permission pour l'urgence. Et ça va arriver bientôt, alors tu dois juste dire que je suis rentrée à la maison malade.

— Mais c'est ce que tu fais, non?

— Euh, ouais. C'est ça. Sami croisa les doigts derrière son dos. Maman lui avait dit que mentir était mal, mais Meredith disait que mentir était acceptable si on croisait les doigts. Sami ne savait pas pourquoi cela rendait la chose acceptable, mais Meredith savait beaucoup de choses que les autres enfants ne savaient pas, alors Sami allait supposer qu'elle savait aussi cela parce que Meredith mentait beaucoup.

— Bon, d'accord, mais je ne comprends pas pourquoi tu ne peux pas simplement appeler ta mère. Ou la mienne. Je parie que ma mère viendrait. Elle a des pauses quand elle travaille pour ta mère. Ta mère n'a pas de pauses?

Sami secoua la tête. — J'ai pas le temps de t'expliquer encore. Je dois y aller maintenant. Après ça, tout le monde sera en temps personnel donc ils ne remarqueront pas mon absence et tu pourras leur dire que je suis rentrée parce que j'étais malade. Si tu fais l'innocente et que tu dis simplement que je suis rentrée, c'est tout, personne ne se fâchera contre toi. Sami pensait que ce ne serait pas si difficile pour Cassie de le faire. Pas qu'elle allait lui dire ça parce que Maman disait toujours que ce n'était pas gentil de blesser les sentiments des autres, mais c'était bien que Cassie ne soit pas aussi intelligente qu'elle.

— Eh bien, je ne pense pas que ce soit une bonne idée, mais tant que tu rentres chez toi, je suppose que ça va, non?

— Oui. Merci, Cassie. Sami lui serra l'épaule en se dirigeant vers la clôture dans le bosquet d'arbres.

— Oh, non. Maintenant tu m'as rendue malade. Cassie se frotta l'épaule.

Sami l'appellerait plus tard pour lui dire la vérité afin que Cassie ne pense pas qu'elle était malade. Sami détesterait que Cassie ne soit pas là demain quand elle pourrait lui raconter tout son voyage d'aujourd'hui.

Parce qu'elle rentrait bien chez elle, juste pas dans sa propre maison.

Elle allait voir son père.

* * *

— Jennifer? Salut. C'est Linda.

— Salut, Linda. Jennifer ouvrit la porte de la buanderie donnant sur le garage. — Tout va bien? C'était au tour de Linda d'aller chercher les filles au camp aujourd'hui. Avoir Linda au bureau facilitait grandement le covoiturage puisque Linda n'avait pas besoin de demander la permission à un autre patron pour prendre du temps libre pour aller les chercher. Et les jours comme aujourd'hui où Jennifer finissait tôt, cela lui donnait un temps seule dont elle avait bien besoin pour se détendre.

— Je pense que oui. Je voulais juste confirmer que tu as Sami.

Adieu la détente ; chaque nerf dans le corps de Jennifer passa en alerte maximale. — *J'ai* Sami? Elle put à peine prononcer ces mots.

— Oh, ouf. D'accord, tant mieux.

— Non. Attends. Linda. Que veux-tu dire par *j'ai* Sami? Je n'ai pas Sami. Était-elle censée aller chercher Sami? Que se passait-il?

— Oh... Euh...

Elle entendit Linda parler à Cassie.

— Cassie a dit que Sami a quitté le camp parce qu'elle était malade et qu'elle est rentrée en voiture.

Le rythme cardiaque de Jennifer s'emballa. Ça n'avait aucun sens. Pourquoi aucun des moniteurs ne l'aurait-il appelée si Sami était malade? — Attends. Je viens juste de rentrer. Elle courut jusqu'au salon. — Sami?

Beckett leva les yeux de la table basse. — Jen?

Dieu merci, Beckett était là. Il avait dû aller la chercher. — Où est Sami? Elle est ici? Elle allait lui passer un sacré savon pour ne pas l'avoir prévenue qu'il était allé la chercher, mais—

— Sami? Pourquoi serait-elle ici?

— Tu n'es pas allé la chercher?

— J'étais censé le faire?

— Oh mon Dieu. Ses jambes cédèrent et elle dut s'appuyer contre le mur.

— Jen? Il courut à ses côtés. — Qu'est-ce qui se passe? Qu'est-il arrivé à Sami?

Il y avait un bourdonnement dans sa tête si fort que Jennifer n'arrivait pas à réfléchir clairement. — Linda? Qu'a dit Cassie? Sami n'est pas ici.

La voix de Linda se tendit. — Sami a dit qu'elle était malade et a dit à Cassie qu'elle rentrait chez elle, puis elle a grimpé par-dessus la clôture — oh mon Dieu, Cassie, pourquoi n'as-tu rien dit à personne?

Les pleurs de Cassie étaient assez forts pour parvenir aux oreilles de Jennifer.

— Je dois y aller. Jennifer raccrocha. — Où peut-elle être? Elle s'agrippa au dossier du canapé.

— A-t-elle un téléphone portable? Beckett l'aida à contourner le canapé et à s'asseoir.

— Oui. Elle en a un. Bonne idée. Jennifer tâtonna avec son téléphone et appela Sami.

Elle tomba directement sur la messagerie.

— Oh mon Dieu, il lui est arrivé quelque chose. Elle sait qu'elle ne doit pas éteindre son téléphone quand nous ne sommes pas ensemble. Ce n'était pas possible. Ce. N'était. Pas. Possible. — Beckett, qu'est-ce que je vais faire?

— Réfléchis. Où aurait-elle pu aller?

Où Sami aurait-elle pu aller? C'était la question. — Pas à mon bureau. Le personnel de l'accueil m'aurait déjà appelée. Et... ton bureau?

Beckett eut l'air frappé par la foudre. — Attends. Il sortit son téléphone et passa un appel. — Fi? Y a-t-il une petite fille nommée Sami là-bas qui me demande?

La question semblait absurde mais le ton de sa voix était on ne peut plus sérieux.

Il devint *menaçant* quand il soupira. — D'accord, mais écoute, si elle se présente, appelle-moi immédiatement. Je m'en fiche si le Pape lui-même se présente, si Sami apparaît ou appelle, tu dois m'appeler tout de suite.

Il se glissa sur le canapé à côté de Jennifer. — Où d'autre?

Jennifer s'était posé la même question pendant les quinze secondes de son appel téléphonique. — Je n'en ai aucune idée. Cassie est sa meilleure amie — et la seule chez qui elle est allée sans moi.

— Irait-elle chez ta grand-mère?

— Je ne vois honnêtement pas pourquoi, mais ça vaut le coup d'essayer. Ce n'était pas un appel que Jennifer voulait faire, mais elle devait épuiser toutes les options.

Elle prit une profonde inspiration et composa le numéro.

— Grand-mère, c'est Jennifer.

— Ce n'est certainement pas cette bonne à rien de sœur que tu as. Elle ne m'appelle jamais.

Elle se décala sur le côté du canapé, sachant pertinemment que les quinze centimètres qu'elle mettait entre elle et Beckett ne suffiraient pas pour qu'il évite d'entendre cette conversation, mais elle ne pouvait pas s'en soucier pour le moment. — Grand-mère, s'il te plaît. C'est sérieux.

— Tout comme le fait que tu élèves l'enfant de ta sœur et que tu lui permettes de traiter sa vie comme une grande fête.

Jennifer prit une demi-seconde pour se composer et garder une voix égale. — Grand-mère, j'appelle au sujet de Sami. Est-ce que tu—

— Bien sûr que oui. Tu ne fais rien d'autre que d'appeler au sujet de cette enfant ou de t'inquiéter pour elle ou de l'emmener quelque part. Tu sais, elle n'est qu'une sangsue dans ta vie, Jennifer, tout comme sa mère. Pourquoi tu ne les laisses pas simplement ensemble toutes les deux—

— Grand-mère, Sami a *disparu*. Elle se pinça l'arête du nez. — J'espérais qu'elle serait venue chez toi.

— Disparue? Chez moi? Franchement, Jennifer, c'est le dernier endroit où cette enfant viendrait. Elle sait qu'elle n'est pas la bienvenue ici. Et peut-être que c'est l'occasion dont tu avais besoin pour reprendre ta vie en main. Elle est probablement retournée chez sa mère bonne à rien et bon débarras pour toutes les deux. Tu as mieux à faire de ta vie—

— Comment peux-tu dire ça? C'est ton arrière-petite-fille et je n'arrive pas à croire que tu continues à faire payer à l'enfant les fautes de sa mère. Andrea a fait des erreurs, mais Sami n'en est pas une.

Les yeux de Beckett la transperçaient, mais Jennifer ne pouvait pas gérer sa curiosité pour le moment.

— Tu te répèteras ça quand tu auras mon âge et que personne ne s'occupera de toi.

Jennifer se mordit la langue. Sa propre mère était à l'autre bout du monde, ne s'occupant *pas* de sa mère. C'était un sujet sensible, mais Jennifer pouvait comprendre pourquoi sa mère avait choisi de rester loin. Autant qu'elle aimait sa grand-mère, c'était dans des moments comme celui-ci qu'elle réalisait que c'était uniquement parce que Grand-mère était de son sang qu'elle ressentait le besoin de lui rendre visite.

Mais là, c'était trop. Elle allait trop loin. Elle se leva et fit le tour de la pièce, essayant de garder son calme et de ne pas céder à la peur. — Tu sais quoi, Grand-mère? Tu as raison. C'était fou de ma part de penser que Sami viendrait là-bas. Et je peux te promettre que si — non, *quand* — je la retrouverai, vous n'aurez plus à subir la compagnie l'une de l'autre. Je suis désolée, Grand-mère, mais je ne pourrai plus venir te voir tant que tu n'accepteras pas Sami comme ton arrière-petite-fille et que tu ne la traiteras pas comme telle. Sami est une *enfant*. Une enfant innocente et blessée dont la mère a choisi la drogue et la prison plutôt qu'elle. Où est ta compassion?

Grand-mère eut un hoquet de surprise. — Andrea a choisi... la *prison*? Qu'es-tu en train de dire?

Jennifer jeta un coup d'œil à Beckett qui faisait déjà le calcul. Merde. Ce n'était pas comme ça qu'elle voulait qu'il l'apprenne, ni sa grand-mère. Mais elle était bouleversée et tellement fatiguée de garder les secrets d'Andrea.

Elle expira et raconta à Grand-mère l'incarcération d'Andrea et l'abandon de Sami.

— Tu... La voix de Grand-mère avait un ton que Jennifer n'avait jamais entendu auparavant. — Tu ne m'as jamais... dit.

Mon Dieu, Jennifer ne voulait pas faire ça maintenant, mais sa grand-mère avait soudainement l'air si... vieille... qu'elle devait le faire.

— Je ne voulais pas que tu le saches. Je ne voulais pas que les actions d'Andrea te fassent du mal.

— Tu aurais dû me le dire, Jennifer. Quelqu'un aurait dû. Je pensais... Grand-mère toussa. — Je pensais qu'elle était juste partie. Comme... Elle déglutit difficilement. — Comme ta mère.

— Ma— Jennifer s'arrêta de faire les cent pas. — Ma... *mère*?

Grand-mère s'éclaircit la gorge. — Ta mère, elle nous a quittés. Elle a rencontré ton père, et elle est partie.

— Papa est dans l'armée, Grand-mère. Elle devait le suivre.

— La seule fois où on la voyait, elle ou vous les enfants, c'était à Noël et parfois même pas.

— La carrière de papa nous emmenait partout. Ils ne pouvaient pas simplement rentrer quand ils le voulaient.

— Ils l'ont bien fait après la mort de ton grand-père, pourtant, n'est-ce pas? Grand-mère s'éclaircit à nouveau la gorge. — Une fois que mon Jack est parti... Elle s'éclaircit encore la gorge. — Elle ne voulait plus rien avoir à faire avec son propre père. Comment peut-on partir comme ça? Et vous emmener, vous les filles?

Jennifer regarda Beckett. Pourquoi, elle n'en avait aucune idée. Il n'avait certainement aucun conseil familial à donner. — Écoute, Grand-mère, on parlera de ça quand Sami sera revenue, mais pour l'instant, je dois y aller. Je dois la retrouver.

— Peut-être qu'elle est allée voir sa mère.

Ça pourrait avoir du sens si Sami avait entendu la conversation avec Andrea hier soir. Mais Jennifer était dehors sur le porche. Sami faisait des dessins avec des paillettes à la table de la cuisine avec l'« aide » de Nero.

Mais, à bien y réfléchir, ils avaient tous les deux disparu quand Jennifer était rentrée après l'appel, une traînée de paillettes menant à la chambre de Sami.

— Je dois y aller, Grand-mère. Je te tiendrai au courant quand je l'aurai retrouvée. Elle mit fin à l'appel en courant alors qu'elle montait les escaliers deux par deux, espérant apercevoir des paillettes, mais elles avaient disparu. Beckett était trop doué dans son travail.

Elle se précipita dans la chambre de Sami, Beckett sur ses talons alors qu'elle passait une main sur le rebord de la fenêtre qui donnait sur l'arrière-cour.

— Que cherches-tu? demanda-t-il.

— Des paillettes. Là! Il y avait encore quelques paillettes dans la moquette sous la fenêtre.

— Quel rapport entre les paillettes et Sami—

— Y avait-il des paillettes ici quand tu as nettoyé sa chambre? Elle pointa du doigt le rebord. — Sur ce rebord de fenêtre?

— Eh bien, oui, mais je les ai aspirées.

— Mince.

— Je ne pensais pas que tu voulais des paillettes partout dans ta maison, et il y avait plein d'empreintes de pattes pailletées sur la vitre.

— Non. Je veux dire... Elle passa sa main dans ses cheveux. — Je veux dire, je suis contente que tu aies nettoyé, mais je suis aussi contente que tu les aies vues ici. Je crois.

— Jennifer, je ne comprends pas ce que tu—

— Sami. Je pense qu'elle a entendu ma conversation avec Andrea hier soir.

— Andrea... Sa mère.

Elle grimaça. — Oui. C'est euh... c'est compliqué. Mais je suis la tutrice légale de Sami et ça la rassure de m'appeler Maman et le thérapeute dit qu'on doit suivre son rythme et—

— Chut. Il l'entoura de ses bras. — C'est bon. Tu ne me dois pas d'explications. Ce qui est important maintenant, c'est Sami. Où pourrait-elle être?

Jennifer frissonna. — Je... je pense qu'elle pourrait... être allée voir Andrea.

— En prison?

Jennifer hocha la tête, une sensation de malaise dans l'estomac. Elle n'avait pas aimé emmener Sami là-bas ; elle ne pouvait pas imaginer Sami y aller toute seule. Non pas que les gardiens la laisseraient entrer, Jennifer en était sûre, mais dans quels problèmes et dangers pourrait-elle se retrouver en essayant d'y arriver? — J'ai peur.

— Je sais. Mais on va la retrouver. Y a-t-il une application de localisation sur son téléphone?

— Oui, mais je ne pense pas que ça fonctionne si le téléphone est éteint.

— Et pour le trajet qu'elle a fait? Comment a-t-elle réussi ça? Y a-t-il une application—

— Oui, c'est ça! J'ai mis une application de covoiturage sur son téléphone pour les urgences et elle est liée à mon compte... Jennifer fouilla dans son téléphone—

Qui choisit ce moment pour sonner.

Chapitre Vingt-Trois

— Sami? Le cœur battant, Jennifer ne prit même pas la peine de vérifier l'identifiant de l'appelant.

— Ouais, j'ai ta Sami. Qui diable lui a dit que je suis son père?

— Trent? Elle ne savait pas si elle devait être soulagée ou en colère.

— Oh, y a-t-il d'autres crétins que tu accuses aussi, ou suis-je le seul chanceux? C'est quoi ça, une tentative pour me faire cracher une soi-disant pension alimentaire pour te rembourser la pension que tu as payée? J'ai des nouvelles pour toi, Jen, tu me dois beaucoup plus que ce que tu as obtenu du juge. Tu es vraiment un sacré numéro, je dois dire, après tout ce que j'ai fait pour toi.

Jennifer passa une main dans ses cheveux, laissant passer le venin. — Trent, as-tu Sami?

— Je ne viens pas de le dire?

— Passe-la-moi. Elle s'assit sur le lit de Sami, ne se souciant pas d'entrer dans un concours de pisse avec lui. Rien n'était plus important que de récupérer Sami. Tous ses propres problèmes avec lui pâlissaient en comparaison.

Sami prit le téléphone. — Maman s'il te plaît ne sois pas fâchée contre moi je sais que j'aurais dû appeler et ne pas quitter le camp mais quand je t'ai entendue parler à mon autre maman hier soir et que tu étais si en colère que Trent soit mon papa je savais que tu ne voudrais pas que je le voie à cause de la drogue mais je devais le voir je devais le rencontrer parce que c'est mon papa et je n'ai pas de papa comme Beck et comme Cassie et c'est vraiment triste et je voulais juste le rencontrer alors s'il te plaît s'il te plaît s'il te plaît maman ne sois pas fâchée je promets que je serai sage à partir de maintenant.

Jennifer essuya quelques larmes sur sa joue. — Sami, je suis juste contente que tu ailles bien. On parlera de ce que tu as fait plus tard quand nous nous serons toutes les deux calmées, mais pour l'instant, je viens te chercher. S'il te plaît, allume ton téléphone et repasse-moi Trent.

— Tu veux me dire pourquoi cette gamine pense que je suis son père? grogna Trent au téléphone.

— Tu l'es?

— Quoi? Tu as perdu la tête ou quoi-

— Hé, tu m'as volée pour de la drogue ; ce n'est pas un grand pas de penser que tu coucherais avec Andrea pour ça aussi.

— Comme si j'allais coucher avec cette traînée qui se dit ta sœur-

— Ne parle pas comme ça devant Sami de sa mère, Trent. Elle exhala. — Écoute, on parlera de ça après que je l'aurai ramenée à la maison.

— Ouais ben, ce sera quand parce que j'ai des trucs à faire? Je ne suis pas sa baby-sitter.

— J'arrive tout de suite.

— Fais donc ça. Et pourquoi tu n'apporterais pas le dîner pendant que tu y es. C'est le moins que tu puisses faire puisque je garde la gamine en sécurité.

C'était bien Trent, toujours à penser à lui-même. Mais au moins il avait appelé, quelle que soit sa motivation. Peut-être faisait-il des progrès. Mais, quoi qu'il en soit, il était sorti de sa vie et c'est là qu'il allait rester. Elle passait à autre chose.

— D'accord. Je prendrai quelque chose en chemin. Elle jeta un coup d'œil à l'application de localisation sur son téléphone où la position de Sami clignotait. — Je serai là dans environ vingt minutes, dit-elle avant de mettre fin à l'appel. Elle baissa la tête et expira à nouveau. Dieu merci, elle était en sécurité.

— Tu veux que je vienne avec toi?

Beckett. Elle leva les yeux. Elle avait presque oublié qu'il était là.

Presque.

Oui, elle voulait qu'il vienne.

Ce qui était exactement la raison pour laquelle il ne pouvait pas. Ce n'était pas le problème de Beckett.

Elle afficha un sourire. — Non, ça va aller. Maintenant que je sais où elle est et qu'elle est en sécurité, ça ira. Elle serra son avant-bras, le plus de contact qu'elle pouvait s'autoriser dans ce moment chargé d'émotions. — Merci d'être resté. J'apprécie vraiment que tu sois resté.

— Bien sûr que je resterais. Je ne suis pas du genre à partir quand ça devient difficile.

Non, apparemment, il ne partait que quand tout allait bien.

* * *

Il aurait dû rester. Aurait dû aller avec elle. S'assurer que Trent ne lui dise rien d'autre de méchant. Mais quel droit avait-il?

Pas un seul.

Surtout qu'il n'avait répondu à aucun de ses appels depuis qu'il avait couché avec elle.

Bon sang, Lee avait raison ; il *était* un connard.

Beck soupira et regarda autour de lui. Le voilà, seul à la maison, à contempler le papier peint à mille dollars avec l'œuvre d'un artiste dont il n'avait jamais entendu parler qui avait probablement coûté plus que la totalité des frais de camp d'été de Sami, et il réalisa qu'il ne pouvait même pas rassembler un semblant du niveau d'émotion qu'il venait de traverser pour ça.

Comment les parents font-ils ça? À la seconde où il avait réalisé ce qui se passait, c'était comme si tout son corps s'était rempli de glace et le monde autour de lui avait ralenti. Il avait enregistré chaque détail, mais prendre une décision ou faire un mouvement lui semblait comme s'il pataugeait dans de l'air solidifié. Et son cœur... Bon sang, il jurait qu'il allait sortir de sa poitrine.

Il s'affaissa dans le fauteuil.

Ce n'était pas aussi confortable que le canapé couvert de poils de chien chez Jennifer.

Il regarda autour de la pièce. *Rien* dans son appartement n'était aussi confortable que la maison de Jennifer.

Mais rien n'était aussi terrifiant non plus.

Il se frotta la tempe. Sami. Bon sang.

Ils avaient failli la perdre. Perdre une enfant. Comment quelqu'un peut-il faire ça? Comment quelqu'un peut-il *survivre* à ça?

Il passa ses mains dans ses cheveux. Pas question qu'il veuille se soucier de quelqu'un. S'ils avaient perdu Sami... Si elle avait-

Il passa une main sur sa bouche. S'ils avaient perdu Sami... la vie n'aurait plus valu la peine d'être vécue.

Putain de merde.

Est-ce que ça voulait dire-

Est-ce qu'il-

Bon sang. Était-il en train de penser-

Il laissa tomber ses mains entre ses genoux et baissa la tête. Non. Ça ne pouvait pas lui arriver. Pas à lui. Pas à Beckett Fields, le gars avec du sang-froid quand il s'agissait d'investissements risqués.

Et pourtant...

Merde.

Oui. Il pensait...

Il passa à nouveau une main dans ses cheveux. Bon sang. Il ne voulait pas se soucier autant d'un autre être humain, et encore moins de *deux* d'entre eux.

Il se leva et fixa le mur d'ardoise avec la cheminée. Les fenêtres du sol au plafond qui lui offraient la meilleure vue que l'argent puisse acheter. La cuisine gastronomique avec ses appareils haut de gamme en acier inoxydable qui fonctionnaient si silencieusement qu'il devait vérifier s'ils marchaient — quand il prenait la peine de les utiliser, bien sûr. Les comptoirs en granit bleu riche que Maeve, sa décoratrice, avait fait venir du Brésil, posés sur des armoires gris pâle qu'elle avait qualifiées de « masculines sans être écrasantes », et l'îlot assez grand pour accueillir douze personnes, sans parler de la salle à manger au-delà... tous des témoignages de sa réussite financière.

Le problème, c'est qu'il ne se souvenait pas de la dernière fois qu'il avait mangé dans cette salle à manger. Il se rappelait à peine la dernière fois qu'il avait mangé dans la cuisine d'ailleurs. Ou même *utilisé* la cuisine autrement que pour prendre un verre de jus d'orange avant le travail. Il était rarement ici ; ce n'était pas un foyer, c'était une maison. Quatre murs, quelques sols haut de gamme, et quelques pièces richement aménagées. Un endroit où revenir avant d'aller travailler le lendemain. Ça n'avait rien du confort domestique de chez Jennifer. C'était peut-être parfait pour un magazine de décoration, mais en tant que foyer... Ça ne l'était pas.

Beck regarda l'énorme canapé que Maeve avait dit convenir parfaitement à l'espace. Du même gris pâle que les armoires de cuisine — et les murs du salon et de la salle à manger — le canapé était confortable, mais à part Maeve, Shannon et les livreurs, personne ne l'avait vu à part lui.

Il regarda l'art aux murs. Quand il était enfant, il rêvait de pouvoir s'offrir tout ce qu'il voulait. Maintenant qu'il le pouvait et qu'il avait épuisé la liste des choses qu'il désirait, il avait investi l'argent dans des œuvres d'art. Un investissement pour son avenir qui ne ferait qu'augmenter en valeur. Il avait tout ce qu'il avait jamais voulu. Tout ce que l'argent pouvait acheter. Il pouvait aller n'importe où et faire tout ce qu'il voulait.

Alors pourquoi souhaitait-il que Jennifer l'ait laissé venir pour ramener Sami à la maison et gérer le chaos des animaux de compagnie, des paillettes, d'une baignoire remplie de litière et des savons parfumés à la fraise? Il n'aimait même pas les fraises.

Il se dirigea vers le bar pour se servir un scotch. Le meilleur que l'argent puisse acheter. Il le gardait pour les occasions spéciales...

Il leva la bouteille. Elle était remplie à plus des deux tiers. Pas beaucoup d'occasions spéciales dans sa vie apparemment.

Il avait été si occupé à gagner sa vie qu'il n'avait pas pris le temps de vivre, et quel était l'intérêt d'avoir tout quand on n'avait personne avec qui le partager?

Au bout du couloir, dans la chambre d'amis, il aperçut l'ours en peluche que Sami avait insisté pour qu'il ait. Il se dirigea là-bas et ramassa Wally sur la chaise où il l'avait jeté pour ne pas avoir à faire face aux émotions qu'il évoquait.

Mais maintenant, chacune d'entre elles revenait au premier plan.

Il avait été si touché que Sami ait voulu qu'il l'ait. Qu'elle ait voulu l'inclure.

Qu'elle veuille qu'il soit son père.

Il exhala et reposa l'ours sur la chaise.

Eh bien, heureusement, Trent n'était pas son père —

Attends une minute.

Beck fit le calcul.

Et si...

Bon sang... Et si c'était lui — *Beck* — qui l'était?

— Tu es très fâchée, Maman?

Jennifer résista à l'envie de serrer à nouveau Sami dans ses bras alors qu'elles se dépêchaient d'atteindre la voiture. Elle devait la ramener à la maison pour savoir où elle était et qu'elle était en sécurité. Jennifer n'allait plus jamais la laisser hors de sa vue. — Je ressens beaucoup d'émotions en ce moment, ma chérie, tout comme toi. Rentrons à la maison pour que nous puissions les démêler, d'accord?

— D'accord. Mais je suis vraiment désolée. C'est juste que...

— Je sais, Sami. Je sais. Mais il y a des règles et quand tu ne les suis pas, tu blesses les gens. Tu m'as fait peur. Beaucoup. Et je suis blessée que tu l'aies fait. Mais je suis aussi très heureuse que tu ailles bien.

Elle s'autorisa deux secondes d'étreinte avant d'ouvrir la portière de la voiture. Si elle avait duré plus longtemps, elle n'aurait peut-être jamais lâché prise.

Mon Dieu, quand elle pensait à ce qui aurait pu arriver...

— Mais Maman... Les yeux de Sami se remplirent de larmes contenues tandis que Jennifer l'attachait — et, oui, même si Sami savait certainement s'attacher toute seule, Jennifer avait *besoin* de s'assurer elle-même que Sami était en sécurité. Une réaction excessive, elle le savait, mais elle en avait le droit.

— Oui? Le mot sortit étranglé par l'émotion qui lui nouait la gorge.

— Trent *est* mon papa?

Et maintenant, le cœur de Jennifer lui faisait mal. Tout ce que cette pauvre enfant voulait, c'était un parent qui l'aimait. — Non, ma chérie, ce n'est pas lui. Je suis désolée.

Elle n'était pas sûre de ce pour quoi elle s'excusait. Trent comme père était aussi mauvais qu'Andrea comme mère, mais la pauvre petite se noyait dans l'incertitude et la douleur. — Mais écoute, tu m'as moi. Je sais que je ne suis pas ta vraie maman — mon Dieu, elle détestait ce terme, mais *mère biologique* serait trop compliqué à expliquer maintenant — mais je t'aime tout autant que si je l'étais. Et même si tu n'as pas de papa dans ta vie, ça ne veut pas dire que je ne peux pas t'aimer suffisamment pour deux parents. Elle l'embrassa sur le front. — Et je le fais, Sami. Je t'aime vraiment.

— Alors tu ne vas pas me faire partir?

Jennifer recula, la regardant fixement. — Pourquoi penserais-tu une chose pareille?

La lèvre inférieure de Sami trembla. — Parce que je t'ai mise en colère. Maman — Andrea — disait que je devais bien me comporter sinon elle me donnerait. S'il te plaît, ne me donne pas, Maman. Je promets d'être sage pour toujours.

Jennifer serra Sami dans ses bras autant que la ceinture de sécurité le permettait, levant les yeux au plafond et expirant profondément, refoulant un torrent de larmes — *et* les mots grossiers qu'elle voulait hurler à Andrea.

La biologie ne faisait *pas* un parent.

Et la drogue faisait des choses horribles aux êtres humains. Et aux familles.

— Ne t'inquiète pas, Sami. Je ne t'enverrai jamais ailleurs. Jamais. Tu es coincée avec moi, ma puce.

Sami s'accrocha de toutes ses forces. — Et tu es coincée avec moi aussi.

Jennifer retint ses larmes et planta un long et fort baiser sur la tête de Sami. Quand elle put enfin parler sans que sa voix ne se brise, elle se mit à la hauteur des yeux de Sami. — Donc nous sommes toutes les deux coincées l'une avec l'autre, d'accord? Que dirais-tu de rentrer à la maison pour faire un gros câlin à Nero et Flopsy aussi?

— Est-ce qu'ils m'ont manqué pendant que j'étais partie?

— Tu nous as tous manqué, Sami.

— Même à Beck?

Mince, elle n'avait pas vu celle-là venir. — Oui, Sami, Beckett était inquiet aussi.

— Alors pourquoi il n'est pas venu aussi?

— Parce que je venais, moi.

— J'aurais aimé qu'il vienne.

Jennifer soupira et tapota une fois de plus la boucle avant de se redresser. Sami devait comprendre que Beckett ne faisait pas partie du marché. — Il a proposé de venir, mais comme c'est une affaire de famille, j'ai pensé que nous devrions garder ça juste entre nous.

— J'aimerais qu'il fasse partie de notre famille.

Jennifer ferma la portière de la voiture. Elle aussi.

Elle monta à l'avant. Pourquoi *ne pouvait-il pas* faire partie de leur famille? Il avait dit qu'il voulait sortir avec elle... quel but les gens avaient-ils en sortant ensemble si ce n'est former une relation? Voulait-il juste une partenaire sexuelle occasionnelle?

Elle grimaça en s'engageant dans la circulation. Jennifer Langston, partenaire sexuelle occasionnelle. Ouais, d'une manière ou d'une autre, ce n'était pas l'un des objectifs qu'elle s'était fixés.

Être parent célibataire ou divorcée non plus, mais Andrea et Trent avaient pris ces décisions pour elle.

Eh bien, tu sais quoi? Elle en avait assez que les actions des autres définissent sa vie et elle n'allait plus le supporter. C'était sa vie et il y avait des choses qu'elle voulait, et si Beckett la voulait dans sa vie, ce serait selon ses conditions à elle.

Et s'il ne le voulait pas, eh bien, mieux valait le découvrir maintenant et mettre fin au chagrin avant qu'il ne devienne trop grand.

Trop tard.

Non. Il n'était pas trop tard. Mais il était temps.

Elle en avait fini de laisser les autres dicter le cours de sa vie et il était grand temps qu'*elle* en prenne le contrôle.

* * *

— Eh bien, eh bien, John Becker. Je ne pensais jamais te revoir, encore moins ici. Andrea enfourcha la chaise en plastique dans la salle de visite de la prison. — Qu'est-ce qui t'amène ici?

Comment avait-il pu penser qu'elle pourrait remplacer Jennifer pour lui, même pour une nuit? Elle avait l'air jolie la nuit qu'ils avaient passée ensemble, mais les années entre-temps — presque huit — n'avaient pas été tendres.

— J'ai besoin de te demander quelque chose.

— Ça ne veut pas dire que je dois y répondre.

Elle avait changé — s'était endurcie — et cela le rendait triste. Cela le rendait aussi sacrément heureux qu'elle ait renoncé à ses droits parentaux.

Mais, selon cette conversation, cela pourrait être sans importance.

— Que puis-je faire pour toi pour que tu y répondes?

Ses yeux se plissèrent, son ongle du pouce grattant celui de son majeur. Nerveuse.

Il n'allait pas lui procurer de la drogue. — Des cigarettes? C'était la monnaie de la prison. Elle pourrait les utiliser pour obtenir tout ce qu'elle voulait et ses mains à lui resteraient propres.

Il avait fait quelques recherches et savait qu'elle ne sortirait pas avant des années. Assez longtemps pour que Sami puisse grandir bien équilibrée et n'ait pas à faire face à une toxicomane.

Mon Dieu, pauvre Sami.

Et pauvre Jennifer. Elle et Andrea avaient été proches au lycée. Il se demandait ce qui avait mal tourné. Peut-être qu'un jour il demanderait à Jennifer — si elle lui parlait encore après la façon dont il avait disparu après avoir couché avec elle.

Mon Dieu, il était un tel crétin. Mais ça allait changer. À partir de maintenant. — Andrea? Alors, les cigarettes feront l'affaire?

Andrea claqua de la langue. — D'accord, marché conclu. Quelle est ta question?

Beck ferma brièvement les yeux et expira, rassemblant les émotions dont il allait avoir besoin pour sa réponse.

Il ouvrit les yeux, ayant besoin de voir sa réaction initiale. C'était toujours la vraie réaction. Le *révélateur*. — Sami est-elle ma fille?

Les yeux d'Andrea s'écarquillèrent, puis elle rit. — Sérieusement? Tu es là pour une *gamine*? Elle continua de rire jusqu'à ce qu'elle tousse. — Eh bien, *ça*, je ne l'avais pas vu venir.

— Réponds à la question, Andrea.

— Pourquoi? Elle pencha la tête, les yeux plissés. — Tu proposes une pension alimentaire? Je ne pense pas que des clopes suffiront pour convaincre un juge.

— Si elle est ma fille, je subviendrai à ses besoins. Bon sang, même si elle ne l'était pas, il le ferait. Il avait pris la décision en venant ici - en fait, il se l'était avoué dès qu'il avait vu l'ours affaissé.

Il voulait Sami et Jennifer dans sa vie.

Mais, quand même, il avait besoin de la vérité.

Andrea tapota la table, prenant beaucoup trop de temps pour répondre. Finalement, elle prit une profonde inspiration... et sourit. — Ne te mets pas dans tous tes états, Beck. Elle n'est pas ta fille.

— Comment le sais-tu?

Elle leva les yeux au ciel. — Tu ne vas pas lâcher l'affaire, n'est-ce pas?

— Réponds-moi, Andrea.

— Très bien. Elle soupira et prit quelques secondes avant de répondre. — Parce qu'après que je, euh, suis partie de chez toi ce matin-là - après que tu m'as jetée dehors - je me suis, euh, inscrite en cure de désintoxication. Je veux dire, tu étais le mauvais garçon au lycée et si *toi* tu pouvais me mettre à la porte, je me suis dit que je devais probablement changer. J'y suis restée un mois et j'ai eu mes règles pendant que j'y étais, donc Sami n'est pas ta fille.

— Alors de qui est-elle?

— Bien que ça ne te regarde pas, j'ai couché avec pas mal de mecs quand je suis sortie. Je ne suis pas sûre de qui elle est. Pitoyable, pas vrai? Et totalement stéréotypé - la junkie qui couche à droite à gauche pour de la drogue. Le truc, c'est que c'était pour l'argent du *loyer*, pas pour la drogue. J'essayais de rester clean. Et puis quand j'ai compris que j'étais enceinte, j'ai réussi à rester clean tout du long. J'étais plutôt fière de moi. Mais ensuite, tu sais... Elle haussa les épaules. — Un bébé. Pas de sommeil, toujours en train de pleurer. Toujours besoin de nourriture et de couches et tombant malade. C'était dur, et, eh bien, j'avais besoin d'aide pour faire face. Les mecs ne suffisaient plus.

Beck agrippa la table. Il pouvait le voir, et il voulait lui crier dessus pour le danger auquel elle avait exposé sa fille. Et ce à quoi elle l'avait exposée... Le comportement de Sami lors de leur première rencontre prenait tout son sens, la pauvre gamine. Si seulement Andrea s'en était tenue à la révélation qu'elle avait eue après qu'ils avaient couché ensemble -

Wow... Lui - John Becker - avait réellement contribué à aider quelqu'un. Certes, ç'avait été en servant de mauvais exemple, mais au moins cette carapace qu'il s'était forgée avait aidé à tenir la drogue éloignée du système de Sami. Cette gamine avait définitivement une part de lui en elle, indépendamment de la biologie.

— Écoute, Andrea. J'ai eu une enfance difficile, moi aussi, mais je n'ai pas choisi la drogue. J'ai choisi de faire quelque chose de ma vie. Pourquoi diable ne l'as-tu pas fait? Tu avais une famille aimante. Un enfant. Quelqu'un qui dépend de toi.

— *Tu* as déjà eu quelqu'un qui dépendait de toi? C'est effrayant comme pas possible. Et je n'étais pas faite pour ça.

— C'est des conneries.

— Non, c'est juste de la merde. Elle soupira et agita la main. — La même merde, jour après jour, chaque putain de jour. Je ne pouvais pas le supporter.

— Alors pourquoi ne l'as-tu pas abandonnée?

Andrea haussa les épaules. — Ce n'est pas si facile, surtout plus elle grandissait. Si je l'avais fait tout de suite, peut-être, mais... Elle haussa à nouveau les épaules. — Je ne sais pas. C'est comme ça. Elle expira. — Donc, maintenant que j'ai répondu à ta Grande Question, quand est-ce que j'aurai les clopes? Deux ou trois cartouches devraient faire l'affaire.

Il la fixa du regard. Ses cheveux en bataille, la combinaison orange, les ongles rongés jusqu'au sang et les traits durs de son visage. Andrea et Jennifer avaient été les filles en or de son école. Les princesses sur leur piédestal. Elles avaient eu une famille aimante et des amis. Qu'est-ce qui s'était passé pour la mettre sur cette voie?

Il faillit lui demander, mais si la cure de désintoxication et la prison n'avaient pas pu l'aider, il n'était pas assez arrogant pour penser qu'il le pourrait. Par expérience personnelle, il savait que personne ne pouvait aider quelqu'un à moins que cette personne ne veuille de l'aide. Cela devait venir d'elle-même. Tout ce que quelqu'un pouvait faire pour elle était de la soutenir quand elle atteindrait enfin ce point et serait honnête avec elle-même.

Dieu merci, il l'avait fait il y a des années.

Et maintenant, il avait atteint un autre point.

Il était temps qu'*il* soit honnête... avec Jennifer.

Il devait lui dire... tout.

Chapitre Vingt-Cinq

—*Tu as couché avec ma sœur?* s'écria Jennifer d'une voix montant de trois octaves, lui déchirant les tympans alors qu'elle bondissait sur ses pieds et commençait à faire les cent pas dans le grand salon.

Peut-être n'aurait-il pas dû commencer par ça.

— Jen, ce que j'essaie de te dire...

— Non. Attends. Tu ne peux pas simplement lâcher cette bombe et puis faire marche arrière. Elle expira bruyamment et posa les mains sur ses hanches. Quand?

— Il y a presque huit ans.

— Huit... Ses yeux s'écarquillèrent. Elle avait compris l'importance de ce chiffre. Est-ce que ça veut dire... Es-tu...

— Non. Je ne le suis pas. Je suis allé voir Andrea et je lui ai demandé.

Jennifer le fixa du regard en expirant et s'effondra sur le fauteuil en face de lui. Tu en es sûr?

— Elle a dit non.

— Je veux un test ADN.

— Ça me va.

— Mais tu n'auras pas Sami si tu l'es. Je refuse qu'elle soit ballottée entre nous comme une balle. Cette enfant a besoin de stabilité et d'un sentiment de foyer et, avec toutes les heures que tu travailles, tu ne peux pas lui offrir ça. Tu pourras venir la voir quand tu veux, mais...

— Hé, hé. Attends. Nous n'avons pas besoin de résoudre ça maintenant.

— Pourquoi? Tu ne *veux pas* de droit de visite? Tu ne veux pas être impliqué dans sa vie? Alors pourquoi demander à Andrea... oh, mon Dieu. Andrea. Et moi. Elle le regardait comme si elle ne le connaissait pas.

Et elle avait raison ; elle ne le connaissait pas.

Bon sang, il avait vraiment tout gâché.

Il s'assit dans le fauteuil à côté d'elle et prit sa main.

Heureusement, elle le laissa faire.

— Jen. Il caressa ses doigts avec les siens, rassemblant ses pensées avant de lever les yeux. Parmi tous les discours qu'il avait prononcés au cours de la dernière décennie, aucun n'avait jamais été plus important que celui-ci. J'ai un autre aveu à te faire.

— Oh, mon Dieu, quoi encore?

Il grimaça. Il méritait ça. Mon nom... Avant, c'était...

Elle le fixait avec une expression qu'il ne reconnaissait pas.

— C'était John Becker. Le John Becker qui était à l'école avec toi. Celui à qui tu avais proposé de l'aide pour un devoir.

Elle ne retira pas sa main, mais elle ne dit rien non plus.

Il continua. J'ai légalement changé de nom quand je... Quand je suis sorti du système de familles d'accueil.

— Pourquoi?

Il prit une grande inspiration. J'avais besoin d'un changement. Non, j'avais besoin *de* changer. De devenir quelqu'un d'autre. Tu vois... Il passa sa langue sur ses lèvres. Il n'avait jamais avoué ça à personne auparavant. John Becker — *moi*... J'étais un dur à cuire. Un gamin avec une dent contre le monde et une attitude trop grande à porter. Ma mère...

Merde. Il n'avait pas prévu d'aller aussi loin dans sa psyché.

Cela dit, Jennifer méritait de tout savoir. Si elle devait un jour pouvoir l'aimer, elle devait le connaître *lui*. Et cela faisait partie de qui il était. De qui il avait été.

— Ta mère...?

— Ma mère était... un désastre. Comme Andrea. Mais elle n'avait pas une sœur comme toi à qui me confier. J'ai fini par être placé en famille d'accueil, et après avoir été ballotté de maison en maison, eh bien... Je me suis dit que, hé, si ma propre mère — la femme qui était censée m'aimer quoi qu'il arrive — ne le pouvait pas, alors personne d'autre ne le pourrait non plus. Alors je me suis complètement fermé et je n'ai laissé personne s'approcher. Mais ensuite, quand j'ai quitté le système et que j'ai vu que la vie *dedans* avait en fait été plus facile qu'en dehors, j'ai réalisé que je n'avais que moi-même sur qui compter, alors j'avais besoin d'un plan rapidement. Je devais changer, et la première étape pour créer un nouveau moi était d'obtenir un nouveau nom. J'ai choisi Beckett parce que c'est assez proche du surnom auquel j'ai toujours répondu, et Fields pour l'assistante sociale qui s'était vraiment souciée de moi. Ça m'a insufflé une nouvelle vie, alors j'ai pu me payer mes études universitaires et, eh bien, le reste est sur mon profil LinkedIn. Je voulais te le dire, mais je ne voulais pas que tu regardes Beckett Fields comme tu avais regardé John Becker.

— Oh? Et comment je le regardais?

Il déglutit. Avec pitié. Je ne pouvais pas supporter ça. Pas de ta part.

— Eh bien, tu ne me connaissais vraiment pas, n'est-ce pas? Elle retira sa main et secoua la tête. Ce n'était pas de la pitié. C'était un espoir timide de pouvoir me rapprocher de toi. Mais ensuite, tu m'as repoussée sans me donner une chance. Un peu comme tu l'as fait quand tu es arrivé ici.

— Que veux-tu dire?

— J'ai su qui tu étais dès le premier jour.

— Mais tu n'as rien dit. Était-ce parce qu'elle était gênée par le lycée — *ou* parce qu'il avait prétendu ne pas la connaître?

Mon Dieu, il avait vraiment tout gâché. Littéralement dès le premier jour.

Elle haussa un sourcil. Je me souvenais de qui tu étais au lycée et j'ai supposé que tu avais tes raisons. Je pouvais vivre avec ça puisque les choses n'étaient pas allées trop loin entre nous. Et puis, quand elles l'ont fait... Je pensais qu'on aurait cette conversation — mais ensuite tu as simplement disparu. Un stupide mot et... rien. Et *maintenant* tu me dis que tu as couché avec ma sœur et je suis censée... quoi? Être d'accord avec ça? Faire comme si ça ne s'était pas produit?

Il grimaça. Non. Je ne cherche pas d'excuses, mais ce n'était pas quelque chose que j'avais prévu. Si seulement il pouvait effacer cette nuit d'il y a toutes ces années... Andrea... C'était un pur hasard que je sois tombé sur elle dans un bar ce soir-là. Je venais d'avoir un grand succès au travail et je célébrais ça, et elle était là, et... Il expira. Cette partie suivante ne va pas mieux sonner que ce que je t'ai déjà dit, mais tu dois comprendre... Ce jour-là à l'école quand tu m'as proposé de m'aider?

Il attendit qu'elle hoche la tête.

— Je ne t'avais pas rejetée ce jour-là. J'avais été trop effrayé pour te répondre.

Elle leva les yeux au ciel. Je t'ai fait peur? Super, merci.

Il grimaça. — Désolé, ce n'est pas sorti comme je le voulais. Il se pencha en avant sur sa chaise, prenant à nouveau sa main. — J'avais un énorme béguin pour toi, Jen. Dès le premier instant où je t'ai vue, tu étais l'incarnation de la fille de mes rêves. Mais qu'est-ce que quelqu'un comme toi pouvait bien voir dans le nomade que j'étais? Je n'avais aucun espoir d'arriver à quoi que ce soit dans ce monde et tu méritais quelqu'un qui pouvait te *donner* le monde, alors quand tu m'as proposé de m'aider pour le projet, eh bien... J'ai figé. Je n'arrivais pas à formuler une réponse cohérente. Et puis tu t'es sentie gênée et tu es partie, et à ce moment-là, l'occasion était passée. Ça aurait été pathétique si j'étais venu ramper à tes pieds, non?

— Tu n'aurais pas eu à ramper.

Il secoua la tête. — C'est gentil de penser ça, mais je comprends la réalité. J'étais le mauvais garçon. J'étais un défi. Tu étais la fille en or. Même si nous nous *étions* mis ensemble, ça n'aurait pas marché. J'avais besoin de grandir et de réaliser que je devais faire quelque chose de moi-même. Que personne d'autre ne pouvait le faire pour moi. Que ça devait venir de moi. Il tapota sa poitrine. — Parce que si je ne le faisais pas arriver, ça n'arriverait pas. J'avais besoin de me réveiller et de sentir la réalité d'une manière que je n'aurais pas pu en étant dans ton monde. J'aurais été un imposteur dans ce monde et ça m'aurait rendu amer, ce qui n'aurait été bon pour aucun de nous deux. Il haussa les épaules, résigné depuis longtemps à cette vérité. — C'était ce que c'était. Mais cette nuit-là, quand j'ai vu Andrea... Elle était un lien avec qui j'étais avant et à quel point j'avais progressé - *et* avec la fille que je voulais vraiment. Il prit une autre profonde inspiration, sachant que ça allait le faire passer pour un connard, mais il devait tout lui dire s'il y avait une chance qu'ils puissent surmonter ça.

— Elle m'a fait des avances et je me suis dit, pourquoi pas? Si je ne pouvais pas t'avoir, je pouvais avoir la meilleure chose d'après. Il posa un doigt sur ses lèvres. — Oui, je sais comment ça sonne et crois-moi, je n'en suis pas fier. Je ne l'étais pas non plus le lendemain matin, et ça, c'était *avant* que je la trouve en train de sniffer de la coke dans ma salle de bain. Je l'ai mise dehors et j'ai pensé que c'était la fin de mon fantasme d'adolescent.

— Mais ensuite tu es apparue ici.

— Ouais, je suis apparu ici. Il la fixa du regard au cas où ce moment serait le dernier qu'il aurait avec elle. Il voulait mémoriser chaque détail à son sujet. — Et puis je me suis retrouvé à me demander si je *pouvais* avoir mon rêve.

— Ton rêve? Moi?

Pouvait-elle... pouvait-elle vraiment être prête à lui pardonner? Pouvait-il avoir autant de chance? — Oui. Toi, Jennifer. Toi.

Il retint son souffle tandis qu'elle le regardait dans les yeux, osant à peine laisser l'espoir s'allumer.

— Mais qu'en est-il de mon rêve, Beck?

Beck. Pas Beckett.

Il avala la boule dans sa gorge. — Que... que veux-tu dire?

— *Mon* rêve. Elle se leva. — Tu arrives ici avec toutes ces grandes confessions comme si elles allaient tout arranger, mais tout ça ne concerne que ce que *tu* veux. Qu'en est-il de ce que *je* veux?

— Je-

— Non. Elle leva la main. — Tu as eu ton mot à dire, maintenant c'est mon tour. Elle passa cette main sur sa bouche, puis s'éloigna de lui.

Beck n'avait aucune idée de ce qu'elle allait dire et ça lui foutait une trouille bleue. Venait-il de faire la plus grosse erreur de sa vie en étant honnête?

Mais il ne pouvait être rien d'autre qu'honnête si ça devait marcher.

Mon Dieu, s'il vous plaît, faites que ça - *eux* - marche.

Elle fit volte-face. — Je ne suis pas un trophée à gagner. Je suis une femme avec des sentiments, des espoirs et des rêves. Un gars a déjà fait de son mieux pour les détruire, et puis il y a eu Andrea qui se fichait de tout le monde sauf d'elle-même, me laissant gérer les conséquences. J'ai dû modifier ma vie à cause de décisions prises par d'autres. Je ne me plains pas parce que j'aime Sami comme si elle était la mienne - et je le ferai jusqu'à mon dernier jour - mais je n'ai *pas* à supporter d'être à la merci de qui que ce soit d'autre. Je suis tellement contente que tu aies décidé de me balancer tout ça pour ton propre bien-être, mais maintenant c'est à moi de ramasser les morceaux. Super. Tu as couché avec ma sœur mais tu n'es pas le père de son enfant - qu'est-ce que je suis censée faire de cette information? Et tu as commodément omis qui tu étais alors j'ai dû me convaincre que ça n'avait pas d'importance, mais tu sais quoi?

Ça *a* de l'importance. Tout a de l'importance. Je ne veux être le second choix ou le lot de consolation de personne. Je mérite d'être désirée pour qui je suis. Pas parce que j'ai une fille ou que j'ai été gentille avec toi une fois ou, bon sang, je ne sais pas, parce que tu as un reste de culpabilité, mais c'est *ma* vie et c'est moi qui fais les règles. Je veux un partenaire qui va traverser tout ça avec moi - le bon, le difficile, toute cette histoire de maladie et de santé, pas quelqu'un qui ne répond pas à mes appels ou laisse des notes impersonnelles après que je l'ai laissé entrer. Je veux quelqu'un qui est de mon côté et qui n'agit pas dans mon dos. Je veux quelqu'un qui veut vraiment *partager* sa vie avec moi et non pas prendre de moi ou m'utiliser. Je ne pense pas que ce soit trop demander et je ne suis *pas* prête à compromettre qui je suis parce que tu as pris des décisions qui m'affectent sans en discuter avec moi. Tu aurais dû me dire qui tu étais tout de suite. Et tu aurais certainement dû me parler d'Andrea avant qu'on... Tu sais...

— Tu as raison. J'aurais dû. Beck se leva. — Je ne m'attendais juste pas... Je n'ai jamais pensé...

— Quoi? Que je suis une vraie personne avec des sentiments? Des larmes lui montèrent aux yeux.

Il se sentit comme le plus grand crétin du monde. — Non. Il fit un pas vers elle. Ces larmes et son *laissé entrer* devaient bien signifier quelque chose, non? Devaient signifier qu'elle avait autant d'émotion investie dans cette conversation que lui, ce qui voulait dire qu'elle ressentait quelque chose pour lui qui valait la peine d'être sauvé.

C'était cet espoir qui le fit faire un autre pas vers elle. — Je n'ai jamais pensé que j'aurais la chance de t'avoir dans ma vie si tu connaissais la vérité.

— Alors tu étais prêt à faire tout ce qu'il fallait pour m'y mettre? Et en quoi est-ce différent de Trent et Andrea et mes parents et même ma grand-mère?

Mon Dieu, il était en train de tout gâcher. — Tu as raison, Jen. J'ai établi mes propres règles à ce sujet. À propos de nous. Mais ça a changé — *tu* m'as changé. J'ai continué à essayer de garder un mur autour de ce que je ressentais pour toi, mais... c'était inutile. Parce qu'il ne peut pas y avoir de murs si je veux être avec toi. Tu es tout ce qui manquait dans ma vie. Tu es incroyablement généreuse et altruiste, et ta capacité d'amour est sans limites. Ta foi en les gens m'humilie. Ton âme est trop bonne pour quelqu'un comme moi, mais je *veux* en être digne. De toi. C'est pourquoi je devais tout avouer et tout te dire — me mettre à nu devant toi, te montrer qui je suis — si je veux avoir une chance de t'avoir dans ma vie. Parce que je le veux tellement.

Il devait lui faire comprendre. Devait lui faire comprendre qu'elle était tout pour lui.

— J'ai changé mes horaires ici et je n'ai pas répondu à tes appels parce que... Il déglutit. Parce que j'avais peur.

— De quoi? De moi? De Sami?

Il secoua la tête. — Non. De moi. De ne pas y arriver et... de ne pas être à la hauteur. Il leva la main quand elle ouvrit la bouche. — Je sais ce que tu vas dire. Couper tout contact était une prophétie auto-réalisatrice, je comprends ça. Mais tu dois comprendre, Jennifer, que tu sais qui j'étais avant. C'est pourquoi je ne voulais pas te le dire quand on s'est rencontrés. Je voulais être Beckett, pas John, mais ensuite...

Il avoua tout, y compris la voiture de location et le fait de se garer plus loin dans la rue jusqu'à ce qu'elles partent. — Et je vous ai regardées ensemble, Sami sautillant, toi riant, et j'ai réalisé que vos vies continuaient de la même façon sans moi. Que mon absence de votre vie ne la changeait pas, mais la mienne... Il se mordit la lèvre. La mienne s'est arrêtée. Je ne pouvais pas me concentrer au travail, ma maison était vide, et tout ce que je voulais faire était venir ici à genoux, te suppliant de me laisser faire partie de ta vie.

— Et tu ne l'as pas fait parce que...

— Parce que j'ai fait la même chose maintenant que j'avais faite quand nous étions à l'école. Ce que je fais toujours pour me protéger. Je t'ai exclue.

— Donc tu n'allais jamais rien dire? Si je n'étais pas arrivée tôt et si Sami n'avait pas disparu...

— Non. Je veux dire, si. Je veux dire... Il expira. Tu es si importante pour moi, Jennifer, que je ne fais pas confiance à mes instincts quand il s'agit de toi parce que je te veux tellement, mais j'*allais* te parler. Je le devais. Tu méritais de comprendre. Je devais juste trouver comment. Quand. Mais ensuite Sami a disparu et...

— Je ne suis pas un rêve d'adolescent à conquérir, Beckett. *John*. Vous deux — *vous tous* — devez le réaliser.

— Je sais, Jennifer. J'ai merdé, mais je suis prêt à m'améliorer. Je *veux* m'améliorer. J'aurais pu te cacher tout ça, mais je ne peux pas — je ne *veux* pas — te mentir. Plus maintenant. Plus après ça. Tu mérites mieux. *Nous* — s'il peut y avoir un *nous* — méritons mieux. Ce n'est pas un fantasme d'adolescent. C'est réel et ce que je ressens pour toi est réel et pour toujours. Tu es une femme à chérir. Et Sami aussi. Elle a besoin d'une famille et j'ai besoin d'elle autant que j'ai besoin de toi, et je t'aime et je l'aime comme si elle *était* la mienne, peu importe ce qu'un test ADN dirait. Il prit une inspiration, son cœur martelant dans sa poitrine. Ce que j'essaie vraiment de dire, c'est que je veux te donner ce que tu veux, Jennifer. Je veux *être* cette personne pour toi. Je veux fonder une famille avec toi. Je veux Sami et je nous veux — même ta grand-mère. Je veux être la personne sur laquelle tu t'appuies, celle qui te soutient, celle qui t'aime pour toujours. Je veux le conte de fées et je prie Dieu que tu le veuilles aussi avec moi. Je promets de ne prendre aucune décision sans en discuter avec toi, et je ferai tout ce que je peux pour être digne de la confiance que tu pourras placer en moi si tu nous donnes seulement une chance...

Elle le fit taire avec un baiser.

La meilleure façon dont il avait jamais été réduit au silence.

— Est-ce que ça veut dire que tu vas être mon papa? demanda Sami depuis l'entrée de la cuisine.

Mon Dieu, il l'espérait.

Il prit une profonde inspiration alors qu'ils se séparaient et la regarda. — J'en arrive justement à cette partie, Sami. Je dois lui demander de la bonne façon.

Sami sautilla dans la pièce. — Tu veux dire à genoux, pas vrai? Tu as une bague?

Jennifer eut le souffle coupé mais Beck rit. — Tu sais quoi, Sami? Je me fiche de ce qu'un test ADN dirait. Tu es la mienne. Il regarda Jennifer. Si tu la laisses l'être. Il plongea la main dans sa poche et en sortit la bague, puis s'agenouilla. Si tu veux bien de moi.

Les larmes lui montèrent aux yeux.

Il pria pour que ce soient des larmes de joie. Mais, quitte ou double, il y mettait tout son cœur. — Jennifer Langston Bingham, je sais que je ne suis pas parfait et que j'ai beaucoup à apprendre, mais j'ai déjà appris des choses importantes qui ont changé ma vie et je ne peux pas imaginer quelque chose de plus important et de plus transformateur que toi. Il jeta un coup d'œil à Sami. Que vous deux. Alors s'il te plaît, veux-tu me donner cette chance de t'aimer, t'honorer et te chérir tous les jours de ma vie? Il déglutit. Veux-tu... Il regarda à nouveau Sami. Et Sami, m'épouser?

— Oui! Sami se jeta sur lui, le faisant tomber de son genou et lui faisant lâcher la bague.

Jennifer se mit à rire. Et à pleurer. Puis elle se jeta sur eux deux, les entourant de ses bras. — Oui, John Becker Beckett Fields, tant que tu promets de ne plus jamais me cacher de secret, moi — et Sami — nous t'épouserons.

Et juste comme ça, Jennifer prit les deux parties de lui et les réunit. Le rendit entier.

Beck souffla pour dégager quelques mèches de cheveux de Jennifer et de Sami de son visage. — Je te le promets, Jennifer. Ça, tu peux en être sûre.

Dix mois et un mariage très attendu plus tard...

— Oh, j'ai toujours su que vous finiriez ensemble. Vous étiez juste trop têtus pour vous en rendre compte. Vous aviez besoin de votre grand-mère pour faire avancer les choses.

Mamie Lois se servit d'un des mini hot-dogs sur le buffet menant à la salle à manger, le lieu de la partie de poker mensuelle entre les gars qui s'était depuis transformée en une réunion de famille itinérante avec les épouses et les enfants qui se joignaient également.

Jennifer regarda autour de la maison. Entre les cinq enfants de Bryan et Beth, les jumeaux de Sean et Livvy, et Sami et Cassie, la maison était pleine à craquer.

Et ce n'était que le début — *doublement* le début — mais c'était le petit secret de Jennifer et Beckett.

Mamie pointa un des nuggets de poulet vers elle alors que Sami et Cassie passaient avec leurs assiettes débordantes. Elles avaient choisi le menu de ce soir. — Alors, quand allez-vous vous mettre au travail pour me donner plus d'arrière-petits-enfants?

Jennifer aimait entendre le « plus ». Il avait fallu beaucoup de temps à

Mamie Lois — presque huit ans — pour en arriver là, mais heureusement, elle y était parvenue. Bien sûr, le mariage de Jennifer avec Beckett avait aidé ; il avait créé la famille dont Mamie — et Jennifer — pensaient que Sami avait besoin. — C'est, euh, à l'étude, Mamie.

— Beurk. Sami s'arrêta et la regarda bouche bée. — Je ne pense pas que ce soit une bonne idée.

Jennifer la regarda. — Pourquoi pas? Jusqu'à il y a une seconde, Sami réclamait un frère ou une sœur.

Sami frissonna. — Meredith m'a expliqué comment on fait les bébés et c'est juste dégoûtant. Vous ne devriez pas faire ça. Elle regarda Beckett qui apportait le verre de Mamie depuis le bar dans l'office. — *Papa* ne devrait pas faire ça. C'est juste... beurk.

Cassie arrêta de mâcher son beignet en forme d'ours. — Qu'est-ce qui est *dégoûtant* là-dedans? Ma mère m'a dit que c'est la cigogne qui livre les bébés. Mais, tu sais? Je ne comprends pas comment ils savent quel bébé va où. Les cigognes ont l'air plutôt bêtes. Au moins celles du zoo. Dr Bingham, est-ce que les cigognes ont des lobotomies avant d'aller au zoo?

— Oh, Cassie, non. Ce n'est pas vrai. Sami bomba le torse et redressa les épaules. — Ce n'est pas de là que viennent les bébés. Voilà, ce que Meredith a dit, c'est que...

Jennifer fourra un des mini-hamburgers dans la bouche de Sami. — On va laisser Mme Mumford expliquer à Cassie ce qu'elle a besoin de savoir, c'est clair? Ses sourcils levés ne souffraient aucune contestation. Sacré Meredith. — Et, Cassie, je pense que tu veux dire *lobo*tomies et non, aucun animal ne subit de lobotomie avant d'entrer dans un zoo. Les zoos sont là pour aider les animaux. Elle fit pivoter les filles et les dirigea vers la table dans le grand salon où quelques jeux de société captivaient l'attention des enfants. — Et maintenant, ça suffit avec *ce* sujet, est-ce que je me fais bien comprendre, Samantha Renee?

Sami hocha la tête, puis tira le hamburger de sa bouche. — Promets-moi juste que vous n'allez pas faire... Elle jeta un coup d'œil à Beckett, puis de nouveau à Jennifer et frissonna. — *Ça.*

— On en discutera demain.

Ça allait donner lieu à une conversation au petit-déjeuner bien différente de celle qu'elle avait prévue.

Mamie Lois secoua la tête alors que les filles partaient et gloussa. — J'espère que je serai encore là quand elle changera d'avis sur *ça*. Elle prit le verre des mains de Beckett. — Et s'il vous plaît, *faites* donc *ça*. Elle lui tapota la joue. — Je n'aurai jamais trop d'arrière-petits-enfants. Elle lui fit un clin d'œil avant de s'éloigner d'un pas traînant.

— Tu sais, ta grand-mère a d'excellentes idées. Beckett lui tendit une assiette avec quelques Rocky Mountain oysters — sa contribution au menu de la soirée.

Il s'était fait beaucoup charrier par les gars, mais Jennifer et Beckett avaient simplement ri de leur blague privée.

— Avoir un bébé?

— Eh bien ça... et *en faire* un. J'ai entendu dire que c'est la partie la plus facile. Il l'embrassa sur la tempe. — Du moins, ça l'a été pour nous.

Jennifer secoua la tête en riant. — Je n'en reviens toujours pas du changement en toi. Que l'idée de t'installer et de fonder une famille ne te fasse pas prendre la fuite.

Il l'embrassa sur la joue. — Non. Mes pieds sont fermement plantés ici.

— Et tu es sûr de ça, hein?

— Jen, la seule chose dont j'ai jamais été *plus* sûr, c'est que je ne pouvais pas te laisser sortir de ma vie. Je me dis qu'avoir un bébé ensemble garantira que *tu* restes.

— *Deux* bébés, chuchota-t-elle car ils n'étaient pas prêts à le dire à qui que ce soit avant d'en avoir parlé à Sami. — Et *moi* qui partirais n'a jamais été envisagé.

— Moi non plus. Je suis là pour le long terme, Jen. Chaque couche de bébé, chien à trois pattes, chat tyrannique et baignoire pleine de litière. Toi et Sami et tous ceux pour qui nous *ferons ça* seront dans ma vie pour le reste de celle-ci et je ne pourrais pas être plus heureux.

— Hé, Beck! appela Liam depuis la salle à manger. — Tu joues ou quoi?

Beckett regarda ses amis et glissa sa main sur le côté du ventre de Jennifer. — Merci, Lee, mais non. J'ai déjà ma main gagnante ici.

~ fin ~

Bienvenue chez les beaux gosses de BeefCake Inc.! Magic Mike peut aller se rhabiller. La soirée entre filles n'a jamais été aussi savoureuse ! Installez-vous confortablement, détendez-vous et profitez du spectacle pendant que Gage, Bryan, Tanner, Dare et tous les autres vous montrent comment on s'y prend...

Beaux Gosses & Petits Gâteaux

Le sucre est doux, mais la vengeance l'est aussi...

Tout ce que Lara Cavallo souhaite, c'est faire de sa pâtisserie, Cavallo's Cups & Cakes, un succès, et pouvoir arrêter d'accepter la pension alimentaire de son ex-mari pourri et infidèle. Mais d'abord, elle doit retrouver ses vêtements et s'échapper de l'étrange chambre d'hôtel dans laquelle elle se réveille avant de s'humilier davantage devant le propriétaire de ce magnifique postérieur nu qu'elle aperçoit par la porte de la salle de bain. Elle doit se concentrer sur ses cupcakes. Elle n'a pas le temps pour les beaux mâles, aussi tentants soient-ils.

Les cupcakes sont doux, et Lara aussi...

Tout ce que veut Gage Tomlinson, c'est trouver un moyen d'aider sa sœur, mère célibataire, à payer les factures d'hôpital de son neveu de six ans, gravement blessé dans un accident de délit de fuite. Travailler dans la construction pendant la journée et être le propriétaire de la troupe de danse masculine exotique BeefCake, Inc. la nuit ne laisse pas beaucoup de temps pour les plaisirs. Dommage que la chose la plus douce qu'il ait vue depuis des lustres s'évanouisse sur lui et s'enfuie avant même qu'il n'ait pu y goûter. Il a une dent sucrée, et seuls les « cupcakes » de Lara pourront le satisfaire.

Mais quand le cupcake rencontre enfin le beau mâle, c'est assez chaud pour faire fondre la crème au beurre directement sur le gâteau.

Le lendemain matin

Ce n'était pas sa chambre d'hôtel.

La veste de costume jetée sur la chaise fut le premier indice de Lara.

Le pantalon assorti abandonné sur le sol devant était le deuxième.

Le creux dans le matelas alors que quelqu'un quittait le lit derrière elle était le troisième.

Oh mon Dieu. Qu'avait-elle fait ?

Eh bien, c'était assez évident ce qu'elle avait fait, mais, oh Seigneur...

Lara ferma les yeux alors que cette personne contournait le pied du lit, ne les entrouvrant que lorsqu'elle entendit la porte de la salle de bain coulisser.

Oh la la. Les fesses nues du type étaient vraiment belles. Probablement mieux sans ce pantalon qu'avec — dommage qu'elle ne se souvienne pas à quoi il ressemblait habillé.

Dommage qu'elle ne se souvienne pas de lui du tout.

La porte se referma et Lara bondit sur ses pieds — pour le deuxième choc de la matinée.

Elle ne portait qu'un t-shirt. Et ce n'était pas le sien.

Elle ne voulait pas penser à qui il appartenait ni comment elle s'était retrouvée dans ledit t-shirt ; elle voulait juste attraper sa robe, ses chaussures et son sac à main, et ficher le camp avant que son unique coup d'un soir ne finisse de faire ce que faisait un coup d'un soir le lendemain matin.

Elle ramassa la robe sur la commode — non, elle n'allait pas réfléchir à comment elle était arrivée là — arracha son t-shirt par-dessus sa tête puis enfila la robe, et renonça à chercher son soutien-gorge. Elle voulait juste partir.

Ses chaussures étaient à côté de la chaise — l'une d'elles était dessous — et son sac à main, Dieu merci, était accroché à la porte de la chambre d'hôtel.

Vingt-cinq secondes. C'est tout ce qu'il lui fallut pour s'échapper de la chose la moins Lara-esque qu'elle ait jamais faite de sa vie.

Il fallut trente-cinq secondes de plus pour que ce fichu ascenseur arrive au — elle plissa les yeux vers l'indicateur d'étage au-dessus de la flèche « Descendre » — dixième étage.

Dieu merci, il n'y avait personne dans l'ascenseur. Elle n'avait pas besoin de témoins pour sa marche de la honte.

Mon Dieu, Jeff serait choqué de la voir maintenant ! « Sexuellement ennuyeuse et sans inspiration », c'est ce qu'il avait dit pour expliquer son infidélité — parmi d'autres — mais cette marche de la honte invalidait ces propos.

Elle n'en revenait pas. Trente ans, avec sa propre boulangerie en plein essor, et pourtant un verre de trop à l'enterrement de vie de jeune fille de sa colocataire d'université l'avait amenée à ramasser un type au hasard pour une nuit de sexe bestial désinhibé afin d'apaiser son ego réduit en miettes par un ex qui ne méritait même pas qu'on lui accorde une seconde d'attention, encore moins ce genre de stratégie pour lui prouver qu'il avait tort.

C'était *bien* du sexe bestial désinhibé, n'est-ce pas ?

Elle ferma les yeux et essaya d'évoquer une image, mais la dernière chose dont elle se souvenait était de danser le jitterbug sur la piste de danse.

Elle ne savait pas danser le jitterbug. Mais, apparemment, ça ne l'avait pas arrêtée.

Oh, Seigneur, sa tête. Et son estomac. Et cette sensation de bouche pâteuse...

La sonnerie retentit lorsque l'ascenseur arriva au deuxième étage. Elle chercha maladroitement sa clé de chambre et trébucha dans un couloir heureusement vide. Sa chambre était à quelques portes de là, et heureusement, elle avait décidé de ne pas prendre de colocataire pour ce voyage.

Enfin, pas de colocataire régulier.

Qui était ce type ? Elle ne se souvenait même pas à quoi il ressemblait, encore moins de son nom.

Elle gémit en entrant dans sa chambre d'hôtel. Quelle horreur que la seule partie de lui dont elle se souvienne soit ses fesses nues et *ça* uniquement parce qu'elle les avait vues en partant !

Elle se débarrassa de sa robe — elle l'avait mise à l'envers — et se dirigea vers la salle de bain. Une douche, un petit-déjeuner et un grand verre de jus d'orange, puis elle pourrait prendre sa voiture et ficher le camp d'ici pour ne pas risquer de croiser son plus grand regret de sitôt.

Mais la question était : que regrettait-elle ? De l'avoir ramassé en premier lieu, ou de ne se souvenir de rien de ce qui s'était passé ensuite ?

* * *

Gage passa la serviette dans ses cheveux, puis l'enroula autour de ses hanches. Il ne voulait pas choquer la Belle au bois dormant là-bas avec sa nudité quand elle ouvrirait ses magnifiques yeux.

Il aperçut son sourire dans le miroir. Oui, il était carnassier, mais pourquoi ne le serait-il pas ? Il avait fini avec la plus belle femme de la soirée, et ça incluait la future mariée.

Bien sûr, il avait enfreint ses propres règles pour y arriver — pas de fête avec les clients — mais elle était entrée et l'avait retourné.

Ce serait drôle, vraiment, si ce n'était pas si... enfin, pas drôle. Il ne craquait jamais pour les petites brunes pulpeuses. Les bombes filiformes étaient plus son genre. Du moins, elles l'avaient été. Mais elle était entrée, ses courbes lui faisant transpirer les paumes, ses boucles suppliant ses doigts de s'y plonger et de s'y accrocher, et ces yeux chocolat... Ils criaient *chambre à coucher* si fort qu'ils avaient presque couvert la musique, et il avait eu du mal à se concentrer sur le spectacle.

Dieu merci, les gars connaissaient leur affaire. Markus la connaissait un peu trop bien ; il s'était concentré sur Lara dès le premier numéro de frotti-frotta.

Heureusement, personne n'avait remis en question le changement rapide de routines qu'il avait fait pour que Markus soit hors scène jusqu'au milieu du deuxième acte.

À ce moment-là, les shots qui avaient circulé autour de cette table avaient assuré que l'intérêt de Lara n'était plus uniquement focalisé sur Markus.

C'est là qu'il avait fait son mouvement.

Fait son mouvement. Gage gémit. Quel âge avait-il — vingt ans ? Il n'avait jamais besoin de faire de mouvement ; les femmes affluaient vers lui.

Mais elle était coincée dans le coin de son box, entourée d'amies, les yeux rivés sur la scène, et ne semblait pas prête à en sortir de sitôt.

Il attrapa sa brosse à dents. Il aurait dû bouger plus tôt. Alors peut-être qu'elle n'aurait pas bu ces deux derniers shots. Cette femme ne tenait pas l'alcool. Elle avait réussi à atteindre l'ascenseur de l'hôtel et s'était littéralement évanouie dans ses bras. Ça avait refroidi sa soirée, mais pas sa libido.

Il espérait juste qu'elle serait plus réveillée ce matin.

Il finit de se brosser les dents et versa un verre d'eau. Elle allait en avoir besoin et ça lui donnerait une excuse pour s'asseoir à côté d'elle.

Et avec un peu de chance, faire bien plus.

Il ouvrit doucement la porte. Il voulait être celui qui la réveillerait, pas le bruit ou la lumière de la salle de bain.

Sauf que... elle était partie.

Il s'affaissa contre le chambranle. Il l'avait bien mérité. Il jouait avec les fantasmes de centaines de femmes chaque week-end, mais celle dont il avait personnellement voulu réaliser le fantasme n'avait apparemment aucun intérêt à le laisser faire.

Voici Judi !

Auteure primée et à succès, Judi Fennell adore rire et adore l'amour. Il n'est donc pas surprenant de retrouver un peu des deux dans chacun des livres qu'elle écrit. Découvrez ses contes de fées revisités pour avoir un avant-goût de ses comédies paranormales et romantiques, légères et pleines d'ironie. Des tritons au large des côtes de la Jersey Shore, aux génies et leurs tapis volants, en passant par les strip-teaseurs à la Magic Mike et les domestiques virils dont la devise est *Satisfaction garantie*, rires et amour sont toujours au rendez-vous.

Et, durant ses (très ?) nombreux moments de temps libre, elle aide d'autres auteurs sur tous les aspects de l'écriture et de l'autoédition avec son entreprise de mise en page, de création de couvertures et de supports promotionnels, de relecture, de conseil et de livres audio, www.formatting4U.com.

Judi vit dans la banlieue de Philadelphie avec une ménagerie de compagnons à quatre pattes, et le jour où ces créatures commenceront A) à chanter, B) à coudre des vêtements, ou C) à faire le ménage, sera aussi le jour où elle prendra sa retraite d'écrivaine... !

Livres de Judi Fennell

Royally Sunk

Les tritons et les sirènes ne sont qu'un mythe, n'est-ce pas?

Essayez de dire ça à ces humains qui ne se doutent de rien et qui tombent éperdument amoureux de ceux qui n'ont pas toujours de talons…

Par-dessus la Tête

Reel est un triton sans queue, et Erica est terrifiée par l'océan. Une seule chose pourrait la faire entrer dans l'eau: un pistolet. Et une seule chose pourrait l'y retenir: le séduisant triton qui lui sauve la vie, au risque de perdre la sienne.

Le Grand Bleu Sauvage

Valerie est une princesse sirène coincée au cœur du pays. Rod est le prince qui part à sa rescousse. Mais parviendront-ils à déjouer le complot d'un usurpateur et à regagner l'océan avant que sa queue—et sa prétention au trône—ne disparaissent à jamais?

La Prise de sa Vie

Logan a fui le cirque; tout ce qu'il souhaite, c'est mener une vie normale. La femme nue qui débarque sur son bateau est tout *sauf* normale. Surtout quand Angel se révèle être une sirène, poursuivie par un monstre marin en colère.

L'amour sur les Rochers

La princesse Mariana n'a rien d'une frimeuse; c'est une véritable artiste, et elle est sur le point de le prouver avec la statue qu'elle sculpte sur une île déserte. Le problème, c'est que Jace se cache là-bas. Ainsi, la seule chose qui libérera Mariana de sa prison dorée est aussi celle qui vaudra la mort à Jace. Une romance, c'est déjà assez compliqué, mais quand un tsunami est annoncé, l'amour est vraiment sur les rochers.

Faire des Vagues

Découvrez l'Incident qui a rendu Erica terrifiée par l'océan, la raison pour laquelle Valerie, la princesse disparue, a été retrouvée, et comment Michael, le jeune fils de Logan, a trouvé une sirène. Les histoires *avant* les histoires.

Bottled Magic

Faites attention à ce que vous souhaitez… cela pourrait bien se réaliser!

C'est ce que ces humains découvrent lorsqu'un génie leur tombe littéralement dans les bras… avant d'être emportés dans la plus magique des aventures: tomber amoureux.

Je Rêve de Génies

La chance de Matt a enfin tourné lorsque Eden, la génie, s'échappe de sa bouteille et lui tombe littéralement sur les genoux. Et elle jure de ne jamais y retourner. Malheureusement pour eux deux, l'homme qui l'y a enfermée veut la récupérer, et il ne reculera devant rien pour y parvenir.

Génie a Toujours Raison

Samantha hérite du domaine de son père, ainsi que d'un génie qui n'a plus qu'un dernier maître à servir avant la fin de sa servitude. Sam est plus que disposée à libérer Kal, jusqu'à ce que son ex avide décide que s'il ne peut pas avoir Sam, personne ne l'aura.

Ma Belle Génie

Zane a hérité du manoir familial et il a hâte de s'en débarrasser pour mettre fin aux rumeurs sur le passé extravagant de sa famille. Dommage que la génie à l'origine de ces rumeurs a été libérée et sème à nouveau la zizanie. Seulement, cette fois, c'est avec son cœur qu'elle joue.

Vos Désirs sont ses Ordres

Découvrez comment Kal a été emprisonné dans sa lanterne et pourquoi il doit servir 1001 maîtres. C'est l'histoire avant l'histoire…

Once-Upon-A-Time Romance

Il était une fois» c'est bien joli dans les contes de fées, mais la vraie vie, ce n'est pas comme ça.

À moins que…?
Avec l'aide d'un ange gardien en formation, ces couples chanceux découvriront que tomber amoureux est le plus beau des contes!

La Belle et Le Meilleur

Le jour, Jolie est chef à domicile; la nuit, elle écrit des romans d'amour. Alors, quand elle décroche un contrat pour Todd, un artiste séduisant et reclus, elle tient le héros parfait pour son livre. Jusqu'à ce que Todd le découvre et la chasse de sa cuisine, de sa maison, *et* de son cœur.

Si la Chaussure Vous Va

Il était une fois, il y a bien longtemps, dans un pays lointain, très lointain, une jeune fille nommée Cendrillon. Ceci n'est pas son histoire. *Ceci* est l'histoire de Lucinda Isabella Casteleoni, qui, comme son homonyme, a une méchante belle-mère, deux belles-sœurs vulgaires et d'innombrables heures de dur labeur qui l'attendent (ou pas). Mais contrairement à cette princesse de conte de fées, le Prince Charmant de Bella est introuvable. Jusqu'à ce qu'un petit vieil homme aux yeux verts pétillants ouvre une boutique de chaussures au bout de la rue. Alors la magie commence...

De L'autre Côté du Vitrail

Un voyage accidentel dans l'Angleterre médiévale pousse Kate, responsable de publicité, à chercher un moyen de rentrer chez elle... Mais pourra-t-elle ramener avec elle le séduisant chevalier en armure étincelante dont elle est tombée amoureuse?

BeefCake, Inc.

La soirée entre filles n'a jamais été aussi savoureuse!

Magic Mike peut aller se rhabiller.

Installez-vous confortablement, détendez-vous et profitez du spectacle pendant que Gage, Bryan, Tanner, Dare et tous les autres vous montrent comment on s'y prend...

Beaux Gosses et Petits Gâteaux

Lara veut que ses cupcakes soient un succès. Gage, danseur exotique, ne serait pas contre les goûter, mais son emploi du temps pour payer les factures d'hôpital de son neveu ne lui en laisse pas le loisir. Jusqu'à une fête où les gros bras rencontrent les cupcakes et, *oh*, que c'est délicieux!

Beaux Gosses et Grand Bévues

Quand Bryan prend Jenna pour une prostituée et qu'elle réalise qu'il est le père de son fils adoptif, les erreurs et les malentendus commencent à s'accumuler. Mais quelque chose d'autre grandit aussi entre eux. Parfois, une mauvaise décision peut s'avérer être la bonne...

Beaux Gosses et Nouvelles Prises

Tanner veut que son ex-femme sorte de sa vie pour de bon, mais quand la grand-mère de celle-ci a une attaque et qu'il doit prétendre être toujours amoureux de Juliet, peut-il risquer une seconde chance avec la seule femme qui n'a jamais cessé de l'aimer?

Beaux Gosses et Flocons de Neige

Gina a le béguin pour Darien depuis toujours—jusqu'au jour où il l'a humiliée à l'école. Quinze ans plus tard, il la laisse de marbre. Darien, danseur exotique, est revenu en ville pour régler quelques affaires. L'une d'elles est le bazar qu'il a provoqué pour Gina des années auparavant... et *peut-être* raviver la flamme qu'ils avaient autrefois. Mais la seule façon de faire fondre la glace autour du cœur de Gina est de faire monter la température, au travail... et en dehors.

Manley Maids

Que se passe-t-il lorsque trois frères irrésistiblement sexy perdent un pari au poker contre leur sœur entreprenante? Ils se retrouvent engagés pour son entreprise de nettoyage. Désormais, les Manley Maids sont à votre service. Satisfaction garantie.

Ce Qu'une Femme Veut

Sean, propriétaire d'un complexe hôtelier, prévoit d'acheter un domaine historique, se faire un nom et gagner des millions. Il emménage donc sous le prétexte de nettoyer l'endroit pour contrecarrer l'unique condition de l'héritage. Mais l'héritière Olivia et sa ménagerie lui entrent dans la peau, et il découvre que le pari au poker qui l'a mis dans ce pétrin n'est pas le seul à changer la donne.

Ce Qu'une Femme A Besoin

La star de cinéma Bryan veut la gloire et la fortune, pas une répétition de son enfance «normale» et sans le sou. Après la publicité entourant la mort de son mari, Beth a besoin d'une vie normale pour elle et ses enfants, et la star de cinéma qui a perdu un pari l'obligeant à nettoyer sa maison—avec des paparazzis sur les talons—n'en fait pas partie. Mais alors que le flirt se transforme en séduction, Bryan doit convaincre Beth qu'il est plus qu'un homme de ménage.

Ou qu'un acteur. Parce qu'il joue le rôle principal dans une version inversée de Cendrillon, et cela pourrait bien être le rôle de sa vie.

Ce Qu'une Femme Mérite

Liam n'a aucune patience pour les femmes qui dépensent l'argent d'un homme sans penser une seule seconde à travailler. Mais pour honorer son pari, Liam doit non seulement tolérer Cassidy, une femme du monde, mais il devra aussi nettoyer derrière elle quand son père lui coupera les vivres. Sans argent et sans maison à nettoyer pour Liam, Cassidy n'a d'autre choix que d'accepter une offre d'emploi—comme nouvelle femme de ménage de Liam. Mais quand des étincelles jailliront entre eux, s'agira-t-il du grand amour ou juste d'une autre liaison compliquée?

Quelle Femme

MaryAlice Catherine est prête à nettoyer la maison de l'amie de sa grand-mère, mais elle découvre que le petit-fils arrogant de la femme, pour qui elle avait le béguin en grandissant—et il le savait pertinemment—y vit, et elle est morti-fiée. Jared se souvient des choses différemment; Mac a toujours été une petite chose autoritaire, mais il ne va pas la laisser mener la danse maintenant. Mais avec eux deux vivant dans la même maison, impossible de dire qui en sortira vainqueur.

Ce Qu'un Homme Veut

Beckett est prêt à payer sa dette après avoir perdu son pari au poker. Il n'avait juste pas réalisé qu'il devrait le faire avec son cœur. Jennifer est celle qui lui a échappé et maintenant, elle est juste là, devant lui. Dans sa maison. Qu'il est venu nettoyer. Jennifer n'arrive pas à croire que le bad boy du lycée pour qui elle avait un énorme béguin est dans sa maison, mais s'il y a une chose que son ex-mari lui a apprise, c'est qu'elle ne peut pas compter sur les bad boys. Jusqu'à ce que Beckett abatte toutes ses cartes et se révèle être quelqu'un sur qui Jennifer peut miser, après tout.